Ullstein Krimi

Ullstein Krimi
Lektorat: Georg Schmidt
Ullstein Buch Nr. 10529
im Verlag Ullstein GmbH,
Frankfurt/M – Berlin
Titel der englischen
Originalausgabe:
Bolt

Deutsche Erstausgabe

Umschlaggestaltung:
Hansbernd Lindemann
Illustration: Mall Photodesign
Alle Rechte vorbehalten
© 1986 by Dick Francis
Übersetzung © 1988 by
Verlag Ullstein GmbH,
Frankfurt/M – Berlin
Printed in Germany 1988
Gesamtherstellung:
Ebner Ulm
ISBN 3 548 10529 7

Juni 1988

Vom selben Autor
in der Reihe der
Ullstein Bücher:

Handicap (10126)
Reflex (10165)
Fehlstart (10204)
Galopp in Gefahr (10229)
Die Gefahr (10291)
Weinprobe (10361)
Milord liebt die Peitsche/Tod am
Turf/Mit Fesseln ins Finale (10437)
Voll Blut (10449)
Zahm und zerbrochen (10465)
Air-Taxi ins Jenseits (10473)
Schlachtritt (10487)
Roßtausch (10515)
Die ganze Palette des Todes (10527)

CIP-Titelaufnahme
der Deutschen Bibliothek

Francis, Dick:
Festgenagelt / Dick Francis. Übers. von
Malte Krutzsch. – Dt. Erstausg. –
Frankfurt/M; Berlin: Ullstein, 1988
  (Ullstein-Buch; Nr. 10529:
  Ullstein-Krimi)
  Einheitssacht.: Bolt <dt.>
  ISBN 3-548-10529-7
NE: GT

Dick Francis
Festgenagelt

Übersetzt von Malte Krutzsch

Ullstein Krimi

Für
Danielle und Holly
beide seit
Zahm und zerbrochen
geboren

1

Bitterer Februar, innen wie außen, Stimmung dem Wetter entsprechend, scheußlich und trüb, nahe dem Nullpunkt. Ich ging auf der Rennbahn in Newbury vom Wiegeraum zum Führring und gab mir Mühe, nicht nach dem Gesicht, das ja doch fehlen würde, Ausschau zu halten – dem vertrauten Gesicht von Danielle de Brescou, mit der ich offiziell verlobt war, samt Diamantring und allem.

Daß ich damals im November diese Frau gewonnen hatte, war unverhofft gekommen, ein plötzliches Erwachen, aufregend ... beglückend. Sie zu halten erwies sich jetzt, in den Frösten vor dem Frühling, als teuflisch schwer. Meine innig geliebte, dunkelhaarige Freundin schien sich zu meinem Erschrecken im Moment weniger für einen Hindernisjockey (mich) zu interessieren als für einen älteren, reicheren Weltmann von besserer Herkunft (es war ein Prinz), der noch nicht einmal den Anstand hatte, schlecht auszusehen.

Ich versuchte zwar, mir nach außen nichts anmerken zu lassen, mußte aber feststellen, daß die Enttäuschung immer wieder in den Rennen durchbrach, wo ich ohne Rücksicht auf Verluste über Hindernisse jagte, bedenkenlos die Gefahr suchte wie eine Droge, um das Gefühl der Zurückweisung auszulöschen. Es war vielleicht nicht vernünftig, mit blockiertem, vom Geschehen abgeschnittenem Verstand einer riskanten Arbeit nachzugehen, aber Beruhigungsmittel gab es in vielen Formen.

Prinzessin Casilia wartete ohne Danielles Begleitung wie üblich im Führring und beobachtete, wie ihr Galopper Cascade präsentiert wurde. Ich trat zu ihr, ergriff die dargebotene Hand, machte die kleine Verbeugung, die ihrem Rang zukam.

»Kalt heute«, sagte sie zur Begrüßung, die Konsonanten ein wenig hart, die Vokale rein und klar; der Akzent ihres europäischen Heimatlandes klang nur leise an.

»Kalt, ja«, sagte ich.

Danielle war nicht mitgekommen. Natürlich nicht. Dumm von mir, darauf zu hoffen. Sie hatte am Telefon in bester Laune gesagt, daß sie das Wochenende nicht mit mir verbringen könnte; sie wollte mit dem Prinzen und einigen seiner Bekannten zu einem sagenhaften »florentinischen« Treffen in einem Hotel im Lake District; dort würde unter anderem der Kustos der italienischen Gemäldesammlung des Louvre eine Reihe Vorträge über die italienische Renaissance halten. Es wäre eine so tolle, einmalige Gelegenheit; sie sei sicher, ich hätte Verständnis dafür.

Es war bereits das dritte Wochenende, an dem sie sicher war, daß ich Verständnis hatte.

Die Prinzessin sah distinguiert aus wie immer, mitteljährig, schlank, ausgesprochen feminin, warm eingehüllt in einen üppigen Zobelmantel, der von schmalen Schultern schwang. Normalerweise war ihr hochgestecktes, glattes dunkles Haar unbedeckt, doch heute trug sie einen hohen russischen Pelzhut mit riesiger, aufgebogener Krempe, und flüchtig dachte ich, daß ihn kaum jemand stilvoller hätte tragen können. Ich ritt die rund zwanzig Pferde ihrer Koppel seit mehr als zehn Jahren und kannte die Kleidung, die sie zu Rennbesuchen anzog, ziemlich gut. Der Hut war neu.

Sie bemerkte die Richtung meines Blickes und die in ihm liegende Bewunderung, sagte aber lediglich: »Zu kalt für Cascade, oder?«

»Das hält er aus«, meinte ich. »Er läuft sich beim Aufgalopp warm.«

Sie würde zu Danielles Abwesenheit nichts sagen, wenn ich davon schwieg. Stets zurückhaltend, ihre Gedanken hinter langen Wimpern verbergend, klammerte sich die Prinzessin an feine Umgangsformen wie an einen Schild gegen die schlimmsten Bedrängnisse der Welt, und ich war oft genug in ihrer Gesellschaft, um die von ihr gewählten sozialen Fassaden nicht geringzuschätzen. Sie konnte Unwetter mit Höflichkeit besänftigen, Blitze durch standhaftes Geplauder entschärfen und die kampflustigsten Gegner mit der Erwartung entwaffnen, daß sie sich gut benehmen. Ich wußte, es war ihr lieber, wenn ich mein Leid für mich behielt; sonst würde ich sie nur in Verlegenheit bringen.

Andererseits verstand sie meine gegenwärtige Misere vollkommen. Einmal war Danielle die Nichte ihres Mannes, und Litsi, der Prinz, der jetzt Danielle zu einer Vergnügungsreise ins fünfzehnte Jahrhundert entführte, war ihr eigener Neffe.

Litsi, ihr Neffe, und Danielle, die Nichte ihres Mannes, waren derzeit beide unter ihrem Dach am Eaton Square zu Gast, wo sie sich von morgens bis abends sahen ... und von abends bis morgens, wenn mich nicht alles täuschte.

»Wie stehen unsere Chancen?« fragte die Prinzessin neutral.

»Ziemlich gut«, sagte ich.

Sie nickte zustimmend, voll froher Hoffnung auf einen durchaus möglichen Sieg.

Cascade war, obschon es ihm an Grips fehlte, äußerst erfolgreich auf der 2-Meilen-Jagddistanz und hatte in der Vergangenheit jeden seiner heutigen Konkurrenten abgehängt. Mit etwas Glück würde er es wieder schaffen; aber nichts ist jemals sicher im Rennsport ... oder im Leben.

Prinz Litsi, dessen vollständiger Name ungefähr einen Meter lang und meines Erachtens unaussprechlich war, war ein Kosmopolit, gebildet, eindrucksvoll und freundlich. Er sprach perfektes Umgangsenglisch, ohne die zu harten Konsonanten seiner Tante, und das war auch nicht weiter verwunderlich, da er erst nach der Entthronung seiner königlichen Großeltern geboren worden war und einen großen Teil seiner Kindheit in England verbracht hatte.

Er lebte jetzt in Frankreich, aber wir waren uns im Lauf der Jahre einige Male begegnet, wenn er seine Tante besuchte und sie zum Pferderennen begleitete, und irgendwie hatte ich ihn gemocht, ohne ihn näher zu kennen. Als ich erfuhr, daß er wieder einmal zu Besuch käme, hatte ich überhaupt nicht daran gedacht, welchen Eindruck er auf eine intelligente junge Amerikanerin machen könnte, die bei einem Fernseh-Nachrichtensender tätig war und für Leonardo da Vinci schwärmte.

»Kit«, sagte die Prinzessin.

Ich riß meine Gedanken vom Lake District los und konzentrierte mich auf ihr ruhiges Gesicht.

»Nun«, sagte ich, »manche Rennen sind leichter als andere.«

»Tun Sie Ihr Bestes.«

»Ja.«

Unsere Zusammenkünfte vor dem Start hatten sich mit den Jahren zu angenehmen kleinen Zwischenspielen entwickelt, bei denen wenig geredet, aber vieles verstanden wurde. Die meisten Pferdebesitzer gingen in Begleitung ihrer Trainer in den Führring, aber Wykeham Harlow, der die Galopper der Prinzessin trainierte, erschien auf keinem Rennplatz mehr. Wykeham wurde alt, er ertrug die ständigen Winterreisen nicht. Wykeham brachte trotz nachlassendem Gedächtnis und wackligen Knien für Pferde noch immer die Begeisterung auf, die ihm von Anfang an einen Platz an der Spitze eingetragen hatte. Nach wie vor strömten Scharen von Siegern aus seinem achtzig Pferde umfassenden Stall, und ich ritt sie liebend gern.

Die Prinzessin ging unbeirrbar bei jedem Wetter zum Pferderennen, freute sich an den Leistungen ihrer Ersatzkinder, plante ihre Zukunft, dachte an ihre Vergangenheit zurück, füllte die eigene Zeit mit nie ermüdender Anteilnahme. Im Lauf vieler Jahre waren sie und ich zu einer förmlichen und dennoch tiefen Beziehung gelangt; wir hatten Höhenflüge und Augenblicke des Kummers zusammen erlebt, verstanden uns mühelos bei den Rennen, gingen am Tor getrennte Wege.

Getrennt jedenfalls bis zum vorigen November, als Danielle aus Amerika gekommen war, um ihre Stellung in London anzutreten, und in meinem Bett landete. Obwohl die Prinzessin mich zweifellos als künftiges Familienmitglied akzeptiert hatte und mich oft in ihr Haus einlud, war ihr Verhalten zu mir – und mein Verhalten zu ihr – praktisch unverändert geblieben, besonders auf Rennplätzen. Das Muster war zu fest gefügt und kam uns wohl auch beiden richtig vor.

»Viel Glück«, sagte sie leichthin, als die Zeit zum Aufsitzen kam, und Cascade und ich gingen zum Start hinunter, wobei ihn der Kanter aufgelockert haben dürfte, doch wie üblich sandte er mir keine telepathischen Botschaften über seine Verfassung. Mit einigen Pferden konnte man fast so gut Gedanken austauschen wie im Gespräch, aber der dunkle, dünne schnelle Cascade war gewohnheitsmäßig und ungefällig stumm.

Das Rennen erwies sich als sehr viel härter als erwartet, da einer der anderen Starter neue Kräfte in sich entdeckt zu haben schien, seit ich ihn zuletzt geschlagen hatte. Er galoppierte Schritt für Schritt mit Cascade die äußere Gerade hinab und hängte sich im Einlaufbogen wie eine Klette an ihn. Als wir die letzten vier Hindernisse vor dem Finish angingen, war er immer noch dicht neben Cascade, aggressiv dorthin gedrängt von seinem Jockey, obwohl ihnen die Bahn in ihrer ganzen Breite zur Verfügung stand. Es war eine Zermürbungstaktik, wie dieser Jockey sie häufig gegen Pferde anwandte, die er für schreckhaft hielt, aber ich war nicht in der Stimmung, mich von ihm oder sonst jemand überholen zu lassen, und wie zu oft in letzter Zeit bemerkte ich Wut in mir, Rücksichtslosigkeit und eine unterdrückte Verzweiflung, die sich entlud.

Ich kickte Cascade knallhart über die letzten Sprünge und trieb ihn unbarmherzig die Einlaufgerade entlang, und wenn ihm das verhaßt war, dann sagte er es mir wenigstens nicht. Er reckte seinen Hals und seinen braunen Kopf nach dem Ziel und hielt unter schonungslosem Druck bis zum Ende durch.

Wir siegten um Zentimeter, und Cascade ging restlos erschöpft nach einigen ungleichmäßigen Tritten in den Schritt über. Ich schämte mich ein bißchen und zog wenig Freude aus dem Sieg, und auf dem langen Weg zum Absattelplatz verspürte ich nicht die Erleichterung nachlassender Spannung, sondern die zunehmende Furcht, mein Reittier könnte einen Herzschlag erleiden und tot umfallen.

Es stellte sich mit zitternden Beinen als Sieger auf, bedacht mit ganz sicher verdientem Beifall, und die Prinzessin kam mit etwas ängstlicher Miene, um es zu begrüßen. Das Ergebnis der Zielfotografie war schon verkündet, Cascades Sieg bestätigt, und es schien, daß die Prinzessin nicht etwa in Sorge darüber war, ob sie gewonnenen hatte, sondern wie.

»Sind Sie nicht hart mit ihm umgesprungen?« fragte sie zweifelnd, als ich absaß. »Vielleicht zu hart, Kit?«

Ich klopfte Cascades dampfenden Hals, fühlte den Schweiß unter meinen Fingern. Manch anderes Pferd wäre unter so starker Belastung zusammengebrochen.

»Er ist tapfer«, sagte ich. »Er gibt alles, was er hat.«

Sie sah zu, wie ich die Gurte losschnallte und den Sattel auf meinen Arm gleiten ließ. Ihr Pferd stand schlaff und reglos vor Müdigkeit da, während Dusty, der reisende Oberaufseher, den tropfnassen braunen Körper in eine Schweißdecke hüllte, um ihn warmzuhalten.

»Sie brauchen nichts zu beweisen, Kit«, sagte die Prinzessin vernehmlich. »Weder mir noch sonst jemandem.«

Ich hörte auf, die Gurte um den Sattel zu legen, und schaute sie überrascht an. Sie sagte fast nie etwas so Persönliches und auch nicht derart direkt. Ich muß so betroffen ausgesehen haben, wie ich mich fühlte.

Langsam steckte ich die Gurte fest.

»Ich sollte mich zurückwiegen«, meinte ich zögernd.

Sie nickte.

»Vielen Dank«, sagte ich.

Sie nickte nochmals und tätschelte mir den Arm, eine kleine vertraute Geste, die immer Verstehen und Entlassung beinhaltete. Ich wandte mich ab, um in den Wiegeraum zu gehen, und sah einen der Stewards entschlossen auf Cascade zusteuern, den er aufmerksam betrachtete. Stewards schauten meistens so, wenn sie gehetzte Pferde auf Anzeichen einer Mißhandlung untersuchten, aber hinter dem Eifer dieses Stewards lag weit mehr als simple Tierliebe.

Bestürzt hielt ich im Gehen inne, und die Prinzessin wandte den Kopf, um meinem Blick zu folgen, worauf sie mich sofort wieder ansah. In ihren blauen Augen blitzte Verständnis auf.

»Gehen Sie nur«, sagte sie. »Wiegen Sie sich zurück.«

Ich ging dankbar weiter und überließ es ihr, dem Mann gegenüberzutreten, der vielleicht mehr als alles andere auf der Welt wünschte, daß ich meine Rennreiterlizenz verlor.

Oder, besser noch, mein Leben.

Maynard Allardeck, einer der Stewards bei diesem Meeting in Newbury (was mir vorübergehend entfallen war), hatte sowohl schlechte als auch gute Gründe, mich, Kit Fielding, zu hassen.

Die schlechten Gründe waren ererbt und irrational und deshalb besonders schwerwiegend. Sie entstammten einer Familienfehde, die mehr als drei Jahrhunderte überdauert und eine Tradition gegenseitiger Gewalttaten und Niedertracht geschaffen hatte. In der Vergangenheit hatten Fieldings Allardecks umgebracht und Allardecks Fieldings. Ich selbst hatte von Geburt an, zusammen mit meiner Zwillingsschwester Holly, von unserem Großvater beigebracht bekommen, daß alle Allardecks unehrlich, feige, bös und hinterhältig seien, und das hätten wir wahrscheinlich unser Leben lang geglaubt, wenn sich Holly nicht – wie einst Julia in Romeo – in einen Allardeck verliebt und ihn geheiratet hätte.

Bobby Allardeck, ihr Mann, war nachweisbar weder unehrlich noch feige, böse oder hinterhältig, sondern im Gegenteil ein freundlicher, gutmütiger Mensch, der in Newmarket Pferde trainierte. Bobby und ich hatten aufgrund seiner Heirat schließlich in unserer Generation, in unseren Herzen, die alte Fehde begraben, aber Bobbys Vater, Maynard Allardeck, war noch der Vergangenheit verhaftet.

Maynard hatte Bobby den Verrat, den er in seinen Augen begangen hatte, nie verziehen und keineswegs eine Versöhnung angestrebt, sondern sich nur noch mehr auf die eingefleischte Überzeugung versteift, daß alle Fieldings, insbesondere Holly und ich, falsch, diebisch, intrigant und grausam seien. Meine friedfertige Schwester war nachweisbar nichts von alledem, aber Maynard sah jeden Fielding durch eine Zerrbrille.

Holly hatte mir erzählt, wie Bobby seinem Vater mitgeteilt hatte (während sie alle bei Bobby und Holly in der Küche standen), daß Holly schwanger sei und daß sein Enkelkind wohl oder übel Allardeck- und Fieldingblut in sich vereinen würde. Im ersten Moment hatte sie geglaubt, Maynard wollte sie erdrosseln. Statt dessen war er mit buchstäblich nach ihrem Hals gestreckten Händen plötzlich herumgewirbelt und hatte sich in den Spülstein übergeben. Sie war sehr erschüttert gewesen, als sie mir das erzählte, und Bobby hatte geschworen, seinen Vater nie wieder ins Haus zu lassen.

Maynard Allardeck war Mitglied des Jockey-Clubs, der obersten Rennsportbehörde, wo er mit seinem überragenden öffentlichen Charme jede Machtposition erkletterte, an die er herankam. Maynard Allardeck, der bereits bei mehreren großen Rennen als Steward fungierte, war auf das Triumvirat aus, er wollte einer der drei Stewards des Jockey-Clubs werden, die alle drei Jahre den Senior-Steward stellten.

Für einen Jockey aus der Familie der Fieldings hätte die Aussicht auf einen Allardeck, der eine Position fast unumschränkter Macht über ihn bekleidete, verheerend sein müssen – und hier kamen die guten und verständlichen Gründe für Maynards Haß ins Spiel. Denn ich hatte ihn so fest in der Hand, daß er meine Laufbahn, mein Leben oder meinen Ruf nicht zerstören konnte, ohne selbst auf der Strecke zu bleiben. Er und ich und noch ein paar andere wußten davon; es genügte, um dafür zu sorgen, daß er mich in allen Rennsportfragen fair behandeln mußte.

Wenn er jedoch nachweisen konnte, daß ich Cascade wirklich mißhandelt hatte, würde er mich mit dem größten Vergnügen zu einer Geldstrafe und einer Sperre verdonnern. In der Hitze des Rennens, in der Aufwallung meiner eigenen unbezähmbaren Gefühle hatte ich keinen Gedanken daran verschwendet, daß er unter den Zuschauern war.

Ich ging in den Wiegeraum, setzte mich auf die Waage und trat dann wieder an die Tür, um zu sehen, was draußen vorging. Aus dem Türschatten beobachtete ich Maynard im Gespräch mit der Prinzessin. Sie zeigte ihr freundlichstes und liebenswürdigstes Gesicht. Beide gingen im Kreis um den bebenden Cascade herum, der in der eiskalten Luft am ganzen Körper dampfte, da Maynard Dusty angewiesen hatte, die netzartige Schweißdecke abzunehmen.

Maynard sah wie immer tadellos elegant und vertrauenswürdig aus, ein äußeres Bild, das ihm sowohl im Geschäftsleben zustatten kam, wo er ein Riesenvermögen auf Kosten anderer erworben hatte, als auch in Gesellschaftskreisen, wo er viel für wohltätige Zwecke spendete und sich zu seinen guten Werken gratulierte. Nur die vergleichsweise wenigen Leute, die das schäbige, brutale Innere durchschaut hatten, blieben zynisch unbeeindruckt.

Er hatte aus Respekt vor der Prinzessin den Hut abgenommen und hielt ihn an seine Brust gedrückt; sein angegrautes blondes Haar war akkurat geschnitten und gebürstet. Er krümmte sich fast, so sehr wünschte er der Prinzessin zu gefallen, während er gleichzeitig ihren Jockey anschwärzte, und ich war mir nicht sicher, ob er ihr nicht das Zugeständnis abringen konnte, daß vielleicht in diesem einen Fall Kit Fielding ihr Pferd wohl doch zu hart angefaßt hatte.

Nun ja ... sie würden keine Striemen bei Cascade entdecken, denn mit der Gerte hatte ich ihn kaum berührt. Der andere Galopper war zu nah gewesen; als ich den Arm hob, hatte ich festgestellt, daß ich eher ihn als Cascade treffen würde, wenn ich die Gerte herunterbrachte. Maynard hatte sicher meinen erhobenen Arm gesehen, aber Beine, Füße, Handgelenke und Wut hatten die Sache erledigt. Vielleicht gab es Peitschennarben in Cascades Seele, falls er eine hatte, doch davon wäre dann auf seinem Haarkleid nichts zu sehen.

Maynard überlegte des längeren mit geschürzten Lippen, Kopfgeschüttel und schweifenden Augen, aber schließlich verbeugte er sich steif vor der reizend lächelnden Prinzessin, setzte sorgfältig seinen Hut wieder auf und stolzierte enttäuscht davon.

Erleichtert sah ich, wie die Prinzessin sich einer Gruppe von Freunden anschloß, während Dusty mit sichtlicher Mißbilligung die Schweißdecke wieder auflegte und den Pfleger, der Cascade am Zügel hielt, aufforderte, das Pferd in den Stall zu bringen. Cascade folgte ihm müde, mit hängendem Kopf, völlig verausgabt. Entschuldige, dachte ich, tut mir leid, alter Knabe. Beklag dich bei Litsi.

Die Prinzessin, dachte ich dankbar, als ich ihre Farben ablegte, um für das nächste Rennen in andere zu schlüpfen, hatte Maynards Einflüsterungen widerstanden und ihre Bedenken für sich behalten. Sie wußte, wie es zwischen mir und Maynard stand, weil Bobby ihr das im November mal gesagt hatte, und obwohl sie nie darauf zu sprechen gekommen war, hatte sie es offensichtlich nicht vergessen. Anscheinend mußte ich schon mehr tun, als ihr Pferd halb umzubringen, bevor sie mich meinem Feind auslieferte.

Ich ritt das nächste Rennen in dem vollen Bewußtsein, daß er auf der Tribüne saß: zwei atemlose Meilen über die Hürden, als Vierter ins Ziel. Danach zog ich wieder die Farben der Prinzessin an und kehrte für die Hauptveranstaltung des Tages in den Führring zurück, ein 3-Meilen-Jagdrennen, das als Probelauf für das Grand National betrachtet wurde.

Ungewöhnlicherweise wartete die Prinzessin nicht schon im Ring, und ich sah eine Weile allein zu, wie ihr stämmiger Cotopaxi von seinem Pfleger herumgeführt wurde. Wie viele ihrer Pferde war er nach einem Berg benannt, und zu ihm paßte das ausgezeichnet, denn er war groß, hager und eckig, ein leberfarbener Brauner mit grauen Flecken auf der Hinterhand, die wie schmutziger Schnee aussahen. Als Achtjähriger entwickelte er sich zufriedenstellend zu voller, unnachgiebiger Stärke, und diesmal glaubte ich wirklich daran, daß ich in einem Monat endlich den ganz großen Sieg erreiten könnte.

Ich hatte schon fast jedes im Kalender aufgeführte Rennen gewonnen, bis auf das Grand National. Da war ich Zweiter, Dritter und Vierter geworden, aber noch nie Erster. Cotopaxi war in der Lage, das zu ändern, wenn wir Glück hatten.

Dusty kam herüber und unterbrach den angenehmen Tagtraum.

»Wo ist die Prinzessin? sagte er.

»Ich weiß nicht.«

»Sie würde sich den alten Paxi doch nie entgehen lassen.« Klein, ziemlich alt, wettergegerbt und aus Gewohnheit mißtrauisch, sah er mich vorwurfsvoll an, als wüßte ich etwas, das ich nicht sagen wollte.

Dusty war von Berufs wegen auf mich angewiesen und ich auf ihn, aber wir hatten nie Geschmack aneinander gefunden. Er erinnerte mich gern daran, daß auch ein Champion-Jockey wie ich ohne die harte Arbeit der Pfleger, womit er natürlich sich meinte, nicht so oft siegen würde. Sein Verhalten mir gegenüber grenzte manchmal haarscharf an Unverschämtheit, und ich fand mich damit ab, weil er tatsächlich sein Handwerk verstand und mit den Pflegern im Grunde recht hatte; außerdem blieb mir kaum eine andere Wahl. Seit Wykeham nicht mehr zu den Rennen kam, hing das Wohlergehen der Pferde unterwegs ganz von Dusty ab, und das Wohlergehen der Pferde lag in meinem ureigenen Interesse.

»Cascade«, sagte Dusty finster, »kann kaum noch einen Fuß vor den anderen setzen.«

»Er ist nicht lahm«, wandte ich ein.

»Es wird Wochen dauern, bis er das verwunden hat.«

Ich antwortete nicht. Ich sah mich nach der Prinzessin um, die noch immer nicht aufgetaucht war. Ich hätte zu gern erfahren, was Maynard ihr gesagt hatte, aber es sah aus, als müßte ich mich gedulden. Und es war merkwürdig, daß sie nicht zum Ring gekommen war. Fast alle Pferdebesitzer waren vor einem Rennen gern im Führring, und gerade für die Prinzessin war das ein fester Programmteil. Überdies war sie auf Cotopaxi besonders stolz und vernarrt in ihn und hatte den ganzen Winter von seinen Chancen beim Grand National gesprochen.

Die Minuten vertickten, das Zeichen zum Aufsitzen kam, und Dusty half mir wie üblich gekonnt in den Sattel. Ich hoffte, während ich auf die Bahn ritt, daß nichts Ernstes geschehen war, und hatte beim Aufgalopp Zeit, zur Privatloge der Prinzessin hoch oben auf der Tribüne hinaufzuschauen, wo ich sie auf jeden Fall gemeinsam mit ihren Freunden zu sehen erwartete.

Der Balkon war jedoch leer, und das machte mir nun wirklich Sorgen. Wenn sie unverhofft die Rennbahn verlassen mußte, hätte sie mich bestimmt benachrichtigt, und ich war im Führring auch nicht gerade schwer zu finden gewesen. Nachrichten konnten allerdings verlorengehen, und eine Mitteilung wie: »Sagt Kilt Fielding, daß Prinzessin Casilia nach Hause fährt«, wäre nicht als äußerst dringend eingestuft worden.

Ich ritt weiter zum Start in der Überzeugung, daß ich schon noch Genaueres erfahren würde, und hoffte nur, daß keine Hiobsbotschaft über ihren gebrechlichen, alten, an den Rollstuhl gefesselten Mann eingetroffen war, zu dem sie jeden Abend heimfuhr.

Cotopaxi bombardierte mich im Gegensatz zu Cascade regelrecht mit Informationen, hauptsächlich dahingehend, daß er sich gut fühlte, daß ihm die Kälte nichts ausmachte und daß er froh war, zum erstenmal seit Weihnachten wieder auf einer Rennbahn zu sein. Der Januar war verschneit gewesen, die erste Februarhälfte weit unter Null, und rennbegeisterte Pferde wie Cotopaxi langweilten sich leicht, wenn sie lange im Stall stehen mußten.

Wykeham rechnete im Gegensatz zu den meisten Tageszeitungen nicht damit, daß Cotopaxi in Newburry gewinnen würde.

»Er ist noch nicht in Hochform«, hatte er am Abend vorher am Telefon gesagt. »Er wird erst beim Grand National voll dasein. Geben Sie auf ihn acht, Kit, ja?«

Ich hatte gesagt, das würde ich tun, und nach Cascade war es mir doppelt ernst damit. Achtgeben auf Cotopaxi, auf der Hut sein vor Maynard Allardeck, Prinz Litsi unterm Turf begraben. Cotopaxi und ich gingen vorsichtig, konzentriert um das Geläuf, stellten uns auf jedes Hindernis genau ein, übersprangen sie alle glatt, freuten uns an der Präzision und verloren keine Zeit. Ich fuchtelte genügend mit der Gerte, um den Eindruck eines voll ausgerittenen Finishs zu erwecken, und wir plazierten uns ehrenvoll als Dritte, so knapp hinter dem Sieger, daß es spannend blieb. Ein gutes Training für Cotopaxi, eine Bestätigung für Wykeham und die Verheißung kommenden Erfolgs für die Prinzessin.

Sie war während des Rennens nicht auf dem Balkon gewesen, und sie erschien auch nicht auf dem Absattelplatz. Dusty brummte unverständliches Zeug über ihre Abwesenheit, und ich erkundigte mich im Wiegeraum vergebens, ob sie etwas habe ausrichten lassen. Ich zog mich für das fünfte Rennen um, und danach, in Straßenkleidung, beschloß ich, für alle Fälle in ihre Loge hinaufzugehen, wie ich es nach jedem Renntag machte, um nachzuhören, ob die Kellnerin, die dort bediente, vielleicht wußte, was passiert war.

Die Prinzessin unterhielt auf mehreren Rennplätzen eine Privatloge und hatte sie alle in den gleichen Creme-, Kaffee- und Pfirsichfarben herrichten lassen. In jeder gab es einen Eßtisch und Stühle für den Lunch und dahinter eine Glastür zum Aussichtsbalkon. Sie hatte regelmäßig die eine oder andere Gruppe von Freunden zu Gast, aber an diesem Tag waren sogar die Freunde verschwunden.

Ich klopfte kurz an ihre Logentür, drückte ohne auf Antwort zu warten die Klinke herunter und trat ein.

Der Tisch war wie üblich aus Platzgründen nach dem Lunch an die Wand gerückt worden und jetzt in vertrauter Weise gedeckt mit allem, was zum Tee gehörte: Appetithappen, Biskuits, Tassen und Untertassen, alkoholische Getränke, Kisten mit Zigarren. Heute nachmittag hatte niemand etwas davon angerührt, und es war auch keine Kellnerin da, die mir lächelnd einen Tee mit Zitrone anbot.

Ich hatte erwartet, die Loge überhaupt leer vorzufinden, aber sie war es nicht.

Die Prinzessin saß drinnen.

Neben ihr stand schweigend ein mir unbekannter Mann. Keiner von ihren üblichen Freunden. Ein Mann, der nicht viel älter war als ich, schlank, dunkelhaarig, mit ausgeprägter Nase und Kinn.

»Prinzessin...«, sagte ich und machte einen Schritt in den Raum.

Sie wandte den Kopf. Sie trug immer noch den Zobelmantel und den russischen Hut, obwohl sie die Überkleidung normalerweise in ihrer Loge ablegte. Ihre Augen sahen mich ausdruckslos an, verschleiert, weit offen, blau und leer.

Schock, dachte ich.

»Prinzessin«, sagte ich nochmals, beunruhigt.

Der Mann antwortete. Seine Stimme entsprach seiner Nase und seinem Kinn, markant, energisch, voller Kraft.

»Gehen Sie«, sagte er.

2

Ich ging.

Ich wolle mich keinesfalls ungebeten in irgendwelche privaten Probleme der Prinzessin einmischen, und diese Einstellung begleitete mich auf dem Weg nach unten. Ich war zu sehr an unsere auf Distanz bedachte Beziehung gewöhnt, als daß ich mir eingebildet hätte, ihre Angelegenheiten gingen mich etwas an. Mit der Einschränkung, daß sie die Frau von Danielles Onkel war.

Als ich dann hinaus zu meinem Wagen ging, wünschte ich, ich wäre nicht so überstürzt abgezogen oder hätte wenigstens erst einmal gefragt, ob sie meine Hilfe brauchte. Die herrische Stimme des Fremden hatte einen nachdrücklich warnenden Unterton gehabt, aus dem ich zunächst geschlossen hatte, er wolle die Prinzessin nur beschützen, aber rückblickend war ich mir da nicht so sicher.

Es konnte nichts schaden, dachte ich, wenn ich wartete, bis sie nach unten kam – denn irgendwann mußte sie schließlich nach Hause fahren –, und mich vergewisserte, daß es ihr gut ging. Wenn der Fremde noch bei ihr war und mich wieder so grob abfertigte, sie ihn aber offensichtlich als Beschützer ansah, dann würde ich sie zumindest wissen lassen, daß ich ihr nötigenfalls beigestanden hätte.

Ich ging durch das Sattelplatztor zum Parkplatz, wo ihr Chauffeur Thomas wie gewohnt in ihrem Rolls-Royce auf sie wartete.

Thomas und ich sagten uns meistens auf den Parkplätzen guten Tag, denn er, ein phlegmatischer Londoner, las lieber friedlich in irgendeinem Buch, als auf die sportlichen Ereignisse um ihn herum zu achten. Dick und zuverlässig, chauffierte er die Prinzessin seit Jahren und kannte ihr Leben und ihren Tageslauf so gut wie jemand aus ihrer Familie.

Er sah mich kommen und winkte mir zu. Normalerweise ließ sie, wenn ich ihre Loge verlassen hatte, nicht mehr lange auf sich warten, so daß mein Erscheinen für Thomas als Zeichen diente, den Wagen zu starten und den Motor warmlaufen zu lassen.

Ich ging zu ihm, und er ließ ein Fenster herunter, um mit mir zu sprechen.

»Ist sie soweit?« fragte er.

Ich schüttelte den Kopf. »Da ist jemand bei ihr ...« Ich zögerte. »Kennen Sie einen jüngeren Mann mit dunklen Haaren, dünn, vorspringende Nase und Kinn?«

Er überlegte und sagte, ihm fiele keiner ein und warum es mich beunruhige.

»Sie hat nicht zugesehen wie eines von ihren Pferden gelaufen ist.«

Thomas setzte sich gerader. »Darauf würde sie doch nie verzichten.«

»Eben. Hat sie aber.«

»Da stimmt was nicht.«

»Ja, denke ich auch.«

Ich sagte Thomas, ich ginge noch einmal zurück, um mich zu vergewissern, daß ihr nichts passiert sei, und auch ihm war jetzt Unruhe anzusehen.

Das letzte Rennen war vorbei, die Zuschauer zerstreuten sich rasch. Ich stellte mich an das Tor, wo ich die Prinzessin nicht verpassen konnte, und überflog Gesichter. Viele waren mir bekannt, viele kannten mich. Ich sagte fünfzig Mal gute Nacht und hielt vergeblich nach dem Pelzhut Ausschau.

Der Menschenstrom verebbte zu einem Rinnsal und das Rinnsal zu Zweier- und Dreiergruppen. Ich wanderte langsam wieder auf die Tribüne zu und dachte unentschlossen, daß ich vielleicht noch einmal in ihre Loge hinaufgehen sollte.

Ich hatte fast den Aufgang zu den Logen erreicht, als sie herauskam.

Selbst aus acht Metern Entfernung konnte ich den verschleierten Blick ihrer Augen sehen, und sie ging, als spüre sie den Boden nicht, hob die Füße zu hoch und setzte sie bei jedem Schritt hart auf.

Sie war allein und nicht in der Verfassung, es zu sein.

»Prinzessin«, ich trat rasch zu ihr. »Lassen Sie sich helfen.«

Sie schaute mich an, ohne etwas zu sehen. Sie wankte. Ich legte den Arm fest um ihre Taille, was ich unter normalen Umständen nie getan hätte, und sie straffte sich, als wollte sie ihre Hilfsbedürftigkeit nicht zugeben.

»Ich bin vollkommen in Ordnung«, sagte sie zitternd.

»Ja . . . gut, nehmen Sie mich beim Arm.« Ich ließ ihre Taille los, bot ihr meinen Arm als Stütze, und nach einem winzigen Zögern hakte sie sich ein.

Ihr Gesicht war blaß unter dem Pelzhut, und sie bebte am ganzen Körper. Ich ging langsam mit ihr zum Tor und lenkte sie dorthin, wo Thomas wartete. Er war ausgestiegen, sah besorgt drein und öffnete den hinteren Wagenschlag, als wir herankamen.

»Danke«, sagte die Prinzessin leise, als sie einstieg. »Vielen Dank, Kit.«

Sie ließ sich auf den Rücksitz sinken, wobei sie ihren Hut verlor und apathisch zusah, wie er auf den Boden rollte.

Sie streifte ihre Handschuhe ab und hob eine Hand zum Kopf, bedeckte ihre Augen. »Ich glaube, ich . . .« Sie schluckte erst einmal. »Haben wir Wasser, Thomas?«

»Ja, Madam«, sagte er eifrig und ging zum Kofferraum, um den kleinen Korb mit Erfrischungen herauszuholen, die er gewohnheitsmäßig mitnahm. Schlehenlikör, Sekt und Sprudelwasser waren immer zur Hand.

Ich blieb an der offenen Tür stehen, unsicher, wieviel Hilfe sie für nötig erachtete. Ich kannte ihren Stolz, ihre Beherrschung, die Ansprüche, die sie an sich stellte, durchaus. Sie würde nicht wollen, daß irgend jemand sie für schwach hielt.

Thomas gab ihr etwas Mineralwasser in einem Kristallglas mit klimperndem Eis, eine reife Leistung. Sie nahm zwei oder drei kleine Schlucke und starrte abwesend ins Leere.

»Prinzessin«, sagte ich schüchtern, »wäre es vielleicht besser, wenn ich Sie nach London begleite?«

Sie wandte die Augen in meine Richtung, und etwas wie ein Schauder durchlief sie, so daß das Eis klirrte.

»Ja«, sagte sie merklich erleichtert. »Ich brauche einen, der . . .« Sie unterbrach sich, fand die Worte nicht.

Einen, der verhinderte, daß sie zusammenbrach, nahm ich an. Keine Schulter zum Ausweinen, sondern einen Grund, um nicht zu weinen.

Thomas, der die Regelung guthieß, sagte nüchtern zu mir: »Was wird mit Ihrem Auto?«

»Es steht auf dem Jockey-Parkplatz. Ich fahre es zu den Stallungen. Da kann es bleiben.«

Er nickte, und wir hielten auf dem Weg nach draußen kurz an, damit ich den Mercedes sicher unterbringen und dem Stallmeister der Rennbahn sagen konnte, ich käme ihn später abholen. Die Prinzessin schien von diesen ganzen Vorkehrungen nichts mitzubekommen, sondern starrte weiter in Gedanken an Dinge, die ich mir nicht vorstellen konnte, und erst als wir uns in der frühen Abenddämmerung London allmählich näherten, regte sie sich schließlich und gab mir zerstreut das Glas mit dem Rest Sprudel und geschmolzenem Eis als eine Art Auftakt zum Gespräch.

»Es tut mir leid«, sagte sie, »daß ich Ihnen Umstände mache.«

»Das tun Sie doch gar nicht.«

»Ich habe eben«, fuhr sie vorsichtig fort, »einen schweren Schock bekommen. Und ich kann es nicht erklären...« Sie brach ab und schüttelte den Kopf, fuchtelte verzagt mit den Händen. Mir schien trotz alledem, daß sie an einen Punkt gelangt war, wo ein gewisser Beistand willkommen sein könnte.

»Kann ich irgend etwas tun?« fragte ich neutral.

»Ich bin nicht sicher, wieviel ich verlangen darf.«

»Eine ganze Menge«, sagte ich ohne Umschweife.

Der Anflug eines Lächelns kehrte in ihre Augen zurück, verschwand aber rasch wieder. »Ich habe nachgedacht...«, sagte sie. »Würden Sie, wenn wir in London sind, mit ins Haus kommen und warten, bis ich mit meinem Mann gesprochen habe?«

»Ja, natürlich.«

»Sie haben Zeit? Vielleicht... ein paar Stunden?«

»Immer«, versicherte ich ihr trocken. Danielle war zu Leonardo gefahren, und ohne sie wurde die Zeit lang. Ich unterdrückte das in mir aufsteigende Unglücksgefühl und fragte mich, was wohl die Prinzessin so erschüttert hatte. Monsieur de Brescous Gesundheit betraf es offenbar nicht. Vielleicht etwas Schlimmres.

Während es draußen völlig dunkel wurde, fuhren wir etliche Kilometer schweigend weiter, die Prinzessin starrte wieder vor sich hin und seufzte, und ich hätte gern gewußt, was ich mit dem Kristallglas anfangen sollte.

Als könnte er meine Gedanken lesen, sagte Thomas plötzlich: »Unter dem Aschenbecher an der Tür, Mr. Fielding, befindet sich ein Glashalter«, und ich begriff, daß er mein Dilemma im Rückspiegel mitbekommen hatte.

»Vielen Dank, Thomas«, sagte ich in den Spiegel und begegnete seinem amüsierten Blick. »Sehr aufmerksam.«

Ich klappte den Chromring hoch, der ähnlich aussah wie der Halter für einen Zahnputzbecher, und steckte das Glas hinein. Die Prinzessin blieb in unerfreuliche Visionen versunken.

»Thomas«, sagte sie schließlich, »versuchen Sie bitte mal, ob Mrs. Jenkins noch im Haus ist? Wenn ja, möchte sie doch nachhören, ob Mr. Gerald Greening heute abend vorbeikommen kann.«

»Ja, Madam«, sagte Thomas und drückte die Tasten des Autotelefons, auf das er im Fahren flüchtig herunterschaute.

Mrs. Jenkins arbeitete für die Prinzessin und Monsieur de Brescou als Sekretärin und persönliche Assistentin für alle Belange, eine junge, frisch verheiratete Frau, klein und blaß wie ein heimatloses Kind. Sie arbeitete nur werktags und machte pünktlich um fünf Feierabend, und nach meiner Uhr war es wenige Minuten davor. Thomas erwischte sie offenbar in der Tür und gab die Nachricht zur Zufriedenheit der Prinzessin durch. Sie sagte nicht, wer Gerald Greening war, sondern gab sich stumm wieder ihren grimmigen Gedanken hin.

Bis wir den Eaton Square erreichten, hatte sie sich körperlich völlig erholt und weitgehend auch seelisch. Trotzdem wirkte sie immer noch blaß und angegriffen und ließ sich von Thomas' starker Hand aus dem Wagen helfen. Ich folgte ihr auf den Gehsteig, und sie betrachtete Thomas und mich einen Augenblick im Licht der Straßenlaternen.

»Tja«, sagte sie nachdenklich, »ich danke Ihnen beiden.«

Thomas sah immer so aus, als würde er bereitwillig für sie sterben anstatt sie nur vorsichtig zu den Rennen zu fahren, aber jetzt überquerte er weniger dramatisch den Gehsteig und schloß mit seinem Schlüsselbund die Haustür der Prinzessin auf.

Sie und ich gingen hinein, während Thomas den Wagen wegbrachte, und stiegen die breite Treppe in den ersten Stock hinauf. Das Erdgeschoß des großen alten Hauses bestand aus Büros, einer Gästesuite, Bibliothek und einem Frühstückszimmer. Die Prinzessin und ihr Mann hielten sich vorwiegend oben auf; Gesellschafts-, Wohn- und Eßzimmer lagen im ersten Stock, Schlafsalons in den drei Etagen darüber. Das Personal wohnte im Souterrain, und in neuerer Zeit hatte das Haus einen leistungsfähigen Lift erhalten, der Platz bot für Monsieur de Brescous Rollstuhl.

»Würden Sie im Wohnzimmer warten?« sagte sie. »Trinken Sie etwas. Wenn Sie Tee möchten, läuten Sie nach Dawson...« Die Gastgeberworte stellten sich ganz von selbst ein, doch ihre Augen waren ausdruckslos, und sie wirkte sehr müde.

»Ich komme schon zurecht«, sagte ich.

»Es kann aber lange dauern.«

»Ich werde hier sein.«

Sie nickte und ging die breite Treppenflucht hinauf zum nächsten Stock, wo sie und ihr Mann jeder eine eigene Suite hatten und wo Roland de Brescou den größten Teil seiner Zeit verbrachte. Ich war nie dort oben gewesen, aber Danielle hatte seine Räumlichkeiten als ein Miniaturkrankenhaus beschrieben, nicht nur mit Schlaf- und Wohnzimmer, sondern einem Physiotherapieraum und einem zusätzlichen Zimmer für einen Pfleger.

»Was fehlt ihm?« hatte ich gefragt.

»Er hat irgendeine schreckliche Viruskrankheit. Was es genau ist, weiß ich nicht, aber keine Kinderlähmung. Die Beine haben ihm vor Jahren einfach den Dienst versagt. Darüber reden sie nicht viel, und du kennst sie ja, man kommt sich aufdringlich vor, wenn man fragt.«

Ich ging ins Wohnzimmer, das zum vertrauten Territorium für mich geworden war, und rief Dawson, den ziemlich erlauchten Butler an, um mir Tee kommen zu lassen.

»Sehr wohl, Sir«, sagte er knapp. »Ist Prinzessin Casilia bei Ihnen?«

»Sie ist oben bei Monsieur de Brescou.«

Er sagte: »Ah«, und die Verbindung brach ab. Kurz darauf brachte er ein kleines Silbertablett mit Tee und Zitrone, aber ohne Milch, Zucker und Kekse.

»Hatten wir einen erfolgreichen Nachmittag, Sir?« fragte er, als er seine Last absetzte.

»Einen Sieg und einen dritten Platz.«

Er lächelte ein wenig, ein Mann von fast sechzig Jahren, genügsam und zufrieden mit seiner Arbeit. »Sehr freundlich, Sir.«

»Ja.«

Er nickte und ging, und ich goß mir Tee ein und versuchte, während ich ihn trank, nicht an Toast und Butter zu denken. Irgendwie hatte ich in der Winterpause im Februar drei Pfund zugenommen und rang deshalb jetzt mehr als sonst mit meinem Körpergewicht.

Das Wohnzimmer war komfortabel, mit geblümten Stoffen, Teppichen und warmem Lampenlicht, insgesamt freundlicher als der Satin und die Vergoldungen in dem sehr französischen Gesellschaftszimmer nebenan. Ich stellte den Fernseher an, um die Nachrichten zu sehen, schaltete ihn danach wieder aus und wanderte auf der Suche nach etwas Lesbarem umher. Flüchtig fragte ich mich auch, warum die Prinzessin gewollt hatte, daß ich warte, und was für eine Hilfe es eigentlich war, die sie meinte nicht verlangen zu können.

Der Lesestoff schien begrenzt auf ein Architekturmagazin in französischer Sprache und einen weltweiten Flugplan, und ich war im Begriff, mich für das zweite zu entscheiden, als ich auf einem Tischchen einen Faltprospekt über »Kunstseminare in anspruchsvollem Rahmen« entdeckte und mich mit Danielles Wochenende konfrontiert sah.

Ich setzte mich in einen Sessel und las die Broschüre von vorn bis hinten durch. Das Hotel, von dem auch Fotos abgebildet waren, wurde als aufwendig renoviertes Landhaus beschrieben, mit hinreißender Aussicht auf Wasserfälle und Seen und mit lodernden Kaminfeuern für die häusliche Gemütlichkeit.

Die Veranstaltungen wurden am Freitag abend um sechs mit einem Empfang eröffnet (der war also, während ich las, gerade im Gang), danach gab es Abendessen, danach ein Konzert mit Sonaten von Chopin im goldenen Gesellschaftszimmer.

Am Samstag begann das eigentliche Seminar. Der illustre Direktor der italienischen Gemäldeabteilung des Louvre hielt Vorträge über »Die Meister der italienischen Renaissance«. Am Morgen »Boticelli, Leonarda da Vinci, Raphael: Meisterwerke im Louvre«, und am Nachmittag »Giorgiones Ländliches Konzert und Tizians Laura Dianti: Das Cinquecento in Venedig«, alles untermalt von Dias zur Verdeutlichung der Pinselführung und der Technik. Diese Vorträge, hieß es in dem Prospekt, seien eine ganz besondere Ehre, denn der wahrscheinlich größte lebende Experte der italienischen Renaissancekunst spreche nur selten außerhalb Frankreichs.

Am Samstagabend fand ein großes florentinisches Festmahl statt, eigens kreiert von einem Meisterkoch aus Rom, und am Sonntag wurden Fahrten zu den im Seengebiet gelegenen Häusern von Wordsworth, Ruskin und (auf Wunsch) Beatrix Potter veranstaltet. Abschließend gab es Nachmittagstee rund um den Kamin in der Großen Halle, und die Gesellschaft würde sich auflösen.

Ich war selten unsicher, was mich oder das von mir gewählte Leben anging, aber als ich den Prospekt weglegte, kam ich mir hoffnungslos inkompetent vor.

Ich wußte so gut wie nichts über die italienische Renaissance und hätte da Vinci nicht auf hundert Jahre genau datieren können. Ich wußte, daß er die Mona Lisa gemalt und Hubschrauber und U-Boote entworfen hatte, aber das war so ziemlich alles. Über Botticelli, Giorgione und Raphael wußte ich genausowenig. Wenn Danielle ein tiefschürfendes Interesse an der Kunst hatte, würde sie dann je zu einem Mann zurückkehren, dessen Arbeit körperlich, banausisch und obendrein gefährlich war? Zu einem Mann, der in seinen Teenagerjahren Biologie und Chemie gemocht hatte und nicht studieren wollte. Zu jemandem, der es unbedingt vermieden hätte, dorthin zu gehen, wohin sie voller Lust gegangen war.

Ich zitterte. Ich konnte es nicht ertragen, sie zu verlieren, weder an tote Maler noch an einen lebenden Prinzen.

Die Zeit verstrich. Ich las die weltweiten Flugpläne und sah, daß es viele Orte gab, von denen ich noch nie gehört hatte, wo täglich, stündlich Leute ein- und ausflogen. Ich wußte viel zu vieles nicht.

Schließlich, um kurz nach acht, kam der gleichmütige Dawson wieder, bat mich nach oben, und ich folgte ihm zu der unbekannten Tür von Monsieur de Brescous privatem Wohnzimmer.

»Mr. Fielding, Sir«, kündigte Dawson mich an, und ich betrat einen Raum mit goldverbrämten Vorhängen, dunkelgrünen Wänden und dunkelroten Ledersesseln.

Roland de Brescou saß wie gewohnt in seinem Rollstuhl, und auf einen Blick war zu erkennen, daß er unter dem gleichen schweren Schock stand, den die Prinzessin erlitten hatte. Er sah stets zerbrechlich aus, schien jetzt aber dem Tod näher denn je; die blasse, graugelbe Haut straff gespannt über den Wangenknochen, die Augen starr und verstört. Vor langer Zeit war er wohl ein gutaussehender Mann gewesen, und ein edler Kopf mit weißem Haar, eine angeborene aristokratische Würde war ihm geblieben. Er trug wie immer einen dunklen Anzug mit Krawatte, machte keine Konzessionen an seine Krankheit. Alt und schwach mochte er sein, aber dennoch sein eigener Herr, im Vollbesitz seiner geistigen Kräfte. Seit meiner Verlobung mit Danielle war ich ihm einige Male begegnet, doch er war, wenn auch unfehlbar höflich, stets einsiedlerisch und ebenso zurückhaltend wie Prinzessin Casilia.

»Treten Sie ein«, sagte er, heiserer als sonst, mit seiner immer überraschend kräftigen Stimme. »Guten Abend, Kit.« Der französische Einschlag in seinem Englisch war so unauffällig wie bei der Prinzessin.

»Guten Abend, Monsieur«, sagte ich mit einer kleinen Verbeugung, denn er gab einem nicht gern die Hand; seine war so dünn, daß ein Händedruck ihm weh tat.

Die Prinzessin saß in einem Sessel. Sie hob müde die Finger zum

Gruß, und als Dawson sich zurückzog und die Tür hinter mir schloß, sagte sie entschuldigend: »Wir haben Sie so lange warten lassen ...«

»Darauf hatten Sie mich vorbereitet.«

Mr. Greening war, wenn ich nicht irrte, der Mann, der auf der einen Zimmerseite an der grünen Wand lehnte, die Hände in den Taschen, und auf seinen Fersen wippte. Mr. Greening, in Smoking und schwarzer Fliege, war kahl, dickbäuchig, und irgendwo Ende Fünfzig. Er betrachtete mich mit klugen, kundigen Augen, taxierte mein Alter (einunddreißig), meine Größe (einsachtundsiebzig), meine Kleidung (grauer Konfektionsanzug) und womöglich mein Einkommen. Er sah aus wie jemand, der gewohnt ist schnell zu urteilen und nicht glaubt, was man ihm erzählt.

»Der Jockey«, sagte er in einem von Eaton geprägten Tonfall. »Stark und kühn.«

Er war ironisch, was mich nicht störte. Ich lächelte ein wenig, ging die naheliegenden Kategorien durch und stieß auf eine Möglichkeit.

»Der Anwalt?« tippte ich. »Scharfsinnig?«

Er lachte und löste sich von der Tapete. »Gerald Greening«, sagte er nickend. »Rechtsanwalt. Wären Sie so freundlich, uns die Unterschriften auf einem Dokument zu beglaubigen?«

Dazu war ich selbstverständlich bereit, obwohl es mich erstaunte, daß die Prinzessin mich nur deswegen so lange hatte warten lassen, aber das sprach ich nicht aus. Gerald Grrening nahm ein Klemmbrett vom Couchtisch, schlug ein Blatt Papier zurück und bot Roland de Brescou einen Füllhalter an, um die zweite Seite zu unterzeichnen.

Mit einem zittrigen Schnörkel setzte der alte Mann seinen Namen neben ein rundes rotes Siegel.

»Jetzt Sie, Mr. Fielding.« Der Füller und das Klemmbrett kamen zu mir, und ich unterschrieb, wo er es mir sagte, indem ich das Brett mit dem linken Unterarm abstützte.

Die zweiseitige Urkunde, sah ich, war nicht auf der Maschine getippt, sondern in sauberen schwarzen Lettern handgeschrieben. Roland de Brescous Name und meiner zeigten die gleiche schwarze Tinte. Die Adresse und Berufsbezeichnung, die Gerald Greening ergänzend unter seine eigene Unterschrift setzte, stimmten mit der Handschrift des Textes überein.

Ein Schnellschuß, dachte ich. Morgen konnte es zu spät sein.

»Es ist zwar nicht erforderlich, daß Sie den Inhalt des von Ihnen bestätigten Dokuments kennen«, sagte Greening mir beiläufig, »aber Prinzessin Casilia besteht darauf, daß ich Sie einweihe.«

»Nehmen Sie Platz, Kit«, sagte die Prinzessin. »Es wird dauern.«

Ich setzte mich in einen der Ledersessel und warf einen Blick auf Roland de Brescou, der skeptisch dreinsah, als fände er es unergiebig, mich zu informieren. Er hat sicher recht, dachte ich, aber ich war unbestreitbar neugierig.

»Schlicht ausgedrückt«, sagte Greening, immer noch stehend, »besagt die Urkunde, daß Monsieur de Brescou ungeachtet früherer und anderslautender Vereinbarungen keine geschäftlichen Entscheidungen treffen darf ohne das Wissen, die Zustimmung und die korrekt beglaubigten Unterschriften von Prinzessin Casilia, Prinz Litsi« – er gab ihm mindestens die Hälfte seines vollen Namens – »und Miss Danielle de Brescou.«

Ich hörte verdutzt zu. Wenn Roland de Brescou doch voll geschäftsfähig war, weshalb sollte er dann so plötzlich die Verantwortung abtreten?

»Das ist eine einstweilige Regelung«, fuhr Gerald Greening fort. »Man könnte sagen, ein Sandsackbehelf, um das Wasser zurückzuhalten, während wir den Deich bauen.« Er schien zufrieden mit dem Vergleich, und es kam mir vor, als hätte er ihn schon öfter gebraucht.

»Und, ehm«, sagte ich, »besteht die Flutwelle aus etwas Bestimmtem?« Aber das mußte sie wohl, wenn sie die Prinzessin derart aus der Fassung gebracht hatte.

Gerald Greening drehte eine Runde durch das Zimmer, die Hände mitsamt Klemmbrett hinter seinem Rücken verschränkt. Ein ruheloser Geist in einem ruhelosen Körper, dachte ich und bekam Einzelheiten über die de Brescous zu hören, die weder die Prinzessin noch ihr Mann mir jemals selbst erzählt hätten.

»Sie müssen wissen«, sagte Greening belehrend, »daß Monsieur de Brescous Wurzeln in das Ancien régime zurückreichen, die Zeit vor der Revolution. Seine Familie ist alter Adel, auch wenn er selbst keinen Titel trägt. Man muß unbedingt verstehen, daß für ihn die persönliche und die Familienehre von größter Bedeutung sind.«

»Ja«, sagte ich. »Das verstehe ich.«

»Kits Familie«, sagte die Prinzessin milde, »blickt auch auf eine Jahrhunderte alte Tradition zurück.«

Gerald Greening sah etwas verblüfft drein, und ich dachte belustigt, daß ihm wohl nicht gerade der traditionelle Stolz und Haß der Fieldings vorschwebte. Er rückte jedenfalls sein Bild von mir so zurecht, daß Vorfahren darin Platz hatten, und erzählte die Geschichte weiter.

»Mitte des 19. Jahrhunderts«, sagte er, »erhielt Monsieur de Brescous Urgroßvater die Gelegenheit, sich am Bau von Brücken und Kanälen zu beteiligen, und als Folge davon gründete er, ohne es eigentlich vorzuhaben, eines der großen Bauunternehmen Frankreichs. Er selbst hat dort nie mitgearbeitet – er war Grundbesitzer –, aber das Geschäft war höchst erfolgreich und paßte sich mit ungewöhnlicher Spannkraft dem Wandel der Zeiten an. Zu Beginn des zwanzigsten Jahrhunderts willigte der Großvater von Monsieur de Brescou in den Zusammenschluß des Familienunternehmens mit einer anderen Baufirma ein, deren Hauptinteresse Straßen, nicht Kanäle waren. Die große Ära des Kanalbaus ging zu Ende, und für die gerade aufkommenden Automobile wurden bessere Straßen gebraucht. Monsieur de Brescous Großvater behielt fünfzig Prozent von der neuen Gesellschaft, eine Regelung, welche keinem der beiden Partner die völlige Kontrolle gab.«

Gerald Greenings Augen funkelten mißbilligend, während er langsam hinter den Sesseln einherging.

»Monsieur de Brescous Vater fiel im Zweiten Weltkrieg, ohne das Geschäft zu erben. Monsieur de Brescou erbte es, als sein Großvater nach dem Zweiten Weltkrieg mit neunzig Jahren starb. Können Sie mir so weit folgen?«

»Ja«, sagte ich.

»Gut.« Er ging weiter umher und stellte seine Geschichte in klaren Zügen dar, fast als breite er Fakten vor einer ziemlich beschränkten Jury aus. »Die Firma, die sich mit derjenigen von Monsieur de Brescous Großvater zusammenschloß, wurde von einem Mann namens Henri Nanterre geleitet, der ebenfalls adliger Herkunft war und hohen moralischen Grundsätzen anhing. Die beiden Männer mochten und vertrauten einander und stimmten darin überein, daß ihr Gemeinschaftsunternehmen an den höchsten Prinzipien festhalten sollte. Sie setzten gut beleumundete Geschäftsführer ein und lehnten sich zurück und, äh ... mehrten ihren Reichtum.«

»Mm«, sagte ich.

»Vor und während des Zweiten Weltkriegs ging die Firma in die Rezession und schrumpfte auf ein Viertel ihrer früheren Größe, aber sie war gesund genug, um in den fünfziger Jahren wiederaufzuleben, obwohl die Unternehmerfreunde von einst gestorben waren. Monsieur de Brescou blieb auf gutem Fuß mit dem Nanterre-Erben – Louis –, und die Tradition der Einsetzung von Spitzenmanagern wurde fortgeführt. Und damit wären wir bei den Ereignissen vor drei Jahren, als Louis Nanterre starb und seinen 50-Prozent-Anteil seinem einzigen Sohn Henri hinterließ. Henri Nanterre ist siebenunddreißig, ein fähiger Unternehmer, voller Energie, geschäftstüchtig. Die Gewinne der Firma nehmen jährlich zu.«

Die Prinzessin und ihr Mann lauschten düster dieser langen Rede, die mir eine Erfolgsstory ersten Ranges zu sein schien.

»Henri Nanterre«, erklärte Greening vorsichtig, »ist ein Mensch der Moderne. Das heißt, die alten Werte bedeuten ihm nicht viel.«

»Er hat keine Ehre«, sagte Roland de Brescou mit Abscheu. »Er bringt Schande über seinen Namen.«

Ich fragte die Prinzessin langsam: »Wie sieht er aus?«

»Sie haben ihn gesehen«, erwiderte sie einfach. »In meiner Loge.«

3

Ein kurzes Schweigen trat ein, dann sagte die Prinzessin zu Greening: »Bitte weiter, Gerald. Erzählen Sie Kit, was dieser ... dieser elende Mensch will und was er mir gesagt hat.«

Roland de Brescou schaltete sich ein, bevor Greening das Wort ergreifen konnte, und drehte seinen Rollstuhl zu mir hin. »Ich erzähle es ihm. Ich sage es Ihnen. Ich war nicht der Meinung, daß Sie in unsere Angelegenheiten hineingezogen werden sollten, aber meine Frau wünscht es...« Er machte eine schwache Geste mit der dünnen Hand, um seine Zuneigung zu ihr anzudeuten, »...und da Sie Danielle heiraten werden, nun ja, vielleicht ... Aber ich sage es Ihnen selbst.« Er sprach langsam, jedoch wieder mit kräftigerer Stimme; auch bei ihm ließ der Schock nach, und etwas wie Ärger kam durch.

»Wie Sie wissen«, sagte er, »bin ich seit langem...« Er deutete an seinem Körper herunter, sprach es nicht aus. »Und wir leben auch schon lange Zeit in London. Weit weg von der Firma, verstehen Sie?«

Ich nickte.

»Louis Nanterre, der ging dort ziemlich oft hin und beriet sich mit den Geschäftsführern. Dann haben wir immer mal wieder telefoniert, und er hielt mich über alles auf dem laufenden ... Wenn es vernünftig schien, neue Richtungen einzuschlagen, beschlossen wir das gemeinsam. Beispielsweise haben er und ich eine Fabrik aufgebaut, um Teile aus Kunststoff zu produzieren statt aus Metall oder Beton. Schwere Entwässerungsrohre etwa, die im Straßenbett nicht reißen oder rotten, verstehen Sie? Wir haben neue, sehr widerstandsfähige Kunststoffe entwickelt.«

Er unterbrach sich, anscheinend mehr aus Atemnot als deshalb, weil es nichts mehr zu sagen gab. Die Prinzessin, Greening und ich warteten, bis er weitersprechen konnte.

»Louis«, sagte er schließlich, »kam zweimal das Jahr zu uns nach

London, mit Buchprüfern und Anwälten – auch Gerald war dann hier – und wir erörterten das Geschäft, lasen die Berichte und Empfehlungen der Aufsichtsräte und schmiedeten Pläne.« Er seufzte schwer. »Dann starb Louis, und ich bat Henri, zu den Sitzungen herüberzukommen, und er hat das abgelehnt.«

»Abgelehnt?« wiederholte ich.

»Kategorisch. So war ich plötzlich nicht mehr auf dem laufenden, und ich schickte Gerald hinüber und schrieb an die Prüfer . . .«

»Henri hat die Prüfer gefeuert«, sagte Gerald Greening kurz und bündig in die Pause, »und andere eigener Wahl engagiert. Er hatte die Hälfte der Geschäftsführer gefeuert, um die Leitung selbst zu übernehmen, und war in Branchen eingestiegen, von denen Monsieur de Brescou nichts ahnte.«

»Es ist unerträglich«, sagte Roland de Brescou.

»Und heute?« fragte ich zögernd. »Was hat er heute in Newbury gesagt?«

»Zu meiner Frau zu gehen!« Er bebte vor Zorn. »Ihr zu drohen. Es ist . . . eine Schande.« Kein Wort, schien es, war stark genug für seine Gefühle.

»Er sagte Prinzessin Casilia«, erklärte Gerald Greening, »daß er die Unterschrift ihres Mannes auf einem Dokument braucht, das Monsieur de Brescou nicht unterschreiben will, und sie solle dafür sorgen, daß er es unterschreibt.«

»Was für ein Dokument?« fragte ich rundheraus.

Keiner von ihnen hatte es offenbar eilig, darauf zu antworten, und schließlich war es Gerald Greening, der verzagt die Schultern hob und sagte: »Ein Antragsformular der französischen Behörden für die Genehmigung zur Herstellung und Ausfuhr von Waffen.«

»Waffen?« sagte ich überrascht. »Welche Art von Waffen?«

»Tödliche Schußwaffen. Handfeuerwaffen aus Kunststoff.«

»Er eröffnete mir«, sagte die Prinzessin niedergeschlagen, »daß es ganz einfach sei, die starken Kunststoffe für Waffen zu verwenden. Viele moderne Pistolen und Maschinengewehre können aus Plastik gefertigt werden, sagt er. Dann sind sie billiger und leichter, sagt er. Die Produktion wäre einfach und rentabel, wenn er erst einmal die Lizenz hätte. Und er sagte, er bekäme sicher eine Lizenz, die Vorarbeiten seien bereits abgeschlossen. Er habe wenig Mühe gehabt, weil die Firma de Brescou & Nanterre so angesehen und bekannt sei, und er brauche lediglich noch die Zustimmung meines Mannes.«

Sie schwieg mit einer Betroffenheit, die der ihres Mannes entsprach.

»Waffen«, sagte er. »Niemals werde ich das unterschreiben. Es ist unehrenhaft, verstehen Sie, heutzutage mit Kriegswaffen zu handeln. Undenkbar. In Europa ist das doch kein Geschäft von gutem Ruf mehr. Gerade Plastikwaffen, die erfunden worden sind, damit man sie unentdeckt durch Flughafenkontrollen schaffen kann. Natürlich ist mir klar, daß unsere Kunststoffe dafür geeignet wären, aber nie und nimmer soll mein Name für den Verkauf von Waffen benutzt werden, die womöglich in die Hände von Terroristen gelangen. Es ist völlig undenkbar.«

Das sah ich allerdings ein.

»Einer unserer älteren Geschäftsführer rief mich vor einem Monat an und fragte, ob ich wirklich vorhätte, Waffen herzustellen. Ich wußte von nichts. Dann schickte Henri Nanterre einen Anwaltsbrief, in dem er formell um meine Zustimmung bat. Ich schrieb zurück, die gäbe ich niemals, und dachte, damit sei die Angelegenheit erledigt. Es kommt nicht in Frage, daß die Firma ohne mein Einverständnis Waffen produziert. Aber meiner Frau zu drohen!«

»Was waren das für Drohungen?« fragte ich.

»Henri Nanterre«, antwortete die Prinzessin leise, »hat mir gesagt, er sei sicher, ich würde meinen Mann zu der Unterschrift überreden, denn ich wollte doch wohl nicht, daß einer meiner Angehörigen – oder jemand, der für mich arbeitet –, einen Unfall hätte.«

Kein Wunder, daß sie erschüttert gewesen war, dachte ich. Waffen, Gewaltandrohung, möglicher Ehrverlust; alles weit entfernt von ihrem behüteten, sicheren und achtbaren Alltag. Henri Nanterre mit seinem markanten Gesicht und seiner herrischen Stimme mußte sie mindestens schon eine Stunde bearbeitet haben, bevor ich in ihre Loge kam.

»Was war denn mit Ihren Freunden in Newbury?« fragte ich sie. »Ihren Logengästen.«

»Die hat er weggeschickt«, sagte sie müde. »Er sagte, er müsse mich dringend sprechen, und sie sollten nicht wiederkommen.«

»Und sie sind gegangen.«

»Ja.«

Nun ... ich war auch gegangen.

»Ich wußte nicht, wer er war«, sagte die Prinzessin. »Ich habe mich von ihm überrumpeln lassen. Er kam hereingestürmt, warf die andern raus und erstickte alle meine Einwände und Fragen. Mir ist noch ...« sie erschauerte. »Mir ist so jemand noch nie begegnet.«

Henri Nanterre hatte selber ziemlich viel von einem Terroristen, fand ich. Terrormache jedenfalls: Brüllen, Drängen, Drohungen.

»Was haben Sie ihm gesagt?« fragte ich, denn wenn irgend jemand einen Terroristen mit Worten bändigen konnte, dann war sie das.

»Ich weiß es nicht. Er hat nicht zugehört. Er hat einfach alles überschrien, was ich sagen wollte, bis ich schließlich still war. Es war zwecklos. Wenn ich versuchte aufzustehen, schubste er mich zurück. Wenn ich redete, fuhr er mir über den Mund. Er sagte immer und immer wieder das gleiche ... Als Sie in meine Loge kamen, war ich völlig benommen.«

»Ich hätte bleiben sollen.«

»Nein ... nur gut, daß Sie weggegangen sind.«

Sie sah mich ruhig an. Vielleicht hätte ich buchstäblich mit ihm kämpfen müssen, dachte ich, und vielleicht den Kampf verloren, und das hätte bestimmt keinem geholfen. Trotzdem hätte ich bleiben sollen.

Gerald Greening räusperte sich, legte das Klemmbrett auf ein Tischchen und begann wieder an der Wand hinter meiner linken Schulter auf den Fersen zu wippen.

»Prinzessin Casilia hat mir erzählt«, sagte er, indem er mit Geldstücken in seiner Hosentasche klimperte, »daß ihr Jockey im letzten November zwei böse Zeitungsbarone, einen bösen Kredithai und verschiedene böse Schläger ausgetrickst hat.«

Ich drehte den Kopf und fing seinen Blick auf, der ungläubig strahlte. Ein Spaßvogel, dachte ich. Nicht das, was ich mir bei einem Anwalt gewünscht hätte.

»Es ergab sich so«, sagte ich neutral.

»Und dürsten die immer noch nach Ihrem Blut?« Seine Stimme hatte einen frotzelnden Unterton, als könnte niemand die Geschichte der Prinzessin ernst nehmen.

»Nur der Kredithai, soviel ich weiß«, sagte ich.

»Maynard Allardeck?«

»Sie haben von ihm gehört?«

»Ich kenne ihn«, sagte Greening leicht auftrumpfend. »Ein vernünftiger, reizender Mensch, möchte ich meinen. Ganz und gar kein Schurke.«

Ich äußerte mich nicht dazu. Ich vermied es nach Möglichkeit, über Maynard zu reden, nicht zuletzt, weil jedes Wort ihm zu Ohren kommen und als prozeßreife Beleidigung ausgelegt werden konnte.

»Jedenfalls«, sagte Greening, am Rand meines Gesichtsfelds wippend, mit offenkundiger Ironie, »hätte Prinzessin Casilia jetzt gern, daß Sie auf schnellem Roß zu Hilfe eilen und Monsieur de Brescou von dem abscheulichen Nanterre befreien.«

»Nein, nein«, protestierte die Prinzessin. Sie setzte sich gerader. »Gerald, davon habe ich nichts gesagt.«

Ich stand langsam auf und wandte mich Greening unmittelbar zu, und ich weiß nicht genau, was er sah, aber er hörte auf zu wippen, nahm die Hände aus den Taschen und sagte in abrupt verändertem Ton: »Sie hat das zwar nicht gesagt, aber sie möchte es zweifellos. Und ich gebe zu, daß ich das Ganze bis zu diesem Moment ein bißchen für einen Scherz gehalten habe.« Er sah mich verlegen an. »Hören Sie, mein Lieber, vielleicht habe ich mich geirrt.«

»Kit«, sagte die Prinzessin hinter mir, »bitte nehmen Sie Platz. Darauf wollte ich ganz bestimmt nicht hinaus. Ich habe nur überlegt ... Oh, nun *setzen* Sie sich doch.«

Ich setzte mich hin, beugte mich zu ihr und sah in ihre bekümmerten Augen. »Es ist Ihr Wunsch«, sagte ich billigend. »Sie möchten es. Ich werde tun, was ich kann, um Ihnen zu helfen. Aber ich bin immer noch ... ein Jockey.«

»Sie sind ein Fielding«, sagte sie überraschend. »Das hat Gerald gerade eben gesehen. Dieses Etwas ... Bobby sagte mir, es sei Ihnen nicht bewußt ...« Sie brach in einiger Verwirrung ab. Unter normalen Umständen redete sie nie so mit mir. »Ich wollte Sie bitten«, sagte sie mit sichtlich wiederkehrender Gelassenheit, »daß Sie Ihr Möglichstes tun, damit es keine ›Unfälle‹ gibt. Daß Sie darüber nachdenken, was passieren könnte, uns darauf hinweisen und uns beraten. Wir brauchen jemanden wie Sie, der sich vorstellen kann ...«

Sie schwieg. Ich wußte genau, was sie meinte, aber ich sagte: »Haben Sie daran gedacht, die Polizei einzuschalten?«

Sie nickte stumm, und hinter mir sagte Gerald Greening: »Ich rief sie unverzüglich an, nachdem Prinzessin Casilia mir berichtet hatte, was vorgefallen war. Gut, meinten sie, wir haben alles notiert.«

»Keine konkreten Maßnahmen?« tippte ich an.

»Sie seien eingedeckt mit tatsächlich begangenen Verbrechen, sagen sie, aber sie würden das Haus hier auf ihre Überwachungsliste setzen.«

»Und da haben Sie wohl einen ziemlich guten Platz bekommen?«

»So gut ich das heute abend hinbiegen konnte.«

Es gab keine Möglichkeit, überlegte ich, irgend jemanden auf Dauer gegen Mordanschläge zu schützen, aber ich bezweifelte, ob Henri Nanterre entschlossen war, so weit zu gehen, schon weil ihm das nicht unbedingt nützte. Wahrscheinlich dachte er nur, ein gelähmter alter Mann und eine weltfremde Frau seien leicht einzuschüchtern, und unterschätzte damit sowohl den Mut der Prinzessin wie das unbeugsame Ehrgefühl ihres Mannes. Ein Mensch von wenig Skrupeln faßte moralischen Widerstand wohl eher als vorübergehenden, austreibbaren Starrsinn auf, nicht als fest verankertes Hindernis.

Ich bezweifelte, ob er tatsächlich in diesem Augenblick »Unfälle« plante; er würde die Drohungen für ausreichend halten. Wie schnell würde er merken, daß sie es nicht waren?

Ich sagte zur Prinzessin: »Hat Nanterre Ihnen eine Zeit genannt? Hat er gesagt, wann und wo Monsieur den Antrag unterschreiben soll?«

»Ich werde nicht unterschreiben«, murmelte Roland de Brescou.

»Nein, Monsieur, aber das weiß Henri Nanterre noch nicht.«

»Er sagte mir«, antwortete die Prinzessin schwach, »daß ein Notar die Unterschrift meines Mannes beglaubigen müßte. Er werde das in die Wege leiten und uns Bescheid geben.«

»Ein Notar? Ein französischer Anwalt?«

»Ich weiß es nicht. Mit meinen Bekannten sprach er englisch, aber als sie fort waren, fing er auf französisch an, und ich sagte ihm, er solle englisch sprechen. Ich kann ja Französisch, aber wie Sie wissen, ziehe ich das Englische vor, das mir zur zweiten Natur geworden ist.«

Ich nickte. Danielle hatte mir erzählt, daß weder die Prinzessin noch ihr Mann gern in der Landessprache des Ehepartners plauderten; beide sahen Englisch als ihre Umgangssprache an und lebten auch aus diesem Grund in England.

»Was glauben Sie, was Nanterre tun wird«, fragte ich Greening, »wenn er feststellt, daß jetzt vier Leute den Antrag unterzeichnen müssen, nicht nur Monsieur?«

Er starrte mich mit glänzenden Augen an. Kontaktlinsen, dachte ich zusammenhanglos. »Konsequenzen«, sagte er, »sind Ihr Spezialgebiet, soviel ich weiß.«

»Dann kommt es darauf an«, sagte ich, »wie reich er ist, wie habsüchtig, wie machthungrig, wie entschlossen und wie kriminell.«

»Ach herrje«, meinte die Prinzessin leise, »das alles ist so scheußlich.«

Da stimmte ich ihr zu. Ich wäre jetzt mindestens so gern wie sie auf einer windgepeitschten Rennbahn gewesen, wo die Schurken vier Beine hatten und lediglich beißen konnten.

»Es gibt eine einfache Möglichkeit«, sagte ich zu Monsieur de Brescou, »Ihre Familie zu schützen und Ihren guten Ruf zu wahren.«

»Nur weiter«, sagte er, »Wie denn?«

»Ändern Sie den Namen der Firma und verkaufen Sie Ihre Anteile.«

Er blickte erstaunt drein. Die Prinzessin hob die Hand an ihren Mund, und Greenings Reaktion konnte ich nicht sehen, da er hinter mir war.

»Leider«, sagte Roland de Brescou schließlich, »kann ich beides nicht ohne die Zustimmung von Henri Nanterre tun. Das wurde in dem Partnervertrag seinerzeit festgelegt.« Er hielt inne. »Es kann natürlich sein, daß er solchen Änderungen zustimmen würde, wenn er ein Konsortium für den Aufkauf zusammenbekäme, das ihm die Aktienmehrheit einräumt. Dann könnte er, wenn er wollte, Waffen produzieren.«

»Das klingt nach einer echten Lösung«, sagte Gerald Greening wohlüberlegt von hinten. »Sie wären Ihre Sorgen los, Monsieur. Sie hätten Nutzen daraus gezogen. Ja ... sicher ein erwägenswerter Vorschlag.«

Roland de Brescou musterte mein Gesicht. »Und Sie«, sagte er, »würden Sie persönlich diesen Weg gehen?«

Tja, dachte ich. Würde ich das, wenn ich alt und gelähmt wäre? Wenn ich wüßte, daß die Folge eine Ladung neuer Waffen in einer Welt sein würde, die bereits von ihnen überschwemmt war? Wenn ich wüßte, daß ich damit meine Grundsätze über Bord warf? Wenn mir an der Sicherheit meiner Familie gelegen war?

»Ich weiß es nicht, Monsieur«, sagte ich.

Er lächelte leise und wandte seinen Kopf der Prinzessin zu. »Und du, meine Liebe? Würdest du es?«

Ihre Antwort, wie immer sie gelautet hätte, wurde verhindert durch das Summen der Sprechanlage, einer neueren Einrichtung im Haus, die allen sehr viel Lauferei ersparte. Die Prinzessin griff nach dem Hörer, drückte eine Taste und sagte: »Ja?« Sie hörte zu. »Einen Moment.« Sie sah ihren Mann an: »Erwartest du Besuch? Dawson sagt, es sind zwei Männer gekommen, die behaupten, mit dir verabredet zu sein. Er hat sie in die Bibliothek geführt.«

Roland de Brescou schüttelte gerade zweifelnd den Kopf, als ein vernehmliches Quäken aus dem Hörer drang. »Wie bitte?« fragte die Prinzessin und hielt ihn sich wieder ans Ohr. »Was sagten Sie, Dawson?« Sie horchte, schien aber nichts zu hören. »Er ist weg«, sagte sie verwirrt. »Was kann denn da passiert sein?«

»Ich sehe mal nach, wenn Sie möchten«, sagte ich.

»Ja, Kit, bitte tun Sie das.«

Ich stand auf und ging an die Tür, doch ehe ich sie erreichte, wurde sie plötzlich geöffnet und zwei Männer kamen zielstrebig herein. Der eine war unverkennbar Henri Nanterre, der andere, einen Schritt dahinter, ein blasser, spitzgesichtiger junger Mann in einem engen schwarzen Anzug, mit einer Aktenmappe unterm Arm.

Dawson erschien atemlos hinter ihnen, den Mund noch aufgerissen vor Empörung darüber, wie unsanft seine Abwehr durchbrochen worden war.

»Madam«, sagte er hilflos, »sie sind einfach an mir vorbeigerannt...«

Henri Nanterre schloß grob die Tür vor seinen Erklärungen und wandte sich in das Zimmer voller Leute. Er schien bestürzt über die Anwesenheit von Gerald Greening, und mir warf er einen zweiten, scharfen Blick zu, als er sich entsann, wo er mich schon mal gesehen hatte. Das gefiel ihm auch nicht besonders. Er hatte wohl nur die Prinzessin und ihren Mann erwartet und darauf spekuliert, daß sie für seinen Zweck mürbe genug wären.

Seine Hakennase wirkte etwas weicher vor den dunklen Wänden und seine Aggressivität nicht so geballt wie in der kleineren Loge, aber massiv war er immer noch: durch seine laute Stimme ebenso wie durch die völlige Mißachtung des guten Benehmens, das er von Hause aus hätte haben sollen.

Er schnippte mit den Fingern seinem Begleiter zu, der ein loses, sandfarbenes Blatt aus der Aktenmappe nahm und es ihm gab, worauf er Roland de Brescou eine lange und offensichtlich unangenehme Rede auf französisch entgegenschleuderte. Sein Angriffsziel lehnte sich im Rollstuhl nach hinten, wie um den Anwürfen zu entgehen, und sagte in die erste verfügbare Pause hinein: »Sprechen Sie englisch.«

Henri Nanterre fuchtelte mit dem Bogen Papier und ließ einen weiteren französischen Wortschwall vom Stapel, wobei er de Brescous Unterbrechungsversuche erstickte. Die Prinzessin winkte mir hilflos mit der Hand, um anzudeuten, daß ihr es genauso ergangen war.

»Nanterre!« sagte Gerald Greening gebieterisch und fing sich einen Blick ein, erwirkte aber keine Pause in der Tirade. Ich ging zu dem Sessel zurück, von dem ich aufgestanden war, setzte mich, schlug die Beine übereinander und baumelte mit meinem Fuß. Die Bewegung irritierte Nanterre soweit, daß er abbrach und etwas zu mir sagte, vielleicht: *»Et qui êtes vous?«*, aber sicher war ich mir da nicht. Mein bißchen Französisch hatte ich mir vorwiegend auf den Rennplätzen von Anteuil und Cagnes-sur-Mer angeeignet, und es bestand hauptsächlich aus Wörtern wie *courants* (Teilnehmer), *haies* (Hindernisse) und *piste* (Geläuf). Ich schaute Nanterre freundlich an und ließ meinen Fuß weiterbaumeln.

Greening nutzte die kurze Unterbrechung, um ziemlich schwülstig zu sagen: »Es steht nicht in der Macht von Monsieur de Brescou, irgendein Papier zu unterzeichnen.«

»Seien Sie nicht albern«, sagte Nanterre jetzt auf englisch, und wie viele französische Geschäftsleute sprach er es offenbar fließend. »Er hat viel zu viel Macht. Er hat den Kontakt zur modernen Welt verloren, und seine hinderliche Haltung muß ein Ende haben. Ich verlange von ihm, daß er eine Entscheidung trifft, die einer alternden und an verstaubten Methoden krankenden Firma zu neuer Blüte und neuem Aufschwung verhelfen wird. Die Zeit des Straßenbaus ist abgelaufen. Wir müssen uns nach neuen Märkten umsehen. Ich habe einen solchen Markt gefunden – *den* Abnehmer für die Kunststoffe, die wir seit langem verarbeiten, und altmodischer Unsinn darf da nicht im Weg stehen.«

»Monsieur de Brescou hat seine alleinige Entscheidungsgewalt abgetreten«, sagte Greening. »Außer Ihnen müssen jetzt vier Personen jede Änderung der Firmenpolitik mit ihrem Namen unterschreiben.«

»Das ist doch aus der Luft gegriffen«, sagte Nanterre laut. »De Brescou hat die volle Entscheidungsgewalt.«

»Gehabt. Er hat sie übertragen.«

Nanterre sah verblüfft drein, und ich dachte schon, Greenings Sandsäcke könnten der Flut tatsächlich standhalten, da beging er den törichten Fehler, selbstzufrieden in Richtung auf das umgedrehte Klemmbrett zu schauen. Wie konnte er nur so blöd sein, dachte ich und hatte kein Mitleid mit ihm, als Nanterre seiner Blickrichtung folgte, blitzschnell zu dem kleinen Tisch hinüberschoß und sich bediente.

»Legen Sie das hin«, sagte Greening wütend, doch Nanterre überflog die Seiten und gab sie flink seinem blassen Gehilfen.

»Ist das rechtsgültig?« wollte er wissen.

Gerald Greening war im Anmarsch, um sich sein Eigentum wiederzuholen, und der unvorgestellte Franzose ging beim Lesen rückwärts und hielt das Klemmbrett außer Reichweite. »*Oui*«, sagte er schließlich. »Jawohl. Rechtsgültig.«

»In diesem Fall...« Nanterre nahm ihm das Klemmbrett weg, riß die handbeschriebenen Seiten herunter und zerfetzte sie. »Das Schriftstück existiert nicht mehr.«

»Natürlich existiert es«, sagte ich. »Auch wenn es zerrissen ist. Es war unterzeichnet, und es kann neu geschrieben werden.«

Nanterre richtete den Blick auf mich. »Wer sind Sie?« wollte er wissen.

»Ein Bekannter.«

»Hören Sie auf, mit dem Fuß zu baumeln.«

Ich ließ ihn weiterbaumeln. »Warum finden Sie sich nicht einfach damit ab, daß Monsieur de Brescou niemals den Einstieg seiner Firma in das Waffengeschäft zulassen wird?« sagte ich. »Wenn Ihnen so daran liegt, warum erklären Sie sich dann nicht bereit, die bestehende Gesellschaft aufzulösen, und machen sich mit Ihrem Kapital selbständig?«

Er sah mich aus schmalen Augenschlitzen an, alle im Raum warteten auf eine Antwort. Sie kam widerwillig, entsprach aber offensichtlich der Wahrheit. Und war eine schlechte Nachricht für Roland de Brescou.

»Man hat mir erklärt«, sagte Nanterre mit kaltem Zorn, »daß ich die Genehmigung nur bekomme, wenn de Brescou sie mitbeantragt. Man sagte mir, sein Name sei als Rückhalt unerläßlich.«

Mir kam der Gedanke, daß vielleicht jemand auf der französischen Seite von einem Nanterre, der Waffen produzierte, nichts hielt und etwas ausgeklügelt hatte, um ihn daran zu hindern, ohne eine direkte und vielleicht politisch heikle Ablehnung auszusprechen. Wer auf einer Bedingung bestand, die nicht erfüllt werden würde, legte die Verantwortung für das Scheitern der Pläne Nanterres fein säuberlich de Brescou zu Füßen.

»Deshalb«, fuhr Nanterre drohend fort, »wird de Brescou unterschreiben. Ob er will oder nicht.« Er sah auf die Papierfetzen, die er noch in der Hand hielt, und streckte sie seinem Assistenten hin. »Suchen Sie eine Toilette«, sagte er. »Lassen Sie die Schnipsel verschwinden. Dann kommen Sie wieder.«

Der blasse junge Mann nickte und ging hinaus. Gerald Greening hatte dies und jenes einzuwenden, aber das scherte Nanterre nicht. Er sah aus, als kämen ihm gerade ein paar unerfreuliche Gedanken, und er unterbrach Greening lautstark: »Wo sind die Leute, deren Namen auf der Vereinbarung gestanden haben?«

Greening bewies zum erstenmal seit langem etwas rechtsanwältischen Verstand und sagte, er hätte keine Ahnung.

»Wo sind sie?« wandte Nanterre sich an Roland de Brescou. Als Antwort ein gallisches Achselzucken.

Er schrie die Frage der Prinzessin zu, die schweigend den Kopf schüttelte, und dann mir, mit dem gleichen Ergebnis. »Wo sind sie?«

Sie lauschten wohl den süßen Tönen Chopins, nahm ich an und fragte mich, ob sie überhaupt vom Bestehen der Vereinbarung wußten.

»Wie heißen sie?« sagte Nanterre.

Niemand antwortete. Er ging zur Tür und rief laut den Flur hinunter. »Valery! Kommen Sie sofort hierher. Valery! Kommen Sie.«

Der Mann namens Valery eilte mit leeren Händen herbei. »Die Vereinbarung ist futsch«, sagte er beruhigend. »Alles weggespült.«

»Sie haben doch die Namen gelesen, ja?« wollte Nanterre wissen.
»Erinnern Sie sich an die Namen?«

Valery schluckte. »Ich hatte, ehm ...«, stammelte er. »Ich habe mir die Namen nicht genau angesehen. Ehm ... das erste war Prinzessin Casilia ...«

»Und die anderen?«

Valery schüttelte den Kopf, die Augen weit aufgerissen. Zu spät begriffen er und Nanterre, daß sie Informationen verspielt hatten, die sie hätten gebrauchen können. Auf Leute, deren Identität nicht festzustellen war, konnte man keinen Druck ausüben. Bestechung und Lockmittel fanden kein Ziel.

Nanterre setzte seine Enttäuschung in verstärkte Aggressivität um, streckte Roland de Brescou erneut das Antragsformular hin und verlangte, daß er es unterschrieb.

Monsieur de Brescou nahm sich nicht einmal die Mühe, den Kopf zu schütteln. Nanterre hatte verloren, dachte ich, und würde bald abziehen; aber ich irrte mich.

Er gab Valery das Formular, schob die rechte Hand in sein Jackett und zog aus einem versteckten Halfter eine schwarze, zünftige Pistole. Mit einer gleitenden Bewegung erreichte er die Prinzessin und drückte ihr die Mündung an die Schläfe, wobei er hinter sie trat und mit der linken Hand ihren Kopf unter dem Kinn festhielt.

»Jetzt«, sagte er grimmig zu de Brescou, »unterschreiben Sie den Antrag.«

4

In die geladene Atmosphäre hinein sagte ich deutlich: »Seien Sie nicht albern.«

»Halten Sie den Fuß still«, zischte Nanterre wütend.

Ich hielt ihn still. Alles zu seiner Zeit.

»Wenn Sie Prinzessin Casilia erschießen«, sagte ich ruhig, »wird Monsieur de Brescou das Formular nicht unterschreiben.«

Die Prinzessin hatte ihre Augen geschlossen, und Roland de Brescou schien einer Ohnmacht nahe. Valerys aufgerissene Augen liefen Gefahr, vollends aus den Höhlen zu treten, und Gerald Greening flüsterte irgendwo hinter mir fassungslos: »O mein Gott.«

Ich sagte mit trockenerem Mund, als mir lieb war: »Wenn Sie Prinzessin Casilia erschießen, sind wir allesamt Zeugen. Sie müßten uns alle erschießen, einschließlich Valery.«

Valery stöhnte.

»Monsieur de Brescou würde den Antrag nicht unterschreiben«, sagte ich. »Sie kämen auf Lebenszeit hinter Gitter. Was hätte das für einen Sinn?«

Er starrte mich aus dunkel glühenden Augen an, den Kopf der Prinzessin fest in seinem Griff.

Nach einer Pause, die einige Jahrtausende anhielt, gab er dem Kopf der Prinzessin einen Stoß und ließ von ihr ab.

»Es sind keine Kugeln drin«, sagte er. Dann steckte er die Pistole wieder in das Halfter unter seiner Anzugjacke. Er warf mir einen bitteren Blick zu, als wollte er mein Gesicht für alle Zeit seinem Gedächtnis einprägen, und ging ohne ein weiteres Wort aus dem Zimmer.

Valery schloß die Augen, öffnete sie einen Spalt, zog den Kopf ein und tippelte mit einer Miene hinter seinem Gebieter her, als wünschte er am anderen Ende der Welt zu sein.

Die Prinzessin ließ sich mit einem leisen Laut der Verzweiflung aus ihrem Sessel gleiten, ging neben dem Rollstuhl auf die Knie und legte die Arme um ihren Mann, das Gesicht an seinem Hals, das schimmernde dunkle Haar an seiner Wange. Er hob eine dünne Hand, um ihr über den Kopf zu streicheln und sah mich mit düsteren Augen an.

»Ich hätte unterschrieben«, sagte er.

»Ja, Monsieur.«

Mir war selbst elend, und den inneren Aufruhr der beiden vermochte ich mir kaum vorzustellen. Die Prinzessin zitterte sichtlich; sie schien zu weinen.

Ich stand auf. »Ich warte unten«, sagte ich.

Er deutete ein Nicken an, und ich ging hinaus wie Nanterre und drehte mich dabei nach Gerald Greening um. Er kam wie betäubt hinter mir her, schloß die Tür, und wir gingen in das Wohnzimmer hinunter, wo ich anfangs gewartet hatte.

»Sie wußten doch nicht«, sagte er krächzend, »daß die Waffe leer war, oder?«

»Nein.«

»Sie sind ein furchtbares Risiko eingegangen.« Er peilte geradewegs das Tablett mit den Gläsern und Getränken an, goß sich mit zitternder Hand einen Brandy ein. »Möchten Sie auch?«

Ich nickte und setzte mich matt auf eines der chintzbezogenen Sofas. Er gab mir ein Glas und ließ sich ähnlich schlapp fallen.

»Pistolen konnte ich noch nie ausstehen«, sagte er dumpf.

»Ob er eigentlich vorhatte, sie zu ziehen?« sagte ich. »Benutzen wollte er sie offenbar nicht, sonst hätte er sie doch geladen gehabt.«

»Warum hatte er sie dann überhaupt dabei?«

»Ein Muster, meinen Sie nicht?« überlegte ich. »Seine Kunststoffkanone als Vorführmodell. Man fragt sich, wie er die wohl nach England bekommen hat. Unentdeckt über die Flughäfen, hm? In Einzelteile zerlegt?«

Greening nahm seinen Brandy in Angriff und sagte: »Als ich ihn in Frankreich kennenlernte, hielt ich ihn für einen schlauen Wichtigtuer. Aber diese Drohungen . . . das Verhalten heute abend . . .«

»Nicht schlau, sondern plump.«

Er warf mir einen Blick zu. »Glauben Sie, er gibt auf?«

»Nanterre? Ich fürchte nein. Er dürfte gemerkt haben, daß er heute abend beinah bekommen hätte, was er will. Ich denke, er wird es wieder versuchen. Auf andere Art vielleicht.«

»Wenn Sie nicht dabei sind.« Er sagte es als Feststellung, ganz ohne die früheren Zweifel an meinen Fähigkeiten. Wenn er nicht achtgab, dachte ich, würde er zu sehr ins andere Extrem gehen. Er sah auf seine Uhr und seufzte tief. »Ich habe meiner Frau gesagt, ich käme etwas später. Etwas! Ich bin mit ihr zum Essen eingeladen.« Er zögerte. »Wenn ich jetzt bald aufbreche, würden Sie mich dann entschuldigen?«

»Okay«, sagte ich eine Spur überrascht. »Wollen Sie denn nicht ehm . . . die Sandsäcke wieder herrichten?«

Er brauchte einen Augenblick, um zu begreifen, was ich meinte und sagte dann, er müsse Monsieur de Brescou nach seinen Wünschen fragen.

»Damit wäre er doch abgesichert, oder?« sagte ich. »Zumal Nanterre nicht weiß, wen er sonst noch unter Druck setzen könnte.« Ich warf einen Blick auf den Seminarprospekt, der noch auf dem Couchtisch lag. »Wissen Danielle und Prinz Litsi, daß ihre Namen verwendet worden sind?«

Er schüttelte den Kopf. »Prinzessin Casilia konnte sich nicht an den Namen des Hotels erinnern. Das hatte keinen Einfluß auf die Rechtsgültigkeit des Dokuments. Ihre Zustimmung war in dieser Phase nicht erforderlich.«

So wie die Dinge gediehen – nach Nanterres gewalttätigem Auftritt – fand ich es allerdings nicht mehr fair, sie ohne ihr Einverständnis hineinzuziehen, und ich war im Begriff, das auszusprechen, als sich leise die Tür öffnete und Prinzessin Casilia hereinkam.

Wir standen auf. Wenn sie geweint hatte, war davon zwar nichts zu sehen, aber sie hatte den hohläugigen Ausdruck und die Blässe von Leuten, die übergroßer Belastung ausgesetzt waren.

»Gerald, wir möchten Ihnen danken, daß Sie gekommen sind«, sagte sie mit hellerer Stimme als sonst. »Wegen Ihres Abendessens tut es uns sehr leid.«

»Prinzessin«, protestierte er, »meine Zeit gehört Ihnen.«

»Mein Mann läßt fragen, ob Sie morgen früh wiederkommen könnten.«

Greening wand sich ein wenig, als ließe er sein samstägliches Golfspiel fahren, fragte dann, ob es um zehn Uhr recht sei und verabschiedete sich mit offenkundiger Erleichterung.

»Kit...« Die Prinzessin wandte sich mir zu. »Würden Sie heute nacht hier im Haus bleiben? Nur falls... für alle Fälle...«

»Ja«, sagte ich.

Sie schloß die Augen und öffnete sie wieder. »Es war so ein entsetzlicher Tag.« Sie hielt inne. »Alles kommt mir unwirklich vor.«

»Darf ich Ihnen einen Drink einschenken?«

»Danke, nein. Bitten Sie Dawson, daß er Ihnen etwas zu essen bringt. Sagen Sie ihm, Sie schlafen im Bambuszimmer.« Sie sah mich abgespannt an, zu müde für Gefühlsregungen. »Mein Mann möchte Sie morgen früh sprechen.«

»Ziemlich früh dann«, schlug ich vor. »Ich muß zum ersten Rennen in Newbury sein.«

»Du liebe Güte! Das hatte ich vergessen.« Etwas von dem abwesenden Ausdruck verschwand aus ihren Augen. »Ich habe noch nicht mal gefragt, wie Cotopaxi gelaufen ist.«

»Er war Dritter. Ein guter Lauf.« Es schien lange her zu sein. »Sie werden es auf dem Video sehen.«

Wie viele Besitzer kaufte sie Videobänder von den meisten Rennen ihrer Pferde, um sich immer wieder neu an ihren Leistungen zu erfreuen.

»Ja, das muß ich mir anschauen.«

Sie sagte gute Nacht, ganz so, als hätte man ihr nicht vor einer halben Stunde noch eine Pistole an den Kopf gehalten und ging leise, in aufrechter Haltung nach oben.

Eine bemerkenswerte Frau, dachte ich nicht zum erstenmal und machte mich auf den Weg ins Souterrain, um Dawson zu suchen, der in Hemdsärmeln vor dem Fernseher saß und Bier trank. Der Butler, etwas beschämt darüber, daß er sich von den ungebetenen Gästen hatte überrennen lassen, kontrollierte ohne Murren mit mir gemeinsam die Sicherheitsvorkehrungen im Haus. Fenster, Haustür, Hintertür, Souterraintür, alles war fest verschlossen.

Er sagte, der Krankenpfleger John Grundy käme noch um zehn,

würde Monsieur zu Bett bringen, im Nebenzimmer schlafen und ihm am Morgen beim Baden, Rasieren und Ankleiden behilflich sein. Er würde die Wäsche von Monsieur besorgen und gegen elf wieder fort sein.

Nur Dawson und seine Frau (die Zofe der Prinzessin) schliefen im Souterrain, sagte er; das ganze übrige Personal käme tagsüber. Prinz Litsi, der die Gästesuite im Erdgeschoß bewohnte, und Miss de Brescou, deren Zimmer über dem der Prinzessin lag, seien verreist, wie ich wüßte.

Seine Augenbrauen hoben sich bei der Erwähnung des Bambuszimmers, und als er mich mit dem Lift in die Etage über der Prinzessin und ihrem Mann brachte, begriff ich auch warum. Palastartig, hellblau, gold- und cremefarben, hätte es den Ansprüchen der nobelsten Gäste genügt. Der Bambus seines Namens fand sich im Muster der Vorhänge und in den hellen Chinois-Chippendalemöbeln. Es hatte ein riesiges Doppelbett, Garderobe, Bad, und ein Arsenal verschiedener Getränke sowie ein guter Fernsehapparat waren diskret hinter einer Lamellentür verborgen.

Dawson ließ mich dort allein, und ich nutzte die Gelegenheit für mein allabendliches Telefongespräch mit Wykeham, um ihm zu berichten, wie seine Pferde gelaufen waren. Er sagte, er freue sich über Cotopaxi, aber sei ich mir auch im klaren darüber, was ich mit Cascade angestellt hätte? Dusty, sagte er, habe ihm wütend den ganzen Rennverlauf erzählt, mitsamt der anschließenden Inspektion durch Maynard Allardeck.

»Wie geht es Cascade?« fragte ich.

»Wir haben ihn gewogen. Er hat dreißig Pfund verloren. Er kann kaum den Kopf hochhalten. Selten haben Sie ein Pferd so zugerichtet.«

»Es tut mir leid«, sagte ich.

»Sieg ist nicht gleich Sieg«, meinte er gereizt. »Für Cheltenham haben Sie ihn ruiniert.«

»Tut mir leid«, sagte ich nochmals zerknirscht. Cheltenham, zweieinhalb Wochen entfernt, war natürlich das Gipfeltreffen der Hindernissaison, die Wettbewerbe hochdotiert und von entsprechendem Prestige. Wykeham legte besonderen Wert auf dort errungene Erfolge; sowie auch ich und überhaupt jeder aktive Hindernisjockey. Dort einen Sieg zu verpassen, geschah mir wohl recht, wenn ich mich von meinem Unglück überwältigen ließ, aber für Wykeham tat es mir aufrichtig leid.

»Daß Sie morgen mit Kalgoorlie nicht so umspringen«, sagte er streng.

Ich seufzte. Kalgoorlie war seit Jahren tot. Wykehams Gedächtnis kippte manchmal derart aus den Fugen, daß ich nicht dahinterkam, auf welches Pferd er sich bezog.

»Meinen Sie Kinley?« tippte ich an.

»Bitte? Ja klar, das hab ich doch gesagt. Reiten Sie ihn anständig, Kit.«

Immerhin, dachte ich, wußte er, mit wem er sprach; er nannte mich am Telefon immer noch oft bei dem Namen des Jockeys, der meine Arbeit vor zehn Jahren getan hatte.

Ich versicherte ihm, ich würde Kinley anständig reiten.

»Und zwar auf Sieg«, sagte er.

»In Ordnung.« Ein anständiger Ritt und ein Sieg ließen sich nicht immer unter einen Hut bringen, wie Cascade hatte erfahren müssen. Kinley war jedoch eine Riesenhoffnung für Cheltenham, und wenn er in Newbury nicht spielend gewann, konnten die Erwartungen stark abkühlen.

»Dusty sagt, die Prinzessin ist vor Cotopaxis Start nicht in den Ring gekommen und hat ihn sich auch nachher nicht angesehen. Er führt das darauf zurück, daß sie sich wegen Cascade geärgert hat.« Wykehams alte Stimme war von Unwillen erfüllt. »Wir können es uns nicht leisten, die Prinzessin zu verärgern.«

»Dusty irrt sich«, sagte ich. »Sie war nicht böse. Sie hatte Scherereien mit ehm ... einem Besucher in ihrer Loge. Sie hat es mir hinterher erklärt ... und mich zum Eaton Square eingeladen, wo ich jetzt noch bin.«

»Oh«, meinte er besänftigt. »Na schön. Kinleys Rennen wird morgen im Fernsehen übertragen«, sagte er, »da werde ich's mir ansehen.«

»Großartig.«

»Nun also ... gute Nacht, Paul.«

»Gute Nacht, Wykeham«, sagte ich.

Schmunzelnd rief ich den Anrufbeantworter bei mir zuhause an, doch es lag nichts Besonderes an, und kurz darauf brachte Dawson mir zum Abendessen Hühnerbrühe, Schinken und eine Banane (meine Wahl).

Später drehten wir gemeinsam noch eine Runde durch das Haus und begegneten John Grundy, einem sechzigjährigen Witwer, auf dem Weg zu seinem Zimmer. Beide Männer sagten, es würde sie nicht stören, wenn ich in den frühen Morgenstunden hin und wieder herumginge, und ich pirschte dann auch ein- oder zweimal durch die Flure, aber es blieb die ganze Nacht still in dem großen Haus, nur die Uhren tickten leise. Ich schlief mit Unterbrechungen zwischen Leintüchern unter einem seidenen Bettbezug, in einem Pyjama, den Dawson aufmerksamerweise bereitgelegt hatte, und wurde am Morgen zu Roland de Brescou hineinkomplimentiert.

Er saß allein in seinem Wohnzimmer, angetan mit einem Straßenanzug, weißem Hemd und bunt bedruckter Krawatte. Schwarze Schuhe, blank poliert. Weißes Haar, glatt gebürstet. Keine Konzessionen an seinen Zustand, keine Konzession ans Wochenende.

Sein Rollstuhl hatte eine ungewöhnlich hohe Rückenlehne – und ich fragte mich öfter, warum es nicht mehr dieser Art gab – so daß er, wenn ihm nach einem Nickerchen zumute war, den Kopf anlehnen konnte. An diesem Morgen lehnte er den Kopf an, obwohl er wach war.

»Bitte nehmen Sie Platz«, sagte er höflich und sah zu, wie ich mich wieder in den dunkelroten Ledersessel vom Vorabend setzte. Der alte Mann wirkte wenn möglich noch zerbrechlicher, mit grauen Schatten unter der Haut, und die schmalen Hände, die auf den gepolsterten Armlehnen ruhten, hatten etwas Durchscheinendes, die Haut war papierdünn über den Knochen.

Ich kam mir ihm gegenüber fast ungehörig stark und gesund vor und fragte, ob ich ihm irgend etwas bringen oder holen könne.

Er verneinte es mit einem Zucken um die Augen, das man als verstehendes Lächeln hätte deuten können, als wäre er solche schuldbewußten Reaktionen bei seinen Gästen gewohnt.

»Ich möchte Ihnen danken«, sagte er, »daß Sie uns beigestanden haben. Daß Sie Prinzessin Casilia geholfen haben.«

Er hatte in meinem Beisein noch nie von ihr als »meiner Frau« gesprochen, und ich hätte sie ihm gegenüber auch nie als solche bezeichnet. Seine steifen Sprachgewohnheiten waren merkwürdig ansteckend.

»Außerdem«, sagte er, als ich Einwendungen machen wollte, »haben Sie mir Zeit verschafft zu überlegen, was ich wegen Henri Nanterre unternehmen werde.« Er leckte seine trockenen Lippen mit der Spitze einer scheinbar ebenso trockenen Zunge. »Ich habe kein Auge zugetan ... Ich kann nicht riskieren, daß Prinzessin Casilia oder irgend jemandem in unserer Umgebung etwas zustößt. Es ist an der Zeit, daß ich das Ruder aus der Hand gebe. Einen Nachfolger finde ... aber ich habe keine Kinder, und es gibt nur noch wenige de Brescous. Es wird nicht leicht sein, ein Familienmitglied zu finden, das meinen Platz einnimmt.«

Schon der Gedanke an die Diskussionen und Entscheidungen, die ein solcher Schritt mit sich brachte, schien ihn zu erschöpfen.

»Mir fehlt Louis«, sagte er unerwartet. »Ohne ihn kann ich nicht weitermachen. Es wird Zeit, daß ich mich zur Ruhe setze. Das hätte ich einsehen sollen, als Louis starb ... bereits damals war es Zeit.« Er schien ebensosehr mit sich selbst zu sprechen wie mit mir, seine Gedanken zu klären, während seine Augen wanderten.

Ich gab einen Laut von mir, der wenig mehr als Interesse bekundete. Im stillen fand ich aber auch, daß die Zeit, sich vom Geschäft zurückzuziehen, längst gekommen war, und es hatte fast den Anschein, als finge er etwas von diesem Gedanken auf, denn er sagte ruhig: »Mein Großvater regierte mit neunzig noch uneingeschränkt. Ich habe damit gerechnet, ebenfalls an der Spitze der Firma zu sterben, da ich ihr Präsident bin.«

»Ja, ich verstehe.«

Sein Blick umfing mein Gesicht. »Prinzessin Casilia möchte heute zum Pferderennen. Sie hofft, daß Sie sie in ihrem Wagen begleiten.« Er hielt inne. »Darf ich Sie bitten ... sie zu beschützen?«

»Ja«, sagte ich nüchtern, »mit meinem Leben.«

Es klang nach den Ereignissen vom Vorabend nicht einmal melodramatisch, und er nahm es offenbar auch als normale Feststellung. Er nickte nur leicht, und ich dachte bei mir, daß ich rückblickend sicher über mich erröten würde. Andererseits war es mir wohl Ernst damit, und die Wahrheit bricht sich Bahn.

Es schien jedenfalls das zu sein, was er hören wollte. Er nickte noch einige Male bedächtig, wie um den Pakt zu besiegeln, und ich stand auf, um mich zu verabschieden. Auf dem Weg zur Tür sah ich eine Aktenmappe halb unter einem der Sessel liegen. Ich hob sie auf und fragte ihn, wo ich sie hintun solle.

»Sie gehört nicht mir«, sagte er ohne sonderliches Interesse. »Sie muß von Gerald Greening sein. Er kommt ja heute morgen wieder.«

Ich hatte jedoch plötzlich den bedauernswerten Valery vor Augen, wie er den Schußwaffenlizenzvertrag aus dieser Mappe hervorzog und zum Schluß mit leeren Händen davonhastete. Als ich das Roland de Brescou erklärte, schlug er mir vor, die Mappe mit hinunter in die Halle zu nehmen, so daß ihr Eigentümer, wenn er sie abholen komme, sich nicht nach oben zu bemühen brauche.

Ich nahm die Mappe mit, aber da es mir an de Brescous uninteressierter Ehrlichkeit mangelte, ging ich hinauf ins Bambuszimmer, nicht nach unten.

Die schwarze Ledermappe, handlich, unauffällig, war weder verschlossen noch eine aufregende Fundgrube; sie enthielt lediglich etwas, das aussah wie ein Doppel des Formulars, das Roland de Brescou nicht unterzeichnet hatte.

Auf gängigem lederbraunem Papier, vorwiegend in kleiner, schlecht gedruckter Kursivschrift und natürlich in französisch, schien es den Aufruhr, den es verursachte, kaum wert zu sein. Soweit ich feststellen konnte, war es nicht speziell auf Waffen bezogen, sondern hatte punktierte Linien, die man ausfüllen mußte. Auf dem Doppel hatte niemand etwas eingetragen, aber das Exemplar, das Valery wieder mitgenommen hatte, war vermutlich zur Unterschrift fertig gewesen.

Ich legte das Formblatt in eine Nachttischschublade und brachte die Aktenmappe nach unten, wo mir Gerald Greening entgegenkam. Wir wünschten uns guten Morgen in der unausgesprochenen Erinnerung an den Gewalteinbruch vom Vorabend, und er sagte, er hätte die Sandsäcke nicht nur neu geschrieben, sondern ordnungsgemäß tippen und mit Siegeln versehen lassen. Wäre ich so nett, noch einmal als Zeuge zu fungieren?

Wir kehrten zu Roland de Brescou zurück und schrieben unseren Namenszug, und ich erinnerte daran, daß Danielle und Prinz Litsi informiert werden sollten. Ich mußte einfach an sie denken. Etwa um diese Zeit begann ihr Vortrag über »Die Meisterwerke Leonardos...«, verdammt noch mal.

»Ja, ja«, meinte Greening zu mir. »Soviel ich weiß, kommen sie morgen abend wieder. Vielleicht können Sie es ihnen ja selbst mitteilen.«

»Vielleicht.«

»Und jetzt«, sagte Greening. »wollen wir die Polizei auf den neuesten Stand bringen.«

Er stürzte sich in ein Telefongespräch, erreichte den Mann von gestern und dessen Vorgesetzten, bekam die Zusage, daß ein Kriminalbeamter eingeschaltet würde und räumte ein, daß er nicht wisse, wo Nanterre zu finden sei. »Sobald er wieder auf der Bildfläche erscheint, verständigen wir Sie«, sagte er, und ich fragte mich, wie bald »sobald« sein würde, falls Nanterre mit geladener Waffe auftauchte.

Roland de Brescou zeigte jedoch Einverständnis, nicht Bestürzung, und als sie zu erörtern begannen, wie man am besten einen de-Brescou-Nachfolger fände, ließ ich sie allein. Ich traf verschiedene Vorbereitungen für den Renntag und wartete mit Dawson in der Halle, bis der telefonisch herbeigerufene Thomas elegant draußen vorfuhr und die Prinzessin nach unten kam. Sie trug einen cremefarbenen Mantel, nicht den Zobelpelz, dazu große goldene Ohrringe, aber keinen Hut, und obgleich sie vollkommen ruhig wirkte, konnte sie die ängstlichen Blicke nach beiden Straßenseiten nicht verbergen, als sie von ihren drei zusammengewürfelten Aufpassern über den Gehsteig geleitet wurde.

»Es ist wichtig«, sagte sie im Plauderton, sobald sie saß und Thomas alle Türen zentral verschlossen hatte, »daß man sich durch Gefahr nicht von seinen Vergnügungen abhalten läßt.«

»Mm«, sagte ich neutral.

Sie lächelte reizend. »Sie, Kit, lassen das doch auch nicht zu.«

»Es sind die Vergnügungen, mit denen ich mein Brot verdiene.«

»Gefahr sollte einen also nicht von seiner Pflicht abhalten.« Sie seufzte. »So ausgedrückt, klingt es gleich spießig, was? Dabei treffen Pflicht und Vergnügen oft im Innersten zusammen, finden Sie nicht?«

Ich dachte darüber nach und fand, daß sie wahrscheinlich recht hatte. Sie war auf ihre Art keine schlechte Psychologin.

»Erzählen Sie mir von Cotopaxi«, verlangte sie und hörte zufrieden meinen Bericht; wenn ich innehielt, schob sie Fragen ein. Danach unterhielten wir uns über Kinley, ihr brillantes junges Hürdenpferd, und über Hillsborough, ihren anderen heutigen Renner, und erst als wir uns Newbury schon näherten, fragte ich sie, ob sie etwas dagegen hätte, wenn Thomas sie auf den Platz begleitete und den ganzen Nachmittag an ihrer Seite bliebe.

»Thomas?« meinte sie überrascht. »Aber er hält doch nichts vom Pferderennen. Das langweilt ihn, stimmt's, Thomas?«

»Normalerweise schon, Madam«, sagte er.

»Thomas ist fähig und stark«, stellte ich fest, »und Monsieur de Brescou möchte, daß Sie den Renntag ungestört genießen.«

»Oh«, sagte sie bestürzt. »Wieviel . . . haben Sie Thomas erzählt?«

»Daß ich nach einem adlernasigen Frosch Ausschau halten soll, damit er Sie nicht ärgert, Madam«, sagte Thomas.

Sie war erleichtert, belustigt und anscheinend auch dankbar.

Daheim in London, ob sie es wußte oder nicht, opferte John Grundy seinen Samstagnachmittag, um bei Roland de Brescou zu bleiben, die Nummer der nächsten Polizeidienststelle fest in seinem Kopf.

»Die wissen schon, daß es Ärger geben könnte«, hatte ich ihm erklärt. »Wenn Sie anrufen, kommen sie sofort.«

John Grundy, robust für sein Alter, hatte lediglich bemerkt, er sei oft genug mit betrunkenen Streithähnen fertig geworden, ich solle ihm das getrost überlassen. Dawson, dessen Frau mit ihrer Schwester ausfuhr, hatte geschworen, er ließe niemand Fremden ins Haus. Ich hielt es zwar für unwahrscheinlich, daß Nanterre noch einen Frontalangriff versuchen würde, aber es wäre dumm gewesen, bei offenen Türen eine Fehleinschätzung zu riskieren.

Thomas, mit seinen einsneunzig der perfekte Leibwächter, ging den ganzen Nachmittag einen Schritt hinter der Prinzessin, die sich meistens so verhielt, als wüßte sie von ihrem Schatten nichts. Sie hatte fünf Freunde zum Lunch eingeladen und deshalb auch ihre Nachmittagsgesellschaft nicht absagen wollen. Auf meinen Vorschlag hin bat sie die fünf, unter allen Umständen bei ihr zu bleiben und sie nur allein zu lassen, wenn sie es selbst verlangte.

Zwei von ihnen kamen vor dem ersten ihrer beiden Rennen mit in den Führring, überragt von Thomas, und alle miteinander bildeten einen Schild, als sie zur Tribüne zurückging. Sie war ein viel naheliegenderes Angriffsziel als de Brescou selbst, dachte ich unbehaglich, ihren Abgang beobachtend, als ich mit Hillsborough auf die Bahn hinausritt. Ihr Mann würde niemals seine Ehre verkaufen, um das eigene Leben zu retten, aber um die entführte Gattin zu befreien ... höchstwahrscheinlich schon.

Er konnte eine durch Drohungen erwirkte Unterschrift für ungültig erklären. Er konnte widerrufen, Lärm schlagen, konnte sagen: »Ich hatte keine Wahl.« Die Waffen würden dann vielleicht nicht hergestellt, doch sein Gesundheitszustand würde leiden, und sein Ruf konnte ruiniert sein. Besser vorbeugen als retten, sagte ich mir, aber hatte ich auch an alles gedacht?

Hillsborough fühlte sich in meinen Händen stumpf an, und als wir zum Start kanterten, wußte ich, daß er nicht viel bringen würde. Die Signale, die ein gut aufgelegtes, kampfbereites Pferd aussendet, fehlten völlig, und obwohl ich ihn nach dem Antritt aufzumuntern versuchte, war er so schwerfällig wie ein kalter Motor.

Er ging die meisten Hindernisse richtig an, verlor aber beim Aufsetzen an Boden, weil er nicht schnell wieder anzog, und als ich ihn nach dem letzten Sprung zu beschleunigen versuchte, konnte oder wollte er nicht mehr und fiel noch hinter zwei Spurtstärkere zurück, so daß er als Achter von dem Zwölferfeld eintrudelte.

Es war nicht zu ändern; man kann nicht immer gewinnen. Dennoch war ich gereizt, als anschließend ein Offizieller in den Wiegeraum kam und sagte, die Stewards wollten mich unverzüglich sprechen. Ich folgte ihm eher wütend als resigniert in den Raum der Rennleitung, und dort saß wie erwartet Maynard Allardeck mit zwei anderen an einem Tisch, so unparteiisch und vernünftig anzusehen wie ein Heiliger. Die Stewards sagten, sie wollten wissen, warum mein aussichtsreiches Pferd so schlecht gelaufen sei. Sie sagten, sie seien der Ansicht, ich hätte das Pferd nicht voll ausgeritten, mich nicht genügend um den Sieg bemüht, und ich möchte ihnen doch bitte eine Erklärung dafür geben.

Maynard war fast mit Sicherheit der Anstifter, aber nicht der Wortführer. Einer der anderen, ein Mann, den ich schätzte, hatte zur Eröffnung gesagt: »Mr. Fielding, erklären Sie uns die schwache Darbietung von Hillsborough.«

Er war vor Zeiten selbst als Amateur geritten, und ich sagte ihm einfach, daß mein Pferd sich anscheinend nicht wohlgefühlt und keinen Spaß an der Sache gehabt hätte. Es sei schon plattfüßig an den Start gegangen und im weiteren Verlauf hätte ich ein- oder zweimal daran gedacht, es ganz aus dem Rennen zu nehmen.

Der Steward warf einen Blick auf Allardeck und sagte zu mir: »Warum haben Sie nach dem letzten Hindernis nicht die Peitsche benutzt?«

Die Floskel »ein totes Pferd spornen« drängte sich mir fast unwiderstehlich auf, aber ich sagte nur: »Ich habe ihm eine Menge Zeichen gegeben, das Tempo zu verschärfen, leider konnte er nicht. Schläge hätten daran nichts geändert.«

»Es hatte den Anschein, als ob Sie ihm ein leichtes Rennen geben«, sagte er, aber ohne die Kampflust der Überzeugung. »Wie erklären Sie sich das?«

Einem Pferd ein leichtes Rennen geben, das war eine Umschreibung für »nicht zu gewinnen versuchen« oder schlimmer noch, »versuchen nicht zu gewinnen«, eine Sache, die einen die Lizenz kosten konnte. Ich sagte mit einigem Nachdruck: »Prinzessin Casilias Pferde, Mr. Harlowes Pferde geben immer ihr Bestes. Hillsborough hat sein Bestes gegeben, aber er hatte einen schlechten Tag.«

Eine Spur von Belustigung lag in den Augen des Stewards. Er wußte wie jeder andere im Rennsport, was zwischen den Fieldings und den Allardecks ablief. Ein halbes Jahrhundert lang hatten Stewards die heftigen Anschuldigungen untersucht, die Maynards Vater von meinem Großvater entgegengeschleudert wurden und meinem Großvater von Maynards Vater, als sie beide noch in Newmarket Flachrenner trainierten. Das einzig Neue an dem alten Kampf war, daß inzwischen ein Allardeck auf der Machthaberseite des Tisches saß – bestimmt sehr erheiternd für alle, außer für mich.

»Wir nehmen Ihre Erklärung zur Kenntnis«, bemerkte der Steward trocken und sagte mir, ich könne gehen.

Ich ging, ohne Maynard direkt anzusehen. Zweimal innerhalb von zwei Tagen war ich ihm aus dem Netz geschlüpft. Er sollte nicht meinen, daß ich mich hämisch darüber freute. Ich kehrte schnell in den Ankleideraum zurück, um die Farben der Prinzessin mit dem Dreß eines anderen Besitzers zu tauschen und mich wiegen zu lassen, kam aber trotzdem für das nächste Rennen zu spät in den Führring (und auch dafür konnte man eine Geldstrafe erhalten).

Ich strebte schleunigst auf die hoffnungsvolle kleine Gruppe zu, der noch ein Jockey fehlte, und sah zehn Meter entfernt Henri Nanterre.

5

Er stand bei einer anderen Eigner-Trainer-Jockey-Gruppe und blickte zu mir herüber, als hätte er meine Ankunft beobachtet.

So unwillkommen er auch war, ich mußte den Gedanken an ihn zurückstellen wegen der aufgeregten Fragen des dicken, enthusiastischen Besitzerehepaars, dessen Träume ich in den nächsten zehn Minuten wahrmachen sollte; und die Prinzessin war hoffentlich ohnehin wohlbehütet auf der Tribüne.

Der Traum, denn so hieß das Pferd, hatte auf der Flachbahn gesiegt und absolvierte nun sein erstes Hürdenrennen. Er erwies sich in der Tat als schnell, aber vom Springen hatte er noch nichts begriffen: Er streifte die ersten drei Hürden unheilschwanger und setzte seine Hufe mitten in die vierte, und das war das Ende unseres gemeinsamen Weges. Der Traum galoppierte in panischer Flucht davon, ich raffte mich unbeschädigt aus dem Gras auf und wartete ergeben auf ein Auto, das mich abholen käme. Man mußte bei jedem zehnten oder elften Rennen auf einen Sturz gefaßt sein, und meistens gingen sie so glimpflich ab wie dieser, allenfalls mit einem Bluterguß. Die bösen kamen vielleicht zweimal im Jahr, immer unerwartet.

Ich ließ mich vom Arzt abklopfen, wie das nach jedem Sturz geboten war, und während ich mich für das nächste Rennen umzog, fand ich Zeit, mit dem Jockey aus der Gruppe bei Nanterre zu reden: Jamie Fingall, langjähriger Kollege, einer aus dem großen Verein.

»Franzose mit Hakennase? Ach, na ja, der Alte hat ihn vorgestellt, aber ich hab nicht weiter drauf geachtet. Hat Pferde in Frankreich oder so was.«

»Hm... War er bei deinem Chef oder bei den Besitzern?«

»Bei den Besitzern, aber mir kam es vor, als wollte der Alte den Franzmann dazu kriegen, daß er ihm ein Pferd rüberschickt.«

»Gut, danke.«

»Keine Ursache.«

Jamie Fingalls Chef, Basil Clutter, trainierte in Lambourn, etwa anderthalb Kilometer von meinem Haus entfernt, aber vor dem nächsten Lauf, dem 3-Meilen-Jagdrennen, blieb keine Zeit, ihn zu suchen, und danach mußte ich mich wieder umziehen und mich mit der Prinzessin im Führring treffen, wo Kinley bereits umherstolzierte.

Wie vorher war sie gut bewacht und schien beinahe Spaß daran zu haben, und ich zauderte, ob ich sie mit Neuigkeiten über Nanterre beunruhigen sollte oder nicht. Schließlich sagte ich nur zu Thomas: »Der Frosch ist hier. Bleiben Sie dicht bei ihr«, und er reckte kurz den Daumen und sah entschlossen drein. Thomas mit entschlossener Miene, dachte ich, würde Attila den Hunnen vertreiben.

Kinley entschädigte für einen sonst miserablen Nachmittag und riß mich aus dem Stimmungstief in schwindelnde Höhen.

Der Kontakt zwischen uns, fast augenblicklich hergestellt bei seinem ersten Hürdenrennen im November, hatte sich in drei darauffolgenden Starts vertieft, so daß er im Februar jeweils schon vorher zu wissen schien, was ich von ihm wollte, genau wie ich wußte, was er wollte, bevor er es tat. Das Ergebnis war Rennreiten in feinster Ausprägung, eine unerklärliche Synthese auf einer primitiven Ebene und zweifellos geteilte Freude.

Kinley nahm Hürden mit einem Elan, der mich, als ich damit Bekanntschaft schloß, fast aus dem Sattel geworfen hätte, und obwohl ich seitdem wußte, was passieren würde, überraschte es mich immer noch. An der ersten Hürde blieb mir wie üblich der Atem stehen, und am Ende schätzte ich, daß wir glatte zwanzig Längen in der Luft herausgeholt hatten. Er siegte mühelos und locker, und ich hoffte, Wykeham, der es im Fernsehen sah, würde es als »anständigen Ritt« einstufen und mir Cascade verzeihen. Maynard Allardeck, dachte ich grimmig, als ich Kinley den Weg zum Sattelplatz hinaufführte, konnte diesmal nicht das geringste zu bekritteln oder anzumahnen haben; und mir wurde klar, daß er zusammen mit Kinley und Nanterre mich wenigstens davon abgehalten hatte, über Botticelli, Giorgione, Tizian und Raphael zu grübeln.

Die Prinzessin hatte sprühendsten Glanz in ihren blauen Augen, einen Blick, als wären Pistolen nie erfunden worden. Ich glitt aus dem Sattel, und wir lächelten in gemeinsamer Siegesfreude, und ich hielt mich zurück, sonst hätte ich sie umarmt.

»Er ist bereit für Cheltenham«, sie streckte einen Handschuh aus, um das dunkle Haarkleid zu tätscheln. »Er ist so gut wie Sir Ken.«

Sir Ken war ein Superstar der fünfziger Jahre gewesen, Sieger in drei Hürdenmeisterschaften und zahlreichen anderen hochdotierten Hürdenrennen. Ein Pferd wie Sir Ken zu besitzen war für viele, die ihn erlebt hatten, das Allergrößte, und die Prinzessin, für die das zutraf, hatte schon oft von ihm gesprochen.

»Er hat noch viel vor sich«, sagte ich und schnallte die Gurte los. »Er ist noch so jung.«

»O ja«, strahlte sie. »Aber . . .« Sie stockte plötzlich, mit einem Laut des Erstaunens. Ich sah wie sie die Augen aufriß, als sie mir entsetzt über die rechte Schulter blickte, und ich schnellte herum, um zu sehen, was dort war.

Henri Nanterre stand da und starrte sie an.

Ich stand zwischen ihnen. Thomas und die Freunde waren hinter ihr, mehr damit beschäftigt, Kinleys sorglosen Hufen auszuweichen als ihren Schützling am sichersten und öffentlichsten aller Orte zu bewachen.

Henri Nanterre lenkte kurz den Blick auf mein Gesicht und glotzte mich dann entgeistert mit offenem Mund an.

Vorhin im Führring hatte ich angenommen, da er mich beobachtete, hätte er gemerkt, wer ich war, aber in dieser Sekunde wurde mir klar, daß er mich einfach als den Jockey der Prinzessin betrachtet hatte. Er war offenbar verblüfft, in mir den Mann von gestern abend wiederzuerkennen.

»Sie sind doch . . .« sagte er, ausnahmsweise um laute Sprüche verlegen. »Sie . . .«

»Ganz recht«, sagte ich. »Was wollen Sie?«

Er erholte sich mit zuschnappendem Mund von seiner Überraschung, sah die Prinzessin aus schmalen Augenschlitzen an und sagte deutlich: »Jockeys können Unfälle haben.«

»Das können auch Leute, die Pistolen tragen«, parierte ich. »War es das, was Sie uns mitteilen wollten?«

Anscheinend war es das wirklich, mehr oder weniger.

»Gehen Sie«, sagte ich, fast so, wie er es mir gestern in der Loge gesagt hatte, und zu meiner größten Verwunderung ging er.

»He«, meinte Thomas aufgeregt, »das war . . . das war doch . . . oder nicht?«

»Ja, das war er«, sagte ich und schlang die Gurte um meinen Sattel. »Jetzt wissen Sie, wie er aussieht.«

»Madam!« sagte Thomas zerknirscht. »Wo ist er hergekommen?«

»Ich hab's nicht gesehen«, antwortete sie ein wenig atemlos. »Auf einmal war er da.«

»Der Kerl bewegt sich wie ein Aal«, meinte einer ihrer Bekannten, und tatsächlich hatte sein Abgang eine gleitende Schnelligkeit gehabt.

»Nun, meine Lieben«, sagte die Prinzessin etwas unsicher lachend zu ihren Freunden, »gehen wir rauf und feiern diesen herrlichen Sieg. Und Sie, Kit, kommen bitte auch bald.«

»Ja, Prinzessin.«

Ich ließ mich zurückwiegen, und da es mein letzter Ritt für heute gewesen war, zog ich Straßenkleidung an. Danach machte ich einen Umweg über die Sattelboxen, weil Jamie mir gesagt hatte, dort würde Basil Clutter sein, um seinen Renner für den letzten Wettbewerb zu satteln.

Trainer haben an solchen Orten niemals Muße zum Reden, aber er brachte widerstrebend eine oder zwei Antworten heraus, während er Bleidecke, Nummerndecke und Sattel auf den Rücken seines unruhigen Schützlings legte.

»Franzose? Nanterre, ja. Hat Pferde in Frankreich, ausgebildet von Villon. Irgendein Industrieller. Wo er wohnt? Wie soll ich das wissen? Fragen Sie die Roquevilles, mit denen ist er gekommen. Die Roquevilles? Also, löchern Sie mich jetzt nicht. Rufen Sie mich heute abend an, ja?«

»Gut«, seufzte ich und ging, während er das Maul seines Pferdes mit einem Schwamm reinigte, um es dem Publikum sauber und gepflegt zu präsentieren. Basil Clutter war fleißig, rührig, immer auf Trab, und er sparte Geld, indem er Dustys Arbeit – die eines reisenden Aufsehers – selbst übernahm.

Ich ging in die Loge der Prinzessin hinauf, trank Tee mit Zitrone und ließ den Glanz von Kinleys Sprungkünsten für sie und ihre Freunde noch einmal aufleben. Als es Zeit zum Aufbruch war, sagte sie: »Sie fahren doch mit mir zurück, ja?« als wäre das etwas ganz Selbstverständliches, und ich sagte: »Aber sicher«, als fände ich das auch.

Ich holte aus meinem gestern deponierten Wagen den Handkoffer, den ich gewohnheitsmäßig für alle Fälle dabeihatte, und wir fuhren zügig zurück zum Eaton Square, wo ich vom Bambuszimmer aus mit Wykeham telefonierte. Er sei erfreut wegen Kinley, aber sauer wegen Hillsborough, sagte er. Laut Dusty hätte ich nichts gezeigt und sei prompt zu den Stewards bestellt worden. Wie ich denn dazu käme, mir an zwei Tagen hintereinander Ärger einzuhandeln?

Ich könnte Dusty erwürgen, dachte ich und erzählte Wykeham, was ich auch den Stewards erzählt hatte. »Sie haben die Erklärung akzeptiert«, sagte ich. »Maynard Allardeck war dabei, und der ist doch immer hinter mir her, egal, was ich mache.«

»Ja, mag sein.« Er wurde sehr viel fröhlicher und lachte sogar leise.

»Bei den Buchmachern kann man Wetten darauf abschließen, wann – nicht ob – er ein Startverbot für Sie erreicht.«

»Sehr lustig«, sagte ich, nicht amüsiert. »Ich bin noch am Eaton Square, falls Sie mich brauchen.«

»So?« meinte er. »Alles klar dann. Gute Nacht, Kit.«

»Gute Nacht, Wykeham.«

Als nächstes rief ich Basil Clutter an, der mir die Nummer der Roquevilles gab, und die Roquevilles erreichte ich bei ihrer Rückkehr von Newbury.

Nein, sagte Bernard Roqueville, er wüßte nicht, wo Henri Nanterre sich aufhalte. Ja, er kenne ihn, aber nicht näher. Er habe ihn in Paris beim Pferderennen von Longchamp kennengelernt, und Nanterre habe die Bekanntschaft erneuert, indem er ihn und seine Frau in Newbury zu einem Drink eingeladen habe. Warum ich interessiert sei, fragte er.

Ich sagte ihm, daß ich hoffte, Nanterre ausfindig zu machen, solange er in England sei. Bernard Roqueville bedauerte, daß er mir nicht helfen konnte, und damit hatte es sich.

Fehlanzeige, dachte ich resigniert, als ich auflegte. Vielleicht hatte die Polizei ja mehr Erfolg, aber ich befürchtete, daß sie, um jemand zurechtzuweisen, der eine ausländische Prinzessin mit einer ungeladenen Pistole bedroht hatte, nicht gerade eine Großfahndung auslösen würden.

Ich ging hinunter ins Wohnzimmer und besprach Hillboroughs Talfahrt bei einem Glas mit der Prinzessin. Später am Abend aßen sie, Roland de Brescou und ich dann im Speisezimmer, bedient von Dawson, und ich dachte nur ungefähr zwanzig Mal an das florentinische Bankett im Norden.

Erst nach zehn, als wir uns gute Nacht wünschten, kam sie auf Nanterre zu sprechen.

»Er hat doch gesagt, daß Jockeys verunglücken, nicht wahr?«

»Das hat er. Und sie tun's ja ziemlich oft.«

»So hat er es nicht gemeint.«

»Schon möglich.«

»Ich könnte mir nie verzeihen, wenn Ihnen unseretwegen etwas zustieße.«

»Eben darauf spekuliert er. Aber ich vertraue mal auf mein Glück. Thomas auch.« Und im stillen dachte ich, wenn ihr Mann angesichts der Pistole am Kopf seiner Frau nicht gleich umgekippt war, dann war es unwahrscheinlich, daß er nachgab, wenn auf uns eine ganze Artillerie zielte.

Sie dachte mit Schaudern zurück: »Meinen Lieben ... oder meinen Angestellten ... würde etwas zustoßen.«

»Da ist nur Geschwätz. Er wird nichts tun«, redete ich ihr zu, und sie sagte leise, das hoffe sie auch, und ging zu Bett.

Ich wanderte wieder durch das große Haus, kontrollierte die Sicherheitsvorkehrungen und fragte mich erneut, was ich wohl übersehen hatte.

Am Morgen fand ich es heraus.

Ich war schon wach, als um sieben die Sprechanlage summte, und als ich antwortete, bat Dawson mich mit schläfriger Stimme, ans Telefon zu gehen, da ein Anruf für mich gekommen sei. Ich nahm den Hörer ab und stellte fest, daß Wykeham am Apparat war.

Rennställe wachen sonntags so früh auf wie an anderen Tagen, und ich war an Wykehams Sonnenaufgangsgedanken gewöhnt, da er immer gegen fünf aufstand. An diesem Morgen redete er jedoch so unzusammenhängend und erregt, wie ich ihn noch nie gehört hatte, und zuerst überlegte ich wirr, welche Verfehlungen ich mir wohl im Schlaf hatte zuschulden kommen lassen.

»H-haben Sie mich g-gehört?« stammelte er. »Zwei von ihnen! Z-zwei Pferde von der P-Prinzessin sind tot.«

»Zwei?« Ich setzte mich kerzengerade im Bett auf, und es überlief mich kalt. »Aber wieso? Ich meine ... welche zwei?«

»Sie liegen tot in ihren Boxen. Steif. Sie sind seit Stunden tot ...«

»Welche zwei?« wiederholte ich angstvoll.

Am anderen Ende wurde es still. Er hatte auch in den besten Zeiten Mühe, sich an ihre Namen zu erinnern, und ich konnte mir vorstellen, daß ihm in diesem Moment eine ganze Liste längst vergangener Helden auf der Zunge brannte.

»Die beiden«, sagte er schließlich, »die am Freitag gestartet sind.«

Ich war wie betäubt.

»Sind Sie noch da?« fragte er.

»Ja. Heißt das ... Cascade ... und Cotopaxi?«

Die *konnte* er doch nicht meinen, dachte ich. Das durfte nicht wahr sein. Nicht Cotopaxi ... nicht vor dem Grand National.

»Cascade«, sagte er. »Cotopaxi.«

O nein ... »Woran?« fragte ich.

»Ich hab den Tierarzt gerufen«, sagte er. »Ihn aus dem Bett geholt. Ich weiß nicht, woran. Das ist seine Aufgabe. Aber zwei! Einer könnte ja sterben, das gibt's schon mal, aber nicht zwei ... Sagen Sie es der Prinzessin, Kit.«

»Das ist Ihre Aufgabe«, protestierte ich.

»Nein, nein, Sie sind doch dort ... Bringen Sie's ihr schonend bei. Ist besser als am Telefon. Die sind wie Kinder für sie.«

Ihre Lieben ... Jesus Christus.

»Was ist mit Kinley?« fragte ich hastig.

»Bitte?«

»Kinley ... der Hürdensieger von gestern.«

»Ach so, ja. Dem geht es gut. Wir haben nach allen anderen geschaut, als wir die zwei gefunden hatten. Ihre Boxen lagen nebeneinander, wie Sie wissen. Sagen Sie es der Prinzessin bald, Kit, ja? Wir müssen doch die Pferde wegschaffen. Sie muß uns sagen, was mit den Kadavern werden soll. Allerdings, wenn sie vergiftet sind ...«

»Glauben Sie denn, daß es Gift war?« fragte ich.

»Ich weiß es nicht. Jetzt sagen Sie ihr Bescheid, Kit.« Er knallte den Hörer auf, und ich hängte ein mit dem Gefühl, ich könnte platzen vor unnützem Zorn.

Ihre Pferde umzubringen! Wäre Henri Nanterre in dem Augenblick dort gewesen, ich hätte ihm seine Plastikpistole in den großmäuligen Hals gerammt. Cascade und Cotopaxi ... Zwei, die ich kannte, seit Jahren gekannt hatte. Ich trauerte um sie wie um Freunde.

Dawson erklärte sich damit einverstanden, daß seine Frau die Prinzessin wecken und ihr sagen sollte, ich hätte schlechte Nachrichten über eines ihrer Pferde und würde im Wohnzimmer auf sie warten. Ich zog mich an und ging hinunter, und wenig später kam sie, ohne Makeup und mit sorgenvollen Augen.

»Was ist?« fragte sie. »Welches Pferd?«

Als ich ihr eröffnete, daß es zwei waren und welche zwei, sah ich, wie ihr Entsetzen in einen entsetzlichen Verdacht mündete.

»O nein, das kann er doch nicht getan haben«, rief sie aus. »Sie glauben doch nicht, daß er ...«

»Wenn es sein Werk ist«, sagte ich, »dann wird er wünschen, er hätte es nicht getan.«

Sie beschloß sofort zu Wykehams Rennstall zu fahren und ließ sich nicht davon abbringen, als ich versuchte, es ihr auszureden.

»Natürlich muß ich hin. Der arme Wykeham braucht doch jetzt Trost. Ich fände es verkehrt, wenn ich nicht fahren würde.«

Wykeham brauchte den Trost zwar weniger als sie, aber um halb neun waren wir unterwegs; die Prinzessin mit Lippenstift und Thomas friedfertig wie immer, obwohl sein freier Tag hinüber war. Mein Angebot, den Rolls an seiner Stelle zu fahren, hatte er abgelehnt wie einen unsittlichen Antrag.

Wykehams Niederlassung, eine Autostunde südlich von London, lag außerhalb eines kleinen Ortes an einem Hang der Sussex Downs. Weitläufig und verschachtelt, war sie im Lauf eines Jahrhunderts planlos vergrößert worden, und für Pferdebesitzer war sie reizvoll wegen ihres Labyrinths aus unerwarteten kleinen Stallhöfen, mit jeweils acht bis zehn Boxen und mit Stechpalmen in rotbemalten Tonnen. Für das Stallpersonal bedeutete das malerische Wirrsal viel Lauferei, viel vergeudete Zeit.

Die Pferde der Prinzessin waren auf fünf von den Höfen verteilt, keinen nahmen sie ganz ein. Wie viele andere Trainer verstreute Wykeham lieber die Pferde eines Besitzers, anstatt sie alle zusammenzuziehen, und zufällig waren Cascade und Cotopaxi die einzigen aus dem Besitz der Prinzessin gewesen, die in dem Hof direkt an der Einfahrt gestanden hatten.

Man mußte auf einem zentralen Platz parken und durch überwölbte Torwege auf die Höfe gehen, und als er unseren Wagen hörte, kam Wykeham uns aus dem ersten Hof entgegen.

Er sah mit jeder Woche älter aus, dachte ich unbehaglich, als er spitzbübisch die Hand der Prinzessin küßte. Er flirtete immer halb mit ihr, mit zwinkernden Augen und den Überresten eines ehemals vitalen Charmes, aber an diesem Morgen wirkte er einfach verstört. Sein weißes Haar flatterte, als er den Hut abnahm, seine dünnen, alten Hände zitterten.

»Mein lieber Wykeham«, sagte die Prinzessin beunruhigt. »Sie sehen so verfroren aus.«

»Kommen Sie ins Haus. Das ist am besten.« Er schlug den Weg ein.

Die Prinzessin zögerte. »Sind meine armen Pferde noch hier?«

Er nickte unglücklich. »Der Doktor ist bei ihnen.«

»Dann sehe ich sie mir, glaube ich, mal an«, sagte sie einfach und ging mit festen Schritten auf den Hof. Wykeham und ich versuchten nicht, sie zurückzuhalten, sondern folgten ihr.

Die Türen von zwei Boxen standen offen, ihr Inneres von blassem Lampenschein beleuchtet, obwohl es draußen taghell war. Alle anderen Boxen waren fest geschlossen, und Wykeham sagte: »Wir haben die anderen Pferde hier gelassen. Anscheinend sind sie nicht beunruhigt, weil kein Blut geflossen ist... das würde sie nämlich aufregen...«

Die Prinzessin, die nur halb zuhörte, ging etwas langsamer dort hinüber, wo ihre Pferde auf dem dunkelbraunen Torf am Boden der Stallboxen lagen, ihre Leiber stumme Buckel, die ganze blitzende Geschwindigkeit dahin.

Sie waren in ihren Schlafdecken gestorben, doch entweder der Tierarzt oder Wykeham oder die Pfleger hatten sie ihnen abgenommen und zusammengerollt an die Wand gelehnt. Wir sahen schweigend auf das dunkel schimmernde Haarkleid von Cascade und auf das schneegesprenkelte Braun von Cotopaxi.

Robin Curtiss, der lange, jungenhaft schlaksige Tierarzt, war der Prinzessin bereits an dem einen oder anderen Morgen begegnet, und mir schon öfter. Bekleidet mit einem grünen Overall, nickte er uns beiden zu und entschuldigte sich dafür, daß er uns nicht die Hand gab; er müsse sich erst waschen.

Die Prinzessin erwiderte seinen Gruß und fragte gleich darauf gefaßt: »Bitte ... wie sind sie gestorben?«

Robin Curtiss warf einen Blick auf Wykeham und mich, aber wir mochten ihn beide nicht von der Antwort abhalten, und so schaute er wieder die Prinzessin an und sagte es ihr geradeheraus.

»Ma'am, sie sind erschossen worden. Sie haben nichts davon gemerkt. Sie wurden mit einem Bolzenschußapparat getötet.«

6

Cascade lag quer ausgestreckt in der Box, sein Kopf im Schatten, aber nicht weit von der Tür. Robin Curtiss trat auf die Torfstreu, bückte sich und hob das schwarze Stirnhaar an, das zwischen den Ohren des Pferdes nach vorn fiel.

»Man kann es nicht deutlich sehen, Madam, weil er so dunkel ist, aber an dieser Stelle, direkt unter seiner Stirnlocke, ist der Bolzen eingedrungen.« Er richtete sich auf, wischte seine Finger an einem Taschentuch. »Unauffällig«, sagte er. »Man entdeckt nur, was passiert ist, wenn man danach sucht.«

Die Prinzessin wandte sich mit tränenglitzernden Augen, aber ruhigem Gesicht von ihrem toten Pferd ab. Sie blieb einen Moment an der Tür der angrenzenden Box stehen, wo Cotopaxis Hinterhand am nächsten lag, sein Kopf praktisch außer Sicht, nahe dem Trog.

»Bei ihm das gleiche«, sagte Robin Curtiss. »Unter der Stirnlocke, fast unsichtbar. Es war gekonnt, Madam. Sie haben nicht gelitten.«

Sie nickte, legte dann schluckend, unfähig zu sprechen, eine Hand auf Wykehams Arm und winkte mit der anderen nach dem Hofeingang und dem Haus. Robin Curtiss und ich sahen zu, wie sie fortgingen, und er seufzte mitfühlend.

»Die arme Frau. Es ist immer ein schwerer Schlag.«

»Man hat sie umgebracht«, sagte ich. »Das macht es schlimmer.«

»Klar, die sind umgebracht worden. Wykeham hat die Polizei verständigt, obwohl ich ihm sagte, das sei nicht unbedingt notwendig. Die Rechtslage ist im Hinblick auf das Töten von Tieren sehr unklar. Aber weil sie Prinzessin Casilias Eigentum waren, hielt er es wohl für das beste. Und was ihm auf den Nägeln brennt, er will möglichst bald die Kadaver wegschaffen, aber wir wissen nicht, wie es mit der Versicherung steht . . . ob sie in so einem Fall erst benachrichtigt werden muß . . . und es ist doch Sonntag . . .« Er rief sich zur Ordnung und sagte zusammenhängender: »Solche Wunden sieht man nur noch selten.«

»Wie meinen Sie das?« fragte ich.

»Unverlierbare Geschosse sind ein alter Hut. Sie werden kaum noch benutzt.«

»Unverlierbare Geschosse?«

»Der Bolzen. ›Unverlierbar‹, weil er nicht aus dem Apparat herausfliegt, sondern wieder zurückschnellt. Das wissen Sie doch wohl?«

»Ja. Ich meine, ich weiß, daß der Bolzen zurückspringt. Ich habe vor Jahren mal einen aus der Nähe gesehen. Ich wußte nicht, daß sie veraltet sind. Was nimmt man denn jetzt?«

»Sie müssen doch schon mal gesehen haben, wie ein Pferd getötet wird«, sagte er erstaunt. »Es kommt ja auf der Rennbahn schließlich vor, daß ein Galopper sich ein Bein bricht . . .«

»Ich habe das nur zweimal erlebt«, sagte ich. »Und beide Male habe ich meinen Sattel abgenommen und bin weggegangen.«

Ich merkte, wie ich darüber nachdachte, es zu erklären versuchte. »Gerade noch ist man der Partner dieses großen Geschöpfes gewesen, und vielleicht hat man es gern, und im nächsten Moment soll es sterben . . . Da wollte ich eben nicht dabeistehen und zuschauen. Es erscheint Ihnen vielleicht seltsam, zumal ich ja in einem Rennstall aufgewachsen bin, aber ich habe noch nie mitangesehen, wie der Bolzenschußapparat an den Kopf gesetzt wird, und ich hatte mir irgendwie vorgestellt, daß man von der Seite schießt, quasi durch die Schläfe.«

»Tja«, sagte er, immer noch überrascht und ein wenig belustigt, »dann können Sie noch was lernen. Gerade Sie. Schauen Sie her«, sagte er, »schauen Sie auf Cotopaxis Kopf.« Er stieg vorsichtig über die steifen braunen Beine hinweg, bis er mir das Gewünschte zeigen konnte. Cotopaxis Augen waren halb offen und trüb, und mochte Robin Curtiss auch völlig unberührt sein, für mich war die Szene längst nichts Alltägliches.

»Ein Pferdehirn ist nur so groß wie eine Faust«, sagte er. »Ich nehme an, das wissen Sie?«

»Ja, ich weiß, daß es klein ist.«

Er nickte. »Der größte Teil des Pferdeschädels ist leer, lauter Nebenhöhlen. Das Gehirn sitzt oben zwischen den Ohren, über dem Genick. Der Knochen ist in diesem Bereich ziemlich massiv. Nur an der einen Stelle können Sie sicher sein, daß der Bolzen seine Aufgabe erfüllt.« Er hob Cotopaxis Stirnlocke an und wies auf eine kleine Verfilzung in dem hellen Haar. »Man denkt sich eine Linie vom rechten Ohr zum linken Auge«, sagte er, »und eine Linie vom linken Ohr zum rechten Auge. Wo sich die Linien schneiden, ist der beste ... mehr oder minder der einzige Zielpunkt. Und sehen Sie? An genau der Stelle ist der Bolzen bei Cotopaxi eingedrungen. Das war nicht irgendein Zufallstreffer. Wer das getan hat, der kennt sich aus.«

»Nun«, meinte ich nachdenklich, »nachdem Sie's mir gesagt haben, wüßte ich auch, wie es geht.«

»Ja, aber wohlgemerkt, es kommt auf die Stelle ebenso wie auf den Winkel an. Man muß direkt auf den Punkt zielen, wo Rückgrat und Hirn zusammentreffen. Dann tritt die Wirkung sofort ein, und wie Sie sehen können, fließt kein Blut.«

»Und das Pferd steht einfach still«, fragte ich ironisch, »während es das alles über sich ergehen läßt?«

»Die meisten ja, seltsamerweise. Ich habe mir aber sagen lassen, daß es für kleinere Leute trotzdem schwierig ist, die Hand im richtigen Winkel in die richtige Höhe zu bringen.«

»Ja, bestimmt«, sagte ich. Ich schaute auf den erloschenen, großartigen Renngeist hinunter. Ich hatte auf diesem Rücken gesessen, mich in diesen Verstand hineinversetzt, die geschmeidige Herrlichkeit dieser Muskeln gespürt, mich an seinen Siegen gefreut, ihn als Junghengst ausgebildet, mich an seinen wachsenden Kräften begeistert. Ich würde immer noch weggehen, dachte ich, auch beim nächsten Mal.

Ich kehrte an die frische Luft zurück, und Robin Curtiss folgte mir, wobei er meine Belehrung sachlich und nüchtern fortsetzte.

»Abgesehen von der Schwierigkeit, den richtigen Punkt zu treffen, hat der Bolzen noch einen weiteren Nachteil. Er schnellt zwar sofort zurück, aber genauso schnell beginnt das Pferd zu stürzen, und die harten Schädelknochen verbiegen den Bolzen nach häufigem Gebrauch, so daß der Apparat untauglich wird.«

»Man benutzt also jetzt etwas anderes?«

»Ja«, nickte er. »Patronenmunition. Wenn Sie wollen, zeige ich es Ihnen. Ich habe so eine Pistole im Wagen.«

Wir gingen ohne Eile über den Hof zu seinem Auto; es stand nicht weit von dem Rolls der Prinzessin. Er schloß den Kofferraum auf, dann einen Aktenkoffer, und holte ein braunes Tuch daraus hervor, das er aufwickelte.

In dem Tuch lag eine lugerähnliche Automatikpistole, die bis auf den Lauf normal aussah. Statt des schmalen, geraden Laufs, den man erwartet hätte, war da ein breites, knollenförmiges Ding mit einer abgeschrägten Öffnung am Ende.

»Dieses Rohr läßt die Kugel in einer Spiralkurve austreten«, erklärte er.

»Irgendeine Kugel?«

»Es muß das richtige Kaliber sein, aber dann paßt jede Kugel, ja, und jeder Waffentyp. Das ist mit ein Hauptvorteil – Sie können so ein Rohr an jede beliebige Pistole anschweißen. Also, die abgefeuerte Kugel hat zunächst hohe Durchschlagskraft, aber weil sie Spiralen dreht, hält fast jeder Widerstand sie auf. Wenn man damit also ein Pferd erschießt, bleibt die Kugel im Kopf stecken. Meistens, immerhin.« Er lächelte vergnügt. »Jedenfalls braucht man nicht so genau zu zielen wie mit einem Bolzen, denn die schwirrende Kugel richtet viel mehr Schaden an.«

Ich betrachtete ihn nachdenklich. »Wie können Sie so sicher sein, daß die beiden hier mit dem Bolzen getötet wurden?«

»Oh, ... eine Kugel hinterläßt Brandspuren an der Einschußstelle; außerdem tritt dabei Blut durch die Nüstern aus und wahrscheinlich auch aus dem Maul. Manchmal nicht viel, aber etwas immer, wegen der ausgedehnten inneren Verletzungen, verstehen Sie?«

»Ja«, seufzte ich. »Ich verstehe.« Ich sah zu, wie er seine Pistole in das braune Tuch einschlug, und sagte: »Wahrscheinlich braucht man dafür einen Waffenschein.«

»Klar. Und für den Bolzen auch.«

Es mußten Tausende von Bolzenschußgeräten im Land sein, überlegte ich. Jeder Tierarzt würde eines haben. Jeder Abdecker. Eine Menge Schaf- und Rinderzüchter. Alle Aufseher von Jagdhunden. Leute, die Polizeipferde betreuten ... die Möglichkeiten schienen endlos.

»Dann liegen wohl Hunderte von den alten Bolzenschießern jetzt irgendwo in der Mottenkiste?«

»Nun ja«, sagte er. »Unter Verschluß.«

»Nicht gestern nacht.«

»Nein.«

»Um welche Zeit gestern nacht, was meinen Sie?«

Er packte seine Pistole wieder weg.

»Ziemlich früh«, sagte er entschieden. »Nicht lange nach Mitternacht. Ich weiß, daß es eine kalte Nacht war, aber heute morgen waren beide Pferde völlig ausgekühlt. Null Eigentemperatur. Das braucht Stunden ... und sie wurden um halb sechs entdeckt.« Er grinste. »Die Abdecker holen nicht gern Pferde ab, die schon so lange tot sind. In der Starre lassen sie sich schlecht bewegen, und sie dann aus den Boxen herauszukriegen, ist ein echtes Problem.« Er schälte sich aus seinem Overall und legte ihn in den Kofferraum. »Es wird noch eine Obduktion geben. Die Versicherungen bestehen darauf.« Er schloß den Kofferraum und sperrte ihn ab. »Gehen wir doch ins Haus.«

»Und lassen sie da einfach liegen?« Ich deutete auf den Hof zurück.

»Die laufen schon nicht weg«, sagte er, aber wir kehrten noch einmal um und schlossen die Boxentüren – für den Fall, meinte er, daß irgendwelche Besitzer zu einer sonntäglichen Besichtigung vorbeikämen und ihr Zartgefühl beleidigt sähen. Robins Zartgefühl war in der ersten Woche seiner Veterinärausbildung unzart über Bord gegangen, nahm ich an, aber er brauchte keine Samthandschuhe, um ein überaus tüchtiger Betreuer für Wykehams Hindernispferde zu sein.

Wir gingen in Wykehams Haus, alt und verschachtelt wie der Hof, und sahen, daß er und die Prinzessin sich mit Tee und Erinnerungen trösteten; sie in ihrem stoischsten Gleichmut, er inzwischen freundlicher und selbstbeherrschter, aber verwirrt.

Er stand bei unserem Erscheinen auf und bugsierte mich mit der fadenscheinigen Bemerkung aus seinem Wohnzimmer, mir zeigen zu wollen, wo ich etwas Warmes zu trinken machen konnte, obwohl ich das seit zehn Jahren wußte.

»Es ist mir ein Rätsel«, sagte er auf dem Weg zur Küche. »Warum fragt sie nicht, wer sie getötet hat? Das wäre doch das erste, was mich interessiert. Sie hat darüber kein Wort verloren. Redet einfach über die Rennen, wie man das bei ihr kennt, und erkundigt sich nach den anderen Pferden. Warum will sie nicht wissen, wer sie umgebracht hat?«

»Mm«, sagte ich. »Sie glaubt, sie weiß es schon.«

»Was? Um Himmels willen, Kit ... wer denn?«

Ich zögerte. Er sah dünn und klapprig aus, mit tief eingegrabenen Furchen in dem runzligen Gesicht, auf dem die dunklen Altersflecke stark hervortraten. »Das müßte sie Ihnen selber sagen«, antwortete ich, »aber es hat etwas mit der Firma ihres Mannes zu tun. Immerhin glaube ich nicht, daß Sie sich Gedanken über einen Verräter im eigenen Lager zu machen brauchen. Wenn sie Ihnen nicht gesagt hat, wen sie für den Täter hält, wird sie es keinem sagen, bevor sie mit ihrem Mann darüber gesprochen hat, und vielleicht bewahren sie auch danach lieber Stillschweigen, sie haben so ungern Publicity.«

»An die Öffentlichkeit kommt das sowieso«, meinte er bekümmert. »Der Mitfavorit für das Grand National in seiner Box erschossen ... Das können wir beim besten Willen nicht aus den Zeitungen heraushalten.«

Mir lag an dem bevorstehenden Theater ebensowenig wie ihm, und ich klapperte mit dem Geschirr herum, während ich frischen Tee für Robin und mich aufschüttete.

»Trotzdem«, sagte ich, »Ihre Hauptsorge ist nicht, wer es war. Ihre Hauptsorge ist der Schutz der anderen Tiere.«

»Kit!« Er war völlig entgeistert. »V-verdammt noch mal, K-Kit.« Jetzt stotterte er wieder. »Das w-wird doch nicht nochmal passieren.«

»Nun ja«, sagte ich mild, aber zu beschönigen gab es da nichts. »Ich denke, sie sind alle in Gefahr. Jedes ihrer Pferde. Nicht im Augenblick, nicht heute. Aber wenn die Prinzessin und ihr Mann einen bestimmten Kurs einschlagen, was durchaus sein kann, dann sind sie alle in Gefahr, in erster Linie vielleicht Kinley. Wir sollten also über Schutzmaßnahmen nachdenken.«

»Aber Kit ...«

»Hundepatrouillen«, sagte ich.

»Die sind teuer ...«

»Die Prinzessin«, bemerkte ich, »ist reich. Fragen Sie sie. Wenn sie die Kosten scheuen sollte, bezahle ich es selbst.« Wykeham öffnete den Mund und schloß ihn wieder, als ich hervorhob: »Mir ist gerade meine bisher beste Chance, das Grand National zu gewinnen, genommen worden. Ihre Pferde bedeuten mir fast soviel, wie sie ihr und wie sie Ihnen bedeuten, und ich lasse verdammt noch mal nicht zu, daß irgend jemand sie paarweise abknallt. Also schaffen Sie bis heute abend die Wachleute her und sorgen Sie dafür, daß von jetzt an durchgehend jemand in den Ställen ist, daß die Höfe Tag und Nacht patrouilliert werden.«

»In Ordnung«, sagte er langsam. »Ich regle das ... Wenn ich wüßte, wer sie umgebracht hat, würde ich ihn selbst umbringen.«

Es klang merkwürdig, ganz ohne Zorn hingesagt, mehr wie eine unerwartete Selbsterkenntnis. Was ich mir in der Wut gewünscht hatte, tun zu können, schlug er als gangbaren Weg vor; aber man sagt solche Sachen, man meint sie nicht ernst. Und körperlich, dachte ich bedauernd, hätte er nicht die geringste Chance gegen den falkenartigen Nanterre.

Wykeham war in seiner Jugend ein Herkules gewesen, ein Kraftwerk auf Beinen, dem die Lebensfreude durch die Adern pulste. »Freude am Leben«, hatte er mir mehr als einmal gesagt, »das ist es, was ich habe. Was Sie haben. Ohne die kommt man zu nichts. Genieße den Kampf, heißt die Losung.«

Er war ein bekannter Amateurjockey gewesen, und er hatte die Tochter eines mäßig erfolgreichen Trainers bezirzt und geheiratet, dessen Pferde an dem Tag, als Wykeham auf den Hof marschierte, zu siegen anfingen. Jetzt, fünfzig Jahre später, war seine Kraft dahin, seine Frau war tot und die eigenen Töchter waren Großmütter. Behalten hatte er nur die unschätzbare Fähigkeit, seinen Pferden die Lebensfreude einzugeben. Er dachte an wenig mehr als an seine Pferde, kümmerte sich um kaum etwas anderes, unterhielt sich bei der Stallkontrolle mit jedem wie mit einer Person, spielte mit den einen, ermahnte die anderen, redete manchen gut zu und überging nicht eines.

Ich ritt für ihn, seit ich neunzehn war, eine Tatsache, die er gern selbstzufrieden herausstrich. »Man muß sie entdecken, wenn sie jung sind«, hatte er schon etlichen Besitzern erklärt. »Darauf kommt es an. Das kann ich gut.« Und wenn ich darüber nachdachte, hatte er mir beständig genau das gleiche gegeben, was er seinen Tieren gab: Gelegenheit, Zuversicht, Erfüllung in der Arbeit.

Er hatte zweimal einen Grand National-Sieger trainiert, als ich noch zur Schule ging, und in meiner Zeit war er dem recht nahe gekommen, aber erst vor kurzem hatte ich erkannt, wie sehr er sich nach einem dritten Lorbeerkranz sehnte. Das tote Pferd draußen war für uns alle eine widerliche, bittere, lähmende Enttäuschung.

»Cotopaxi«, sagte er heftig, ausnahmsweise mit dem richtigen Namen, »war derjenige, den ich bei einem Brand als ersten gerettet hätte.«

Die Prinzessin und ich fuhren nach London zurück, ohne auf die Polizei, die Versicherer oder die Abdecker zu warten. (»So gräßlich, das alles.«)

Ich hatte erwartet, daß sie wie sonst hauptsächlich über ihre Pferde sprechen würde, aber offenbar ging ihr Wykeham im Kopf herum.

»Vor fünfunddreißig Jahren, als Sie noch nicht geboren waren«, sagte sie, »und als ich anfing, zum Pferderennen zu gehen, stolzierte Wykeham über die Bildfläche wie ein steinerner Koloß. Er war beinah alles, was er von sich behauptet, wahrhaft ein Herkules. Stark, erfolgreich, ungeheuer attraktiv ... Die Hälfte von den Frauen fiel in Ohnmacht wegen ihm, die Männer geiferten ...« Sie lächelte bei dieser Erinnerung. »Sie können sich das wahrscheinlich schwer vorstellen, Kit, weil Sie ihn nur jetzt im Alter kennen, aber er war ein wunderbarer Mann ... natürlich ist er das immer noch. Ich fühlte mich geehrt, als er sich damals bereit erklärte, meine Pferde zu trainieren.«

Ich blickte fasziniert in ihr friedliches Gesicht. Früher hatte ich sie oft mit Wykeham beim Pferderennen gesehen, wo sie sich immer seinem Urteil unterwarf, ihm spielerisch auf den Arm klopfte. Mir war nicht klar gewesen, wie sehr er ihr fehlen mußte, seitdem er zu Hause blieb, wie nahe ihr der Verfall eines solchen Titanen gehen mußte.

Als Zeitgenosse meines Großvaters (und des Vaters von Maynard Allardeck) war Wykeham für mich bereits eine Legende gewesen, als er mir die Stelle angeboten hatte. Ich hatte ja gesagt, als wäre es ein Traum, und war rasch erwachsen geworden, reif mit zwanzig durch die Anforderungen und die Verantwortung, die er mir auflud. Immerzu Pferde im Wert von vielen hunderttausend Pfund in meinen Händen, den Erfolg des Stalls auf meinen Schultern. Er hatte mir keine Zugeständnisse wegen meiner Jugend gemacht, sondern mir von Anfang an in aller Deutlichkeit gesagt, daß das ganze Unternehmen letztlich von dem Können, dem kühlen Kopf und der Vernunft seines Jockeys abhing, und wenn ich den Erfordernissen nicht gerecht würde, sei das zwar schade, aber dann adieu.

Tief erschüttert hatte ich die gebotene Chance ergriffen, rückhaltlos, denn so eine gab es nicht zweimal im Leben; und im großen ganzen war auch alles gutgegangen.

Die Gedanken der Prinzessin wanderten in die gleiche Richtung wie meine. »Als Paul Peck seinen furchtbaren Sturz hatte und sich zum Rücktritt entschloß«, sagte sie, »standen wir auf dem Höhepunkt der Saison ohne Stalljockey da, und alle anderen Toprennreiter waren sonstwo unter Vertrag. Wykeham sagte mir und den anderen Besitzern, da wäre dieser junge Fielding in Newmarket, der seit seinem Schulabschluß vor einem Jahr als Amateur reite...« Sie lächelte. »Wir waren skeptisch. Wykeham sagte, vertraut mir, ich irre mich nie. Sie wissen ja, wie bescheiden er ist!« Sie zögerte nachdenklich. »Wie lange ist das jetzt her?«

»Im Oktober waren es zehn Jahre.«

Sie seufzte. »Die Zeit vergeht so schnell.«

Je älter man wird, desto schneller... auch für mich selbst. Es war kein endloser Horizont mehr. Mir blieben vielleicht noch vier oder fünf Jahre im Sattel, je nachdem, wann mein Körper aufhörte, sich rasch von den Stürzen zu erholen, und dabei war ich noch längst nicht bereit, mich mit dem unerbittlichen Verrinnen der Tage abzufinden. Ich hing an meiner Arbeit und fürchtete den Schlußstrich: Alles, was danach kam, mußte unsagbar öde sein.

Die Prinzessin schwieg eine Zeitlang, ihre Gedanken kehrten zu Cascade und Cotopaxi zurück.

»Dieser Schußbolzen«, sagte sie zögernd, »ich wollte Robin nicht danach fragen ... Ich weiß eigentlich nicht, wie ein Bolzenschußapparat aussieht.«

»Robin meint, die Apparate werden nicht mehr oft benutzt«, sagte ich, »aber ich habe mal einen gesehen. Der Tierarzt meines Großvaters zeigte ihn mir. Das Ganze sah aus wie eine besonders schwere Pistole mit sehr dickem Lauf. Der Bolzen selbst ist ein im Lauf steckender Metallstab. Beim Abdrücken schießt der Metallstab heraus, aber da er innen an einer Feder befestigt ist, schnellt er sofort wieder in den Lauf zurück.« Ich überlegte. »Der Stab ... der Bolzen ... ist etwas dicker als ein Bleistift und dringt auf eine Länge von etwa zehn Zentimetern in ... ehm, in das Ziel.«

Sie war überrascht. »So klein? Also, ich dachte irgendwie, der müßte viel größer sein. Und bis heute wußte ich auch nicht, daß er ... von vorn kommt.«

Sie hörte abrupt auf zu sprechen und konzentrierte sich längere Zeit auf die Landschaft draußen. Sie hatte den Hundepatrouillen vorbehaltlos zugestimmt und Wykeham aufgefordert, nicht zu sparen; die Verletzbarkeit ihrer Pferde war allzu offenkundig.

»Ich hatte mich so auf das Grand National gefreut«, sagte sie schließlich. »So sehr gefreut.«

»Ja, ich weiß. Mir ging es genauso.«

»Sie werden aber doch reiten. Für jemand anderen.«

»Das ist nicht dasselbe.«

Sie tätschelte eher blind meine Hand. »Es ist solch ein Irrsinn«, sagte sie leidenschaftlich. »So töricht. Mein Mann würde niemals mit Waffen handeln, um meine Pferde zu retten. *Niemals*. Und ich würde das nicht verlangen. Meine armen, lieben Pferde.«

Sie rang mit den Tränen und gewann den Kampf nach einigem Schnüffeln und Schlucken, und als wir den Eaton Square erreichten, fand sie, wir sollten auf ein Glas ins Wohnzimmer gehen, »um uns aufzumuntern«.

Diese gute Idee wurde jedoch geändert, weil das Wohnzimmer nicht leer war. Zwei Leute standen von ihren Sesseln auf, als die Prinzessin eintrat, und es waren Prinz Litsi und Danielle.

»Meine liebe Tante«, sagte der Prinz. Er verneigte sich vor ihr, küßte ihre Hand und küßte sie auf beide Wangen. »Guten Morgen.«

»Guten Morgen«, erwiderte sie leise und gab Danielle einen Kuß. »Ich dachte, ihr kämt erst heute abend spät zurück.«

»Das Wetter war schauderhaft.« Der Prinz gab mir die Hand.

»Regen. Nebel. Eiskalt. Gestern abend beschlossen wir, daß es uns reicht, und sind heute morgen vor dem Frühstück weg.«

Ich küßte Danielles glatte Wange, dabei wollte ich doch viel mehr. Sie sah mir kurz in die Augen und sagte, Dawson habe ihnen mitgeteilt, daß ich zur Zeit im Haus wohne. Ich hatte sie drei Wochen nicht gesehen und wollte nichts von Dawson hören. In der Umgebung der Prinzessin hielt man nackte Gefühle jedoch unter Verschluß, und ich hörte mich fragen, ob ihr die Vorträge gefallen hatten; als ob ich das hoffte.

»Sie waren großartig.«

Die Prinzessin entschied, daß Prinz Litsi, Danielle und ich uns ein Glas gönnen sollten, während sie hinauf zu ihrem Mann ging.

»Du schenkst ein«, sagte sie ihrem Neffen. »Und Sie, Kit, erzählen ihnen alles, was passiert ist, ja? Meine Lieben ... so scheußliche Sachen.« Sie winkte unbestimmt mit der Hand und ging, ihr Rücken straff und schmal, an sich schon eine Aussage.

»Kit«, sagte der Prinz, jetzt zu mir gewandt.

»Sir.«

Wir standen da, als ob wir uns gegenseitig abschätzten. Er war größer, zehn Jahre älter als ich, mehr in der Welt herumgekommen. Ein stattlicher Mann, Prinz Litsi, mit massigen Schultern, großem Kopf, vollem Mund, klar geformter Nase und hellen, intelligenten Augen. Das hellbraune Haar lichtete sich deutlich über der Stirn, und der kräftige Hals ragte aus einem cremefarbenen Hemd mit offenem Kragen. Er sah so eindrucksvoll aus, wie ich ihn in Erinnerung hatte. Vor einem Jahr oder noch länger waren wir uns zuletzt begegnet.

Von seiner Warte aus sah er wahrscheinlich einen braunen Lockenkopf, hellbraune Augen und eine durch das vorgeschriebene Gewicht für Rennpferde aufgezwungene Magerkeit. Vielleicht sah er auch den Mann, dessen Verlobte er zu erlesenen Genüssen fortgelockt hatte, aber um gerecht zu sein, es lag nichts von Triumph oder Belustigung in seinem Gesicht.

»Ich würde gern was trinken«, sagte Danielle unvermittelt. Sie setzte sich und wartete. »Litsi ...«

Sein Blick ruhte noch einen Moment auf mir, dann wandte er sich ab, um mit den Flaschen zu hantieren. Wir hatten uns bisher nur auf der Rennbahn unterhalten, überlegte ich, höfliches Oberflächengeplänkel nach den Wettbewerben. Ich kannte ihn im Grunde so wenig wie er mich.

Ohne nachzufragen schenkte er Weißwein für Danielle und Scotch für sich selber und mich ein.

»Gut so?« sagte er, als er mir das Glas anbot.

»Ja, Sir.«

»Nennen Sie mich Litsi«, schlug er vor. »Das ganze Protokoll ... privat verzichte ich darauf. Bei Tante Casilia ist das was anderes, aber ich habe die alten Zeiten nie gekannt. Der Thron besteht nicht mehr ... ich werde niemals König. Ich lebe in der modernen Welt ... also, wären Sie so nett?«

»Ja«, sagte ich. »Von mir aus gern.«

Er nickte und trank einen Schluck. »Zu Tante Casilia sagen Sie ja Prinzessin«, hob er hervor.

»Sie bat mich darum.«

»Na, sehen Sie.« Er machte eine große Geste, das Thema war beendet. »Erzählen Sie uns, was den Hausfrieden gestört hat.«

Ich blickte zu Danielle, an diesem Tag in schwarzer Hose, weißem Hemd, blauem Pullover. Sie hatte den gewohnten rosa Lippenstift aufgelegt, das wellige dunkle Haar mit einem blauen Band zurückgehalten, alles an ihr war bekannt, geliebt und vertraut. Ich wünschte mir sehr, sie in den Armen zu halten und ihre Wärme zu spüren, aber sie saß unbewegt in ihrem Sessel und begegnete meinen Augen immer nur flüchtig, ehe sie sich wieder auf ihr Glas konzentrierte.

Ich verliere sie, dachte ich und fand es unerträglich.

»Kit«, sagte der Prinz, als er Platz nahm.

Ich holte tief Luft, richtete den Blick wieder auf sein Gesicht, setzte mich ebenfalls und begann mit der langen Schilderung der Ereignisse, angefangen von Henri Nanterres Einschüchterungsversuch am Freitagnachmittag bis zu den toten Pferden in Wykehams Stall an diesem Morgen.

Litsi hörte mit wachsender Bestürzung zu, bei Danielle war es eher Empörung.

»Das ist ja furchtbar«, sagte sie. »Arme Tante Casilia.« Sie zog die Stirn kraus. »Man darf wohl Drohungen nicht nachgeben, aber weshalb ist Onkel Roland so gegen Waffen? Die werden doch überall produziert, oder nicht?«

»In Frankreich«, sagte Litsi, »würde es als verachtenswert gelten, wenn ein Mann von Rolands Herkunft mit Waffen handelte.«

»Aber er lebt nicht in Frankreich«, sagte Danielle.

»Er lebt in sich selbst.« Litsi warf mir einen Blick zu. »Sie verstehen, warum das für ihn nicht in Frage kommt, oder?«

»Ja«, sagte ich.

Er nickte. Danielle sah uns nacheinander an und seufzte. »Der Geist Europas, schätze ich. In Amerika ist Waffenhandel keine große Sache.«

Ich dachte bei mir, daß es wahrscheinlich eine größere Sache war, als sie sich klarmachte, und nach Litsis Gesichtsausdruck dachte er das auch.

»Würden die vierhundert alten Familien mit Waffen handeln?« fragte er, aber wenn er eine verneinende Antwort erwartet hatte, bekam er sie nicht.

»Klar, ich glaube schon«, sagte Danielle. »Ich meine, weshalb sollten sie da Bedenken haben?«

»Trotzdem«, sagte Litsi, »für Roland ist es unmöglich.«

Eine Stimme im Treppenhaus unterbrach die Diskussion: eine laute, weibliche Stimme, die näherkam.

»Wo seid ihr denn alle? Da drin?« Rauschend erschien sie in der Wohnzimmertür. »Dawson sagt, das Bambuszimmer ist belegt. So ein Blödsinn. Ich kriege immer das Bambuszimmer. Ich habe Dawson gesagt, er soll die Sachen von den Leuten, die da drin sind, rausschaffen.«

Dawson warf mir über ihre Schulter einen höflichen Blick zu und ging weiter in das nächste Stockwerk, einen Koffer in der Hand.

»Nun also«, sagte die Erscheinung in der Tür. »Wer macht mir eine ›Bloody‹? Das verdammte Flugzeug hatte zwei Stunden Verspätung.«

»Ach du Schreck«, meinte Danielle leise, als wir alle drei aufstanden, »Tante Beatrice.«

7

Tante Beatrice, Roland de Brescous Schwester, sprach mit einem leichten französischen Akzent, der von einem starken amerikanischen überlagert war. Sie hatte eine Fülle gewellter Haare, nicht lang und dunkel wie die von Danielle, sondern weiß bis hell orange. Sie rahmten und übertürmten ein rundes Gesicht mit Kulleraugen und einem Ausdruck gewohnheitsmäßiger Entschlossenheit.

»Danielle!« sagte Beatrice und hob die schmalen Augenbrauen. »Was tust denn du hier?«

»Ich arbeite in England.« Danielle ging zu ihrer Tante und gab ihr ein pflichtbewußtes Küßchen. »Seit vorigem Herbst.«

»Kein Mensch erzählt mir etwas.«

Sie trug ein seidenes Jerseykostüm – ihr Nerzmantel war über Dawsons Arm nach oben gewandert – mit einem massiven, leuchtenden Anhänger an einer Goldkette vor dem Busen. Die Ringe an ihren Fingern sahen aus wie unzensschwere Nuggets, und für ihre Handtasche hatte ein Krokodil sein Leben gelassen. Kurz, Beatrice gab gern Geld aus.

Sie war offensichtlich im Begriff zu fragen, wer Litsi und ich seien, als die Prinzessin, die in Rekordgeschwindigkeit heruntergekommen sein mußte, ins Zimmer trat.

»Beatrice«, sagte sie, beide Hände ausgestreckt, ein Süßstofflächeln im Gesicht, »was für eine entzückende Überraschung.« Sie nahm Beatrice bei den Armen und gab ihr zwei Begrüßungsküsse, und ich sah, daß ihre Augen vor Bestürzung kalt waren.

»Überraschung?« sagte Beatrice, als sie sich voneinander lösten. »Ich habe Freitag angerufen und mit deiner Sekretärin gesprochen. Ich bat sie, dir das unbedingt auszurichten, und sie sagte, sie würde einen Zettel schreiben.«

»Ach.« Ein Ausdruck des Verstehens huschte über das Gesicht der Prinzessin. »Der wird dann unten im Büro sein, und ich habe ihn übersehen. Wir hatten hier ... ziemlich viel zu tun.«

»Casilia, was das Bambuszimmer angeht ...« begann Beatrice zielbewußt, und die Prinzessin unterbrach sie mit Geschick.

»Kennst du meinen Neffen Litsi?« stellte sie vor. »Litsi, das ist Rolands Schwester, Beatrice de Brescou Bunt. Bist du gestern abend von Palm Beach fort, Beatrice? So ein langer Flug von Miami.«

»Casilia ...« Beatrice gab Litsi die Hand. »Das Bam – «

»Und dies ist Danielles Verlobter, Christmas Fielding«, fuhr die Prinzessin unbeirrt fort. »Ich glaube, ihn hast du auch noch nicht kennengelernt. Und nun, meine liebe Beatrice, einen Schluck Tomatensaft und Wodka?«

»Casilia!« stieß Beatrice in die Lücke. »Ich habe immer das Bambuszimmer.«

Ich öffnete den Mund, um entgegenkommend zu sagen, daß ich durchaus bereit sei, meinen Platz zu räumen, und empfing einen Blick aus reinem Stahl von der Prinzessin. Ich schwieg verblüfft und amüsiert und hielt meine Gesichtsmuskeln im Zaum.

»Mrs. Dawson packt deine Sachen im Rosenzimmer aus, Beatrice«, sagte die Prinzessin bestimmt. »Du wirst dich dort sehr wohl fühlen.«

Beatrice, wütend, aber ausmanövriert, gestattete einem freundlichen Litsi, ihr eine Bloody Mary zu brauen, wobei sie ihn scharf anwies, den Tomatensaft zu schütteln, soundsoviel Worcestershire-Soße, soviel Zitrone, soviel Eis hinzuzugeben. Die Prinzessin sah wohlwollend mit unschuldiger Miene zu, und Danielle verschluckte ihr Lachen.

»Und jetzt«, sagte Beatrice, als der Drink schließlich zu ihrer Zufriedenheit bereitet war, »was soll dieser Quatsch, daß Roland sich weigert, das Geschäft auszudehnen?«

Nach einem Moment frostigen Erstarrens setzte die Prinzessin sich ruhig in einen Sessel und kreuzte die Arme und Beine in künstlicher Gelassenheit.

Beatrice wiederholte energisch ihre Frage. Mir wurde klar, daß diese Frau so leicht nicht aufgab. Litsi bot ihr eifrig einen Sessel an, half ihr hinein, erkundigte sich, ob sie es bequem habe, ob sie noch Kissen brauche, und gab der Prinzessin damit Zeit, ihre Gedanken zu sammeln.

Litsi setzte sich in einen dritten Sessel, beugte sich mit erdrückender Höflichkeit zu Beatrice vor, und Danielle und ich nahmen auf einem Sofa Platz, wenn auch mit ein paar Metern geblümtem Chintz zwischen uns.

»Roland stellt sich quer, und ich bin gekommen, um ihm zu sagen, daß mir das nicht paßt. Er muß auf der Stelle umdenken. Es ist lächerlich, wenn einer nicht mit der Zeit geht, und es ist Zeit, sich nach neuen Märkten umzusehen.«

Die Prinzessin sah mich an, und ich nickte. Wir hatten so ziemlich das gleiche, zum Teil sogar in den gleichen Worten, am Freitagabend von Henri Nanterre gehört.

»Woher weißt du etwas von geschäftlichen Plänen?« fragte die Prinzessin.

»Der junge, dynamische Sohn von Louis Nanterre hat es mir natürlich gesagt. Er hat mich extra besucht und mir die ganze Sache erklärt. Er bat mich, Roland zuzureden, damit er den Schritt ins zwanzigste Jahrhundert vollzieht – vom einundzwanzigsten ganz zu schweigen –, und ich habe mir überlegt, daß ich rüberkomme und darauf bestehe.«

»Es ist Ihnen bekannt«, sagte ich, »daß er vor hat, Waffen herzustellen und zu exportieren?«

»Selbstverständlich«, sagte sie, »aber doch nur Plastikteile von Waffen. Roland ist altmodisch. Ich habe eine gute Freundin in Palm Beach, deren Mann, das heißt, seine Firma, baut Raketen für das Verteidigungsministerium. Wo ist da der Unterschied?« Sie machte eine Pause. »Und was geht Sie das an?« Ihr Blick wanderte zu Danielle, und sie erinnerte sich. »Also, wenn Sie mit Danielle verlobt sind«, meinte sie widerwillig, »dann geht es Sie wohl auch ein bißchen an. Ich wußte nicht, daß Danielle verlobt ist. Kein Mensch erzählt mir was.«

Henri Nanterre, dachte ich, hatte ihr viel zu viel erzählt.

»Beatrice«, sagte die Prinzessin, »du möchtest dich nach deiner Reise sicher frischmachen. Dawson richtet noch einen späten Lunch für uns, aber da wir nicht wußten, daß es so viele sein würden ...«

»Ich möchte mit Roland reden«, beharrte Beatrice.

»Ja, später. Er schläft gerade.« Die Prinzessin stand auf und wir ebenfalls, in der Erwartung, daß Danielles Tante durch die geschlossene Front unseres guten Benehmens nach oben getrieben würde; und das Interessante war, sie gab tatsächlich nach, setzte ihr halbleeres Glas ab und ging. Wenn sie dabei auch nörgelte, daß sie erwarte, spätestens am nächsten Tag wieder das Bambuszimmer zu belegen.

»Sie ist erbarmungslos«, sagte Danielle, als ihre Stimme verklang. »Sie bekommt immer ihren Willen. Und das Bambuszimmer ist doch sowieso leer, oder nicht? Schon merkwürdig, daß Tante Casilia es ihr verweigert.«

»Ich habe die letzten beiden Nächte da geschlafen«, sagte ich.

»Man höre und staune«, kam es von Litsi. »Über den Köpfen von Prinzen einquartiert.«

»Das ist nicht fair«, wandte Danielle ein. »Du sagtest, die Räume im Erdgeschoß sind dir lieber, weil du ein und aus gehen kannst, ohne jemand zu stören.«

Litsi sah sie zärtlich an. »Das stimmt auch. Ich wollte nur zum Ausdruck bringen, daß Tante Casilia deinen Verlobten sehr schätzen muß.«

»Ja«, sagte Danielle und warf mir einen verlegenen Blick zu. »Das tut sie.«

Wir setzten uns alle wieder hin, aber Danielle rückte auf dem Sofa nicht näher zu mir.

Litsi sagte: »Wieso hat Henri Nanterre so fleißig deine Tante Beatrice angeworben? Sie wird Roland nicht umstimmen.«

»Sie lebt von de Brescou-Geld«, sagte Danielle unerwartet. »Meine Eltern jetzt ja auch, nachdem mein Vater, das schwarze Schaf, wieder in den Schoß der Familie aufgenommen worden ist. Onkel Roland hat von den Einnahmen aus seinen Ländereien großzügige Treuhandkonten für alle eingerichtet, aber seit ich meine Tante kenne, meckert sie, daß er mehr herausrücken könnte.«

»Seit du sie kennst?« wiederholte Litsi. »Hast du sie nicht schon immer gekannt?«

Sie schüttelte den Kopf. »Sie hat Papas Verhalten mißbilligt. Er war total in Ungnaden, als er damals von zuhause wegging. Er hat mir nie erzählt, was er eigentlich angestellt hat. Wenn ich frage, lacht er nur. Aber es muß ganz schön schlimm gewesen sein. Mama sagt, er hatte die Wahl zwischen Exil oder Gefängnis, und er entschied sich für Kalifornien. Sie und ich betraten die Bühne erst viel später. Jedenfalls, vor acht Jahren überfiel uns plötzlich Tante Beatrice, um zu sehen, was aus ihrem geächteten kleinen Bruder geworden war, und seitdem habe ich sie mehrmals wiedergetroffen. Sie hatte vor langer, langer Zeit einen amerikanischen Geschäftsmann geheiratet, und als der dann starb, machte sie sich daran, Papa aufzuspüren. Dafür hat sie zwei Jahre gebraucht – die Vereinigten Staaten sind ein großes Land – aber Beharrlichkeit gilt ihr als höchste Tugend. Sie wohnt in einem wunderbaren Haus spanischen Stils in Palm Beach – da war ich mal in den Frühjahrsferien für ein paar Tage –, sie macht Trips nach New York, und jeden Sommer fliegt sie nach Europa und verbringt einige Zeit auf ›unserem Château‹, wie sie es nennt.«

Litsi nickte. »Tante Casilia hat mich schon hin und wieder in Paris besucht, wenn ihre Schwägerin zu lange blieb. Tante Casilia und Roland«, erläuterte er unnötigerweise, »fahren so im Juli oder August immer für etwa sechs Wochen aufs Château, um etwas Landluft zu schnuppern und ihren Pflichten als Grundbesitzer nachzukommen. Wußten Sie das?«

»Sie erwähnen es manchmal«, sagte ich.

»Ja, natürlich.«

»Wie ist das Château?« fragte Danielle.

»Kein Märchenschloß«, erwiderte Litsi lächelnd. »Eher wie ein großes georgianisches Landhaus, aus hellem Stein, mit Läden vor allen Fenstern Château de Brescou ... Die kleine Stadt dort, südlich von Bordeaux, ist auf Land gebaut, das zum größten Teil Roland gehört, und er ist menschlich und moralisch stolz auf das Wohl der Gemeinde. Auch ohne die Baugesellschaft könnte er allein von den Pachteinnahmen eine Mini-Olympiade finanzieren, und sein Grundbesitz wird ebenso gerecht und gewissenhaft verwaltet wie das Unternehmen früher.«

»Er *kann nicht* mit Waffen handeln«, bemerkte ich.

Danielle seufzte. »Ich sehe es ein«, gab sie zu. »Bei soviel altaristokratischem Ehrgefühl muß ihm einfach davor grauen.«

»Mich erstaunt aber wirklich«, sagte ich, »daß Beatrice das so leicht nimmt. Ich hätte eher gedacht, sie würde die Einstellung ihres Bruders teilen.«

»Ich möchte wetten«, sagte Danielle, »daß Henri Nanterre ihr eine Million auf die Hand versprochen hat, wenn sie Onkel Roland herumkriegt.«

»In diesem Fall«, deutete ich an, »könnte dein Onkel ihr das Doppelte bieten, damit sie wieder nach Palm Beach geht und dortbleibt.«

Danielle sah schockiert aus. »Das wäre nicht recht.«

»Moralisch unvertretbar«, räumte ich ein, »aber praktisch eine klare Lösung.«

Litsis Blick ruhte nachdenklich auf meinem Gesicht. »Halten Sie sie für eine solche Gefahr?«

»Ich glaube, sie könnte sich als ein steter Tropfen erweisen, der den Stein aushöhlt. Wie Wasser, das jemandem auf die Stirn tropft und ihn um den Verstand bringt.«

»Die Wasserfolter«, sagte Litsi. »Nach einiger Zeit soll es ein Gefühl sein, als ob sich einem ein rotglühender Schürhaken in den Schädel bohrt.«

»Genauso ist es mit ihr«, sagte Danielle.

Eine kurze Stille trat ein, während wir über das Zermürbungspotential von Beatrice de Brescou Bunt nachdachten, und dann sagte Litsi wohlüberlegt: »Vielleicht wäre es gut, ihr von dem Dokument zu erzählen, daß Sie als Zeuge unterschrieben haben. Man könnte ihr die traurige Mitteilung machen, daß wir alle vier mit den Waffen einverstanden sein müßten, und ihr versichern, daß sie, selbst wenn sie Rolands Widerstand bricht, immer noch mit mir zu rechnen hat.«

»Sag ihr das bloß nicht«, bat Danielle. »Sonst läßt sie keinen von uns mehr in Ruhe.«

Die beiden hatten nichts dagegen einzuwenden gehabt, wie in ihrer Abwesenheit über sie verfügt worden war, sondern sich im Gegenteil darüber gefreut. »So sind wir eine richtige Familie«, hatte Danielle betont, und ich als der Zeuge hatte mich ausgeschlossen gefühlt.

»Wenn ich nicht irre«, sagte ich nachdenklich, »habe ich oben ein Doppel des Formulars, das Monsieur de Brescou für Henri Nanterre unterschreiben sollte. Es ist auf französisch. Möchten Sie es mal sehen?«

»Aber gern«, sagte Litsi.

»Gut.«

Ich ging hinauf, um es zu holen und fand Beatrice Bunt in meinem Schlafzimmer.

»Was wollen Sie hier?« fragte sie barsch.

»Ich wollte etwas holen.«

Ihre Hand hielt die leuchtend blaue Turnhose, in der ich gewöhnlich schlief. Ich hatte sie an diesem Morgen oben auf Nanterres Formular in die Nachttischlade gelegt. Die Schublade stand offen, das Schriftstück war vermutlich noch drinnen.

»Das ist Ihre Hose?« sagte sie ungläubig. »*Sie* benutzen dieses Zimmer?«

»Ganz recht.« Ich trat zu ihr, nahm ihr die Shorts aus der Hand und tat sie wieder in die Schublade. Erleichtert sah ich, daß das Formular unangetastet dort lag.

»Wenn es so ist«, sagte sie triumphierend, »besteht kein Problem. Ich nehme dieses Zimmer, und Sie können das andere haben. Ich bin immer in der Bambussuite, das ist so üblich. Ich sehe da noch einige Sachen von Ihnen im Bad. Die sind ja schnell rausgeschafft.«

Ich hatte beim Eintreten die Tür offengelassen, und vielleicht, weil sie unsere Stimmen hörte, kam die Prinzessin, um nach dem Rechten zu sehen.

»Ich habe dem jungen Mann gesagt, er soll mit mir tauschen, Casilia«, erklärte Beatrice, »denn das hier ist nun mal mein angestammtes Zimmer.«

»Danielles Verlobter«, sagte die Prinzessin ruhig, »bleibt in diesem Raum, solange er in diesem Haus bleibt. Bitte komm jetzt, Beatrice, das Rosenzimmer ist äußerst komfortabel, du wirst es sehen.«

»Es ist halb so groß wie das hier und hat keine Garderobe.«

Die Prinzessin warf ihr einen freundlichen Blick zu, mit dem sie bewundernswert ihre Gereiztheit verbarg. »Wenn Kit weggeht, bekommst du selbstverständlich das Bambuszimmer.«

»Ich dachte, du hättest gesagt, er heißt Christmas.«

»Heißt er auch«, stimmte die Prinzessin zu. »Er ist am Christfest geboren worden. Komm, Beatrice, wir wollen endlich den verspäteten Lunch nachholen...« Sie schob ihre Schwägerin regelrecht hinaus auf den Flur und kam Sekunden später zurück, um einen einzigen, bemerkenswerten Satz zu äußern, halb Anweisung, halb inständige Bitte.

»Bleiben Sie bei uns«, sagte sie, »bis sie fort ist.«

Nach dem Lunch gingen Litsi, Danielle und ich nach oben in das umstrittene Revier, um uns das Formular anzuschauen, und Litsi prophezeite, daß Beatrice mich noch vor morgen abend aus der ganzen Tropenpracht hinausekeln würde.

»Haben Sie mitbekommen, wie Sie während des Sorbets mit Blicken erdolcht worden sind?«

»Das konnte mir nicht entgehen.«

»Und diese spitzen Bemerkungen über gutes Benehmen, Selbstlosigkeit und die angemessene Rangfolge?«

Die Prinzessin hatte sich währenddessen taub gestellt, sich liebenswürdig nach Beatricens Gesundheit, ihren Hunden und dem Februarwetter in Florida erkundigt. Roland de Brescou war, wie auch sonst oft, zum Lunch oben geblieben, wofür ihn die Prinzessin mit sanften Worten entschuldigte, und bestimmt hatte er seine Tür verbarrikadiert.

»Also«, sagte ich, »hier ist das Formular.«

Ich holte es unter meinen blauen Shorts hervor und gab es Litsi, der damit zu einer bequemen Sitzgruppe am Fenster wanderte. Er setzte sich zerstreut und las es aufmerksam durch, ein großer, von Natur aus dominierender Mann, der seine Stärke nicht hervorkehrte. Meine Gefühle zu ihm waren zwiespältig. Ich mochte ihn und fürchtete ihn zugleich wegen Danielle, aber die liebenswürdige Kompetenz, die er ausstrahlte, flößte mir Vertrauen ein.

Ich ging durch das Zimmer, um mich zu ihm zu setzen, und auch Danielle kam, und nach einer Weile hob er den Kopf und runzelte die Stirn.

»Erstens«, sagte er, »ist das kein Antrag für eine Lizenz zum Bau oder Export von Waffen. Sind Sie sicher, daß Nanterre das behauptet hat?«

Ich dachte zurück. »Soweit ich mich entsinne, war es der Anwalt Gerald Greening, der sagte, es sei ein amtliches Formblatt zur Beantragung einer Lizenz. Offenbar hat Henri Nanterre der Prinzessin das in ihrer Loge in Newbury so erklärt.«

»Nun, es handelt sich keineswegs um ein amtliches Formular. Auch nicht um einen Antrag für irgendeine Lizenz. Das ist ein ganz vager und allgemein gehaltener Vordruck, wie einfache Leute ihn verwenden würden, um einen Vertrag aufzusetzen.« Er hielt inne. »In England kann man, glaube ich, beim Schreibwarenhändler einen vorformulierten Testamentstext kaufen. Er enthält alle juristischen Floskeln, die gewährleisten, daß der letzte Wille richtig vollstreckt wird. Man trägt einfach in die Spalten ein, was man verfügen möchte, zum Beispiel, daß der Enkel das Auto bekommen soll. Entscheidend ist, was in den Spalten steht. Nun, der Vordruck hier ist so ähnlich. Die juristischen Formulierungen sind korrekt, so daß es mit gültigen, beglaubigten Unterschriften ein bindendes Dokument wäre.« Er sah auf das Papier hinunter. »Man kann natürlich nicht wissen, wie Henri Nanterre die Spalten alle ausgefüllt hat, aber ich könnte mir denken, daß es insgesamt lediglich besagt, die im Vertrag genannten Parteien seien einverstanden mit dem in den Anlagen umrissenen Kurs. Ich würde annehmen, daß dieser Vordruck dann als Seite 1 einem Berg von Unterlagen beigeheftet wird, die alles mögliche betreffen wie etwa Herstellungskapazität, Auslandsvertretungen, Vorbestellungen von Kunden und die technischen Daten der Waffen, die produziert werden sollen. Alles mögliche. Aber dieses einfache Formblatt mit Rolands Unterschrift würde die ganze Eingabe rechtsgültig machen. Es würde als umfassende Willenserklärung wirklich sehr ernst genommen werden. Damit in Händen könnte Henri Nanterre sofort seine Lizenz beantragen.«

»Und sie bekommen«, sagte ich. »Dessen war er sicher.«
»Ja.«
»Aber Onkel Roland könnte doch sagen, daß die Unterschrift erzwungen war«, warf Danielle ein. »Er könnte sie für ungültig erklären, oder nicht?«
»Ein Antragsformular hätte sich unter Umständen ganz einfach annullieren lassen; bei einem Vertrag ist das sehr viel schwieriger. Er könnte sich auf Drohungen und Nötigung berufen, aber der Rechtsstandpunkt wäre vielleicht, daß es zu spät ist, sich anders zu besinnen, wenn man einmal nachgegeben hat.«
»Und falls der Vertrag aufgehoben würde«, sagte ich nachdenklich, »könnte Henri Nanterre mit seiner Geißelung von vorn anfangen. So daß es kein Ende nähme, bis der Vertrag neu unterzeichnet wäre.«
»Aber jetzt müssen wir doch alle vier unterschreiben«, sagte Danielle. »Wenn wir nun alle sagen, daß wir es nicht tun?«
»Ich glaube«, sagte ich, »wenn dein Onkel sich zur Unterschrift entschließen sollte, würdet ihr alle seinem Beispiel folgen.«
Litsi nickte. »Die Vierervereinbarung ist eine Verzögerungstaktik, keine Lösung.«
»Und was«, sagte Danielle trocken, »ist eine Lösung?«
Litsi sah in meine Richtung. »Laß Kit daran arbeiten.« Er lächelte. »Danielle erzählte mir, daß Sie vergangenen Herbst allerlei starke Männer an die Kandare genommen haben. Können Sie das nicht noch einmal?«
»Hier liegt der Fall etwas anders«, sagte ich.
»Was war denn damals?« fragte er. »Danielle hat mir nichts Näheres erzählt.«
»Eine Zeitung brachte meine Schwester und ihren Mann unverdient ins Gerede – er ist Pferdetrainer, und sie schrieben, er ginge bankrott –, und im wesentlichen habe ich erreicht, daß sie sich dafür entschuldigt und Bobby eine Entschädigung gezahlt haben.«
»Und Bobbys abscheulicher Vater«, sagte Danielle, »erzähl Litsi von ihm.«
Sie konnte mich, so wie jetzt, ansehen, als wäre alles noch dasselbe. Ich versuchte wahrscheinlich mit wenig Erfolg, meine allgemeine Unruhe, was sie betraf, nicht allzusehr zu zeigen und erzählte Litsi die Geschichte.
»Der wahre Grund für die Angriffe gegen Bobby war, seinem Vater eins auszuwischen, der versucht hatte, den Zeitungsverlag an sich zu reißen. Bobbys Vater, Maynard Allardeck, sollte in den Adelsstand erhoben werden, und die Zeitung wollte ihn in Mißkredit bringen, um

das zu verhindern. Maynard war eine echte Plage, eine brutale Last auf Bobbys Schultern. Also habe ich ehm ... ihn heruntergeholt.«

»Wie denn?« fragte Litsi neugierig.

»Maynard«, sagte ich, »verdient Unsummen, indem er wackligen Firmen Kredit gibt. Er richtet sie auf und fordert sein Geld wieder ein. Die Firmen können es ihm nicht zurückzahlen, also übernimmt er sie, verkauft wenig später ihre Aktiva und macht sie dicht. Der lächelnde Hai kommt und verschlingt die dankbaren Fischchen, die ihren Fehler erst bemerken, wenn sie halb verdaut sind.«

»Was haben Sie denn unternommen?« sagte Litsi.

»Tja ... ich habe Interviews mit einigen Leuten gedreht, denen er geschadet hatte. Die Sachen gingen ziemlich ans Gefühl. Ein altes Ehepaar, dem er ein Superrennpferd abgeschwindelt hatte, ein Mann, dessen Sohn nach dem Verlust seiner Firma Selbstmord beging, und ein dummer Junge, der sich dazu hatte verleiten lassen, seine halbe Erbschaft zu verwetten.«

»Ich habe den Film gesehen«, sagte Danielle. »Bilder wie Hammerschläge ... ich mußte weinen. Kit drohte damit, allen möglichen Leuten Videokopien zu schicken, wenn Maynard Bobby noch weiter schaden würde. Und du hast vergessen zu erwähnen«, sagte sie zu mir, »daß Maynard Bobby angestiftet hat, dich umzubringen.«

Litsi sah verständnislos drein. »Umbringen ...«

»Mm«, sagte ich. »Er ist paranoid, weil Bobby meine Schwester geheiratet hat. Er ist von Geburt an darauf programmiert worden, alle Fieldings zu hassen. Als Bobby klein war, sagte er ihm, wenn er jemals unartig wäre, würden ihn die Fieldings fressen.«

Ich erklärte ihm das Ausmaß und die Bitterkeit der alten Fielding-Allardeck-Fehde.

»Bobby und ich«, setzte ich hinzu, »haben uns versöhnt und sind Freunde, aber das erträgt sein Vater nicht.«

»Bobby glaubt«, sagte Danielle zu mir, »daß Maynard auch deinen Erfolg nicht ertragen kann. Er hätte nicht so eine Mordswut, wenn du ein mieser Jockey wärst.«

»Maynard«, erzählte ich Litsi lächelnd, »ist Mitglied des Jockey-Clubs und taucht jetzt auch ziemlich häufig als Steward auf verschiedenen Rennbahnen auf. Er sähe zu gern, daß ich meine Lizenz verliere.«

»Was er nicht mit faulen Tricks durchsetzen kann«, sagte Litsi nachdenklich, »weil der Film existiert.«

»Es ist ein Patt«, gab ich gelassen zu.

»Okay«, sagte Litsi, »wie wäre es denn mit einem Patt für Henri Nanterre?«

»Ich weiß nicht genug über ihn. Maynard habe ich mein Leben lang gekannt. Ich habe keine Ahnung von Waffen und kenne niemand, der damit handelt.«

Litsi schürzte die Lippen. »Ich glaube, das könnte ich arrangieren«, sagte er.

8

Später an diesem Sonntagnachmittag rief ich Wykeham an und lauschte der Müdigkeit in seiner Stimme. Sein Tag war eine Abfolge von Ärgernissen und Problemen gewesen, die noch andauerten. Der Hundeführer samt Hund saß gerade in seiner Küche, trank Tee und klagte, draußen sei es eisig kalt. Wykeham befürchtete, daß sich die Nachtwache zum größten Teil aufs Haus beschränken würde.

»Ist es wirklich unter Null?« fragte ich. Frost war immer eine schlechte Neuigkeit; die Rennen würden ausfallen, denn gefrorener Boden war hart, glatt und gefährlich.

»Zwei Grad drüber.«

Wykeham hatte Thermometer über den Wasserhähnen im Freien, so daß er bei starkem Frost die Batterieheizung einschalten konnte, um weiterhin fließendes Wasser zu haben. Seine Stallanlage war reich an technischen Finessen, die er sich im Lauf der Jahre angeschafft hatte, wie zum Beispiel Infrarotlampen in den Boxen, damit die Pferde warm standen und gesund blieben.

»Ein Polizist war da«, sagte Wykeham. »Ein Kriminalbeamter. Er meinte, es sei wahrscheinlich ein Dummerjungenstreich gewesen. Ich bitte Sie! Ich sagte ihm, es sei kein Streich, wenn man fachmännisch zwei Pferde erschießt, aber er meinte, es sei erstaunlich, was Jungen alles fertigbringen. Er hätte schon Schlimmeres gesehen. Er hätte Ponies auf der Weide gesehen, denen sie die Augen rausgerissen hatten. Es war v-v-verrückt. Ich sagte, Cotopaxi sei kein Pony, er sei Mitfavorit für den Grand National gewesen, und er sagte, so ein P-P-Pech für den Eigentümer.«

»Hat er Maßnahmen angekündigt?«

»Er sagte, er käme morgen wieder und würde die Pfleger befragen, aber ich glaube nicht, daß die etwas wissen. Pete, der für Cotopaxi zuständig war, hat geheult, und die anderen sind alle empört. Für die ist das schlimmer, als wenn eins durch einen Unfall stirbt.«

»Für uns alle«, sagte ich.

»Ja.« Er seufzte. »Es half auch nichts, daß die Abdecker soviel Arbeit hatten, bis die Kadaver draußen waren. Ich habe mir das nicht angesehen. Konnte ich nicht. Ich habe diese Pferde g-geliebt.«

Für die Abdecker waren tote Pferde natürlich einfach nur Hundefutter, und es mochte angehen, das so unsentimental zu betrachten, aber für jemanden wie Wykeham, der sie umsorgt, für sie geplant, sich mit ihnen unterhalten und mit ihnen gelebt hatte, war es nicht immer möglich. Trainer von Hindernispferden kennen ihre Schützlinge meist länger als Flachrenntrainer, über zehn Jahre manchmal, nicht nur drei oder vier. Wenn Wykeham sagte, er habe ein Pferd geliebt, dann meinte er das auch.

Für Kinley würde er noch nicht soviel empfinden, dachte ich. Kinley, der aufgehende Stern, jung und sprühend. Kinley war ein Wunderding, kein alter Kumpel.

»Passen Sie auf Kinley auf«, sagte ich.

»Ja, ich habe ihn verlegt. Er ist in der Eckbox.«

Die Eckbox, die immer als letzte in Anspruch genommen wurde, war nicht direkt von irgendeiner Stallgasse aus zu erreichen, sondern nur über eine andere Box. Ihre Lage war für die Pfleger zwar ärgerlich, aber es war auch der versteckteste und sicherste Platz im Stall.

»Großartig«, sagte ich erleichtert, »und jetzt, was ist mit morgen?«

»Morgen?«

»Die Rennen in Plumpton.«

Eine kurze Pause entstand, während er seine Gedanken ordnete. Er stellte immer einen Schwung Pferde für Plumpton auf, weil es eine der nächstgelegenen Bahnen war, und soviel ich wußte, sollte ich sechs von ihnen reiten.

»Dusty hat eine Liste«, sagte er schließlich.

»Okay.«

»Reiten Sie sie, wie es Ihnen am besten erscheint.«

»Alles klar.«

»Dann gute Nacht, Kit.«

»Gute Nacht, Wykeham.«

Zumindest hatte er mich beim richtigen Namen genannt, dachte ich, als ich auflegte. Vielleicht würden dann auch genau die richtigen Pferde in Plumpton ankommen.

Ich fuhr am nächsten Morgen mit dem Zug hin, und während die Kilometer vorbeirauschten, war ich froh, von dem Haus am Eaton Square fort zu sein. Ein Abend mit Beatrice de Brescou Bunt hatte mir, wenn auch abgeschwächt durch die Prinzessin, Litsi und Danielle, Perspektiven anstrengender Geselligkeit eröffnet, auf die ich gern verzichtete. Ich hatte mich unter den unverhüllt tadelnden Blicken der anderen zeitig zurückgezogen, aber selbst im Schlaf war mir, als hörte ich diese aufdringlich nörgelnde Stimme.

Als ich am Morgen aufgebrochen war, hatte Litsi gesagt, er wolle den größten Teil des Tages bei Roland verbringen, wenn John Grundy fort sei. Die Prinzessin und Danielle würden sich um Beatrice kümmern. Danielle, die bei ihrem Fernsehnachrichtensender Spätdienst hatte, würde kurz nach halb sechs alles weitere der Prinzessin überlassen müssen. Ich hatte versprochen, sobald wie möglich von Plumpton wiederzukommen, aber ehrlich gesagt war ich dankbar, als mir ein triftiger Grund geliefert wurde, das nicht zu tun, und zwar in Gestalt einer Nachricht, die mich im Wiegeraum erwartete. Sie kam von dem Stallmeister der Rennbahn in Newbury; er bat mich, meinen Wagen dort wegzuholen, wo ich ihn hatte stehenlassen, da der Platz dringend für andere Zwecke benötigt wurde.

Ich rief am Eaton Square an, und zufällig meldete sich Danielle. Ich erklärte die Sache mit dem Wagen. »Ich lasse mich von jemand nach Newbury mitnehmen. Es wird aber besser sein, wenn ich dann bei mir in Lambourn übernachte, weil ich morgen in Devon starte. Entschuldigst du mich bei der Prinzessin? Sag ihr, ich komme morgen abend nach dem Rennen wieder, wenn's ihr recht ist.«

»Deserteur«, sagte Danielle. »Du hörst dich verdächtig zufrieden an.«

»Von der Entfernung her ist es schon sinnvoll«, betonte ich.

»Das kannst du deiner Großmutter erzählen.«

»Gib auf dich acht«, sagte ich.

Sie sagte zögernd, mit einem Seufzer: »Ja«, und legte auf. Manchmal war es, als wäre alles unverändert zwischen uns, und dann, nach einem Seufzer, war es doch nicht so. Ohne besondere Lust machte ich mich auf die Suche nach Dusty, der die richtigen Pferde, die richtigen Rennfarben für mich und eine schlechte Meinung von dem Kriminalbeamten mitgebracht hatte, weil der die Pfleger ausgerechnet verhören mußte, während sie arbeiteten. Es wüßte sowieso keiner was, sagte Dusty, und die Pfleger seien in der Stimmung, jeden herumstreichenden Fremden zu lynchen. Der Oberaufseher (nicht Dusty, der war für Reisen zuständig) hatte wie gewohnt am Samstagabend die Höfe kontrolliert, und da schien alles ruhig zu sein. Er hatte nicht in alle achtzig Boxen einen Blick geworfen, nur in zwei, deren Insassen es nicht gut ging, und bei

Cascade oder Cotopaxi war er nicht gewesen. Er hatte bei Kinley und Hillsborough nachgesehen, ob sie nach dem Rennen wieder gefressen hatten, und war nach Hause schlafen gegangen. Was konnte man noch mehr tun? wollte Dusty wissen.

»Niemand macht irgendwen verantwortlich«, sagte ich.

Er sagte dunkel: »Noch nicht« und nahm meinen Sattel mit, um ihn für das erste Rennen auf das richtige Pferd zu packen.

Wir zogen den Nachmittag wie so oft zu zweit auf. Er sattelte und präsentierte die Pferde, ich ritt sie, und beide leisteten wir Öffentlichkeitsarbeit bei den verschiedenen Besitzern – gratulieren, trösten, erklären und entschuldigen. Es wurde ein typischer Tag mit zwei Siegen, einem zweiten Platz, zwei Fernerliefen und einem Sturz, letzterer mit weicher Landung und unproblematisch.

»Schönen Dank, Dusty«, sagte ich zum Schluß. »Danke für alles.«

»Was heißt das?« fragte er argwöhnisch.

»Es sollte nur heißen, daß sechs Rennen für Sie viel Arbeit sind und daß alles gut gelaufen ist.«

»Es wäre noch besser gelaufen, wenn Sie im fünften nicht runtergefallen wären«, sagte er bissig.

Ich war nicht runtergefallen. Das Pferd war glatt unter mir zu Boden gegangen, seine Nummerndecke hatte Grasflecke bekommen. Dusty wußte das ganz genau.

»Na ja«, sagte ich. »Trotzdem vielen Dank.«

Er nickte mir ernst zu, bevor er enteilte; und in grundsätzlicher Uneinigkeit würden wir zweifellos auch am nächsten Tag in Newton Abbot und am übernächsten in Ascot zusammenwirken, ein eingespieltes, aber kaltes Team.

Zwei andere Jockeys, die in Lambourn wohnten, nahmen mich mit nach Newbury, und ich holte meinen Wagen dort von seinem Dauerstellplatz ab und fuhr heim zu meinem Haus auf dem Hügel.

Ich machte Feuer im Kamin, um Gemütlichkeit herbeizuzaubern, aß ein Brathähnchen und rief Wykeham an.

Er hatte wieder einen aufreibenden Tag hinter sich. Die Versicherungsleute hatten seine Schutzmaßnahmen angezweifelt, die Kriminalpolizei hatte alle Pfleger verärgert, und der Hundeführer war vom Oberaufseher, als der um sechs Uhr früh zur Arbeit kam, schlafend auf dem Heuboden entdeckt worden. Wykeham hatte Weatherbys, das Sekretariat des Jockey-Clubs, vom Tod der Pferde unterrichtet (eine Pflicht), und den ganzen Nachmittag hatte ihn das Telefon genervt, da eine Zeitung nach der andern sich erkundigte, ob sie tatsächlich umgebracht worden seien.

Zu guter Letzt, sagte er, hatte die Prinzessin angerufen. Sie habe den Besuch bei ihren Freunden in Newton Abbot abgesagt und werde sich auch ihre Pferde dort nicht ansehen; er möchte mir bitte ausrichten, ihr sei sehr daran gelegen, daß ich sobald ich könnte wieder zum Eaton Square käme.

»Was ist denn da los?« fragte Wykeham ohne direkte Neugierde. »Sie klingt anders als sonst.«

»Ihre Schwägerin ist unerwartet gekommen.«

»So?« Er verfolgte es nicht weiter. »Gratuliere zu den Siegen heute.«

»Danke.« Ich erwartete im Anschluß daran zu hören, daß Dusty gesagt habe, ich sei vom Pferd gefallen, aber ich hatte mich in dem alten Brummbär geirrt. »Dusty sagt, Torquil hat sich im fünften hingelegt. Alles klar mit Ihnen?«

»Nicht ein Kratzer«, sagte ich ziemlich erstaunt.

»Gut. Nun also zu morgen . . .«

Wir besprachen die Rennen des nächsten Tages und wünschten uns schließlich gute Nacht, und er sagte Kit zu mir, jetzt schon zum zweitenmal hintereinander. Wenn sich die Lage normalisierte, würde ich es wohl daran erkennen, daß er mich wieder Paul nannte.

Ich spulte die Nachrichten auf meinem Anrufbeantworter ab und stellte fest, daß es vorwiegend Variationen von den Anrufen waren, die Wykeham bekommen hatte. Eine ganze Kolonne von Presseleuten wollte wissen, wie ich den Verlust von Cotopaxi empfand. Schon gut, daß ich darüber nicht hatte reden müssen.

Ein Trainer aus Devon fragte an, ob ich in Newton Abbot zwei für ihn reiten könnte, sein Jockey sei verletzt. Ich schlug die Pferde im Leistungsbuch nach, gab ihm die telefonische Zusage und ging friedlich ins Bett.

Das Telefon weckte mich gegen halb drei.

»Hallo«, sagte ich schläfrig und schielte nach der unwillkommenen Nachricht auf meine Armbanduhr. »Wer ist denn da?«

»Kit . . .«

Ich wurde im Bruchteil einer Sekunde hellwach. Es war Danielles Stimme, sehr beunruhigt.

»Wo bist du?« sagte ich.

»Ich . . . oh, . . . ich brauche . . . ich bin in einem Shop.«

»Hast du ›Schock‹ oder ›Shop‹ gesagt?«

»Oh, . . .« Sie schluckte hörbar. »Es stimmt wohl beides.«

»Was ist passiert? Hol mal tief Luft. Erzähl es mir langsam.«

»Ich bin um zehn nach . . . zehn nach zwei aus dem Studio gekommen . . . und bin losgefahren.« Sie brach ab. Sie arbeitete immer bis um zwei, dann machten die amerikanischen Nachrichtensammler allgemein Feierabend, und sie fuhr mit ihrem kleinen Ford nach Hause, zu der Garage hinter dem Eaton Square, wo Thomas auch den Rolls unterstellte.

»Weiter«, sagte ich.

»Es schien, als ob mir ein Auto folgte. Dann hatte ich eine Reifenpanne. Ich mußte anhalten. Ich . . .«, sie schluckte wieder. »Ich sah, daß zwei Reifen fast platt waren. Und der andere Wagen hielt an, und ein Mann stieg aus . . . Er trug eine . . . eine Kapuze.«

Guter Gott, dachte ich.

»Ich rannte weg«, sagte Danielle, hörbar bemüht, nicht hysterisch zu werden. »Er kam hinter mir her . . . Ich rannte und rannte . . . ich sah den Laden hier . . . er hat die ganze Nacht geöffnet . . . und ich lief rein. Aber dem Mann hier paßt das nicht. Er hat mir erlaubt zu telefonieren, aber ich habe kein Geld, meine Tasche und mein Mantel liegen im Auto . . . und ich weiß nicht, was ich machen soll . . .«

»Du tust folgendes«, sagte ich, »du bleibst da, bis ich bei dir bin.«

»Ja, aber . . . der Mann hier will das nicht . . . und irgendwo da draußen . . . Ich kann nicht . . . ich kann einfach nicht rausgehen. Ich komme mir so blöd vor . . . aber ich hab Angst.«

»Dazu hast du auch guten Grund. Ich komme sofort. Gib mir mal den Mann da im Laden . . . und keine Sorge, ich bin in weniger als einer Stunde dort.«

Sie sagte leise: »Gut«, und Sekunden später meldete sich eine asiatisch klingende Stimme: »Hallo?«

»Meine Freundin«, sagte ich, »braucht Ihre Hilfe. Es ist kalt draußen. Geben Sie ihr etwas Warmes zu trinken, machen Sie es ihr gemütlich, bis ich komme, und ich bezahle Ihnen das.«

»In bar«, sagte er kurz und bündig.

»Ja, in bar.«

»Fünfzig Pfund«, sagte er.

»Dafür«, meinte ich, »kümmern Sie sich aber wirklich gut um sie. Und jetzt geben Sie mir Ihre Adresse. Wo finde ich Sie?«

Er erklärte den Weg und sagte mir ernst, er werde sich um die Dame kümmern, ich brauchte mich nicht zu beeilen, das Geld würde ich doch jedenfalls mitbringen, und ich versicherte ihm nochmals, daß ich das tun würde.

Ich zog mich an, warf ein paar Kleider in eine Tasche, schloß das Haus ab und brach den Geschwindigkeitsrekord nach London. Nachdem ich zwei- bis dreimal falsch abgebogen war und eine unwillige Stricherin befragt hatte, fand ich die Straße und die dunkle Ladenzeile mit dem einen hellen Schaufenster nahe der U-Bahnstation am anderen Ende. Ich hielt mit einem Ruck auf gelben Doppelstreifen und ging hinein.

Der »Shop« war ein schmaler Mini-Supermarkt mit einer gläsernen Imbißtheke an der Tür, der ganze übrige Raum vollgepackt mit Lebensmitteln, die zart nach Gewürzen dufteten. Zwei Kunden suchten sich gerade warme Speisen aus, ein dritter, weiter hinten im Laden, studierte Konservendosen, aber von Danielle war nichts zu sehen.

Der bedienende Asiate, rundlich, rundgesichtig, drogenschwere Augen, warf mir einen flüchtigen Blick zu, als ich hereingehastet kam, und widmete sich wieder den von seinen Kunden ausgesuchten Chapatis und Samosas, die er methodisch mit einer Zange pflückte.

»Die junge Dame«, sagte ich.

Er tat, als hätte er es nicht gehört, schlug die Ware ein, rechnete den Preis zusammen.

»Wo ist sie?« beharrte ich und hätte ebensogut schweigen können. Der Asiate unterhielt sich mit seinen Kunden in einer Sprache, die ich noch nie gehört hatte, nahm ihr Geld entgegen, gab heraus, wartete, bis sie gegangen waren.

»Wo ist sie?« drängte ich, allmählich besorgt.

»Geben Sie mir das Geld.« Seine Augen sprachen beredt davon, wie nötig er es brauchte. »Sie ist in Sicherheit.«

»Wo?«

»Im Hinterzimmer, durch die Tür. Geben Sie mir das Geld.«

Ich gab ihm, was er verlangt hatte, ließ ihn nachzählen und sprintete fast durch den Laden. Ich kam zu einer Rückwand, die bis zur Decke vollgestellt war wie der Rest und fühlte hellen Zorn aufsteigen, bevor ich sah, daß auch die Tür als Gestell und Regal diente.

In einer kleinen Lücke zwischen Kaffeetüten entdeckte ich den Türgriff; packte ihn, drehte ihn, stieß die Tür auf. Sie führte in einen Raum, in dem sich weitere Lebensmittel in braunen Kartons türmten, so daß nur wenig Platz für einen Schreibtisch, einen Stuhl und einen Elektroofen mit einer einzigen Rippe blieb.

Danielle saß auf dem Stuhl, in einen großen, dunklen Herrenmantel gekuschelt, um sich an dem dürftigen Heizofen zu wärmen, und starrte ins Leere.

»Tag«, sagte ich.

Der Ausdruck unendlicher Erleichterung in ihrem Gesicht war vermutlich so gut wie ein leidenschaftlicher Kuß, den ich allerdings nicht bekam. Aber sie stand auf und ließ sich in meine Arme gleiten, als komme sie nach Hause, und ich hielt sie fest, ohne durch den dicken Mantel viel von ihr zu spüren, roch den moschusartigen Duft des dunklen Stoffes, streichelte Danielles Haar und atmete tief vor Zufriedenheit.

Nach einer Weile löste sie sich langsam, obwohl ich stundenlang so hätte stehenbleiben können.

»Bestimmt hältst du mich für blöd«, sagte sie zittrig, schnüffelte und wischte sich mit den Fingerknöcheln über die Augen. »Für ein dummes Schaf.«

»Weit gefehlt.«

»Ich bin froh, dich zu sehen.« Es war aufrichtig, eine Tatsache.

»Dann komm«, sagte ich, tief getröstet. »Am besten gehen wir.«

Sie schlüpfte aus dem übergroßen Mantel, legte ihn auf den Stuhl und zitterte leicht in ihrem Pullover. Die Kälte des Schocks, dachte ich, denn weder in dem Laden noch im Lagerraum war es wirklich kalt.

»Ich habe eine Decke im Wagen«, sagte ich. »Dann fahren wir erst mal deinen Mantel holen.«

Sie nickte, und wir gingen durch das Geschäft nach vorn.

»Vielen Dank«, sagte ich dem Asiaten.

»Haben Sie die Heizung abgedreht?« wollte er wissen.

Ich schüttelte den Kopf. Er sah verärgert aus.

»Gute Nacht«, sagte ich, und Danielle sagte: »Danke schön.«

Er blickte uns aus den drogenschweren Augen an und erwiderte nichts, und nach ein paar Sekunden ließen wir ihn allein und gingen über den Bürgersteig zum Wagen.

»Er war gar nicht verkehrt«, sagte Danielle, als ich ihr die Decke um die Schultern legte. »Er gab mir Kaffee von der Imbißtheke und bot mir auch was zu essen an, aber ich hätte nichts runtergebracht.«

Ich schloß die Beifahrertür, ging außen herum und glitt neben ihr hinter das Steuer.

»Wo steht dein Wagen?« sagte ich.

Sie hatte Mühe, sich zu erinnern, aber das war kein Wunder nach der Aufregung ihrer Flucht.

»Ich war, glaube ich, zwei Meilen gefahren, als ich merkte, daß ich einen Platten hatte. Ich bin von der Schnellstraße runter. Wenn wir nochmal in Richtung Studio fahren . . . aber ich weiß nicht mehr . . .«

»Wir finden ihn«, sagte ich. »Du kannst nicht weit gelaufen sein.«

Und wir fanden ihn tatsächlich ziemlich schnell, sein Heck ragte uns entgegen, als wir eine schäbige Seitenstraße entlangrollten.

Ich ließ sie in meinem Wagen sitzen, während ich nachschaute. Ihr

Mantel und ihre Tasche waren verschwunden, ebenso die Scheibenwischer und das Radio. Bemerkenswert, dachte ich, daß das Auto selbst noch dort war, auch wenn es zwei platte Reifen hatte, denn die Schlüssel staken in der Zündung. Ich zog sie raus, sperrte die Türen ab und brachte Danielle die gute und die schlechte Nachricht.

»Noch hast du ein Auto«, sagte ich, »aber bis morgen früh könnte es ausgeschlachtet oder fort sein, wenn wir es nicht abschleppen lassen.«

Sie nickte stumm und blieb wieder im Wagen, als ich eine Werkstatt mit Nacht- und Abschleppdienst fand und mit den Amtsträgern verhandelte. Aber sicher, meinten sie faul, kein Problem, und ließen sich die Schlüssel, das Kennzeichen und den Standort des Autos geben. Sie würden es gleich an Land ziehen, die Reifen flicken, die Scheibenwischer ersetzen, und am Morgen wäre es abholbereit.

Erst als wir wieder unterwegs zum Eaton Square waren, kam Danielle noch einmal, und zwar widerstrebend, auf ihren erfolglosen Angreifer zu sprechen.

»Glaubst du, das war ein Frauenschänder?« sagte sie gepreßt.

»Es könnte ... nun ... es scheint fast so.« Ich versuchte ihn mir vorzustellen. »Was hatte er denn an? Was für eine Kapuze?«

»Ich habe nicht darauf geachtet«, begann sie und merkte, daß sie doch mehr behalten hatte als sie dachte. »Einen Anzug. Einen ganz normalen. Und blanke Lederschuhe. Das Licht schien drauf, und ich hörte sie über das Pflaster tappen ... wie eigenartig. Die Kapuze war ... eine dunkle Wollmütze, runtergezogen, mit Schlitzen für Augen und Mund.«

»Grausig«, sagte ich mitfühlend.

»Ich glaube, er hat vor dem Studio auf mich gewartet.« Sie erschauerte. »Meinst du, er hat meine Reifen präpariert?«

»Zwei Platten gleichzeitig sind kein Zufall.«

»Was meinst du, was ich tun soll?«

»Zur Polizei gehen?« tippte ich an.

»Nein, bestimmt nicht. Die denken doch, daß jede junge Frau, die mitten in der Nacht allein herumfährt, es darauf anlegt.«

»Trotzdem ...«

»Weißt du«, sagte sie, »daß die Freundin einer Freundin von mir – eine Amerikanerin – als sie mal so wie ich durch London fuhr, ohne den geringsten Anlaß von der Polizei angehalten und aufs Revier gebracht wurde? Die haben sie ausgezogen! Kannst du dir das vorstellen? Wir suchen nach Rauschgift oder Bomben, sagten sie ... die Terroristenangst ging gerade um, und sie fanden ihren Akzent verdächtig.

Es dauerte eine Ewigkeit, bis sie es schaffte, Leute aus dem Schlaf zu holen, die bestätigten, daß sie nur vom Spätdienst hatte nach Hause fahren wollen. Sie ist seitdem ein Wrack, und ihre Stelle hat sie aufgegeben.«

»Das scheint unglaublich«, gab ich zu.

»Es ist passiert«, sagte sie.

»Sie sind nicht alle so«, lenkte ich ein.

Sie beschloß dennoch, es nur ihren Kollegen im Studio zu erzählen und auf eine bessere Sicherung der Parkplätze zu dringen.

»Tut mir leid, daß du wegen mir den weiten Weg machen mußtest«, sagte sie, ohne sich besonders traurig anzuhören. »Aber ich wollte nicht die Polizei, und sonst hätte ich Dawson wecken müssen, damit er jemand schickt, der mich abholt. Ich war mit den Nerven fertig ... ich wußte, du würdest kommen.«

»Mm.«

Sie seufzte und redete jetzt weniger angespannt. »In meiner Tasche war zum Glück weiter nichts. Nur Lippenstift und eine Haarbürste, nicht viel Geld. Keine Kreditkarten. Ich nehme nie viel mit zur Arbeit.«

Ich nickte. »Und Schlüssel?«

»Oh, ...«

»Die Haustürschlüssel vom Eaton Square?«

»Ja«, sagte sie bestürzt. »Und der Schlüssel zum Hintereingang des Studios, wo das Personal reingeht. Das muß ich denen morgen sagen, wenn die Frühschicht anfängt.«

»Hattest du Sachen dabei, wo die Eaton Square-Adresse draufstand?«

»Nein«, sagte sie mit Gewißheit. »Ich habe heute nachmittag das ganze Auto ausgeräumt ... eigentlich, um Tante Beatrice zu entgehen ... und ich habe die Tasche gewechselt. Ich hatte keine Post oder dergleichen bei mir.«

»Das ist immerhin etwas«, sagte ich.

»Du denkst so praktisch.«

»Ich würde zur Polizei gehen«, sagte ich neutral.

»Nein. Das verstehst du nicht, du bist keine Frau.«

Darauf schien es keine Antwort zu geben, und so drängte ich sie nicht weiter. Ich fuhr zum Eaton Square wie schon so oft, wenn ich sie von der Arbeit nach Hause gebracht hatte, und erst als wir fast dort waren, kam mir die Frage, ob der Vermummte möglicherweise gar kein Frauenschänder gewesen war, sondern Henri Nanterre.

Auf den ersten Blick schien das nicht möglich, aber gerade zu diesem Zeitpunkt mußte man es in Betracht ziehen. Wenn es tatsächlich ein Bestandteil der Unfall- und Zermürbungsstrategie war, würden wir noch davon hören, ebenso wie von den Pferden: kein Terrorakt war vollständig ohne die anschließende Prahlerei.

Danielle hatte Henri Nanterre nie gesehen und hätte ihn nicht an seiner Statur, seiner Größe oder seinen Bewegungen erkennen können. Umgekehrt wäre er, selbst wenn er von ihrer Existenz wußte, wohl nicht in Chiswick aufgetaucht, es sei denn, er hatte erfahren, daß sie in England war.

»Du bist auf einmal sehr still«, sagte Danielle. Sie klang nicht mehr verängstigt, sondern schläfrig. »Woran denkst du?«

Ich blickte sie an und sah, daß ihr Gesicht weicher geworden war, daß die strengen Züge der Anspannung sich glätteten. Drei oder vier Mal hatten wir durch eine Art spontane Gedankenübertragung, wie sie zwischen Leuten vorkommt, die einander gut kennen, gewußt, was der andere gerade dachte, aber nicht regelmäßig und auch nicht in letzter Zeit. In diesem Moment war ich froh, daß sie meine Gedanken nicht lesen konnte, denn ich wußte nicht, ob sie davon beruhigt oder erst recht beunruhigt worden wäre.

»Morgen abend«, sagte ich, »läßt du dich von Thomas zur Arbeit bringen. Er fährt ja nicht nach Devon . . . und ich werde dich abholen.«

»Aber wenn du doch in Devon reitest . . .«

»Ich nehme den Zug hin und zurück. Gegen neun müßte ich wieder am Eaton Square sein.«

»Also gut . . . danke.«

Ich parkte meinen Wagen dort, wo sonst ihrer stand, holte meine Tasche aus dem Kofferraum und ging mit Danielle, die in die Decke eingehüllt war wie in einen übergroßen Schal, um den Block herum zu der Haustür am Eaton Square.

»Du hast hoffentlich einen Schlüssel?« sagte sie gähnend. »Sonst sehen wir hier wie Zigeuner aus.«

»Dawson hat mir einen mitgegeben.«

»Gut . . . ich schlafe bald im Stehen.«

Wir gingen ins Haus und leise nach oben. Als wir auf ihrem Flur waren, legte ich die Arme um sie und hielt sie wieder, mit Decke und allem, umfangen, aber diesmal schmiegte sie sich nicht voll Erleichterung an mich, und als ich mich vorbeugte, um sie zu küssen, bot sie ihre Wange, nicht ihren Mund.

»Gute Nacht«, sagte ich. »Kommst du klar?«

»Ja.« Sie begegnete kaum meinen Augen. »Ich bin dir wirklich dankbar.«

»Du schuldest mir nichts.«

»Oh, ...« Sie sah mich kurz mit einem verwirrten Ausdruck an. Dann ließ sie die Decke fallen, die sie wie einen Schutzschild um sich gehalten hatte, legte die Arme um meinen Hals und gab mir einen raschen Kuß, der zumindest an bessere Zeiten erinnerte, auch wenn er irgendwo auf meinem Kinn landete.

»Gute Nacht«, sagte sie leichthin und ging den Flur entlang zu ihrem Zimmer, ohne sich noch einmal umzudrehen, und ich nahm meine Tasche und die Decke und fühlte mich, als ich nach oben ging, sehr viel besser als den Tag zuvor. Ich öffnete die Tür zum Bambuszimmer halb in der Erwartung, Beatrice glücklich schnarchend zwischen meinen Laken vorzufinden, aber das Bett war unberührt und leer, und ich tauchte für gute zwei Stunden ins Traumland.

9

Früh gegen viertel nach sieben klopfte ich an Litsis Tür im Erdgeschoß, bis eine schläfrige Stimme sagte: »Wer ist da?«

»Kit.«

Eine kurze Pause, dann: »Kommen Sie rein.«

In dem Zimmer war es dunkel, und Litsi stützte sich auf einen Ellenbogen, um die Nachttischlampe anzuknipsen. Das Licht erhellte einen großen, eichengetäfelten Raum mit Himmelbett, Brokatvorhänge und Ahnenporträts: sehr passend für Litsi, wie ich fand.

»Ich dachte, Sie wären nicht hier«, sagte er und rieb sich die Augen mit den Fingern. »Was für einen Tag haben wir?«

»Dienstag. Ich bin heute morgen vor fünf zurückgekommen, und darüber möchte ich Ihnen was erzählen.«

Erst noch halb liegend, richtete er sich beim Zuhören im Bett auf.

»Glauben Sie, es war wirklich Nanterre?« sagte er, als ich geendet hatte.

»Sollte er es gewesen sein, dann wollte er sie vielleicht nur einholen und ihr Angst machen ... ihr sagen, was ihrem Onkel passieren könnte, wenn er nicht nachgibt. Jedenfalls muß sie den Mann mit ihren schnellen Beinen überrascht haben. Sie trägt Turnschuhe bei der Arbeit ... richtige Laufschuhe ... und sie ist immer ganz gut in Form. Vielleicht kam er einfach nicht mit.«

»Wenn er eine Warnung im Sinn hatte, die er nicht anbringen konnte, werden wir noch von ihm hören.«

»Ja. Und wegen der Pferde auch.«

»Er ist geistesgestört«, sagte Litsi, »wenn er das war.«

»Wie auch immer«, sagte ich, »ich hielt es für besser, Sie zu warnen.«

Ich erzählte ihm, daß Danielles Handtasche verschwunden war. »Wenn's irgendein Dieb war, macht es nichts, denn er findet keine Anschrift, aber wenn Nanterre sie gestohlen hat, besitzt er jetzt einen Schlüssel für dieses Haus. Könnten Sie das wohl der Prinzessin erklären und das Schloß auswechseln lassen? Ich habe ein paar Ritte in Devon und komme heute abend wieder. Ich will Danielle nach Feierabend abholen, aber würden Sie, falls ich den Zug zurück verpasse, dafür sorgen, daß sie gut nach Hause kommt? Wenn Sie einen Wagen brauchen, können Sie meinen nehmen.«

»Verpassen Sie mal den Zug nicht.«

»Nein.«

Seine Augenbrauen wölbten sich. »Dann geben Sie mir die Schlüssel«, sagte er.

Ich gab sie ihm. »Versuchen Sie mal rauszufinden«, sagte ich, »ob Danielle ihrer Tante Beatrice gesagt hat, wo sie arbeitet und wann sie Feierabend macht.«

Er blinzelte verständnislos.

»Henri Nanterre«, erinnerte ich ihn, »hat mitten in diesem Haus einen Spion.«

»Schwirren Sie ab. Hals- und Beinbruch.«

Ich lächelte und ging los und bekam den Zug nach Devon. Vielleicht war es dumm von mir, dachte ich, Litsi Danielle anzuvertrauen, aber sie benötigte Schutz, und eine kurze Fahrt in meinem Mercedes, mit Litsi am Steuer, würde wahrscheinlich auch nicht alles entscheiden.

Trotz des Tempos und der anderen Berufsrisiken verunglücken Hindernisjockeys selten tödlich; es ist zum Beispiel gefährlicher, seinen Lebensunterhalt mit Fensterputzen zu verdienen. Allerdings kommt es hin und wieder vor, daß man im Krankenhaus landet, und zwar immer zum falschen und ungünstigen Zeitpunkt. Ich würde nicht sagen, daß ich an diesem Tag in Newton Abbot gerade vorsichtig war, aber ich ritt mit Sicherheit ohne den leichtsinnigen Zorn der vergangenen zwei Wochen.

Vielleicht würde sie schließlich zu mir zurückkommen, vielleicht nicht; direkt vor ihren Augen hatte ich eine bessere Chance als dreihundert Kilometer entfernt im Streckverband.

Das Hauptgesprächsthema den ganzen Nachmittag auf der Rennbahn war, soweit es mich betraf, die Tötung von Cascade und Cotopaxi. Im Zug hatte ich auf den Sportseiten zweier Zeitungen Berichte darüber gelesen, und im Umkleideraum sah ich noch zwei, durchweg eher Mutmaßungen und fette Schlagzeilen als harte Fakten. Wohin ich mich auch wandte, wurde ich mit neugierigen und mitfühlenden Fragen bestürmt, konnte aber wenig hinzufügen, außer jawohl, ich hätte sie tot in ihren Boxen liegen sehen, ja, natürlich sei die Prinzessin außer sich und ja, ich würde mich nach einem anderen Ritt im Grand National umschauen.

Dusty hatte seinem Unwettergesicht nach mit dem gleichen Sperrfeuer zu kämpfen. Er war dann etwas besänftigt, als ein Renner der Prinzessin siegte und mit Applaus und Hochrufen gefeiert wurde, ein Zeichen ihrer Beliebtheit beim Publikum. Der Geschäftsführer der Rennbahn und der Vorstandsvorsitzende des gastgebenden Vereins bestellten mich ins Direktoriat, nicht um meine Reitweise zu monieren, sondern ihr Mitgefühl auszusprechen und baten mich, auch der Prinzessin und Wykeham ihr Bedauern auszudrücken. Sie klopften mir derb auf die Schulter und boten mir Sekt an, und das war alles sehr weit weg von Maynard Allardeck.

Ich erwischte pünktlich den Rückreisezug, aß ein Eisenbahnsandwich zu abend und war vor neun wieder am Eaton Square. Dawson mußte mich einlassen, da das Schloß tatsächlich ausgewechselt worden war, und ich ging hinauf ins Wohnzimmer, wo ich die Prinzessin, Litsi und Beatrice Bunt vorfand, jeder für sich in regloses Schweigen gehüllt, als säßen sie unter Glasglocken und könnten einander nicht hören.

»Guten Abend«, sagte ich vernehmlich.

Beatrice Bunt zuckte zusammen, da ich hinter ihr gesprochen hatte, die ausdruckslose Miene der Prinzessin wurde freundlich, und Litsi erwachte zum Leben wie eine von Zauberhand berührte Wachsfigur.

»Sie sind wieder da!« sagte er. »Wenigstens ein Lichtblick.«

»Was ist passiert?« fragte ich.

Keiner von ihnen wollte so recht heraus damit.

»Geht's Danielle gut?« sagte ich.

Die Prinzessin sah erstaunt drein. »Aber ja doch. Thomas hat sie zur Arbeit gefahren.« Sie saß auf einem Sofa, den Rücken gestrafft, den Kopf erhoben, jeder Muskel in der Defensive und nirgends Wohlgefühl. »Kommen Sie hierher«, sie klopfte auf die Polster neben sich, »und sagen Sie mir, wie meine Pferde gelaufen sind.«

Das war, wie ich wußte, ihre Zuflucht vor unangenehmer Realität; schon früher hatte sie in den schlimmsten Augenblicken über ihre Renner gesprochen, sich an diesen Fels in einer aus den Fugen geratenen Welt geklammert.

Ich setzte mich neben sie und spielte bereitwillig mit.

»Bernina war in Topform, sie gewann ihren Hürdenlauf. In Devon scheint's ihr zu gefallen, das ist jetzt das dritte Mal, daß sie dort gewonnen hat.«

»Erzählen Sie mir von ihrem Rennen«, sagte die Prinzessin scheinbar erfreut, aber doch irgendwie nicht ganz bei der Sache, und ich schilderte ihr den Rennverlauf, ohne daß sich an ihrem Gesichtsausdruck etwas änderte. Ich warf einen Blick auf Litsi und sah, daß er genauso unbeteiligt zuhörte, und auf Beatrice, die überhaupt nicht zuzuhören schien.

Ich richtete das Mitgefühl der Veranstalter aus und erzählte, wie das Publikum den Sieg ihres Pferdes gefeiert hatte.

»Sehr freundlich«, murmelte sie.

»Was ist passiert?« sagte ich nochmals.

Es war Litsi, der schließlich antwortete. »Henri Nanterre rief hier vor etwa einer Stunde an. Er wollte Roland sprechen, aber Roland weigerte sich, da verlangte er mich mit Namen.«

Ich hob die Augenbrauen.

»Er sagte, er wüßte, daß ich einer von den dreien sei, die geschäftliche Anordnungen zusammen mit Roland unterschreiben müssen. Er sagte, die anderen seien Danielle und die Prinzessin – sein Notar habe sich erinnert.«

Ich runzelte die Stirn. »Er könnte sich wohl erinnert haben, wenn ihm jemand die Namen genannt hat ... er könnte sie wiedererkannt haben.«

Litsi nickte. »Henri Nanterre sagte auch, daß sein Notar die Aktenmappe in Rolands Salon vergessen hat. In der Aktentasche fände sich ein Vertragsformular mit Leerzeilen für Unterschriften und Zeugen. Er sagt, dieses Formular müssen wir alle vier an einem Ort, den er bestimmen wird, in Gegenwart seines Notars unterschreiben. Er würde jeden Morgen anrufen, bis alle dazu bereit seien.«

»Sonst passiert was?« sagte ich.

»Er meinte«, erwiderte Litsi gleichmütig, »es wäre doch ein Jammer, wenn die Prinzessin unnötigerweise noch mehr Pferde verlöre, und junge Frauen, die nachts alleine unterwegs sind, seien immer in Gefahr.« Er unterbrach sich und hob ironisch eine Braue. »Er sagte, auch Prinzen seien nicht gegen Unfälle gefeit, und ein gewisser Jockey sollte, wenn ihm seine Gesundheit lieb sei, das Haus verlassen und sich um seine eigenen Angelegenheiten kümmern.«

»Originalton?« fragte ich interessiert.

Litsi schüttelte den Kopf. »Er sagte es auf französisch.«

»Wir haben Beatrice gefragt«, warf die Prinzessin mit spröder, aufgesetzter Höflichkeit ein, »ob sie seit ihrer Ankunft hier am Sonntag mit Henri Nanterre gesprochen hat, aber sie sagt, sie weiß nicht, wo er sich aufhält.«

Ich sah Beatrice an, die unversöhnlich zurückstarrte. Man brauchte zwar nicht zu wissen, wo sich jemand aufhielt, wenn er eine Telefonnummer hatte, aber es schien sinnlos, sie von einer Ausflucht in eine direkte Lüge zu treiben, und etwas anderes hätten wir, nach ihrem herausfordernden Blick zu urteilen, nicht bekommen.

Die Prinzessin sagte, ihr Mann habe den Wunsch geäußert, mich bei meiner Rückkehr zu sprechen; vielleicht könnte ich mich jetzt erst einmal mit ihm unterhalten. Ich spürte im Hinausgehen, wie sie alle wieder unter ihren Glasglocken erstarrten, und klopfte oben an Roland de Brescous Tür.

Er rief »Herein«, bat mich Platz zu nehmen und fragte mit gut gespieltem Interesse nach meinem Erfolg bei den Rennen. Ich erwähnte Berninas Sieg, und er sagte abwesend: »Schön«, während er in Gedanken seine nächsten Worte zurechtlegte. Er kam mir nicht so gebrechlich vor wie am Freitag oder Samstag, aber auch nicht so entschlossen.

»Mein Rücktritt ist keine Sache, die von heute auf morgen geht«, sagte er, »und sobald ich irgendwelche konkreten Schritte unternehme, wird Henri Nanterre das erfahren. Gerald Greening ist der Auffassung, daß er dann unter Androhung immer weiterer Schikanen und niederträchtiger Gewalt verlangen wird, daß ich meine Absicht aufgebe.« Er schwieg. »Hat Litsi Ihnen von Nanterres Anruf erzählt?«

»Ja, Monsieur.«

»Die Pferde . . . Danielle . . . meine Frau . . . Litsi . . . Sie selbst . . . Ich kann euch nicht alle der Gefahr aussetzen. Gerald Greening rät mir jetzt zur Unterzeichnung des Vertrags; sobald Nanterre dann seine Schußwaffenzulassung bekommt, kann ich alle meine Firmenanteile verkaufen. Das muß Nanterre hinnehmen. Ich werde es zur Bedingung machen, bevor ich unterschreibe. Jedermann wird sich denken können, daß ich wegen der Waffen verkauft habe . . . so bleibt vielleicht immerhin etwas von meinem Ruf erhalten.« Sein Mund zuckte gequält. »Mit dem denkbar größten Widerwillen unterschreibe ich diesen Vertrag, aber ich sehe keine andere Möglichkeit.«

Er schloß mit einer stummen Frage, als erbitte er meine Stellungnahme, und nach einer kurzen Pause gab ich sie ihm.

»Unterschreiben Sie nicht, Monsieur«, sagte ich.

Er betrachtete mich nachdenklich, mit dem Anflug eines Lächelns.

»Litsi war der Meinung, daß Sie das sagen würden«, sagte er.
»So? Und was hat Litsi selbst gesagt?«
»Was meinen Sie wohl?«
»Nicht unterschreiben«, sagte ich.
»Sie und Litsi.« Wieder das flüchtige Lächeln. »So verschieden. So ähnlich. Er hat Sie als – und das sind seine Worte, nicht meine – als einen ›Teufelskerl mit Köpfchen‹ bezeichnet, und er sagte, ich solle Ihnen und ihm Zeit lassen, sich etwas auszudenken, wie man Nanterre ein für allemal abwehren kann. Er sagte, nur wenn Sie beide scheiterten und sich geschlagen gäben, solle ich ans Unterschreiben denken.«
»Und ... waren Sie einverstanden?«
»Wenn Sie es auch möchten, bin ich einverstanden.«
Eine Verpflichtung zu aktivem Vorgehen war etwas ganz anderes als sich auf Verteidigung zu beschränken, aber ich dachte an die Pferde, an die Prinzessin, an Danielle, und es war wirklich keine Frage.
»Ich möchte es«, sagte ich.
»Nun gut ... aber hoffentlich gibt das kein Ende mit Schrecken.«
Ich sagte, wir würden unser Bestes tun, das zu verhindern, und fragte ihn, ob er etwas dagegen hätte, wenn jeden Tag während John Grundys dienstfreier Stunden ein Wächter im Haus wäre.
»Ein Wächter?« fragte er stirnrunzelnd.
»Nicht in Ihren Räumen, Monsieur. Auf Rundgang. Sie würden ihn kaum bemerken, aber Sie bekämen ein Sprechfunkgerät, so daß Sie ihn notfalls rufen könnten. Und dürfen wir außerdem ein Telefon aufstellen, das Gespräche aufzeichnet?«
Er hob seine dünne Hand und ließ sie wieder auf die Armlehne des Rollstuhls sinken.
»Tun Sie, was Sie für richtig halten«, sagte er und dann, fast schelmisch lächelnd – das erste Mal, daß ich etwas von seiner helleren Seite zu sehen bekam: »Hat Beatrice Sie schon aus dem Bambuszimmer verjagt?«
»Nein, Monsieur«, sagte ich fröhlich.
»Sie war heute morgen hier oben und hat verlangt, daß ich Sie woanders unterbringe«, sagte er, immer noch lächelnd. »Sie besteht auch darauf, daß ich Nanterre die Geschäfte nach seinem Gutdünken führen lasse, aber ich weiß ehrlich nicht, von welchem ihrer beiden Ziele sie am meisten besessen ist. Sie sprang innerhalb desselben Satzes von dem einen zum anderen.« Er schwieg. »Wenn Sie meine Schwester schaffen«, sagte er, »dürfte Nanterre ein leichtes sein.«

Bis Mitte des nächsten Vormittags hatte ich in der Stadt ein Tonbandtelefon gekauft, und der Wächter war eingeführt in der unkonventionellen Gestalt eines elastischen Zwanzigjährigen, der Karate schon in der Wiege gelernt hatte.

Beatrice äußerte wie zu erwarten ihr Mißfallen über sein Aussehen und seine Anwesenheit, zumal er sie auf einem Treppenabsatz beinah umgerannt hätte, als er bewies, daß er schneller vom Souterrain zur Mansarde laufen konnte als der Lift die gleiche Strecke fuhr.

Er sagte mir, er hieße (in dieser Woche) Sammy, und er war tief beeindruckt von der Prinzessin, die er zu ihrer stillen und wohlwollenden Belustigung mit »Königliche Hoheit« ansprach.

»Sind Sie auch sicher . . .?« meinte sie zögernd zu mir, als er außer Hörweite war.

»Er hat die allerbesten Referenzen«, versicherte ich ihr. »Sein Chef hat garantiert, er könnte jedem eine Pistole aus der Hand treten, bevor er zum Schuß kommt.«

Sammys ein wenig koboldhaftes Gemüt schien sie sehr aufzumuntern, und sie verkündete entschlossen, daß wir alle, natürlich auch Beatrice, zu den Ascot-Rennen fahren würden. Der Lunch dort war schon bestellt, und Sammy würde ja ihren Mann beschützen. Sie legte die Fröhlichkeit an den Tag, die sich mitunter einstellt, wenn man etwas riskiert, und zumindest auf Litsi und Danielle wirkte das ansteckend.

Beatrice beklagte sich finsteren Blickes, sie halte nichts vom Pferderennen. In ihrer Achtung war ich so tief gesunken wie der Marianen-Graben, seit sie erfaßt hatte, daß ich Berufsrennreiter war.

»Er ist eure *Hilfskraft*«, hörte ich sie empört zur Prinzessin sagen. »Da finden sich doch wohl noch Zimmer in der Mansarde.«

Die »Mansarde« war zufällig eine unbenutzte Kinderzimmersuite, kalt und mit Staubdecken drapiert, wie ich bei meinen nächtlichen Streifengängen herausgefunden hatte. Das Zimmer, das ich realistischerweise für mich hätte erwarten können, lag neben dem Rosenzimmer und teilte das Bad mit ihm, aber es war ebenfalls in bleiche Tücher gehüllt.

»Ich wußte nicht, daß du kommen würdest, liebe Beatrice«, erinnerte sie die Prinzessin. »Und er ist Danielles Verlobter.«

»Aber *wirklich* . . .«

Sie kam dann widerwillig doch mit zum Pferderennen, vermutlich aus der Überlegung, daß sie ihren Bruder, selbst wenn es ihr noch einmal gelang, zu ihm vorzudringen und selbst wenn sie ihn bis zur Erschöpfung traktierte, nicht dazu bringen konnte, den Vertrag zu unterschreiben, weil er ihn erstens nicht hatte (er war jetzt in Litsis Zimmer für den Fall, daß Beatrice die Bambussuite im Handstreich nahm) und weil zweitens seine drei Mitunterzeichner nicht in ähnlicher Weise bedrängt werden konnten. Litsi hatte ihr nach Nanterres Anruf und vor meiner Rückkehr aus Devon vorsorglich erklärt, das Vertragsformular sei nicht da.

»Wo ist es geblieben?« hatte sie wissen wollen.

»Meine liebe Beatrice«, hatte Litsi verbindlich geantwortet, »ich habe keine Ahnung. Die Mappe des Notars liegt noch abholbereit in der Halle, aber sie enthält nicht ein einziges Schriftstück.«

Und nachdem er mir diesen Dialog geschildert hatte, vor dem Zubettgehen am Abend, hatte ich ihm das einzige Schriftstück zur Aufbewahrung hinuntergebracht.

Beatrice fuhr mit der Prinzessin im Rolls nach Ascot; Danielle und Litsi kamen mit mir.

Danielle saß in sich gekehrt auf dem Rücksitz. Als ich sie in der Nacht abgeholt hatte, war sie still gewesen, hatte hin und wieder bei den Gedanken, die ihr durch den Kopf gingen, gezittert, obgleich es warm im Auto war. Ich hatte ihr von Nanterres Anruf erzählt und auch von der Vereinbarung ihres Onkels mit Litsi und mir, und obwohl ihre Augen vor Kummer riesengroß wurden, hatte sie nur gesagt: »Bitte sei vorsichtig. Alle beide ... seid vorsichtig.«

In Ascot sah ich mit purer Eifersucht zu, wie Litsi sie zum Lunch der Prinzessin entführte, während ich sozusagen den Weg ins Büro antrat.

Ich hatte vier Rennen zu bestreiten: eines für die Prinzessin, noch zwei andere für Wykeham und eines für einen Trainer aus Lambourn. Dusty war schlechter Laune, Maynard Allardeck war erneut als Steward aufgetaucht, und das Gestell meines Lieblingssattels, teilte mir mein Rennbegleiter mit, war entzweigegangen. Außerdem war es bitterkalt, und obendrein hatte ich wieder ein Pfund zugenommen, wahrscheinlich durch das Eisenbahnsandwich.

Wykehams erster Starter war ein vierjähriger, ehemaliger Flachrenner, der seine erste Erfahrung im Hürdenwettkampf machen sollte. Ich hatte ihn bei Wykeham zwar einige Male an den Trainingssprüngen geschult, aber Mut hatte ich ihm nicht beizubringen vermocht. Er ließ mich den ganzen Kurs wissen, wie verhaßt es ihm war, und hinterher mußte ich scharf überlegen, was ich seinen Besitzern wohl Ermutigendes sagen könnte. Ein Pferd, das nicht gern Rennen lief, war Zeit-, Geld- und Gefühlsverschwendung; am besten verkaufte man es schnell und versuchte es mit einem andern. Ich drückte mich so taktvoll wie möglich aus, aber die Besitzer schüttelten skeptisch die Köpfe und sagten, sie würden Wykeham fragen.

Der zweite von Wykehams Rennern landete ebenfalls unter »ferner liefen«, nicht aus mangelnder Bereitschaft, denn er war gutmütig und sicher auf den Beinen, aber nicht annähernd schnell genug gegen die Konkurrenz.

Ich ging mit sehr gedämpfter Lebensfreude hinaus zum Rennen der Prinzessin, ein Gefühl, von dem ich auch nicht kuriert wurde, als ich Danielle lachend an Litsis Arm in den Führring kommen sah.

Die Prinzessin, die als erste im Ring eingetroffen war, nachdem sie beim Satteln ihres Pferdes zugesehen hatte, folgte meinem Blick und klopfte mir leicht auf den Arm.

»Sie ist durcheinander«, sagte sie leise. »Geben Sie ihr Zeit.«

Ich schaute in die blauen Augen der Prinzessin, und wie gewöhnlich waren sie halb verborgen hinter unnahbaren Wimpern. Sie mußte sehr stark empfunden haben, daß ich Rat brauchte, sonst hätte sie ihn nicht erteilt.

Mein Kinn entspannte sich. Ich sagte: »In Ordnung«, und sie nickte kurz, bevor sie sich umdrehte, um die anderen zu begrüßen.

»Wo ist Beatrice?« Sie hielt vergeblich Ausschau. »Ist sie nicht mit runtergekommen?«

»Sie sagte, es wäre zu kalt. Sie ist in der Loge geblieben«, antwortete Litsi und fügte an mich gewandt hinzu: »Legen wir eine Wette an?«

Col, der Renner der Prinzessin, stolzierte in seiner marineblauen, goldverzierten Decke umher und sah gelangweilt drein. Er war ein Pferd von begrenzter Begeisterungsfähigkeit, gar nicht einfach zu reiten. Wenn er zu früh das Feld anführte, verlor er das Interesse und blieb stehen; zog man den Spurt jedoch zu spät an und wurde geschlagen, stand man wie ein Narr da.

»Setzen Sie nicht auf ihn«, sagte ich. Es war so ein Tag.

»Ja, setzt auf ihn«, sagte die Prinzessin gleichzeitig.

»Furchtbar hilfreich«, bemerkte Litsi amüsiert.

Col war ein Rotfuchs mit einer langen Blesse auf der Nase und drei weißen Socken. Wie die meisten Pferde, mit denen Wykeham besonders in Cheltenham zu siegen hoffte, würde Col seine absolute Hochform wahrscheinlich erst zum National Hunt Festival in zwei Wochen erreichen, aber für Ascot, eine nicht ganz so heikle Bahn, mußte er eigentlich bereit sein.

In Cheltenham war er für den Gold Cup gemeldet, den Hauptwettbewerb des Tages, und wenn er auch kein heißer Tip war wie zuletzt Cotopaxi für das Grand National, hatte er doch eine reelle Chance, sich zu plazieren.

»Tun Sie Ihr Bestes«, sagte die Prinzessin wie so oft, und ich sagte wie üblich ja. Dusty half mir in den Sattel, und ich ritt Col im Handgalopp an den Start und versuchte etwas Lebenskraft für uns beide zu mobilisieren. Ein trübsinniger Jockey auf einem gelangweilten Pferd kann genausogut gleich wieder in den Stall gehen.

Bis wir starteten, machte ich ihm und auch mir selber klar, daß wir da draußen waren, um etwas zu leisten, und ein wenig Stolz dareinsetzen sollten; und am dritten von den zweiundzwanzig Hindernissen begann sich etwas in uns zu rühren, das aussah, als wäre nach der Ebbe eine Flut möglich.

Die große Kunst des Hindernisreitens besteht darin, ein Pferd so an den Sprung heranzuführen, daß es ohne langsamer zu werden drübergehen kann. Col gehörte zu der relativ seltenen Sorte, die Entfernungen selbständig einschätzen konnte, so daß sein Reiter sich allein um die Taktik zu sorgen brauchte, aber er forcierte nur, wenn man darauf bestand und hatte keinen persönlichen Ehrgeiz.

Ich hatte ihn oft geritten, oft auf ihm gesiegt, daher kannte ich seine Bedürfnisse und wußte, daß ich zum Schluß mit aller Macht, allem Einsatz würde nach vorn gehen müssen, um vielleicht seine phlegmatische Seele noch aufzuwecken.

Von der Tribüne her wird alles ganz gut ausgesehen haben. Für meine Begriffe war Cols Gang zwar schwerfällig, aber doch beachtlich schnell. Wir lagen während des größten Teils der drei Meilen an vierter oder fünfter Stelle und kamen im letzten Bogen an die dritte, als zwei von den anfangs Führenden ermüdeten.

Vier Hindernisse waren noch zu nehmen, danach die zweihundertvierzig Meter lange Zielgerade. Eins der Pferde vor uns war noch berstend voll von Renngeist – sein Tempo mußte Col übertreffen. Der Jockey auf dem andern hatte schon die Peitsche oben und spürte zweifellos die ersten bösen Anzeichen, daß seinem Boiler der Dampf ausging. Ich verhielt Col ganz leicht, um ihn vor dem ersten der drei Hindernisse in der Geraden an dritter Position zu halten. Er übersprang es glatt, war auch voll bei der Sache, als wir das nächste nahmen und passierte den peitschenschwindenden Jockey, bevor wir das letzte erreichten.

Zuviel Licht, dachte ich. Er hatte es am liebsten, wenn am letzten Hindernis noch zwei, drei andere dicht vor ihm lagen. Er übersprang das letzte allerdings mit einem Riesensatz, und es war wider Erwarten kein Problem, den Siegeswillen in ihm anzuheizen und ihm zu sagen, daß es jetzt ... *jetzt* darauf ankam.

Col setzte den vorderen Fuß auf, und der Fuß knickte ein und gab unter ihm nach. Seine Nase schlug ins Gras. Die Zügel glitten mir der Länge nach durch die Finger, und ich legte mich zurück und klammerte wie wild mit den Beinen, um nicht abgeworfen zu werden. Durch ein Wunder an Geschmeidigkeit traf sein zweites Vorderbein fest auf den Boden, und mit dem ganzen Gewicht seiner zehn Zentner auf dieser schlanken Fessel stieß Col sich hoch und rannte weiter.

Ich nahm die Zügel auf. Das Rennen war wohl verloren, aber das Feuer, das so spät gezündet hatte, war nicht ohne weiteres zu löschen. Komm jetzt, du Untier, sagte ich zu ihm; jetzt gilt's, da ist noch einer vor dir, lauf zu, jetzt zeig mir, zeig allen hier, daß du es schaffst, daß du es trotzdem noch schaffst.

Als verstünde er jedes Wort, streckte er den Kopf vor und trat den kurzen, erstaunlichen Endspurt an, mit dem er früher schon in letzter Sekunde scheinbar unmögliche Siege herausgeholt hatte.

Wir schafften es auch diesmal beinah, um ein Haar. Col fraß die Längen, die er zurückgefallen war, und ich ritt ihn fast so hart wie Cascade, aber ohne den Zorn, und wir kamen an die Hinterhand des anderen Pferdes, an den Sattel, an den Hals ... und der Zielpfosten blitzte drei Schritte zu früh vorbei.

Die Prinzessin hatte gesagt, sie würde zum Absatteln nur hinunterkommen, wenn wir siegten, da es von ihrer Loge aus sehr weit sei.

Dafür war Maynard zur Stelle. Er starrte mich böse an, als ich absaß, seine Augen waren dunkel und sein Gesicht steif vor Haß. Warum er in meine Nähe kam, begriff ich nicht. Wenn ich jemanden derart gehaßt hätte, wäre ich ihm möglichst aus dem Weg gegangen; und ich verabscheute Maynard dafür, daß er versucht hatte, Bobby, seinen eigenen Sohn, durch Gehirnwäsche in den Mord zu treiben.

Dusty breitete mit einstudiertem Verzicht auf jeden Kommentar zum Rennergebnis die Decke über Cols bebende Flanken, und ich ließ mich zurückwiegen, während die anhaltende Unzufriedenheit des Nachmittags mich umschwebte wie eine Wolke.

Ich bestritt das nächste Rennen für den Trainer aus Lambourn und wurde ziemlich abgeschlagen Dritter, und mit dem Gefühl, rein nichts erreicht zu haben, zog ich Straßenkleidung an; für heute war ich fertig.

Auf dem Weg vom Wiegeraum zur Loge der Prinzessin sagte eine Stimme hinter mir: »He, Kit«, und als ich mich umdrehte, sah ich Basil Clutter im Eilschritt herankommen.

»Suchen Sie immer noch Henri Nanterre?« sagte er, als er mich einholte.

»Ja.« Ich hielt an und er ebenso, obwohl er dabei fast auf der Stelle lief, denn Stillstehen war nichts für ihn.

»Die Roquevilles sind heute hier, sie hatten ein Pferd im ersten Rennen. Und es ist eine Frau bei ihnen, die Henri Nanterre ziemlich gut kennt. Deshalb meinten sie, falls Sie noch interessiert seien, würden Sie sie vielleicht gern kennenlernen.«

»Ja, allerdings.«

Er sah auf seine Uhr. »Ich soll gleich in der Besitzer-und-Trainer-Bar ein Glas mit ihnen trinken, als kommen Sie mal mit.«

Ich folgte ihm in die Bar und lernte, bewaffnet mit Perrierwasser statt dem beliebten Portwein, die Bekannte der Roquevilles kennen: eine kleine, französisch wirkende Person mit einem mädchenhaften Chic, der ihre Jugend überdauert hatte. Das elfenzarte Gesicht hatte Falten, das kurzgeschnittene schwarze Haar war an den Wurzeln angegraut, und sie trug hochhackige schwarze Stiefel, einen Hosenanzug aus glattem, schwarzem Leder und einen nach Cowboyart im Genick verknoteten Seidenschal.

Ihre Sprache war überraschenderweise einfaches, derbes Rennbahnenglisch, und sie wurde mir vorgestellt als Madame Madeleine Darcy, die englische Frau eines französischen Trainers.

»Henri Nanterre?« sagte sie mit Widerwillen. »Klar kenne ich den Mistkerl. Wir haben seine Pferde trainiert, bis er sie über Nacht weggeholt und zu Villon geschickt hat.«

10

Sie redete mit der Ungeschminktheit des Grolls und dem Vergnügen, ein aufmerksames Publikum zu unterhalten.

»Er ist ein Hahn«, sagte sie, »der sehr laut kräht. Er stolziert herum wie ein Gockel. Wir kennen ihn seit seiner Jugend, als die Pferde noch seinem Vater Louis gehörten, der ein sehr netter Mann war, ein Ehrenmann.«

»Dann hat Henri die Pferde geerbt?« sagte ich.

»Aber ja, wie alles andere auch. Louis war beknackt. Er dachte, sein Sohn könne kein Unrecht tun. Irrtum. Henri ist ein habgieriger Tyrann. Villon kann ihn gern behalten.«

»Wieso ist ein habgieriger Tyrann?« fragte ich.

Sie hob die gezupften Augenbrauen. »Wir hatten eine einjährige Stute mit guten Blutlinien gekauft, die wir selber rennen lassen und später für die Zucht verwenden wollten. Henri sah sie auf dem Hof – er schnüffelte andauernd um die Ställe herum – und sagte, er würde sie kaufen. Als er hörte, daß wir nicht geneigt waren, sie herzugeben, sagte er, dann würde er alle seine Pferde abziehen. Er hatte acht . . . die wollten wir nicht verlieren. Wir waren wütend. Er zwang uns, ihm die Stute zum Selbstkostenpreis zu überlassen . . . und dabei hatten wir sie monatelang gehalten. Ein paar Wochen später rief er dann eines Abends an und sagte, am Morgen kämen Transporter, um seine Pferde abzuholen. Und hoppla, weg waren sie.«

»Was ist aus der Stute geworden?« sagte ich.

Ihr Mund bog sich vor Schadenfreude. »Sie kriegte Kahnbeinentzündung und mußte getötet werden, das arme Ding. Und wissen Sie, was dieser Saukerl Nanterre getan hat?«

Sie machte eine Kunstpause. Ungefähr vier Stimmen, darunter auch meine, sagten: »Was?«

»Wir hörten es von Villon. Der war empört. Nanterre sagte, den Abdeckern wäre es zuzutrauen, daß sie die Stute zusammenflicken, sie voll Schmerzmittel pumpen und verkaufen würden, um sich auf seine Kosten zu bereichern, deshalb wollte er unbedingt mit dabeisein. Die Stute wurde auf Villons Grundstück unter den Augen von Nanterre getötet.«

Madame Roqueville blickte angewidert und enttäuscht drein. »Er machte einen ganz angenehmen Eindruck, als wir ihn in Longchamp trafen, und auch in Newbury.«

»Selbst der Marquis de Sade wird auf der Rennbahn wunderbar charmant gewesen sein«, sagte Madeleine liebenswürdig. »Da kann jeder als Ehrenmann auftreten.«

Nach einer respektvollen Pause sagte ich: »Wissen Sie irgend etwas von seinen Geschäften?«

»Geschäfte!« Sie rümpfte die Nase. »Er hat das Großunternehmen de Brescou-Nanterre. Ich weiß nichts über seine Geschäfte, nur über seine Pferde. Geschäftlich würde ich ihm nicht trauen. Wie einer seinen Trainer behandelt, so verfährt er auch im Geschäftsleben. Die Ehrbaren sind ehrlich. Der gierige Tyrann verhält sich entsprechend.«

»Und . . . wissen Sie, wo ich ihn in England finden könnte?«

»An Ihrer Stelle würde ich ihn nicht suchen.« Sie lächelte mich strahlend an. »Er bringt Ihnen nichts als Ärger.«

In der Loge der Prinzessin gab ich die Unterhaltung an Litsi und Danielle weiter.

»Was ist eine Kahnbeinentzündung?« sagte Litsi.

»Eine Erkrankung des Fußwurzelknochens beim Pferd. Wenn es schlimm wird, kann das Pferd nicht mehr gehen.«

»Dieser Nanterre«, sagte Danielle empört, »ist kraß.«

Die Prinzessin und Beatrice unterhielten sich ein paar Meter entfernt auf der Balkonseite der Loge mit einem großen, massigen Mann, dessen Augen in dem breiten, freundlichen Gesicht durch ihr helles Grau auffielen.

Litsi sagte, meinem Blick folgend: »Lord Vaughnley... er ist gekommen, um Tante Casilia sein Bedauern darüber auszusprechen, daß Col nicht gewonnen hat. Kennen Sie ihn? Er ist in der Verlagsbranche, glaube ich.«

»Mm«, sagte ich neutral. »Ihm gehört die *Towncrier*-Zeitung.«

»So?« Litsis wendiger Verstand vollzog den Sprung. »Nicht etwa das Blatt, das ... Bobby angegriffen hat?«

»Nein, das war die *Flag*.«

»Aha.« Litsi schien enttäuscht. »Dann ist er also keiner von den zwei besiegten Zeitungsbaronen?«

»Doch.« Lord Vaughnleys Aufmerksamkeit schwenkte gerade in meine Richtung. »Ich erzähles es Ihnen irgendwann einmal«, sagte ich zu Litsi und sah Lord Vaughnley zögern, wie er es immer tat, bevor er mir die Hand bot. Aber er mußte geahnt haben, daß er mich an diesem Ort treffen würde, da mein Erscheinen dort zum Abschluß jedes Rennens ein Ritual war, das er kannte.

»Kit«, überwand er sich und biß in den sauren Apfel, »ein fulminantes Rennen ... und welch ein Pech.«

»So geht es eben«, sagte ich.

»Mehr Glück beim Gold Cup, was?«

»Schön wär's.«

»Kann ich irgend etwas für Sie tun, mein Lieber?«

Die Frage stellte er, wann immer wir uns begegneten. Für Litsi war das neu, und ich sah ihn aus dem Augenwinkel staunen. Gewöhnlich antwortete ich mit nein, aber an diesem Tag dachte ich, ich könnte mal mein Glück versuchen. Wer nicht fragt, wird niemals klüger.

»Eigentlich nicht«, sagte ich, »es sei denn ... sind Sie schon mal auf den Namen Henri Nanterre gestoßen?«

Alle beobachteten ihn, während er überlegte; die Prinzessin mit rasch zunehmendem Interesse, Litsi und Danielle mit schlichter Neugier, Beatrice anscheinend mit Bestürzung.

Lord Vaughnley blickte in die Runde der abwartenden Gesichter, legte die Stirn in Falten und antwortete schließlich mit einer Gegenfrage.

»Wer ist das denn?« sagte er.

»Der Geschäftspartner meines Mannes«, erwiderte die Prinzessin. »Lieber Lord Vaughnley, kennen Sie ihn?«

Lord Vaughnley war verwirrt, schüttelte aber langsam den großen Kopf. »Nicht, daß ich wüßte...«

»Könnten Sie ehm ... nicht einmal nachsehen, ob der *Towncrier* eine Akte über ihn hat?« fragte ich.

Er gab mir ein resigniertes kleines Lächeln und nickte. »Schreiben Sie mir den Namen auf«, sagte er. »In Druckschrift.«

Ich kramte einen Stift und einen kleinen Notizblock hervor und notierte den Namen zusammen mit dem des Großunternehmers in Blockbuchstaben, wie gewünscht.

»Er ist Franzose«, sagte ich. »Besitzt Pferde. Er könnte auf den Rennsportseiten erscheinen, vielleicht auch im Wirtschaftsteil. Sogar im Klatsch.«

»Geht's Ihnen um was Bestimmtes?« sagte er, immer noch lächelnd.

»Er ist momentan hier in England. Im Idealfall wüßten wir gern, wo er sich aufhält.«

Der Mund von Beatrice öffnete sich und klappte wieder zu. Sie weiß definitiv, wo er zu erreichen ist, dachte ich. Vielleicht konnten wir uns das zunutze machen, wenn wir einen Plan gefaßt hatten.

Lord Vaughnley verstaute den Zettel in einer Innentasche und sagte, er werde den Namen noch am Abend durch den Computer laufen lassen, falls es für die Prinzessin wichtig sei.

»Und ob es das ist«, beteuerte sie.

»Jede Kleinigkeit«, sagte ich, »könnte nützlich sein.«

»Nun gut.« Er küßte die Hand der Prinzessin und verabschiedete sich allgemein, und zu mir sagte er im Gehen: »Unternehmen Sie wieder einen Kreuzzug?«

»Ich glaube schon.«

»Dann helfe Gott diesem Nanterre.«

»Wie hat er denn das gemeint?« wollte Beatrice wissen, als Lord Vaughnley fort war, und die Prinzessin sagte ihr beschwichtigend, das sei eine lange Geschichte, die mich nicht davon abhalten dürfe, ihr alles über Cols Rennen zu erzählen. Lord Vaughnley, setzte sie hinzu, sei ein guter Freund, den sie oft beim Pferderennen treffe, und es sei ganz natürlich, daß er ihr in jeder Beziehung helfe.

Beatrice war, um ihr Gerechtigkeit widerfahren zu lassen, seit Nanterres Anruf am Vorabend sehr viel ruhiger. Sie hatte sich geweigert zu glauben, daß er die Pferde umgebracht hatte (»das müssen Vandalen gewesen sein, wie die Polizei sagt«), bis er es selber zugab, und obwohl sie weiterhin darauf bestand, daß ihr Bruder in die Projekte Nanterres einwilligen sollte, hörten wir kein Lob mehr über ihn persönlich.

Ihre Feindseligkeit mir gegenüber schien sich andererseits vertieft zu haben, und zu meinem Bericht von dem Rennen äußerte sie ihre eigene Meinung.

»Quatsch. Sie haben das Rennen nicht am letzten Hindernis verloren. Sie lagen die ganze Zeit zu weit zurück, das konnte doch jeder sehen.« Sie nahm ein kleines Sandwich von der Platte auf dem Tisch und biß feste hinein, als zwicke sie mir den Kopf ab.

Niemand focht ihre Behauptung an, und dadurch ermutigt sagte sie boshaft zu Danielle: »Dein Mitgiftjäger ist noch nicht mal ein guter Jokkey.«

»Beatrice«, entgegnete die Prinzessin sofort unerschüttert: »Kit hat selber Vermögen, und er wird seinen wohlhabenden Großvater beerben.«

Sie warf mir einen Blick zu, damit ich ja nicht widerspräch. Was ich an Vermögen besaß, hatte ich mir verdient, und meinem Großvater gehörten zwar einige Ecken und Enden von Newmarket, aber die waren ungefähr so flüssig wie Ziegelstein.

»Und, Tante Beatrice«, sagte Danielle leicht errötend, »ich bin arm.«

Beatrice aß ihr Sandwich und überließ das Sprechen ihren Kulleraugen. Ihr helloranges Haar, dachte ich unzusammenhängend, hatte fast den gleichen Farbton wie die jutebezogenen Wände.

Das sechste und letzte Rennen war bereits im Gang, draußen dröhnte der Kommentar des Bahnsprechers. Alle außer Beatrice gingen zum Zuschauen auf den Balkon, und ich fragte mich, ob eine versprochene Dollarmillion geistigen Unfrieden wert war. »Nett sein ist nett«, hatte unsere Großmutter, die uns aufzog, oft genug zu Holly und mir gesagt, und »Haß lähmt das Denkvermögen«. Großvater, Ohrenzeuge ihrer Ketzereien, hatte versucht, ihren Einfluß mit Anti-Allardeck-Slogans zunichte zu machen, aber am Ende war sie es, die sich durchsetzte. Holly hatte Bobby geheiratet, und ich war, abgesehen von dem derzeitigen Stand der Dinge mit Danielle und von einigen früheren Rückschlägen, im Grunde glücklich aufgewachsen und es auch geblieben. Beatrice hatte bei all ihrem Schwelgen in Nerz, Krokodil und spanischer Villa in Palm Beach nicht so viel Glück gehabt.

Als es Zeit für den Heimweg war, fuhr Beatrice wieder mit der Prinzessin im Rolls. Ich hatte gehofft, Litsi würde sie begleiten, da ich ja über Chiswick fahren wollte, um Danielle zum Studio zu bringen, doch er nahm sie beim Arm und steuerte plaudernd mit ihr auf den Jockey-Parkplatz zu, als wäre das gar keine Frage. Litsi beherrschte wie seine Tante die feine Kunst, diskret und höflich seinen Willen durchzusetzen. Er wäre ein großartiger König geworden, dachte ich ironisch, hätte er die Chance bekommen.

Wir setzten Danielle ab (sie winkte uns beiden und küßte keinen), und ich fuhr uns zurück zum Eaton Square. Natürlich kam das Gespräch auf Beatrice.

»Sie waren schockiert«, meinte Litsi belustigt, »als sie Sie einen Mitgiftjäger nannte. Sie hatten an Danielles finanzielle Aussichten nicht einmal gedacht.«

»Sie hat mich einen schlechten Jockey genannt«, sagte ich.

»Na klar.« Er lachte in sich hinein. »Sie sind ein Puritaner.«

»Danielle hat das Geld, das sie verdient«, sagte ich. »Genau wie ich auch.«

»Danielle ist Rolands Nichte«, sagte er, als belehre er einen ABC-Schützen. »Roland und Tante Casilia haben sie gern, und sie haben keine Kinder.«

»Ich mag diese Komplikation nicht.«

Er brummte nur und äußerte sich nicht mehr zu dem Thema, und nach einer Weile sagte ich: »Wissen Sie, weshalb sie keine Kinder haben? Ist das freiwillig oder wegen seiner Krankheit. Oder hat es einfach nicht geklappt?«

»Wegen seiner Krankheit, dachte ich immer, aber ich habe nie gefragt. Er war, glaube ich, um die Vierzig, als sie heirateten, und wenig später bekam er den Virus. Ich kann mich nicht erinnern, ihn je auf den Beinen gesehen zu haben, dabei soll er zu seiner Zeit ein guter Skifahrer gewesen sein.«

»Schlimm für sie«, sagte ich.

Er nickte. »In gewisser Hinsicht hatte er noch Glück. Mancher, der von der Krankheit befallen wird – und Gott sei Dank ist sie selten – büßt auch den Gebrauch der Arme ein. Natürlich sprechen sie nicht viel darüber.«

»Wie wollen wir seine Ehre retten?«

»Sie erfinden etwas«, gab Litsi faul zurück, »und ich schmücke es aus.«

»Einen Hebel schmücken«, sagte ich geistesabwesend.

»Einen Hebel?«

»Um die Welt zu bewegen.«

Er streckte sich zufrieden. »Haben Sie irgendwelche Ideen?«

»Eine oder zwei. Ziemlich vage.«

»Und die wollen Sie nicht preisgeben?«

»Noch nicht. Muß erst ein bißchen nachdenken.« Ich sagte ihm, daß ich am Morgen ein Tonbandtelefon gekauft hatte. »Wenn wir zurückkommen, schließen wir es an und arbeiten ein Verfahren aus.«

»Er wollte heute abend wieder anrufen.«

Unnötig hinzuzufügen, wer »er« war.

»Mm«, sagte ich. »Das Telefon, das ich besorgt habe, ist gleichzeitig ein Konferenztelefon. Es hat einen Lautsprecher, so daß jeder im

Raum mitbekommt, was der Anrufer sagt. Den Hörer braucht man dazu nicht. Wenn er also anruft, und Sie gehen gerade dran, sehen Sie dann zu, daß er englisch spricht?«

»Vielleicht sollten Sie sich melden, dann wäre er dazu gezwungen.«

»In Ordnung. Und wir richten ihm aus . . . daß nichts läuft?«

»Könnten Sie ihn nicht einfach hinhalten?«

»Ja, vielleicht«, sagte ich, »aber um mit ihm fertig zu werden, müssen wir ihn erst finden, und er kann überall sein. Beatrice weiß, wo er steckt, oder wenigstens wie er zu erreichen ist. Wenn man ihn hervorlocken könnte . . .« Ich hielt inne. »Was wir im Idealfall brauchen, ist eine angepflockte Ziege.«

»Und wen bitte«, erkundigte sich Litsi ironisch, »schlagen Sie für diese Ex-und-hopp-Aufgabe vor?«

Ich lächelte. »Eine ausgestopfte Ziege mit mechanischem Meckern. Alle echten Ziegen müssen beschützt werden oder aufpassen.«

»Schutz für Tante Casilia, Roland und Danielle.«

»Und die Pferde«, sagte ich.

»Okay. Und Schutz für die Pferde. Und Sie und ich . . .«

Ich nickte. »Aufpassen.«

Keiner von uns sprach an, daß Nanterre ausdrücklich uns beide als seine nächsten Angriffsziele genannt hatte: wozu auch? Ich glaubte nicht, daß er tatsächlich versuchen würde, einen von uns zu töten, aber schlimmer als ein Nadelstich mußte der Schaden schon sein, wenn es ihn weiterbringen sollte.

»Wie ist er?« sagte Litsi. »Sie haben ihn kennengelernt. Ich habe ihn noch nie gesehen. Kenne deinen Feind . . . die erste Regel für den Kampf.«

»Nun, ich denke, er hat sich in das Ganze hineingestürzt, ohne es vorher zu planen«, sagte ich. »Letzten Freitag meinte er wohl noch, er brauche die Prinzessin nur stark genug einzuschüchtern und Roland würde zusammenbrechen. Beinah wäre es ja auch so gekommen.«

»Wie ich das verstehe, kam es anders, weil Sie dabei waren.«

»Das weiß ich nicht. Jedenfalls, als er am Freitag abend die Pistole zog, die nicht geladen war . . . das scheint mir typisch für ihn zu sein. Er handelt impulsiv, ohne etwas zu Ende zu denken. Er ist gewohnt, seinen Willen leicht durchzusetzen, weil er den Tyrann herauskehrt. Er ist gewohnt, daß man ihm gehorcht. Seit dem Tod seines Vaters – und der hatte ihn nach Väter Art verwöhnt – hat er die Baufirma weitgehend so geführt, wie es ihm paßt. Inzwischen dürfte er das Stadium erreicht haben, wo er glaubt, daß sich ihm buchstäblich niemand widersetzen kann, schon gar nicht ein alter, kranker Mann, der längst den

Kontakt mit der Welt verloren hat. Als Roland ihn per Brief abblitzen ließ, kam er wohl hierher mit dem Gedanken: ›Das werde ich bald ändern.‹ Mir kommt er in mancher Hinsicht kindisch vor, was ihn aber nicht harmloser macht, wahrscheinlich nur destruktiver.«

Ich wartete, aber Litsi äußerte sich nicht.

»Der Überfall auf Danielle«, sagte ich. »Auch dabei dachte er, es ginge alles nach seinem Kopf. Ich wette, es ist ihm überhaupt nicht in den Sinn gekommen, daß sie schneller laufen könnte als er. Er tauchte da im Straßenanzug, mit polierten Lederschuhen auf. Das war eine Art von Arroganz – die Annahme, daß er von Natur aus schneller, stärker, überlegen ist. Wäre er sich da nicht ganz sicher gewesen, hätte er einen Jogginganzug angezogen, etwas derartiges, und geeignete Schuhe.«

»Und die Pferde?«

Ich dachte ungern an die Pferde. »Sie waren wehrlos«, sagte ich. »Und er wußte, wie man sie tötet. Ich weiß zwar nicht, wie er an einen Bolzenschußapparat kommt, aber er hat mit Waffen zu tun. Er trägt eine. Sie ziehen ihn an, sonst würde er sie nicht herstellen wollen. Die Leute tun doch meistens das, wozu ihre Natur sie drängt, oder nicht? Vielleicht hat er ein echtes Verlangen, etwas sterben zu sehen ... hinter seiner Begründung damals, daß er sichergehen wollte, nicht von den Abdeckern betrogen zu werden, könnte sich ein viel schwärzerer Wunsch verborgen haben. Man denkt sich dauernd vernünftige Gründe aus für das, was man tut oder tun will.«

»Sie auch?« fragte er neugierig.

»Aber sicher. Ich sage, ich reite des Geldes wegen.«

»Und das stimmt nicht?«

»Ich würde es umsonst machen, aber bezahlt werden ist besser.«

Er verstand diese Einstellung und nickte. »Was erwarten Sie denn nun als nächstes von Nanterre?« fragte er.

»Einen neuerlichen halbgaren Angriff auf einen von uns. Es wird nichts genau Geplantes sein, aber wir könnten trotzdem bös in die Klemme geraten.«

»Reizend«, meinte er.

»Treffen Sie sich nicht mit Unbekannten in kleinen dunklen Gassen.«

»Tu ich nie.«

Ich fragte ihn etwas zögernd, was er in Paris, wo er zuhause war, denn tue.

»Leider furchtbar wenig«, sagte er. »Ich bin ein Teilhaber einer

Kunstgalerie. Ich verbringe einen großen Teil meines Lebens mit dem Betrachten von Gemälden. Der Louvre-Experte, dessen Vorträge Danielle und ich uns angehört haben, ist ein sehr alter Bekannter. Ich war sicher, es würde ihr gefallen ...« Er hielt inne. »Es hat ihr gefallen.«
»Ja.«
Ich merkte, daß er auf dem Beifahrersitz rückte, bis er mich besser sehen konnte.
»Es war eine Gruppe«, sagte er. »Wir waren nicht allein.«
»Ja, ich weiß.«
Er verfolgte es nicht weiter. Statt dessen sagte er unerwartet: »Ich war verheiratet, aber meine Frau und ich leben getrennt. Formal besteht die Ehe noch. Wenn einer von uns sich wieder verheiraten wollte, ließen wir uns scheiden. Aber sie hat Liebhaber und ich Geliebte ...«, er zuckte die Achseln. »In Frankreich ist das ganz normal.«
Ich sagte nach einer Pause: »Vielen Dank« und er nickte, und wir redeten nicht mehr davon.
»Ich wäre gern Künstler geworden«, sagte er ein wenig später. »Jahrelang habe ich studiert ... ich erkenne das Genie in großen Gemälden, aber selber ... Ich kann zwar Farbe auf die Leinwand bringen, doch die große Begabung habe ich nicht. Und Sie, mein Freund Kit, dürfen sich verdammt glücklich schätzen, daß Sie mit dem Können gesegnet sind, das Ihren Wünschen entspricht.«
Ich schwieg; war zum Schweigen gebracht. Ich hatte das Können von Geburt an gehabt, und es ließ sich nicht sagen, woher es kam; und ich hatte noch nicht weiter darüber nachgedacht, was wäre, wenn ich es nicht hätte. Ich sah das Leben plötzlich von Litsis Standpunkt aus und wußte, daß ich mich wirklich verdammt glücklich schätzen konnte, daß hier die Quelle meiner grundlegenden Zufriedenheit war und daß ich in Demut dankbar dafür sein sollte.
Als wir zum Eaton Square kamen, schlug ich vor, ihn schon mal an der Haustür abzusetzen, bevor ich den Wagen unterstellte, aber davon wollte er nichts hören. Dunkle Gassen, erinnerte er mich, und aufpassen.
»Die Garagen habe ein bißchen Licht«, sagte ich.
»Trotzdem, wir stellen den Wagen zusammen unter und gehen zusammen zurück und halten uns an Ihren Rat.«
»Okay«, sagte ich und dachte bei mir, daß ich um halb zwei, wenn ich Danielle abholen fuhr, doch allein in die bewußte dunkle Gasse gehen würde und daß ich dann lieber aufpassen sollte.

Litsi und ich wurden, als wir ins Haus kamen, von Dawson empfangen, der sagte, die Prinzessin und Beatrice seien auf ihre Zimmer verschwunden, um sich umzuziehen, und auszuruhen.

»Wo ist Sammy?« fragte ich.

Sammy, entgegnete Dawon mit leiser Mißbilligung, wandere umher und sei nie länger als eine Minute am selben Ort. Ich ging nacn oben, um das neue Telefon zu holen, und sah Sammy die Treppe vom Dachgeschoß herunterkommen.

»Wußten Sie, daß da oben noch 'ne Küche ist?« sagte er.

»Ja, hab ich gesehen.«

»Und ein, zwei Oberlichter sind da auch. Unter denen hab ich ein paar hübsch getarnte Todesfallen angebracht. Wenn Sie da oben einen Haufen alter Messinggewehre scheppern hören, rufen Sie schleunigst die Bullen.«

Ich versicherte ihm, das würde ich tun, und nahm ihn mit nach unten, um ihm wie auch Dawson und Litsi zu zeigen, wie das Tonbandtelefon funktionierte.

Die normale Telefonordnung in diesem Haus war einfach und kompliziert zugleich. Es gab nur eine Leitung, aber ein Dutzend verstreute Apparate.

Ankommende Telefongespräche läuteten nur in dreien davon: dem im Wohnzimmer, einem im Büro, wo tagsüber Mrs. Jenkins arbeitete, und einem im Souterrain. Wer immer in der Nähe eines dieser Apparate war, wenn ein Anruf kam, meldete sich und verständigte, falls es für jemand anders war, den Betreffenden über die Sprechanlage, so wie Dawson mich verständigt hatte, als Wykeham am Sonntag anrief. Durch diese Regelung sollte vermieden werden, daß sich bei jedem Klingeln sechs oder mehr Leute meldeten.

Von allen Gästezimmern und von den Räumen der Prinzessin und ihres Mannes aus konnte man direkt nach draußen telefonieren. Das Haus sei selten so voll wie im Augenblick, sagte Dawson, und das Telefon sei kaum jemals besetzt. Normalerweise klappe das System einwandfrei.

Ich erklärte, daß man, um das neue Telefon in Betrieb zu nehmen, lediglich den Stammapparat auszustöpseln und den neuen anzuschließen brauche.

»Wenn Sie auf diesen Knopf drücken«, ich deutete hin, »wird das ganze Gespräch aufgezeichnet. Drückt man auf den hier, kann jeder im Zimmer hören, was gesprochen wird.«

Ich schloß das simple Zauberkästchen an die Wohnzimmersteckdose an. »Solange wir alle im Haus sind, bleibt es am besten hier. Tagsüber, wenn, wie heute, alles ausgeflogen ist, kann man es in Mrs. Jenkins' Büro verlegen und spät abends, falls Dawson nichts dagegen hat, ins Souterrain. Es spielt keine Rolle, wieviele Gespräche unnötig aufgezeichnet werden, die können wir löschen, aber jeder Anruf... könnten wir uns das zur Gewohnheit machen?«

Alle nickten.

»So ein unverschämter Mensch«, bemerkte Dawson. »Diese laute Stimme würde ich sofort wiedererkennen.«

»Es ist ein Jammer«, meinte Litsi, als Dawson und Sammy gegangen waren, »daß wir nicht irgendwie den Apparat von Beatrice anzapfen und aufzeichnen können, was sie sagt.«

»Wenn sie oben ist, so wie jetzt, können wir einfach den Hörer abnehmen und hören.«

Wir nahmen den Hörer ab, doch niemand im Haus telefonierte. Wir konnten stundenlang warten und horchen, aber in der Zwischenzeit konnten dann keine Gespräche von auswärts ankommen. Bedauernd legte Litsi wieder auf und sagte, vielleicht hätten wir Glück, er werde es eben alle paar Minuten versuchen; doch bis Beatrice zum Abendessen erschien, hatten die Stichproben zu keinem Ergebnis geführt.

Ich hatte unterdessen mit Wykeman gesprochen und die Nachrichten auf meinem Anrufbeantworter abgerufen; beides ging ziemlich schnell, und falls jemand unabsichtlich in die Anrufe hineingeplatzt war, hatte ich es nicht in der Leitung klicken gehört.

Beatrice kam, nach ihrer Bloody Mary dürstend, in einem schmeichelhaften weißen Kleid voller Sonnenblumen nach unten, und Litsi bemühte sich auf das Freundlichste um sie, ohne sich in irgendeiner Weise von ihrem Mißmut beeindrucken zu lassen.

»Ich weiß, daß ihr mich nicht hierhaben wollt«, sagte sie unverblümt, »aber bis Roland auf der punktierten Linie unterschreibt, werde ich bleiben.«

Die Prinzessin kam zum Dinner herunter, aber Roland nicht, und als wir hinterher wieder ins Wohnzimmer gingen, dirigierte Litsi uns unauffällig so, daß ich schließlich am Telefon zu sitzen kam. Er lächelte über seine Kaffeetasse hinweg, und alle warteten.

Als es schließlich klingelte, schrak Beatrice zusammen.

Ich nahm den Hörer ab, drückte auf den Aufnahme- und den Konferenzknopf, und eine französische Stimme sprach laut in unsere Erwartungen hinein.

Litsi stand sofort auf, kam zu mir herüber und bedeutete mir, ihm den Hörer zu geben.
»Das ist nicht Nanterre«, sagte er.
Er nahm den Hörer, stellte die Konferenzschaltung ab und unterhielt sich privat auf französisch: »*Oui . . . non . . . certainement . . . ce soir . . . oui . . . merci.*«
Er legte auf, und beinahe sofort klingelte das Telefon wieder. Litsi nahm erneut den Hörer ab, schnitt ein Gesicht, drückte die Aufzeichnungs- und Konferenztasten und schob mir die Verantwortung zu.
»Er ist es«, meinte er knapp, und tatsächlich konnte jeder die vertraute, gebieterische Stimme hören, wenn sie auch Worte sagte, die mir völlig unverständlich waren.
»Sprechen Sie bitte englisch«, verlangte ich. »Ich habe gesagt«, sagte Nanterre auf englisch, »ich möchte Prinz Litsi sprechen, und man soll ihn unverzüglich an den Apparat holen.«
»Er ist nicht erreichbar«, sagte ich. »Ich könnte ihm etwas ausrichten.«
»Wer sind Sie denn?« sagte er. »Ich weiß, wer Sie sind. Sie sind der Jockey.«
»Ja.«
»Ich habe die Anweisung gegeben, daß Sie das Haus verlassen sollen.«
»Ich befolge Ihre Anweisungen nicht.«
»Das wird Ihnen leid tun.«
»Inwiefern?« fragte ich, aber er ließ sich nicht zu einer bestimmten Drohung verleiten; sehr wahrscheinlich deshalb, weil er sich noch keine genaue Strafe ausgedacht hatte.
»Mein Notar wird morgen früh um zehn vorbeikommen«, sagte er. »Man wird ihn wie zuvor in die Bibliothek führen. Roland de Brescou und Prinzessin Casilia begeben sich dorthin, wenn er eingetroffen ist. Prinz Litsi und Danielle de Brescou gehen ebenfalls runter. Alle werden das Formular unterzeichnen, das sich in der Aktenmappe des Notars befindet. Der Notar wird jede einzelne Unterschrift beglaubigen und das Dokument in seiner Aktentasche mitnehmen. Haben Sie verstanden?«
»Ich habe es verstanden«, sagte ich ruhig, »aber es wird nicht geschehen.«
»Es muß.«
»In der Aktenmappe ist kein Dokument.«

Das hielt ihn kaum eine Sekunde auf. »Mein Notar bringt ein Schriftstück des gleichen Wortlauts mit. Alle werden das Dokument des Notars unterzeichnen.«

»Dazu sind sie nicht bereit«, sagte ich.

»Ich habe sie gewarnt, was passiert, wenn das Dokument nicht unterschrieben wird.«

»Was passiert denn?« fragte ich. »Sie können Menschen nicht dazu bringen, daß sie gegen ihr Gewissen handeln.«

»Jedes Gewissen hat seinen Preis«, sagte er wütend und hängte augenblicklich ein. Das Telefon klickte ein paarmal, dann kam der Wählton, und ich legte den Hörer auf die Gabel, um ihn zum Schweigen zu bringen.

Litsi schüttelte bedauernd den Kopf. »Jetzt ist er vorsichtig. Er hat nichts gesagt, was der Polizei als eine Drohung präsentiert werden könnte, die ihr Einschreiten erfordert.«

»Ihr solltet alle sein Papier unterschreiben«, sagte Beatrice bekümmert, »und aufhören, euch derart gegen die Ausweitung seines Unternehmens zu stellen.«

Niemand machte sich die Mühe, mit ihr zu diskutieren: die Sache war schon zu oft durchgeackert worden. Statt dessen fragte Litsi die Prinzessin, ob sie etwas dagegen habe, wenn er und ich kurz wegführen. Sammy sei ja noch im Haus und könne nach dem rechten sehen, bis John Grundy käme, und ich würde rechtzeitig zurücksein, um Danielle abzuholen.

Die Prinzessin erklärte sich mit dieser Regelung einverstanden, obwohl sie von dem Gedanken, wieder mit Beatrice allein zu sein, alles andere als hingerissen schien, und ich folgte Litsi mit Gewissensbissen, aber glücklich aus dem Zimmer.

»Wir nehmen ein Taxi«, sagte er, »zum Marylebone Plaza Hotel.«

»Da werden Sie doch nicht verkehren«, bemerkte ich mild.

»Wir treffen uns mit jemand. Er verkehrt dort.«

»Wer?«

»Jemand, der Ihnen über Waffenhandel erzählen soll.«

»Ja?« sagte ich interessiert. »Und wer ist das?«

»Ich weiß es nicht genau. Wir gehen auf Zimmer elfhundertzwölf und unterhalten uns mit einem Mr. Mohammed. Das ist nicht sein richtiger Name, den möchte er uns lieber vorenthalten. Man hat mir gesagt, daß er uns helfen wird.«

»Wie haben Sie ihn gefunden?« fragte ich.

Litsi lächelte. »Hab ich nicht direkt. Aber ich habe jemand in Frankreich gefragt, der sich auskennt ... der mir sagen konnte, was in der

Schußwaffenbranche läuft. Mr. Mohammed ist das Resultat. Geben Sie sich damit zufrieden.«
»Okay.«
»Sie heißen Mr. Smith«, sagte er. »Ich heiße Mr. Jones.«
»Umwerfend originell.«
Das Marylebone Plaza Hotel lag geographisch etwa drei Meilen vom Eaton Square entfernt und ökonomisch in einer anderen Welt. Das Marylebone Plaza war offen gesagt eine öde Absteige für mittellose Reisende, riesig, unpersönlich, eine Zuflucht für die Namenlosen. Ich war schon öfters daran vorbeigefahren, aber noch nie durch seine Tür getreten, und Litsi offensichtlich auch noch nicht. Wir überquerten jedenfalls den harten, grau gesprenkelten Fußboden der Halle und nahmen einen Fahrstuhl in den elften Stock.

Die Gänge oben waren eng, aber mit Teppich ausgelegt, die Beleuchtung spärlich. Wir schauten nach den Zimmernummern, fanden elfhundertzwölf und klopften an.

Es öffnete uns ein dunkelhäutiger Mann in einem feinen Anzug mit weißem Hemd, goldenen Manschettenknöpfen und ausdrucksloser Miene.

»Mr. Jones und Mr. Smith«, sagte Litsi.

Der Mann machte die Tür weiter auf und bedeutete uns einzutreten, und in dem Zimmer sahen wir einen zweiten, ähnlich gekleideten Mann, nur daß er zusätzlich noch einen massiven Goldring mit vier über Eck angeordneten Diamanten trug.

»Mohammed«, sagte er und streckte zur Begrüßung die Hand mit dem Ring aus. Er nickte über unsere Schultern seinem Freund zu, der schweigend zur Tür hinausging und sie hinter sich schloß.

Mohammed, vermutlich irgendwo zwischen Litsis Alter und meinem, hatte dunkle Augen, olivfarbene Haut und einen dicken, dunklen Schnurrbart. Der kostbare Ring fand ein Echo im auf dem Bett liegenden Lederkoffer und in der Uhr an seinem Handgelenk, die aussah wie aneinandergereihte Goldklumpen.

Er war guter Laune und entschuldigte sich für die Verabredung an einem »Ort, wo uns wohl niemand kennt«.

»Ich handle legal mit Waffen«, versicherte er uns. »Ich werde Ihnen alles sagen, was Sie wissen möchten, sofern Sie nicht weitererzählen, von wem Sie's haben.«

Er entschuldigte sich nochmals dafür, daß der Raum nur mit einem einzigen Stuhl ausgestattet war und bot ihn Litsi an. Ich lehnte mich an die Tischkante, Mohammed setzte sich auf das Bett. Rötliche Vorhänge waren vor dem Fenster, ein braun gemusterter Teppich auf dem

Fußboden, der Bettbezug aus gestreifter Baumwolle, alles sauber und in gutem Zustand.

»Ich reise in einer Stunde ab«, sagte er, auf die Goldklumpen schauend. »Sie wollten sich nach Plastikwaffen erkundigen. Bitte fangen Sie an.«

»Ehm . . .«, sagte Litsi.

»Wer stellt sie her?« fragte ich.

Mohammed richtete seinen dunklen Blick auf mich. »Die bekannteste«, erwiderte er direkt, »wird von Glock in Österreich hergestellt. Die Glock 17.« Er griff ohne Eile nach dem Koffer und ließ die Schlösser aufschnappen. »Ich habe Ihnen eine mitgebracht.«

Sein gebildetes Englisch wies einen Akzent auf, den ich nicht genau bestimmen konnte. Irgendwie arabisch, dachte ich. Eindeutig mediteran, nicht italienisch, französisch vielleicht.

»Die Glock 17«, sagte er, »besteht weitgehend aus Kunststoff, hat aber auch Metallteile. Künftige Waffen dieser Art können ganz aus Kunststoff gefertigt werden. Es handelt sich darum, die geeignete Materialformel zu finden.«

Er holte einen eleganten schwarzen Kasten aus dem Koffer.

»Diese Pistole ist mein rechtmäßiges Eigentum«, sagte er. »Trotz der Umstände unserer Zusammenkunft bin ich ein angesehener Händler.«

Wir versicherten ihm, daß wir nichts anderes vermutet hatten.

Er nickte befriedigt und nahm den Deckel des Kastens herunter. Drinnen lag, wie ein Spielzeug in eine Hohlform gebettet, eine schwarze Pistole, dazu ein Ladestreifen und achtzehn goldene Patronen, die platten Böden nach oben, die Spitzen unsichtbar, säuberlich angeordnet in drei waagerechten Sechserreihen.

Mohammed nahm die Waffe aus dem Kasten.

»Diese Pistole«, sagte er, »hat zahlreiche Vorzüge. Sie ist leicht, sie ist billiger und einfacher herzustellen als alle Ganzmetallwaffen, und sie ist auch präziser.«

Er ließ die Informationen nach wahrer Kaufmannsart auf uns einwirken.

»Sie ist zerlegbar.« Er zeigte es uns, indem er den ganzen Verschluß der Pistole abzog, so daß darunter ein Metallrohr sichtbar wurde. »Das ist der metallene Lauf.« Er nahm ihn heraus. »Auch die Schließfeder ist aus Metall. Ebenso die Patronen. Das Griffstück und der Ladestreifen bestehen aus Plastik. Die Teile sind ganz leicht wieder in eins zu fügen.« Er setzte die Pistole rasch zusammen und ließ ihren Verschluß einrasten. »Außerordentlich leicht, wie Sie sehen. Leute, die diese Waffe benutzen, darunter auch einige Polizeikräfte, betrachten sie als großen Fortschritt, als den Vorläufer eines ganz neuen Handfeuerwaffenkonzepts.«

»Soll sie in Amerika nicht verboten werden?« sagte Litsi.

»Doch.« Mohammed zuckte die Achseln. »Änderungsantrag 4194 zu Ziffer 18 erstrebt ein Einfuhr-, Produktions- und Verkaufsverbot für Waffen dieser Art, die nach dem 1. Januar 1986 gebaut worden sind. Und zwar, weil das Plastik nicht mit Röntgensuchgeräten entdeckt werden kann. Man befürchtet, daß Terroristen die Waffen durch Flughafenkontrollen schmuggeln und in Regierungsgebäude einschleusen.«

»Täten sie das denn nicht?« sagte ich.

»Mag sein.« Er zuckte die Achseln. »Ungefähr zwei Millionen Privatleute in den USA besitzen Handfeuerwaffen«, sagte er. »Sie halten es für ihr gutes Recht, Waffen zu tragen. Diese Pistole von Glock ist der Schritt in die Zukunft. Das führt womöglich zu einer breiten Entwicklung von Plastikdetektoren ... und vielleicht dazu, daß jedes Handgepäck in Flugzeugen verboten wird außer Damenhandtaschen und flachen Aktenmappen, die von Hand durchsucht werden können.« Er blickte von mir zu Litsi. »Haben Sie mit Terrorismus zu tun?«

»Nein«, sagte Litsi. »Nicht direkt.«

Mohammed schien erleichtert. »Diese Waffe ist nicht für Terroristen erfunden worden«, sagte er. »Es ist ohne Einschränkung eine gute Pistole, mit allen Vorzügen.«

»Wir glauben Ihnen das«, sagte ich. »Wie rentabel ist sie?«

»Für wen?«

»Für den Hersteller.«

»Ah.« Er räusperte sich. »Das kommt darauf an.« Er überlegte. »Sie kostet weniger in der Herstellung und ist dadurch billiger im Verkauf als Metallwaffen. Insgesamt ist der Unterschied in der Gewinnspanne vielleicht nicht so groß, aber der Bruttogewinn hängt natürlich von der verkauften Stückzahl ab.« Er lächelte vergnügt. »Man rechnet damit, daß beispielsweise die zwei Millionen Leute in den USA, die schon Waffen besitzen, auf das neue Produkt werden umsteigen wollen. Das Neue ist besser, hat mehr Prestige und so weiter. Die Polizei dort hätte sie auch gern. Davon abgesehen dürstet die Welt nach brauchbaren Waffen. Amerikanische Privatleute besitzen sie ja meist aus historischen Gründen, zu Sport und Spiel oder des Machtgefühls wegen, nicht, weil sie Leute umbringen wollen. Aber vielerorts ist Töten der Zweck. Töten, Sicherheit und Abwehr. Der Markt ist weit offen für wirklich billige, gute, zuverlässige neue Pistolen. Zumindest eine

Zeitlang, bis die Nachfrage gedeckt ist, könnten die Hersteller rasch zu viel ehrlichem Geld kommen.«

Litsi und ich hörten respektvoll zu.

»Wie steht's mit unehrlichem Geld?« fragte ich.

Er zögerte nur kurz. »Es kommt darauf an, von wem wir reden.«

»Wir reden immer noch von dem Hersteller«, sagte ich.

»Aha. Eine Aktiengesellschaft?«

»Ein Privatunternehmen mit einem einzigen Mann an der Spitze.«

Er lächelte voll welterfahrenem Zynismus.

»So jemand kann seine eigenen Millionen drucken.«

»Inwiefern?« fragte ich.

»Die einfachste Methode«, sagte er, »ist, die Ware in zwei Teilen zu liefern.« Er nahm die Plastikpistole noch einmal auseinander. »Sagen wir, Sie packen alle Bestandteile in einen Kasten wie diesen und lassen nur den Lauf weg. Einen Lauf etwa aus einem Spezialplastik, das von der Reibungshitze des durchgehenden Geschosses weder schmilzt noch verbogen wird.«

Er schaute uns an, um zu sehen, ob wir für solches Grundwissen empfänglich waren, und fuhr anscheinend beruhigt fort. »Der Hersteller exportiert die Läufe getrennt. So will er dafür sorgen, sagt er, daß, wenn eine der beiden Lieferungen fehlgeleitet wird – ein Euphemismus für Diebstahl –, die Ware unbrauchbar ist. Nur wenn beide Lieferungen ihr Ziel sicher erreicht haben, können die Pistolen zusammengesetzt werden. Richtig?«

»Richtig«, sagten wir beide.

»Der Hersteller erledigt die ganze Schreibarbeit korrekt. Jeder Lieferung ins Ausland liegen Zollquittungen bei, jede Lieferung ist das, als was sie ausgegeben wird, alles ist legal. Der nächste Schritt hängt davon ab, wie dringend der Kunde die Waffen braucht.«

»Was meinen Sie damit?« sagte Litsi.

»Angenommen«, erwiderte Mohammed, ganz in seinem Element, »der Kunde braucht sie unbedingt aufs schnellste. Der Hersteller schickt die Pistolen ohne die Läufe. Der Kunde zahlt. Der Hersteller schickt die Läufe. Gut?«

Wir nickten.

»Der Hersteller teilt dem Kunden mit, daß er den Rechnungsbetrag an die Herstellerfirma überweisen muß, außerdem aber noch einen Betrag auf ein anderes Konto – die und die Nummer in dem und dem Land –, und wenn *diese* Zahlung sicher in den heimlichen Besitz des Herstellers gelangt ist, sendet er die Läufe ab.«

»Einfach«, sagte ich.

»Natürlich. Ein weitverbreitetes Verfahren. So wird das auf der ganzen Welt gehandhabt. Geld auf den Tisch, einwandfreie Abrechnung, Zulage unter dem Siegel der Verschwiegenheit.«

»Sondervergütung«, sagte ich.

»Natürlich. Das ist in vielen Ländern das übliche System. Ohne es kann der Handel nicht bestehen. Eine kleine Provision hier und da . . .« Er zuckte die Achseln. »Mit einer billig hergestellten, zuverlässigen Ganzplastikpistole könnte Ihr Fabrikant einen angemessenen Gewinn durch seine Firmenbücher laufen lassen und sich außerdem noch ein Vermögen in die Tasche stecken.«

Er setzte die Waffe geschickt zusammen und hielt sie mir hin.

»Fassen Sie sie mal an«, sagte er. »Eine Ganzplastikpistole wäre sogar noch viel leichter.«

Ich nahm die Waffe und betrachtete ihr mattschwarzes Gehäuse, die zweckmäßige Form, den metallenen Rand des Laufs, der an der Mündung hervorschaute. Sie war zweifellos erstaunlich leicht und griffig, selbst mit Metallteilen. Ganz aus Plastik, konnte sie ein Spielzeug für Kleinkinder sein.

Innerlich schaudernd gab ich sie Litsi. Es war das zweite Mal in vier Tagen, daß ich Unterricht im Gebrauch von Schußwaffen bekam, und wenn ich auch schon früher mal eine in der Hand gehalten hatte, ein guter Schütze war ich nicht und würde mich auch kaum je darin üben. Litsi wog die Pistole nachdenklich in der Handfläche und gab sie ihrem Besitzer zurück.

»Sprechen wir von einem bestimmten Fabrikanten?« fragte Mohammed.

»Von einem, der sich um eine Lizenz für die Herstellung und Ausfuhr von Plastikpistolen bemüht«, sagte ich, »der aber bisher nicht im Waffengeschäft war.«

Er zog die Brauen hoch. »In Frankreich?«

»Ja«, sagte Litsi ohne Überraschung, und ich begriff, daß Mohammed gewußt haben mußte, daß man über französische Kanäle an ihn herangetreten war, auch wenn er nicht selbst mit Litsi am Telefon gesprochen hatte.

Mohammed schürzte die Lippen unter dem dicken Schnurrbart.

»Um eine Lizenz zu bekommen, müßte Ihr Fabrikant eine hochangesehene Persönlichkeit sein. Diese Lizenzen, verstehen Sie, werden nicht wie Konfetti umhergestreut. Er braucht sicherlich die Kapazität, das heißt die Fabrik, ferner das Grundmodell, wahrscheinlich auch feste Bestellungen, vor allem aber braucht er den guten Namen.«

»Sie haben uns außerordentlich geholfen«, sagte Litsi.

Mohammed strahlte Gutmütigkeit aus.
»Wie würde der Hersteller den Verkauf seiner Pistolen ankurbeln? Durch Annoncen?« sagte ich.
»Sicher. Werbung in Waffen- und Handelsmagazinen auf der ganzen Welt. Er könnte auch einen Agenten engagieren, so wie mich.« Er lächelte. »Ich arbeite auf Provision. Ich bin bekannt. Leute, die Waffen haben wollen, kommen zu mir und sagen: ›Was eignet sich für uns am besten? Was kostet es? Wie schnell können Sie's beschaffen?‹« Er breitete die Handflächen aus. »Ich bin ein Mittelsmann. Wir sind unentbehrlich.« Er sah auf seine Uhr. »Sonst noch etwas?«

Ich sagte aus einem Impuls heraus: »Wenn jemand eine andere Art Pistole haben wollte, einen Bolzenschußapparat, könnten Sie ihm den besorgen?«

»Veraltet«, sagte er prompt. »In England hergestellt von Accles und Shelvoke in Birmingham. Meinen Sie die? Kaliber 405 vielleicht? Eins Komma zweifünf Gran-Treibladung?«

»Ich glaube schon«, sagte ich. »Ich weiß es nicht.«

»Ich handle nicht mit Bolzenschußgeräten. Die sind zu speziell. Es würde sich nicht lohnen, mich zu beauftragen, daß ich Ihnen eins suche. Es gibt noch viele, alle sind überholt. Ich würde mal bei älteren Tierärzten nachfragen, die verkaufen vielleicht gern. Für den Besitz braucht man natürlich einen Waffenschein.« Er hielt inne. »Offen gesagt, meine Herrn, ich tätige am liebsten Geschäfte mit Kunden, für die private Waffenscheine belanglos sind.«

»Gibt es irgend jemand«, fragte ich, »und bitte fassen Sie das nicht als Beleidigung auf, denn so ist es nicht gemeint, aber gibt es jemand, an den Sie Waffen nicht verkaufen würden?«

Er nahm keinen Anstoß. »Nur wenn ich dächte, der Betreffende könnte oder wollte nicht bezahlen. Aus moralischen Gründen, nein. Wenn mich das kümmerte, wäre ich in der falschen Branche. Ich verkaufe das Gerät, über den Gebrauch zerbreche ich mir nicht den Kopf.«

Litsi und ich hatten keine weiteren Fragen. Mohammed legte die Pistole ordentlich in ihren Kasten zurück, zu den adretten kleinen Patronenreihen. Er setzte den Deckel auf den Kasten und verstaute das Ganze wieder im Koffer.

»Vergessen Sie nicht«, sagte er immer noch lächelnd, »daß Angriff und Verteidigung so alt sind wie die Menschheit. In früheren Zeiten hätte ich schön geschärfte Speerspitzen aus Feuerstein verkauft.«

»Mr. Mohammed«, sagte ich, »haben Sie vielen Dank.«

Er nickte freundlich. Litsi stand auf und schüttelte noch einmal die diamantberingte Hand, ich ebenso, und Mohammed sagte, wenn wir seinen Freund auf dem Flur herumlungern sähen, sollten wir ihn nicht beachten und nicht ansprechen, er käme schon wieder aufs Zimmer, wenn wir fort wären.

Wir kümmerten uns nicht um den Freund, der bei den Fahrstühlen wartete, und fuhren ohne Zwischenfall ins Erdgeschoß hinunter. Erst als wir wieder mit einem Taxi unterwegs zum Eaton Square waren, unterhielten wir uns.

»Er hat sich gerechtfertigt«, sagte Litsi.

»Das tut jeder. Es ist gesund.«

Er drehte den Kopf. »Wie meinen Sie?«

»Die Alternative ist schuldbewußtes Verzweifeln. Selbstrechtfertigung mag illusorisch sein, aber sie bewahrt einen vor dem Selbstmord.«

»Man könnte auch Selbstmord vor sich rechtfertigen.«

Ich lächelte ihn von der Seite an. »Allerdings.«

»Nanterre«, sagte er, »hat ein starkes Verlangen, Feuersteine anzuspitzen.«

»Mm. Leichtere, billigere, messerscharfe Feuersteine.«

»Mit dem Stempel der de Brescous.«

»Vor meinem geistigen Auge«, sagte ich, »sehe ich Roland ein Geschäft mit Mohammed per Handschlag besiegeln.«

Litsi lachte. »Die Rechtfertigung *dafür* müssen wir ihm ersparen.«

»Wie sind Sie an Mohammed herangekommen?« fragte ich.

»Einer der Vorteile, ein Prinz zu sein«, sagte Litsi, »besteht darin, daß man, wenn man ernsthaft bittet, selten abgewiesen wird. Dazu kommt, daß man viele Leute in nützlichen Positionen kennt und trifft. Ich habe einfach ein paar Hebel in Bewegung gesetzt, ähnlich übrigens wie Sie gestern bei Lord Vaughnley.« Er hielt inne. »Warum ist ein Mann, den Sie besiegt haben, so erpicht darauf, Ihnen gefällig zu sein?«

»Hm ... indem ich ihn besiegt habe, habe ich ihn auch gerettet. Maynard Allardeck war mit allen, insbesondere mit unlauteren Mitteln darauf aus, seine Zeitung zu übernehmen, und durch mich bekam er die Möglichkeit, ihn für immer daran zu hindern, denn ich gab ihm eine Kopie des bewußten Films.«

»Ich verstehe«, sagte Litsi ironisch, »daß er Ihnen den einen oder anderen Gefallen schuldet.«

»Außerdem«, sagte ich, »war der Junge, der unter Maynards Einfluß seine halbe Erbschaft verspielt hat, Hugh Vaughnley, Lord Vaughnleys Sohn. Mit der Androhung, den Film an die Öffentlichkeit zu bringen, holte Lord Vaughnley sich von Maynard das Erbvermögen zurück. Das Erbe bestand genau gesagt aus Anteilen an der Zeitung, dem *Towncrier*.«

»Ein Fall von poetischer Erpressung. Ihre Idee?«

»Na ... so ungefähr.«

Er lachte leise. »Wahrscheinlich sollte ich das mißbilligen. Es war bestimmt gesetzwidrig.«

»Das Gesetz sorgt nicht immer für Gerechtigkeit. Meistens kommt das Opfer schlecht weg. Allzuoft kann das Gesetz nur strafen, es kann nichts in Ordnung bringen.«

»Und Sie meinen, das Unrecht, welches dem Opfer zugefügt wurde, wiedergutzumachen ist wichtiger als alles andere?«

»Wo es geht, muß das den Vorrang haben.«

»Und dafür würden Sie das Gesetz übertreten?«

»Es ist zu spät am Tag, um sich an die Wand nageln zu lassen«, sagte ich, »und wir sind wieder am Eaton Square.«

Wir gingen hinauf ins Wohnzimmer und genehmigten uns, da die Prinzessin und Beatrice schon zu Bett gegangen waren, entspannt noch einen Brandy als Schlummertrunk. Ich mochte Litsi als Mensch immer mehr und wünschte ihn doch für immer auf die andere Seite des Erdballs; und während wir uns so ansahen, fragte ich mich, ob er womöglich dasselbe dachte.

»Was machen Sie morgen?« sagte er.

»Ich starte in Bradbury.«

»Wo ist das?«

»Zwischen hier und Devon.«

»Mir schleierhaft, wo Sie die Energie hernehmen.« Er gähnte. »Ich habe einen geruhsamen Rennbesuch in Ascot hinter mir und bin erledigt.«

Mit lässiger Eleganz trank er seinen Brandy, und schließlich zogen wir das Tonbandtelefon aus dem Stecker, brachten es ins Souterrain und schlossen es dort auf dem Flur an. Danach gingen wir ins Erdgeschoß und blieben einen Augenblick vor Litsis Tür stehen.

»Gute Nacht«, sagte ich.

»Gute Nacht.« Er zögerte und streckte dann seine Hand aus. Ich schüttelte sie. »So ein alberner Brauch«, sagte er ironisch, »aber was kann man sonst tun?« Er winkte mir flüchtig und trat in sein Zimmer, und ich ging nach oben, um herauszufinden, ob ich immer noch zwischen den Bambussprossen schlafen konnte; es sah so aus.

Ich döste vielleicht eine Stunde auf dem Bettzeug, dann ging ich nach unten und um das Haus herum zur Garage, um Danielle abzuholen.

Als ich in die dunkle, menschenleere Gasse einbog, dachte ich, daß sie wirklich der ideale Ort für einen Hinterhalt wäre.

12

Es war eine kopfsteingepflasterte Sackgasse, etwa sechs Meter breit und hundert Meter lang, mit einem erweiterten Platz zum Wenden am anderen Ende; die Rückfronten hoher Gebäude schlossen das Ganze wie eine Schlucht ein. Beide Seiten waren von Garagentoren gesäumt, die breiten Garagen selbst führten in die Rückfronten der Gebäude hinein, und im Gegensatz zu vielen Gassen dieser Art, wo die Garagen ursprünglich der Unterbringung von Pferden und Fuhrwerken dienten, hatte die sogenannte Falmouth Mews keine Wohnungseingänge.

Tagsüber herrschte reger Betrieb in der Gasse, da mehrere Garagen von einer Autoschlosserfirma gepachtet waren, die Reparaturen für die Leute in der näheren Umgebung ausführte. Nachts, wenn sie fort waren, war es eine Schattenlinie aus großen, geschlossenen Toren, nur beleuchtet von den Fenstern der darüberliegenden Gebäude.

Die Garage, in der Thomas den Rolls unterstellte, lag in der hinteren Hälfte. Gleich daneben lag eine Garage der Autoschlosser, aber Thomas hatte sie überredet, sie vorübergehend an die Prinzessin zu vermieten, damit Danielle dort ihren (inzwischen von Thomas aus der Reparatur geholten) Wagen unterbringen konnte. Mein obdachloser Mercedes parkte vor dem Tor von Danielles Garage, und hier und dort waren auch noch andere Autos so in der Gasse abgestellt. Bei einer Familie mit zwei Wagen stand meistens einer in der geräumigen Garage, der andere parkte längs davor.

Hinter diesen Zweitwagen gab es unzählige Verstecke.

Ich hätte eine Taschenlampe mitnehmen sollen, dachte ich. Morgen würde ich eine kaufen. Ein Heer von Ungeheuern konnte sich hier verborgen halten . . . und Beatrice wußte, um welche Zeit ich jede Nacht nach Chiswick fuhr.

Ich ging durch die Gasse und fühlte mein Herz klopfen, dabei war ich in der Nacht vorher ohne das geringste Zittern dort entlang gegangen. Die Macht der Einbildung, dachte ich sarkastisch: und nichts raschelte im Unterholz, nichts sprang, der Tiger lauerte der Ziege nicht auf.

Das Auto sah genauso aus, wie ich es zurückgelassen hatte, aber ich prüfte die Elektrokabel unter der Haube und unter dem Armaturenbrett, bevor ich die Zündung einschaltete. Ich vergewisserte mich, daß kein Öl aus dem Motor sickerte und daß alle Reifen hart waren, und ich machte zur Kontrolle eine Vollbremsung, bevor ich in die Straße einbog.

Zufrieden und beruhigt fuhr ich nach Chiswick und holte um zwei Uhr Danielle ab. Sie war müde von dem langen Tag und sagte nicht viel, nur daß sie den ganzen Abend an einer Story über Schnee- und Eishäuser gebastelt hatten, die sie für Zeitverschwendung hielt.

»Was für Schnee- und Eishäuser?« fragte ich, mehr um mich mit ihr zu unterhalten als um es zu erfahren.

»Skulpturen für einen Wettbewerb. Ein paar von den Jungs hatte sie auf einer Ausstellung gefilmt. Ähnlich wie Sandburgen, bloß eben aus Schnee und Eis. Manche waren ganz hübsch und hatten sogar Innenbeleuchtung. Die Jungs sagten, der Drehort war, als ob man ohne Wolldecke in einem Iglu filmt. Alles recht lustig, nehme ich an, aber keine weltbewegenden Nachrichten.«

Sie gähnte und verfiel in Schweigen, und bald darauf waren wir wieder in der Garagengasse; nachts, wenn der Verkehr ruhte, war es nur eine kurze Fahrt.

»Du kannst mich nicht immer weiter abholen kommen«, sagte sie, als wir um den Block zum Eaton Square gingen.

»Ich tu's gern.«

»Litsi hat mir gesagt, daß der Kapuzenmann Henri Nanterre war.« Sie fröstelte. »Ich weiß nicht, ob das so besser oder schlimmer ist. Jedenfalls arbeite ich im Augenblick nicht Freitag nachts, und Samstag-Sonntag natürlich auch nicht. Freitag nacht kannst du schlafen.«

Wir schlossen die Haustür mit den neuen Schlüsseln auf und sagten uns wieder auf ihrem Treppenabsatz gute Nacht. Wir hatten in diesem Haus nie im selben Bett geschlafen, daher gab es keine Erinnerungen dieser Art, denen ich nachtrauern konnte, aber ich wünschte mir, als ich eine Treppe höher hinaufging, leidenschaftlich, daß sie mitkäme. Es hätte jedoch keinen Sinn gehabt, das vorzuschlagen, denn ihr Gutenachtkuß war wieder eine Abwehr, kein Versprechen gewesen und erneut alles andere als voll gelandet.

Laß ihr Zeit . . . die Zeit war eine peinigende Unruhe mit ungewissem Ausgang.

Frühstück, Zeitungen und Wärme gab es jeden Tag unten im Morgenzimmer, dessen Tür gegenüber der von Litsis Zimmer lag. An diesem Donnerstagmorgen war ich gegen neun dort und schaute gerade nach, welche Pferde mich in Bradbury erwarteten, als die Sprechanlage summte und Dawson mir sagte, Mr. Harlow verlangte mich am Telefon.

Besorgt nahm ich den Hörer ab.

»Wykeham?«

»Ah, Kit. Passen Sie auf, ich dachte, ich sage es Ihnen lieber, aber machen Sie nicht die Prinzessin scheu. Heute nacht ist hier jemand herumgeschlichen.«

»Sind die Pferde in Ordnung? Kinley?«

»Ja, ja. Nichts weiter passiert. Der Mann mit dem Hund sagte, daß sein Hund unruhig war, als hätte sich da einer rumgetrieben. Er sagt, sein Hund war gut eine halbe Stunde in Alarmbereitschaft und hat leise gewinselt, und sie sind zweimal die Höfe abgegangen. Sie haben aber niemand gesehen, und nach einiger Zeit hat sich der Hund wieder abgeregt. Also . . . was halten Sie davon?«

»Ich halte verdammt viel davon, daß Sie den Hund haben.«

»Ja . . . sehr beunruhigend, die Sache.«

»Wann war denn das alles?«

»Um Mitternacht. Ich lag natürlich schon im Bett, und der Wächter hat mich nicht geweckt, weil nichts passiert war. Es gibt keine Anzeichen, daß jemand hier war.«

»Behalten Sie bloß die Patrouillen bei«, sagte ich, »und sehen Sie zu, daß Sie nicht den Mann bekommen, der auf dem Heuboden gepennt hat.«

»Ach wo. Das hab ich denen schon gesagt. Seit der ersten Nacht passen sie alle gut auf.«

Wir sprachen über die zwei Pferde, die er nach Bradbury schickte, beide nicht von der Prinzessin. In Bradbury ließ er manchmal seine langsamsten Pferde laufen, weil er davon ausging, daß sie, wenn sie dort nicht siegten, nirgends siegen würden, aber meistens verzichtete er darauf. Es war eine kleine Provinzbahn mit einem flachen Rundkurs von kaum mehr als einer Meile, leicht zu reiten, wenn man sich innen hielt.

»Geben Sie der Mélisande einen guten Ritt.«

»Ja, Wykeham«, sagte ich. Mélisande war vor meiner Zeit gewesen. »Meinen Sie Pinkeye?«

»Hm . . . natürlich.« Er räusperte sich. »Wie lange bleiben Sie am Eaton Square?«

»Das weiß ich nicht. Ich sage Ihnen aber Bescheid, wenn ich weggehe.«

Wir legten auf, und ich schob eine Scheibe Vollkornbrot in den Toaster und dachte über herumschleichende Gestalten nach.

Litsi kam und goß sich einen Kaffee ein. »Ich habe mir überlegt«, sagte er im Plauderton, während er eine Schale Müsli mit Kondensmilch zusammenstellte, »daß ich heute auch zum Rennen fahren könnte.«

»Nach Bradbury?« Ich war überrascht. »Das ist nicht wie Ascot. Es sind die bloßen Grundlagen des Sports. Nicht viel Komfort.«

»Heißt das, Sie wollen mich nicht mitnehmen?«

»Nein. Ich warne Sie nur.«

Er setzte sich an den Tisch und schaute zu, wie ich Toast ohne Butter und Marmelade aß.

»Ihr Speisezettel ist abscheulich.«

»Ich bin's gewohnt.«

Er schaute zu, wie ich mit schwarzem Kaffee eine Pille hinunterspülte. »Wozu sind die gut?« fragte er.

»Vitamine.«

Er schüttelte resigniert den Kopf und begann seine hoffnunglos dickmachende Eigenkreation zu löffeln, und frisch und ausgeschlafen, in einem bauschigen weißen Pullover, kam Danielle herein.

»Tag«, sagte sie zu keinem von uns im besonderen. »Ich habe mich gefragt, ob ihr wohl hier seid. Was macht ihr heute?«

»Ich gehe zum Pferderennen«, sagte Litsi.

»Du?« Sie sah ihn erstaunt an. »Mit Kit?«

»Natürlich mit Kit.«

»Oh. Kann ich ehm . . . dann auch mitkommen?«

Sie blickte von einem zum andern und sah zweifellos doppelte Freude.

»In einer halben Stunde«, sagte ich lächelnd.

»Kein Problem.«

So fuhren wir denn alle drei nach Bradbury zum Rennen, nachdem wir uns im Flur von der Prinzessin und von Beatrice verabschiedet hatten. Die Prinzessin war nach unten gekommen, um einige Schreibarbeit mit Mrs. Jenkins durchzugehen, und betrachtete wehmütig unsere Überbekleidung. Beatrice, die die Neugier heruntergeführt hatte, fixierte mich mit strengen Kulleraugen.

»Kommen Sie wieder?« wollte sie wissen.

»Ja, er kommt wieder«, antwortete die Prinzessin für mich. »Und morgen können wir alle miteinander meine Pferde in Sandown laufen sehen, ist das nicht schön?«

Beatrice sah drein, als wüßte sie nicht genau, was das eine mit dem anderen zu tun hatte, und in diesem Augenblick der Ungewißheit brachen Litsi, Danielle und ich auf.

Die Rennbahn von Bradbury machte, wie wir bei unserer Ankunft feststellten, eine ehrgeizige Wandlung zum Besseren durch. Überall waren Schilder, die um Verständnis für noch nicht abgetragene Berge von Baumaterial und Maschinen baten. Umgeben von Gerüsten, wurde an den Billigplätzen eine ganz neue Tribüne heraufgezogen, und der oberste Stock der Vereinstribüne wurde in einen verglasten Aussichtsraum mit Tischen, Sessel und Erfrischungen umgebaut. Dort oben hatten sie auch Platz geschaffen für eine nach hinten gehende Aussichtsgalerie, von der aus man die Pferde im Führring beobachten konnte.

Ein kleines Modell auf einem Tisch vor dem Wiegeraum zeigte, wie das Ganze im fertigen Zustand aussehen würde, und die Rennbahnverwalter wanderte mit zufriedenem Lächeln umher und ließen sich beglückwünschen.

Litsi und Danielle zogen auf ein Glas und einen Sandwich in die alte, noch nicht aufpolierte Bar unter dem entstehenden Traum, und ich versuchte, während ich in Strumpfhose, Reithosen und Stiefel schlüpfte, daran nicht allzusehr zu denken. Ich zog ein dünnes Trikothemd an, und mein Rennbegleiter band mir die weiße Manschette ordentlich um den Hals. Danach legte ich den wattierten Rückenschutz an, der Rückgrat und Nieren vor allzuviel Schaden bewahrt, und darüber schließlich die ersten Rennfarben des Tages. Sturzhelm, Brille, Peitsche, Startnummer, Bleidecke, Sattel –, ich prüfte das alles, ließ mich wiegen, gab Dusty die nötigen Sachen zum Satteln, zog wegen der Kälte einen Anorak über und ging startbereit nach draußen.

Ich hätte nichts dagegen gehabt, ausnahmsweise einmal einen Tag auf der Tribüne stehen zu können und mir gemeinsam mit Danielle ein Rennen anzuschauen wie jeder andere auch. Ein Sandwich essen, etwas trinken, wetten gehen. Ich sah die beiden lächeln und winken, als ich auf die Bahn ritt, und ich winkte zurück und wünschte mir, unmittelbar bei ihnen zu sein.

Das Pferd, das ich ritt, gewann den Lauf, was Wykeham zwar angenehm überraschen, Cols Niederlage vom Vortag aber nicht wettmachen würde.

Außer für Wykehams beide Renner war ich noch für drei andere gemeldet. Ich ritt einen davon ergebnislos im zweiten Lauf, legte gleich anschließend Pinkeyes rotblaue Streifen für den dritten an und ging in meinem wärmenden Anorak hinaus zum Führring, um mich mit dem hektischsten und kritischsten aller Besitzer Wykehams zu unterhalten.

Bis zum Führring kam ich nicht. Ein Schrei ertönte von hoch oben, jemand rief: »Hilfe«, und so wie alle anderen drehte ich den Kopf, um zu sehen, was los war.

Ein Mann hing an nur einer Hand von dem neuen Aussichtsbalkon auf der Vereinstribüne. Ein großer Mann in einem dunklen Mantel.

Litsi.

Fassungslos vor Entsetzen beobachtete ich, wie er herumschwenkte, bis er beide Hände auf der Kante der Balkonwand hatte, aber er war zu groß und zu schwer, um sich hinaufzuziehen, und unter ihm war ein Abgrund von zwanzig Metern, direkt auf harten Asphalt.

Ich rannte hin, riß mir den Anorak herunter und legte ihn genau unter die Stelle, wo Litsi hing.

»Ziehen sie Ihren Mantel aus«, sagte ich zu dem nächststehenden Mann. »Legen Sie ihn auf den Boden.«

»Jemand muß rauf und ihm helfen«, sagte er. »Es wird jemand raufgehen.«

»Ziehen Sie Ihren Mantel aus.« Ich wandte mich an eine Frau. »Ziehen Sie Ihren Mantel aus. Legen Sie ihn auf den Boden. Schnell, schnell, Mäntel auf den Boden legen.«

Sie sah mich an wie eine Blinde. Ihr Mantel war ein langer, teurer Pelz. Sie streifte ihn ab, warf ihn auf meinen Anorak und sagte heftig zu dem Mann neben ihr: »Ziehen Sie Ihren Mantel aus, den Mantel ausziehen.«

Ich lief von einem zum anderen: »Ziehen Sie Ihren Mantel aus, schnell, schnell ... Ziehen Sie Ihren Mantel aus.«

Eine ganze Menschenmenge hatte sich angesammelt: Zuschauer, die auf dem Rückweg zur Tribüne waren, um das nächste Rennen zu sehen, hielten an, starrten gebannt in die Höhe.

»Ziehen Sie Ihren Mantel aus«, konnte ich um mich herum hören. »Zieht eure Mäntel aus.«

Guter Gott, Litsi, betete ich, halt dich bloß fest.

Andere riefen es ihm zu: »Halten Sie sich fest! Halten Sie sich fest!« und einer oder zwei schrien töricht, und es schien mir ein ziemlicher Lärm zu sein, obwohl sehr viele auch still waren.

Ein kleiner Junge mit riesengroßen Augen machte den Reißverschluß seines Windjäckchens auf, zog seinen gemusterten Pullover aus, schmiß beides auf den wachsenden, sich verbreiternden Haufen, und als er dann in seinem leuchtenden T-Shirt in der Menge umherrannte, hörte ich ihn rufen: »Schnell, schnell, ziehen Sie Ihre Mäntel aus.«

Es funktionierte. Immer mehr Mäntel kamen, fielen, wurden weitergereicht durch die Menge und kunterbunt zu einer Matratze übereinandergeworfen, bis der Kreis am Boden groß genug war, um ihn aufzufangen, wenn er stürzte, aber er konnte noch dicker sein, dicker.

Niemand war von der Balkonseite her zu Litsi gelangt; keine starken Arme packten ihn, um ihn hinaufzuziehen.

Die Mäntel flogen wie Blätter. Nach allen Seiten hatte die Parole sich herumgesprochen: »Ziehen Sie Ihren Mantel aus, den Mantel ausziehen, schnell ... schnell ...«

Als Litsi stürzte, sah er aus wie ein weiterer fliegender Mantel, nur daß er sehr schnell herunterkam, wie ein Bleilot. Eben hing er noch dort, im nächsten Augenblick war er unten. Er fiel zuerst senkrecht, dann rissen seine massigen Schultern ihn nach hinten über, und er landete beinah flach auf dem Rücken.

Er prallte schwer auf den Mänteln auf, rollte und rutschte von ihnen herunter und blieb seitlich ausgestreckt mit dem Kopf auf einem Mantel und dem Körper auf dem Asphalt liegen, schlaff wie eine Stoffpuppe.

Mit einem Satz kniete ich neben ihm und sah sofort, daß er zwar benommen war, aber wirklich noch lebte. Hände streckten sich, um ihm aufzuhelfen, doch so weit war er noch nicht, und ich sagte: »Nicht anrühren ... warten Sie, bis er sich bewegt ... man muß vorsichtig sein.«

Jeder, der zum Pferderennen ging, wußte von Rückgratverletzungen und wußte, daß man Jockeys erst bewegte, wenn man es unbesorgt tun konnte, und hier war ich in meinen Jockeyfarben, um sie daran zu erinnern. Die Hände waren bereit, aber sie faßten ihn nicht an.

Ich schaute zu dieser Menschenmenge auf, alle in Hemdsärmeln, alle zitternd vor Kälte, allesamt Heilige. Manche weinten, so auch die Frau, die ihren Nerz dazugelegt hatte.

»Litsi«, sagte ich, auf ihn herunterschauend; eine gewisse Klarheit kehrte in seine Augen zurück. »Litsi, wie geht es Ihnen?«

»Ich ... Bin ich gefallen?« Er bewegte seine Hand, dann seine Füße, nur ein wenig, und in der Menge ringsum entstand erleichtertes Gemurmel.

»Ja, Sie sind gefallen«, sagte ich. »Bleiben Sie noch einen Moment so. Es ist alles in Ordnung.«

Jemand rief von oben herunter: »Geht's ihm gut?« und dort, auf dem Balkon, standen die beiden Männer, die offenbar hinaufgegangen waren, um ihn zu retten.

Die Leute riefen: »Ja« und klatschten Beifall und fingen in beinah festlicher Stimmung an, ihre Mäntel aus dem Stapel zu bergen. Es mußten fast zweihundert gewesen sein, dachte ich beim Zuschauen. Anoraks, Steppjacken, Tweedzeug, Trenchcoats, Pelze, Anzugjacken, Pullover, sogar eine Pferdedecke. Das Entwirren des riesigen Haufens dauerte viel länger als seine Entstehung.

Der kleine Junge mit den großen Augen suchte sein blaues Windjäckchen heraus und zog es über seinen Pullover, wobei er mich anstarrte. Ich umarmte ihn. »Wie heißt du?« sagte ich.

»Matthew.«

»Du bist ein toller Bursche.«

»Das ist der Mantel von meinem Daddy«, sagte er, »wo der Mann den Kopf drauf hat.«

»Sag ihm, er soll ihn noch einen Moment liegen lassen.«

Jemand war zu den Sanitätern gelaufen, die jetzt mit einer Tragbahre kamen.

»Es geht schon«, sagte Litsi schwach, aber er war immer noch außer Atem und ohne rechte Orientierung und murrte nicht, als sie sich anschickten, ihn wegzutragen.

Danielle war plötzlich mit blassem Gesicht neben ihm.

»Litsi«, sagte sie, »o Gott . . .« Sie sah mich an. »Ich hatte auf ihn gewartet . . . es hieß, ein Mann sei abgestürzt . . . ist er in Ordnung?«

»Bald«, sagte ich. »Er ist bald wieder klar.«

»Oh, . . .«

Ich legte die Arme um sie. »Es ist gutgegangen. Wirklich. Er hat offenbar keine Schmerzen, ihm ist nur die Luft weggeblieben.«

Sie machte sich langsam los und ging neben der Tragbahre her, als diese auf eine fahrbare Plattform geladen wurde.

»Sind Sie seine Frau?« hörte ich einen Krankenträger fragen.

»Nein . . . eine Bekannte.«

Der Vater des kleinen Jungen las seinen Mantel auf und schüttelte mir die Hand. Die Frau hob ihren plattgedrückten Nerz auf, klopfte Staub davon ab und gab mir einen Kuß. Ein Steward kam herüber und sagte, ob ich nun bitte auf mein Pferd steigen und an den Start gehen würde, das Rennen habe sich ohnehin schon verzögert, und ich schaute auf die Rennplatzuhr und sah verblüfft, daß kaum fünfzehn Minuten vergangen waren, seit ich aus dem Wiegeraum gekommen war.

Alle Pferde, alle Besitzer und Trainer warteten noch im Führring, als wäre die Zeit stehengeblieben, aber jetzt saßen die Jockeys auf; der Tod war abgewendet, das Leben konnte also weitergehen.

Ich hob meinen Anorak auf. Die Mäntel und Jacken waren alle wieder eingesammelt worden, und er lag allein auf dem Asphalt, mit meiner Peitsche darunter. Ich sah zu dem Balkon hinauf, so hoch oben, so verlassen und unscheinbar. Auf einmal schien alles nicht mehr wahr zu sein, dabei waren die Fragen noch gar nicht gestellt. Wieso war er dort oben gewesen? Wie hatte es dazu kommen können, daß sein Leben nur noch an den Fingerspitzen hing? Wo hatte er nicht aufgepaßt?

Litsi blieb auf einem Bett in der Sanitätswache liegen, bis die Rennen vorbei waren, danach beteuerte er aber, er habe sich vollkommen erholt und sei bereit, nach London zurückzufahren.

Er entschuldigte sich bei der Rennbahndirektion, daß er so dumm gewesen sei, auf den Balkon zu gehen, um die vielgerühmte neue Aussicht zu bewundern, und sagte, er habe es allein der eigenen Ungeschicklichkeit zuzuschreiben, daß er über irgendwelches Baumaterial gestolpert und aus dem Gleichgewicht geraten sei.

Auf die Frage, wie er heiße, hatte er ihnen mit einer Kurzfassung seines Nachnamens ohne den »Prinz« davor geantwortet, und er hoffte, daß es nicht zuviel öffentlichen Wirbel um seine Dummheit geben würde.

Das alles erzählte er uns, als er mit Danielle hinten im Wagen saß und wir nach London aufbrachen.

»Wieso sind Sie denn gestolpert?« fragte ich und warf hin und wieder im Rückspiegel einen Blick auf ihn. »Lag da oben viel Zeug herum?«

»Bretter und ähnliches.« Er klang verwirrt. »Ich weiß nicht genau, wie ich gestolpert bin. Ich stand auf irgend etwas, das wackelte, und ich streckte die Hand aus, um mich zu stützen, und sie fuhr über die Mauer ins Leere. Es ging so schnell ... ich habe einfach den Halt verloren.«

»Hat Sie jemand gestoßen?« fragte ich.

»Kit!« sagte Danielle entsetzt, aber man mußte es in Betracht ziehen, und Litsi hatte das offenbar schon getan.

»Ich habe den ganzen Nachmittag dort gelegen«, sagte er langsam, »und versucht mich zu erinnern, wie es eigentlich passiert ist. Ich habe da oben niemand gesehen, dessen bin ich sicher. Ich stand auf etwas, das wippte wie eine Schaukel, und kam total aus dem Gleichgewicht. Ich möchte nicht meinen, daß ich gestoßen wurde.«

»Hm«, sagte ich nachdenklich, »haben Sie was dagegen, wenn wir nochmal hinfahren? Ich hätte mir das gleich ansehen sollen, als ich mit Reiten fertig war.«

»Die Leute von der Rennbahn waren oben«, sagte Litsi. »Sie kamen zu mir und sagten, da sei zwar nichts besonders Gefährliches, aber ich hätte natürlich nicht raufgehen sollen.«

»Wir fahren nochmal hin«, sagte ich, und obwohl Danielle einwandte, sie käme zu spät zur Arbeit, kehrten wir um.

Ich ließ Litsi und Danielle im Wagen zurück, ging durch das Tor und stieg die A-Tribüne hinauf. Wie bei den meisten Tribünenbauten war es weit bis obenhin, der Treppenaufgang nicht der geräumigste, und wenn man sich vorstellte, daß ein Strom von Menschen da hinauf zum Hauptrang drängte, begriff man, wieso diejenigen, die losgezogen waren, um Litsi von oben zu retten, ziemlich lange für den Weg gebraucht hatten.

Die breiten Sitzreihen der A-Tribüne gingen bis auf den Boden hinunter und waren von der Bahn her direkt zugänglich, doch die obere Etage konnte man nur über die beiden Außentreppen erreichen.

Ich nahm die Treppe in der Nähe des Wiegeraums, denn sie hatte Litsi, wie er sagte, benutzt, um zu der Stelle zu kommen, wo er das Gleichgewicht verloren hatte. Sah man vom Boden aus zur Rückseite der Tribüne hinauf, war diese Stelle nicht weit vom Ende des Balkons, linkerhand.

Die Treppe führte zunächst zu den oberen Reihen des Hauptranges und dann weiter hinauf, und ich kletterte in den letzten Stock, wo sich der Erfrischungsraum im Bau befand. Der ganze Bereich war bis auf den offenen Balkon verglast worden. Der Balkon lief auf der Rückseite des Erfrischungsraums an mehreren Glastüren entlang, die jetzt verschlossen waren, später aber zu belegten Broten führen würden. Vor und hinter dem Glas türmte sich eine Fülle von Baumaterial – Bretter, Farbkübel und Leitern.

Ich ging vorsichtig auf den kalten, windigen Balkon hinaus, den gleichen Weg wie Litsi, und erkannte, was sehr wahrscheinlich passiert war. Bretter lagen dicht an dicht und zu mehreren übereinander in den kurzen Durchgang zum Balkon und hoben einen, wenn man dort entlanglief, höher als normal im Verhältnis zu der brusthohen Außenwand. Als ich über die Bretter ging, schien die Mauer vor mir kaum taillenhoch zu sein, und Litsi war acht bis zehn Zentimeter größer als ich.

Was immer unter Litsis Füßen gewippt hatte, wippte nun nicht mehr, aber einige Bretter an der Balkonwand lagen kreuz und quer übereinander, nicht aufgeschichtet wie auf dem Gang. Ich bahnte mir vorsichtig einen Weg zwischen ihnen, merkte, wie sie sich bewegten, wenn ich anstieß, und erreichte die Stelle, wo Litsi gestürzt war.

Die Füße fest am Boden, schaute ich hinunter. Man konnte den ganzen Bereich des Führrings wunderschön sehen, mit herrlichen Hügeln im Hintergrund. Sehr reizvoll, dieser Balkon, und sofern die Füße auf dem Boden waren, sehr sicher.

Ich ging ihn ganz entlang, weil ich vorhatte, die Treppe am anderen Ende, in der Nähe des Parkplatzes, hinunterzugehen, doch das erwies sich als unmöglich: die Treppe war nicht da, sie wurde gerade neu gebaut. Ich kehrte auf die Seite zurück, wo ich heraufgekommen war, konferierte noch einmal mit den Brettern und ging runter auf den Platz.

»Nun?« fragte Litsi, als ich wieder im Wagen saß. »Was meinen Sie?«

»Diese Bretter sahen ganz schön gefährlich aus.«

»Ja«, sagte er kläglich. »Nachdem ich das Gleichgewicht verloren und noch irgendwie die Mauer zu fassen bekommen hatte, dachte ich, ich müßte mich nur festhalten, dann käme mir schon jemand zu Hilfe, aber, na ja ... meine Finger gaben einfach nach ... ich habe nicht bewußt losgelassen. Als ich fiel, dachte ich, ich würde sterben ... und ich wäre ja auch gestorben ... es ist unglaublich, daß alle diese Leute ihre Mäntel ausgezogen haben.« Er hielt inne. »Ich wünschte, ich könnte ihnen dafür danken«, sagte er.

»Ich konnte mir nichts vorstellen, wo du geblieben warst«, dachte Danielle zurück. »Ich hatte auf der Tribüne gewartet, wo wir uns treffen wollten, wenn ich von der Toilette wiederkam. Wo dachte ich denn ...«

»Aber«, sagte Litsi, »ich bin doch auf den Balkon gegangen, weil ich dich dort oben treffen sollte, Danielle.«

Ich hielt abrupt den Wagen an.

»Sagen Sie das nochmal«, sagte ich.

13

Litsi sagte es nochmal. »Man hatte mir Nachricht gegeben, daß Danielle mich des Ausblicks wegen auf dem Balkon erwarte.«

»Ich habe dir nichts dergleichen ausrichten lassen«, sagte Danielle verdutzt. »Ich hab da auf dich gewartet, wo wir uns das Rennen vorher angesehen hatten, wie abgesprochen.«

»Wer hat Ihnen die Nachricht überbracht?« fragte ich Litsi.

»Irgendein Mann.«

»Wie sah er aus?«

»Tja ... ein Durchschnittsmensch. Nicht grade jung. Er trug eine *Sporting Life* bei sich und eine Art Rennkalender, da hatte er den Finger als Lesezeichen drin ... und ein Fernglas.«

»Was für eine Stimme?«

»Ganz ... normal.«

Ich löste seufzend die Bremse und startete in Richtung Chiswick. Litsi war mitten in eine Falle hineinmarschiert, die ihn entweder erschrecken oder ihn töten sollte. Und niemand anders als Henri Nanterre konnte sie gestellt haben. Ich hatte Nanterre nicht auf dem Rennplatz ausgemacht, und weder Litsi noch Danielle kannten ihn vom Sehen.

Wenn Nanterre für die Falle verantwortlich war, hatte er gewußt, wo Litsi an dem Tag sein würde, und das konnte er nur durch Beatrice erfahren haben. Ich nahm nicht an, daß sie geahnt hatte, zu welchem Zweck ihre kleine Information verwendet werden würde, und mir kam der Gedanke, daß es mir auch gar nicht recht wäre, wenn sie es erfuhr. Es war wichtig, daß Beatrice weiterhin plauderte.

Litsi und Danielle saßen still im Fond und hingen sicher ganz ähnlichen Gedanken nach. Sie protestierten allerdings, als ich sie bat, Beatrice nichts von der fingierten Nachricht zu erzählen.

»Aber das muß sie erfahren«, sagte Danielle heftig. »Dann wird sie einsehen, daß sie das einfach nicht *darf*. Sie wird damit aufhören, begreift sie erst mal, wozu dieser Mensch imstande ist...«

»Ich möchte nicht, daß sie jetzt gleich damit aufhört«, erwiderte ich. »Nicht vor Dienstag.«

»Wieso denn das? Wieso Dienstag?«

»Wir werden tun, was Kit möchte«, sagte Litsi. »Ich erzähle Beatrice nur, was ich auch den Leuten von der Rennbahn erzählt habe: daß ich wegen des Ausblicks raufgegangen bin.«

»Sie ist gefährlich«, versetzte Danielle.

»Ich weiß nicht, wie wir Nanterre ohne sie kriegen sollen«, sagte ich. »Also sei ein Schatz.«

Ich war mir nicht sicher, ob es gerade dieses Wort war, das sie zum Schweigen brachte, aber sie erhob keine Einwände mehr, und wir fuhren eine Zeitlang, ohne etwas Wesentliches zu sagen. Litsis Arme und Schultern schmerzten von der Anstrengung des langen Festhaltens an der Mauer, und hin und wieder rückte er unbehaglich, mit leisem Schnaufen, auf seinem Sitz.

Ich dachte wieder über den Mann nach, der die irreführende Nachricht überbracht hatte, und fragte Litsi, ob er ganz sicher sei, daß der Mann den Namen »Danielle« genannt habe.

»Absolut«, antwortete Litsi ohne Zögern. »Das erste, was er mir sagte, war: ›Kennen Sie eine Danielle?‹ Als ich das bejahte, sagte er, sie wolle, daß ich die Treppe hoch zum Balkon gehe und einen Blick auf die Aussicht werfe. Er zeigte mit dem Finger rauf. Also bin ich los.«

»Okay«, sagte ich. »Dann wollen wir mal was Konkretes unternehmen.«

Wie fast jeder in der Rennwelt hatte ich ein Telefon in meinem Wagen, und ich rief den *Towncrier* an und verlangte die Sportredaktion.

Ich wußte zwar nicht genau, ob ihr Turfreporter, Bunty Ireland, um die Zeit im Büro war, aber ich hatte Glück. Er war nicht in Bradbury gewesen. Im allgemeinen fuhr er nur zu den größeren Meetings, die anderen kommentierte er vom Schreibtisch aus.

»Ich möchte eine Anzeige aufgeben«, sagte ich ihm, »aber sie muß auf der Rennseite erscheinen, und zwar an auffälliger Stelle.«

»Brauchen Sie was zum Reiten?« fragte er sardonisch. »Ein Roß für das Grand National? Hab Sattel, bin nicht ortsgebunden, so in der Art?«

»Jaja«, sagte ich. »Sehr witzig.« Bunty hatte einen elefantenartigen Sinn für Humor, war aber herzensgut. »Schreiben Sie mal den genauen Wortlaut auf und überreden Sie den Rennseitenmacher, daß er es schön groß in auffälliger Schrift bringt.«

»Na, legen sie los.«

»Eine hohe Belohnung erwartet denjenigen, der am Donnerstag nachmittag beim Pferderennen in Bradbury eine Nachricht von Danielle weitergegeben hat.« Ich diktierte es langsam und fügte die Telefonnummer des Hauses am Eaton Square hinzu.

Buntys Verwunderung kam deutlich durch den Äther. »Das gehört in die Kontaktanzeigen.«

»Nein. Auf die *Renn*seite. Haben Sie's genau mitbekommen?«

Er las es Wort für Wort noch einmal vor.

»He«, sagte er, »wenn Sie in Bradbury geritten sind, könnten Sie vielleicht, 'ne ganz komische Story bestätigen, die wir da haben. Ein Typ wär von einem Balkon runter auf einen Haufen Mäntel gefallen. Verkohlt uns da jemand, oder sollen wir das drucken?«

»Es ist passiert«, sagte ich.

»Haben Sie's gesehen?«

»Ja.«

»Ist der Typ verletzt worden?«

»Nein, gar nicht. Also, Bunty, lassen Sie sich die Geschichte von jemand anders erzählen, ja? Ich bin in meinem Wagen, und ich will diese Anzeige noch in der *Sporting Life* und der *Racing Post* unterbringen, bevor die in Druck gehen. Könnten Sie mir noch deren Nummern geben?«

»Klar, bleiben Sie dran.«

Ich legte kurz den Hörer ab und gab Danielle meinen Stift und mein Notizbuch nach hinten, und als Bunty die Nummern durchgab, wiederholte ich sie laut, damit sie sie aufschreiben konnte.

»He, Kit«, sagte Bunty, »geben Sie mir ein kurzes, verwendbares Statement über Ihre morgigen Chancen auf Abseil.«

»Kann ich nicht, Bunty, wissen Sie doch, Wykeham Harlow hält nichts davon.«

»Ja, ja, ja. Das ist ein ungefälliger alter Sack.«

»Denken Sie an die Anzeige«, sagte ich.

Er versprach sich drum zu kümmern, und ich rief mit dem gleichen Anliegen die beiden Sportzeitungen an.

»Morgen und am Samstag«, sagte ich ihnen. »Fettgedruckt auf der Titelseite.«

»Das wird teuer«, sagten sie.

»Schicken Sie mir die Rechnung.«

Danielle und Litsi schwiegen während dieser Unterredung, und als ich fertig war, meinte Litsi zweifelnd: »Versprechen Sie sich was davon?«

»Man kann nie wissen. Wer's nicht versucht, kommt zu nichts.«

Danielle sagte: »Dein Wahlspruch fürs Leben.«

»Kein schlechter«, sagte Litsi.

Wir setzten Danielle auf die Minute pünktlich am Studio ab und fuhren zum Eaton Square. Litsi beschloß, überhaupt nichts davon zu sagen, daß er knapp dem Tod entgangen war, und fragte mich in Sachen Muskelzerrung um Rat.

»Sauna und Massage«, empfahl ich. »Sonst ein langes, heißes Vollbad und ein paar Aspirin. Und John Grundy könnte Sie ja morgen früh mal durchkneten.«

Er entschied sich für die Heimkur und verschwand, als wir ins Haus kamen, auf seine Suite, um ungestört seine Wunden zu pflegen. Ich ging hinauf in das noch immer unverletzte Territorium des Bambuszimmers, wo ich wie jeden Abend Wykeham anklingelte und meine telefonischen Nachrichten abrief.

Wykeham sagte, die Besitzer von Pinkeye seien sauer wegen des verzögerten Rennens und hätten sich bei ihm beschwert, ich sei hinterher kurz angebunden gewesen.

»Aber Pinkeye hat doch gesiegt«, sagte ich. Ich war das ganze Rennen automatisch geritten, wie man in Gedanken vertieft eine altgewohnte Strecke fährt und sich bei der Ankunft an keinen Meter mehr entsinnt. Als ich den Zielpfosten passiert hatte, konnte ich mich an die Sprünge kaum erinnern.

»Sie kennen die ja«, dagte Wykeham. »Die sind nie zufrieden, auch wenn sie gewinnen.«

»Mm«, sagte ich. »Geht's den Pferden gut?«

Allen Pferden gehe es ausgezeichnet, sagte Wykeham, und Abseil fahre beinah aus der Haut und könne dem Feld morgen davonlaufen.

»Großartig«, sagte ich. »Also gute Nacht, Wykeham.«

»Gute Nacht, Paul.«

Der Normalzustand, dachte ich grinsend beim Auflegen, kehrte unverkennbar wieder.

Das Abendessen war eine steife Angelegenheit mit gezwungener Konversation, wobei Roland de Brescou geistesabwesend in seinem Rollstuhl am Kopf des Tisches saß.

Beatrice lamentierte einige Zeit darüber, daß Harrods jetzt unmöglich sei (*busweise* Touristen, Casilia) und Fortnums überlaufen und daß ihre liebste Pelzhandlung die Pforten geschlossen habe und verschwunden sei. Beatrice Einkaufstag hatte auch einen Friseurbesuch mit sich gebracht und infolgedessen eine Auffrischung der Pfirsichfarbe. Ihre Vergnügungen, erkannte ich, dienten keinem anderen Zweck als dem, die Zeit totzuschlagen; sie waren ein Spiegel erdrückender Sinnlosigkeit, unendlich deprimierend. Kein Wunder, daß sie klagt, dachte ich, wenn diese ganze Leere sie verfolgt.

Sie sah mich an, zweifellos, weil sie meinen Blick spürte, und sagte mit unverhohlener, plötzlicher Galle: »Sie sind es, der dem Fortschritt im Weg steht. Ich weiß das, bestreiten Sie's nicht. Roland hat es heute morgen zugegeben. Er hätte Henris Plänen sicher längst zugestimmt, wenn Sie nicht wären. Er hat zugegeben, daß Sie dagegen sind. Sie haben ihn beeinflußt. Sie sind böse.«

»Beatrice«, mahnte die Prinzessin, »er ist unser Gast.«

»Das ist mir egal«, sagte sie heftig. »Er sollte es nicht sein. Er ist mir die ganze Zeit im Weg.«

»*Dir*, Beatrice?« fragte Roland.

Sie zögerte. »In meinem Zimmer«, sagte sie schließlich.

»Es stimmt«, sagte ich ohne Angriffslust, »daß ich dagegen bin, daß Monsieur de Brescou etwas wider sein Gewissen unterschreibt.«

»Ich werde Sie schon los«, sagte sie.

»Nein, Beatrice, das geht wirklich zu weit«, rief die Prinzessin aus. »Kit, erlauben Sie, daß ich mich dafür entschuldige.«

»Es macht nichts«, versicherte ich ihr aufrichtig. »Ganz und gar nichts. Ich stehe Mrs. Bunt ja tatsächlich im Weg. Wenn es darum geht, daß Monsieur gegen sein Gewissen handeln soll, werde ich das immer tun.«

Litsi sah mich grübelnd an. Ich hatte eine sehr deutliche, provozierende Erklärung abgegeben, und er schien sich zu fragen, ob ich mir dessen bewußt war. Ich wiederum war froh, daß ich die Gelegenheit dazu erhalten hatte und würde meine Worte gegebenenfalls wiederholen.

»Sie sind hinter Danielles Geld her«, sagte Beatrice wütend.
»Sie wissen, daß sie keins hat.«
»Bis sie Roland beerbt.«
Die Prinzessin und Roland sahen aus wie vor den Kopf geschlagen. Wahrscheinlich hatte an dieser kultivierten Tafel bisher noch niemand so offen Krieg geführt.

»Im Gegenteil«, sagte ich höflich. »Wenn Monsieur durch den Verkauf von Waffen reicher würde, und ich wäre hinter Danielles sagenhafter Erbschaft her, dann würde ich ihn drängen, daß er sofort unterschreibt.«

Sie starrte mich erst einmal sprachlos an. Ich machte ein völlig nichtssagendes Gesicht, eine Gewohnheit, die ich im Umgang mit Maynard Allardeck erlernt hatte, und benahm mich, als führten wir eine normale Unterhaltung. »Ganz allgemein«, sagte ich freundlich, »würde ich jedem unerbittlich entgegentreten, der seinen Willen mit Drohungen und Schikanen durchzusetzen sucht. Henri Nanterre hat sich aufgeführt wie ein Gangster, und solange ich hier bin, werde ich nach Kräften darum bemüht sein, daß er sein Ziel nicht erreicht.«

Litsi wollte etwas sagen, überlegte es sich dann anders und schwieg. Der grübelnde Ausdruck verschwand jedoch von seiner Stirn und machte einer unbestimmten Sorge Platz.

»Gut«, meinte Beatrice. »Gut . . .«

Ich sagte mild wie zuvor: »Eigentlich ist ja nichts dabei, wenn man die Fronten klärt, nicht wahr? Wie Sie das in bewundernswerter Weise getan haben, Mrs. Bunt?«

Wir aßen gerade Seezunge. Beatrice entdeckte ganz plötzlich, daß da eine Menge Gräten waren, die ihre Aufmerksamkeit erforderten, und Litsi warf elegant ein, daß er für den kommenden Mittwoch zur Eröffnung einer neuen Galerie in der Dover Street eingeladen sei; ob Tante Casilia vielleicht mit ihm hingehen möchte.

»Am Mittwoch?« Die Prinzessin sah von Litsi zu mir. »Wo sind denn am Mittwoch die Rennen?«

»In Folkestone«, sagte ich.

Die Prinzessin nahm Litsis Einladung an, da sie normalerweise nicht nach Folkestone ging, und er und sie pingpongten ein paar Gemeinplätze über den Tisch, um die Bunt-Fielding-Wogen zu glätten. Als wir ins Wohnzimmer umzogen, sorgte Litsi wieder dafür, daß ich neben dem Telefon zu sitzen kam, aber es blieb den ganzen Abend stumm. Keine Nachrichten, Drohungen oder Prahlereien von Nanterre. Man durfte nicht hoffen, dachte ich, daß er seine Zelte abgebrochen hatte. Es wäre zu schön gewesen.

Als Roland, die Prinzessin und Beatrice schließlich zu Bett gingen und Litsi sich erhob, um es ihnen gleichzutun, sagte er: »Sie haben sich also selbst als Ziege auserkoren?«

»Ich habe nicht vor, mich fressen zu lassen«, erwiderte ich lächelnd und stand ebenfalls auf.

»Klettern Sie auf keinen Balkon.«

»Nein«, sagte ich. »Schlafen Sie gut.«

Ich machte die Runde durchs Haus, doch alles schien klar zu sein, und als es Zeit war, ging ich zum Auto, um Danielle abzuholen.

Die Gasse wirkte immer noch gespenstisch, und ich nahm es diesmal noch genauer mit der Wagenkontrolle, aber wieder war offenbar alles in Ordnung, und ich fuhr ohne Zwischenfall nach Chiswick.

Danielle sah blaß und abgespannt aus. »Ein hektischer Abend«, sagte sie. Als Studio-Koordinatorin hatte sie unter anderem zu entscheiden, wie ausführlich einzelne Nachrichten behandelt werden sollten, und dementsprechend Kamerateams einzusetzen. Ich war verschiedene Male bei ihr im Studio gewesen und hatte sie arbeiten sehen, hatte erlebt, wieviel Schwung und geistige Energie sie aufbot, um dort so erfolgreich zu sein, wie sie es war. Ich hatte ihre Entschlossenheit und ihre schöpferische Eingebungen erlebt und wußte, daß sie hinterher schnell in müdes Schweigen verfallen konnte.

Das Schweigen zwischen uns war allerdings nicht mehr die angenehme Stille tiefer Übereinstimmung, sondern beinahe Verlegenheit wie zwischen Fremden. Wir waren den November, Dezember und Januar hindurch ein leidenschaftliches Wochenendliebespaar gewesen, und bei ihr war die Freude von einer Woche zur nächsten verflogen.

Ich fuhr zurück zum Eaton Square in dem Gedanken, wie sehr ich sie liebte, wie sehr ich mich danach sehnte, daß sie wieder so wäre wie früher, und als ich in der Gasse mit den Garagen anhielt, sagte ich impulsiv: »Danielle, bitte ... bitte sag mir, was los ist.«

Es war unbeholfen und direkt aus Verzweiflung hervorgebracht, auch entgegen dem Rat der Prinzessin; und sowie ich es gesagt hatte, wünschte ich mir, ich hätte es nicht getan, denn das letzte, was ich von ihr hören wollte, war, daß sie Litsi liebte. Ich befürchtete, ich könnte sie nachgerade dazu treiben, daß sie es mir sagte, und erschrocken setzte ich hinzu: »Laß es. Es spielt keine Rolle. Antworte nicht.«

Sie drehte den Kopf und sah mich an, dann schaute sie weg.

»Es war wunderschön am Anfang, nicht?« sagte sie. »Es ging so schnell. Es war ... Zauberei.«

Ich konnte gar nicht hinhören. Ich machte die Wagen auf und wollte aussteigen.

»Warte«, sagte sie. »Ich muß – jetzt, wo ich angefangen habe.«
»Nein«, bat ich. »Tu's nicht.«
»Vor ungefähr einem Monat«, sagte sie, und all die verdrängten Gedanken sprudelten wirr hervor, »als du in Kempton so schrecklich gestürzt bist und ich dich bewußtlos auf der Trage liegen sah, als sie dich aus dem Krankenwagen luden ... ich bekam Durchfall, solche Angst hatte ich, du würdest sterben ... und mir wurde schlagartig klar, wieviel Gefahr dein Leben birgt ... und wieviel Schmerzen ... und ich sah mich hier in einem fremden Land ... an dich gebunden für alle Zeit ... nicht nur für eine herrliche, unverhoffte Romanze, sondern für immer gefangen in einem Leben fern von zuhause, jeden Tag voller Angst ... und ich wußte ja nicht, daß es hier so kalt und naß ist, ich bin in Kalifornien aufgewachsen ... und dann kam Litsi ... und er weiß so vieles ... und es schien so einfach, mit ihm zusammenzusein, harmlose Sachen zu unternehmen wie Ausstellungsbesuche, ohne daß einem das Herz bis zum Hals klopft. Ich habe dir deinen Kummer am Telefon angemerkt und ihn diese Woche in deinem Gesicht gesehen, aber irgendwie konnte ich es dir nicht sagen ...« Sie zögerte ganz kurz. »Tante Casilia hab ich's erzählt. Ich hab sie gefragt, was ich tun soll.«

Ich lockerte den Druck in meiner Kehle. »Was hat sie gesagt?«

»Sie sagte, niemand könne für mich entscheiden. Ich fragte sie, ob sie glaubt, daß ich mich an den Gedanken gewöhnen kann, für immer in einem fremden Land zu leben, so wie sie, und daß ich lerne, mich mit der Möglichkeit abzufinden, daß du tödlich verunglückst oder dich grauenhaft verletzt ... und sag nicht, das käme nicht vor, erst letzte Woche starb ein Jockey ... und ich fragte sie, ob sie mich für dumm hält.«

Sie schluckte. »Sie sagte, du würdest dich durch nichts ändern, du wärst, wie du wärst, und ich müßte dich klar sehen. Sie sagte, die Frage sei nicht, ob ich mir vorstellen könnte, hier mit dir zu leben, sondern ob ich mir vorstellen könnte, irgendwo ohne dich zu leben.«

Wieder hielt sie inne. »Ich sagte ihr, welche Ruhe ich empfinde, wenn ich mit Litsi zusammen bin ... sie meinte, Litsi sei ein netter Mensch ... mit der Zeit würde ich einsehen ... erkennen ... was ich mir am meisten wünsche ... Sie sagte, die Zeit kläre Gefühle und Gedanken auf ihre Weise ... sie sagte, du würdest geduldig sein, und sie hat recht, das bist du ja, das bist du. Aber ich kann so nicht immer weitermachen, ich weiß, daß das unfair ist. Ich war gestern und heute mit beim Rennen, um zu sehen, ob es wieder geht ... aber es geht nicht. Ich schaue kaum zu. Ich blende aus meinem Verstand aus, was du da tust ... daß du da bist. Ich hatte Tante Casilia versprochen, hinzugehen ... es zu versuchen ... aber mit Litsi unterhalte ich mich einfach ...« Sie verstummte, müde und unglücklich.

»Ich liebe dich sehr«, sagte ich langsam. »Möchtest du, daß ich meinen Beruf aufgebe?«

»Tante Casilia sagte, wenn ich das verlangte und du tätest es und wir würden heiraten, gäbe es eine Katastrophe, wir wären innerhalb von fünf Jahren geschieden. Sie wurde sehr heftig. Sie sagte, das dürfte ich nicht verlangen, es wäre absolut unfair, ich würde dich zerstören, bloß weil ich nicht deinen Mut habe.«

Sie schluckte krampfhaft, ihre Augen füllten sich mit Tränen.

Ich sah die dunkle Gasse entlang und dachte an Gefahr und Angst, diese alten, gebändigten Freunde. Man konnte nicht jedem beibringen, mit ihnen zu leben: es mußte von innen kommen. Wie alles andere wurde es durch Übung leichter, aber es konnte auch über Nacht verschwinden. Mut kam und Mut ging; dem Durchhaltevermögen waren Grenzen gesetzt.

»Komm«, sagte ich, »es wird kalt.« Ich zögerte. »Danke, daß du es mir gesagt hast.«

»Was ... wirst du tun?«

»Ins Haus gehen und bis morgen früh schlafen.«

»Nein ...«, sie schluchzte lachend. »Ich meine, wegen dem, was ich dir erzählt habe.«

»Ich werde warten«, sagte ich, »wie Prinzessin Casilia es mir geraten hat.«

»Dir geraten!« rief Danielle aus. »Hast du mit ihr über uns gesprochen?«

»Nein, das nicht. Sie sagte es aus heiterem Himmel in Ascot im Führring.«

»Oh«, meinte Danielle leise. »Ich hatte sie am Dienstag, als du in Devon warst, gefragt.«

Wir stiegen aus, und ich schloß das Auto ab. Was Danielle gesagt hatte, war schlimm genug, aber nicht so schlimm wie ein unwiderrufliches Bekenntnis zu Litsi. Bis sie den Verlobungsring abnahm, den sie noch trug, würde ich an einer gewissen Hoffnung festhalten.

Wir gingen Seite an Seite zum Haus und sagten uns auf ihrer Etage wieder kurz gute Nacht. Ich ging nach oben und legte mich aufs Bett und litt Schmerzen, gegen die es kein Aspirin gab.

Als ich hereinkam, um zu frühstücken, waren Litsi und Danielle schon im Morgenzimmer. Er saß am Tisch und las die *Sporting Life*, sie stand über seine Schulter gebeugt und las mit.

»Ist es drin?« sagte ich.

»Was denn?« fragte Litsi, ohne aufzuschauen.

»Die Anzeige«, sagte ich, »für den Nachrichtenüberbringer.«

»Ja«, antwortete Litsi. »Und ein Foto von Ihnen ist in der Zeitung.«

Ich holte mir gelassen etwas Orangensaft. Mein Konterfei war ziemlich oft in den Zeitungen; der Beruf brachte das mit sich.

»Hier steht«, sagte Litsi, »daß Champion-Jockey Kit Fielding einem Mann das Leben gerettet hat, indem er die Zuschauer überredete, ihre Mäntel auszuziehen...« Er ließ die Zeitung sinken und starrte mich an. »Sie haben mit keinem Wort erwähnt, daß es Ihre Idee war.«

Danielle starrte ebenfalls. »Warum hast du uns das nicht gesagt?«

»Ein Anfall von Bescheidenheit«, meinte ich und trank den Saft.

Litsi lachte. »Dann danke ich Ihnen auch nicht.«

»Nein.«

Danielle sagte zu mir: »Möchtest du Toast?«

»Ja... bitte«, sagte ich.

Sie ging zur Anrichte hinüber, schnitt eine Scheibe Vollkornbrot ab und schob sie in den Toaster. Ich beobachtete sie dabei und merkte, daß Litsi mich beobachtete. Ich schaute ihn an, erriet aber nicht, was er dachte, und hätte gern gewußt, wieviel in meinem eigenen Gesicht zu lesen gewesen war.

»Wie geht's den Muskeln?« fragte ich.

»Verkatert.«

Ich nickte. Der Toast sprang aus dem Toaster, und Danielle legte die Scheibe auf einen Teller, brachte ihn herüber und setzte ihn vor mich hin.

»Danke«, sagte ich.

»Gern geschehen.« Es war unbefangen gesagt, aber keine Rückkehr zum November. Ich aß den Toast, solange er heiß war, und war dankbar für die freundliche Geste.

»Haben Sie heute nachmittag wieder zu tun?« fragte Litsi.

»Fünf Ritte«, sagte ich. »Kommen Sie mit?«

»Tante Casilia sagte, wir fahren alle hin.«

»Ah ja.« Ich überlegte ein wenig, erinnerte mich an die morgendliche Unterhaltung auf dem Flur. »Es wäre vielleicht gut«, sagte ich zu Danielle, »wenn du vor Beatrice beiläufig erwähnen könntest – aber sie muß es mitbekommen! – daß du nächste Woche nur am Montag arbeitest.«

Sie sah erstaunt drein. »Das stimmt doch gar nicht. Ich arbeite normal.«

»Ich möchte, daß Beatrice glaubt, Montag sei die letzte Nacht, wo du so spät nach Hause kommst.«

»Warum?« fragte Danielle. »Das soll nicht heißen, daß ich's nicht mache, aber warum?«

Litsi schaute mich unverwandt an. »Was noch?« sagte er.

Ich antwortete im Plauderton: »Es kann nichts schaden, eine Angel mit ein paar Ködern auszulegen. Wenn der Fisch die Gelegenheit nicht wahrnimmt, ist nichts verloren.«

»Und wenn er es tut?«

»Wird er gefangen.«

»Was für eine Angel, was für Köder?« fragte Danielle.

»Eine Zeit und einen Ort«, sagte ich, »zur Beseitigung eines unbequemen, starren Objekts.«

Sie sagte zu Litsi: »Weißt du, was er meint?«

»Ich fürchte ja«, sagte er. »Er hat Beatrice gestern abend erklärt, solange er es verhindern könne, werde Roland niemals einen Vertrag für Waffen unterschreiben. Kit ist außerdem der einzige von uns, den Nanterre trotz zweimaliger Ankündigung noch nicht in irgendeiner Weise direkt angegriffen hat. Kit will ihn auf eine Zeit und einen Ort festlegen, die wir vielleicht zu unserem Vorteil nutzen können. Die Zeit dürfte der frühe Dienstag morgen sein, wenn er das Haus hier verläßt, um dich von der Arbeit abzuholen.«

»Und der Ort?« sagte Danielle mit weit aufgerissenen Augen.

Litsi warf mir einen Blick zu. »Wir kennen alle den idealen Ort«, sagte er.

Nach einer winzigen Pause setzte er hinzu: »Die Gasse.«

Ich nickte. »Wenn Thomas heute die Prinzessin und Beatrice zum Rennen fährt, wird er sagen, er hat etwas Wichtiges vergessen, das er unterwegs aus der Garage holen muß. Er wird den Rolls die ganze Gasse entlang bis zum Wendekreis fahren, damit Beatrice sich alles genau ansehen kann, und auf dem Rückweg wird er kurz an der Garage halten, aber hinter meinem Mercedes. Er wird sagen, wie verlassen und dunkel die Gasse bei Nacht ist ... er wird darauf hinweisen, daß der Mercedes mir gehört, und er wird erwähnen, daß ich dich damit nachts immer abhole. Wenn Beatrice ihre Arbeit tut, besteht immerhin die Möglichkeit, daß Nanterre kommt. Und sollte er nicht kommen, ist wie gesagt nichts verloren.«

»Wirst du dort sein?« sagte Danielle. »In der Gasse?« Sie wartete keine Antwort ab. »Blöde Frage«, meinte sie.

»Ich miete einen Wagen mit Fahrer, der dich in Chiswick abholt«, sagte ich.

»Kann denn Thomas nicht . . .«

»Thomas«, sagte ich, »möchte sich die Show auf keinen Fall entgehen lassen. Er und Sammy werden mit dabei sein. Ich laufe nicht allein in diese Gasse.«

»Als ob ich dann arbeiten könnte«, sagte Danielle. »Ich glaube, dann fahre ich nicht.«

»Das mußt du aber«, sagte Litsi. »Alles muß normal aussehen.«

»Und wenn er kommt?« fragte sie. »Wenn ihr ihn erwischt, was ist dann?«

»Ich werde ihm ein Angebot machen, dem er nicht widerstehen kann«, sagte ich, und obwohl sie beide wissen wollten, was für eines, mochte ich ihnen das vorerst noch nicht sagen.

14

Wir fuhren alle zum Rennen nach Sandown, Roland natürlich ausgenommen, der in Sammys Obhut blieb.

Das Tonbandtelefon war im Büro von Mrs. Jenkins, und jeder hatte Anweisung, falls ein Anruf wegen irgendwelcher Nachrichten für Danielle käme, jedes Wort davon aufzuzeichnen und den Anrufer um eine Telefonnummer oder Adresse zu bitten, damit wir uns an ihn wenden könnten.

»Er erkundigt sich vielleicht nach einer Belohnung«, sagte ich der schmächtigen Sekretärin und auch Dawson und Sammy. »Falls er das tut, versichern Sie ihm, daß er eine bekommen wird.« Und sie alle nickten und stellten keine Fragen.

Litsi, Danielle und ich zögerten unseren Aufbruch hinaus, bis Thomas mit der Prinzessin und mit Beatrice losgefahren war, die sich beklagte, sie wolle nicht zweimal in derselben Woche zum Pferderennen. Thomas verfrachtete sie auf dem Rücksitz und zwinkerte mir gutmütig zu, und ich dachte bei mir, wie vertrauensvoll doch das ganze Personal der Prinzessin war. Sie taten Dinge, deren Zweck sie nicht völlig durchschauten; die Erklärung, daß es letztlich der Prinzessin zuliebe geschehe, genügte ihnen.

Von dem Rolls war nichts mehr zu sehen, als wir zu den Garagen kamen, und ich versetzte Litsi und Danielle in große Unruhe, indem ich mein Auto wieder auf Fallen abklopfte. Ich lieh mir den Gleitspiegel auf Rädern aus, den die Mechaniker zur schnellen Inspektion von Fahrzeugböden benutzten, fand aber keine explosiven Fremdkörper und ließ dennoch die beiden anderen erst einsteigen, nachdem ich den

Wagen gestartet, einige Meter gefahren und Bremse durchgetreten hatte.

»Machen Sie das jedesmal, wenn Sie wegfahren?« fragte Litsi nachdenklich, als sie schließlich ihre Plätze einnahmen.

»Im Augenblick ja.«

»Warum parkst du nicht woanders?« fragte Danielle vernünftigerweise.

»Daran hab ich nicht gedacht«, sagte ich. »Aber kontrollieren geht schneller als Parkplätze suchen.«

»Davon abgesehen«, sagte Litsi, »soll Nanterre ja rausbekommen, wo Ihr Wagen steht, falls er es nicht schon weiß.«

»Mm.«

»Ich wünschte, das wäre alles nicht wahr«, sagte Danielle.

Als wir zur Rennbahn kamen, gingen sie wieder zum Mittagessen und ich an die Arbeit. Litsi mochte der Publicity glücklich entronnen sein, aber mein Name hatte in viel zu vielen Zeitungen gestanden, und so viele Fremde drückten meine Hand, daß mir der ganze Nachmittag peinlich war.

Wer sich wie vorauszusehen über den allgemeinen Beifall aufregte, war Maynard Allardeck, der mir unentwegt auf den Fersen blieb. Vermutlich hoffte er, mich bei irgendeinem Regelverstoß zu ertappen.

Er fungierte zwar bei dieser Veranstaltung nicht offiziell als Steward, stand aber trotzdem vor jedem Rennen im Führring, beobachte alles, was ich tat, und jedesmal wenn ich zurückkam, fand ich ihn auf der Schwelle zum Wiegeraum, die Augen feindselig und scharf.

Er sah vornehm aus wie immer, eine Stütze der Gesellschaft, ein Herr, den nichts hätte veranlassen können, seines Nächsten Hab und Gut zu begehren oder zu verhökern. Als ich zu meinem dritten Rennen – auf Abseil, einem Pferd der Prinzessin – hinausging, machte die Prinzessin gleich eine Bemerkung über Maynard, der kaum ein paar Meter entfernt lauerte.

»Mr. Allardeck starrt Sie an«, sagte sie, sobald ich mich bei ihr, Litsi, Danielle und Beatrice im Führring eingefunden hatte.

»Ja, ich weiß.«

»Wer ist Mr. Allardeck?« wollte Beatrice wissen.

»Der Vater des Mannes von Kits Schwester«, erwiderte Danielle knapp, womit ihre Tante auch nicht viel klüger war.

»Es ist entnervend«, sagte Litsi.

Ich nickte. »Das soll's wohl auch sein. Er tut es schon den ganzen Nachmittag.«

»Sie sind anscheinend aber nicht entnervt.«

»Noch nicht.« Ich wandte mich an die Prinzessin. »Ich wollte Sie immer schon fragen, was er Ihnen vorige Woche nach Cascades Sieg gesagt hat.«

Die Prinzessin machte eine kleine, kummervolle Geste im Gedanken an das Schicksal ihres Pferdes, sagte aber: »Er behauptete, Sie hätten das Tier unbarmherzig ausgepeitscht. Das waren seine Worte. Wenn er auch nur einen Striemen an Cascade hätte finden können . . .« Sie zuckte die Achseln. »Ich sollte ihm bestätigen, daß Sie überaus brutal gewesen seien.«

»Danke, daß Sie's nicht getan haben.«

Sie wußte, wie ernst es mir damit war und nickte.

»Mit Abseil werde ich sanft umgehen«, sagte ich.

»Aber nicht zu sanft.« Sie lächelte. »Ich gewinne schon gern.«

»Er stiert immer noch«, sagte Danielle. »Wenn Blicke töten könnten, lägst du im Grab.«

Die Prinzessin entschloß sich, das Problem frontal anzugehen, und als ob sie Maynard gerade erst entdeckt hätte, hob sie grüßend die behandschuhten Hände und sagte: »Ah, Mr. Allardeck, ein herrlicher Tag heute, nicht wahr?« wobei sie ihm drei oder vier Schritte entgegenging, um die Unterhaltung zu erleichtern.

Er nahm seinen Hut ab, verneigte sich vor ihr und sagte, ziemlich heiser für seine Verhältnisse, ja, es sei herrlich. Die Prinzessin sagte, wie schön es sei, nach so viel Regenwetter nochmal die Sonne zu sehen, und Maynard stimmte ihr zu. Es sei natürlich kalt, sagte die Prinzessin, aber damit müsse man um diese Jahreszeit nun einmal rechnen. Ja, meinte Maynard.

Die Prinzessin blickte kurz zu uns allen herüber und sagte zu Maynard: »Mir gefällt es in Sandown, Ihnen auch? Und was besonders erfreulich ist, meine Pferde scheinen hier immer gut zu laufen.«

Diese vordergründig harmlose Bemerkung führte dazu, daß Maynard bohrender denn je in meine Richtung starrte – ein Blick wie ein schwarzes, gefährliches Gift.

»Warum«, flüsterte Litsi mir ins Ohr, »hat ihn das so geärgert?«

»Das kann ich Ihnen hier nicht sagen«, gab ich zurück.

»Dann später.«

»Vielleicht.«

Das Zeichen zum Aufsitzen der Jockeys kam, und mit einem reizenden Lächeln wünschte die Prinzessin Maynard alles Gute für den Nachmittag, wandte sich dann noch einmal an mich und sagte, bevor ich zu dem wartenden Abseil ging: »Kommen Sie heil zurück.«

»Ja, Prinzessin«, antwortete ich.

Ihre Augen glitten kurz in Richtung Danielle, und plötzlich verstand ich ihren heimlichen Gedanken: Komm heil zurück, sonst verlierst du deine Herzdame für immer.

»Tun Sie Ihr Bestes«, sagte die Prinzessin leise, wie um ihre erste Anweisung zu widerrufen, und ich nickte und führte Abseil im Handgalopp an den Start. Dabei überlegte ich, daß ich zwar in erster Linie auf Sicherheit reiten könnte und daß ich das bis zu einem gewissen Grad bestimmt die ganze Woche schon getan hatte; aber wenn ich es immer weiter so halten wollte, konnte ich ebensogut gleich meinen Rücktritt erklären. Vorsicht und Sieg waren unvereinbar. Ein allzu vorsichtiger Jockey verlor seinen Ruf, seine Besitzer, seine Zukunft – und wenigstens in meinem Fall auch seine Selbstachtung. Das Entweder-Oder zwischen Danielle und meinem Beruf, die ganze Nacht ungelöst, hatte mich an diesem Nachmittag schon während zwei anspruchslosen Hürdenrennen verfolgt, und im Gegensatz zu früher, als ich das Ausmaß ihrer Ängste nicht gekannt hatte, war mir intensiv bewußt, daß sie von der Tribüne aus zusah.

Abseil, ein graues, achtjähriges Jagdrennpferd, war ein flinker, behender Springer von annehmbarem Tempo und fragwürdigem Stehvermögen. Gemeinsam hatten wir einige Siege erritten, häufiger aber zweite, dritte oder vierte Plätze, da er in kritischen Momenten nichts zuzulegen hatte. Ein großer Vorteil war sein Mut beim Springen; wenn ich ihn da zurückhielt, konnten wir als letzte einlaufen.

Die Rennbahn von Sandown, ein hügeliger Rechtskurs mit sieben dicht aufeinanderfolgenden Hindernissen auf der Gegengeraden bot guten Springern die Möglichkeit, sich selbst zu übertreffen. Ich ritt dort besonders gern, und auch für Abseil war es eine gute Bahn, nur die ansteigende Zielgerade konnte ihn überfordern. Um dort zu gewinnen, mußte er sich im letzten langen Bogen an die Spitze setzen und die drei letzten Hindernisse in seinem schnellsten Tempo nehmen. Ließ er dann auf der Steigung nach, konnte man den Vorsprung vielleicht gerade noch bis ins Ziel behaupten.

Abseil war unverkennbar rennlustig, er signalisierte mir Energie und Ungeduld. »Fährt aus der Haut«, hatte Wykeham gesagt, und für ihn war jetzt auch die Zeit, voll aufgedreht zu sein, denn er würde am Cheltenham Festival nicht teilnehmen, da er nicht ganz zur Spitzenklasse zählte.

Der Start für die Jagdrennen über zwei Meilen, fünf Furlongs war in der Mitte der Gegengeraden, mit dem Wassergraben im Rücken. An diesem Tag nahmen acht Renner teil, ein Feld von angenehmer Größe, und Abseil war zweiter Favorit. Wir begannen in dichter Formation ohne große Eile, da niemand das Tempo machen wollte, und so konnte ich ohne weiteres an den ersten drei Hindernissen vorsichtig sein, desgleichen in der langen unteren Kurve, an den drei Hindernissen, die beim nächsten Mal den Abschluß bilden würden, und auch bergauf an der Tribüne vorbei.

Als wir am Ende des Hügels nach rechts bogen, um in die zweite Runde zu gehen, stand ich unmittelbar vor der Entscheidung. Im Renntempo den Sprung bergab über das nächste Hindernis, Grab so mancher Hoffnung, oder aber zügeln, verhalten, vorsichtig springen, womöglich vier Längen einbüßen ...

Abseil wollte gehen. Ich kickte ihn. Wir flogen über das Hindernis, passierten zwei Pferde in der Luft, setzten präzis auf dem abschüssigen Hang auf, glitten darüber hin und gingen an zweiter Stelle um die Kurve auf die Gegengerade.

Die sieben Hindernisse waren so angelegt, daß sie, wenn man das erste richtig traf, alle genau paßten, wie Verkehrsampeln. Der Trick bestand darin, die Distanz schon weit vor dem ersten abzuschätzen und je nachdem rechtzeitig zu regulieren, damit das Pferd, wenn es das Hindernis erreichte, den richtigen Absprung fand, ohne seinen Gang zu verkürzen oder zu verlängern. Diese Kunst lernten alle erfolgreichen Jockeys in der Jugend, sie ging ihnen in Fleisch und Blut über. Abseil verstand meinen Wink, kürzte einen Schritt, galoppierte glücklich weiter und stieg perfekt über das erste Hindernis.

Die Entscheidung war nahezu unbewußt gefallen. Ich konnte nicht anders. Was ich war, worauf ich mich verstand, lag hier vor mir, und nicht einmal wegen Danielle konnte ich es verleugnen.

Abseil nahm dem Favoriten am zweiten der sieben Sprünge die Führung ab, und ich schickte ihm Gedankenbotschaften – »Lauf zu, halt dich dran, keine Hemmungen, so ist es nun mal, du bekommst deine Chance, ich bin wie ich bin, und dafür kann ich nichts, so ist das Leben ... heb ab und flieg«.

Er überflog den offenen und dann den Wassergraben. Er zog über die letzten drei Hindernisse auf der Gegengeraden. Er führte mit gut dreißig Metern um den ganzen letzten Bogen.

Noch drei Hindernisse.

Er hatte die Ohren gespitzt, war guter Dinge. Die Vorsicht hatte längst den Kampf verloren, bei ihm wie bei mir. Er ging in vollem Renntempo über Nummer eins, Nummer zwei und Nummer drei, wobei ich fast auf seinem Hals lag, um mit ihm schrittzuhalten, das Gewicht nach vorn, den Kopf nahe seinem Kopf.

Er ermüdete an der Steigung sehr schnell, wie ich befürchtet hatte.

Ich mußte ihn durchbringen, aber ich konnte spüren, wie er ans Wanken und Taumeln kam und mir sagte, er sei weit genug gelaufen.

»Komm, halt dich, wir haben's fast geschafft, lauf nur weiter, einfach weiter, du alter Klepper, wir verlieren doch jetzt nicht mehr, wir sind so nah dran, also lauf...«

Ich konnte die Menge brüllen hören, was normalerweise nicht der Fall war. Hinter mir hörte ich ein anderes Pferd mit dumpfen Hufschlägen herankommen. Ich konnte es am Rand meines Gesichtsfeldes sehen, der Arm des Jockeys sauste hoch durch die Luft, da er spürte, daß Abseil nachließ... und diesmal kam das Ziel gerade rechtzeitig für mich, nicht drei Schritte zu spät.

Abseil war stolz auf sich, was ihm auch zustand. Ich tätschelte ausgiebig seinen Nacken und sagte ihm, er sei in Ordnung, er habe gute Arbeit geleistet, ein wirklich großartiger Bursche, und er trottete mit immer noch gespitzten Ohren und federnden Fesseln zum Absattelplatz.

Die Prinzessin war aufgeregt und froh wie immer nach einem knapp gewonnenen Rennen.

Ich saß ab, lächelte sie an und begann die Gurte aufzuschnallen.

»Und das«, sagte sie ohne Kritik, »nennen Sie sanft sein?«

»Ich würde es als unwiderstehlichen Drang bezeichnen«, erwiderte ich.

Abseil verbeugte sich praktisch vor der Menge, wußte, daß der Applaus ihm gegolten hatte. Ich tätschelte nochmals dankend seinen Hals. Er warf den grauen Kopf hoch, drehte ihn, um mich aus beiden Augen anzusehen, blies durch die Nüstern und nickte.

»Sie reden mit Ihnen«, sagte die Prinzessin.

»Manche ja.«

Ich schlang die Gurte um meinen Sattel, drehte mich um, da ich zum Zurückwiegen wollte, und Maynard Allardeck stand mir direkt im Weg, ähnlich wie Henri Nanterre in Newbury. Maynards Haßgefühle kamen eindeutig herüber.

Ich blieb stehen. Ich redete ungern mit ihm, weil er alles, was ich sagte, übelnahm. Einer von uns mußte nachgeben, und das würde ich sein, denn bei jeder Konfrontation zwischen einem Steward und einem Jockey zog der Jockey den kürzeren.

»Ach, Mr. Allardeck«, die Prinzessin trat an meine Seite, »wollten Sie mir gratulieren? War das nicht ein wunderschöner Sieg?«

Maynard nahm seinen Hut ab und sagte beherzt, er freue sich sehr, daß sie Glück gehabt habe, zumal ihr Jockey viel zu früh in Front gegangen sei und das Rennen beim Einlauf fast verschenkt habe.

»Oh, aber Mr. Allardeck«, hörte ich sie säuseln, als ich höflich um Maynard herumging und die Tür des Wiegeraums ansteuerte, »hätte er nicht so einen Vorsprung herausgeholt, dann hätte er sich bis zum Schluß nicht halten können.«

Sie war eine großartige Frau, dachte ich froh, als ich auf der Waage saß; anders als viele Besitzer verstand sie wirklich den Ablauf eines Rennens.

Maynard machte mir trotzdem Sorgen, denn es sah ganz so aus, als versuche er eine Rempelei mit mir zu provozieren, und ich mußte so gut wie für alle Zukunft höllisch aufpassen, daß ich jede körperliche Berührung vermied. Der Film, den ich über ihn gedreht hatte, würde zwar seine Glaubwürdigkeit zerstören, wenn es darauf ankam, aber er war ein letztes Mittel zur Verteidigung. Man durfte ihn nicht leichtfertig verwenden, da er auch Bobby und Holly vor Maynards Besessenheit schützte, nicht nur mich selbst. Wenn ich davon Gebrauch machte, wäre Maynards Leben zwar ruiniert, aber seine ganze Wut würde entfesselt. Er hätte nichts mehr zu verlieren, und wir alle wären wirklich in Gefahr.

Inzwischen gab es wie immer noch Rennen zu bestreiten. Ich ritt noch zweimal ohne Vorsicht – und da die Götter gnädig waren, auch ohne Bauchlandung – vom Start zum Ziel. Maynard funkelte bös weiter, und ich blieb betont höflich und rettete mich irgendwie unversehrt in die Teestunde.

Ich zog Straßenkleidung an, ging zur Loge der Prinzessin hinauf und stellte fest, daß außer Litsi und Danielle Lord Vaughnley bei ihr war. Von Beatrice keine Spur.

»Mein Lieber«, sagte Lord Vaughnley, sein dickes, freundliches Gesicht voller Güte, »ich bin gekommen, um Prinzessin Casilia zu gratulieren. Bravo, bravo, mein Lieber, ein taktisch kluges Rennen.«

»Danke«, sagte ich mild.

»Und gestern auch. Das war famos, einfach prima.«

»Ich hatte gestern keine Renner«, sagte die Prinzessin lächelnd.

»Nein, nein, kein Sieg. Dem Kerl das Leben zu retten, meine ich doch, bei dem Rennen in Bradbury.«

»Welchem Kerl?« fragte die Prinzessin.

»So ein Kamel, das irgendwohin ging, wo es nichts zu suchen hatte, und von einem Balkon fiel. Hat Kit Ihnen das nicht erzählt? Nein«, überlegte er, »das würde er wohl nicht. Wie auch immer, es ist den ganzen Nachmittag schon *das* Gesprächsthema, und es stand in den meisten Zeitungen.«

»Ich habe heute morgen keine Zeitung gelesen«, sagte die Prinzessin.

Lord Vaughnley gab ihr entgegenkommend einen ausführlichen Bericht aus zweiter Hand über die Vorgänge, der im wesentlichen zutraf. Litsi und Danielle schauten angelegentlich aus dem Fenster, und ich wünschte, ich hätte die Sahnetörtchen essen können, und schließlich gingen Lord Vaughnley die Superlative aus.

»Übrigens«, sagte er zu mir und ergriff einen großen braunen Umschlag, der auf dem Teetisch lag, »das ist für Sie. Alles, was wir finden konnten. Hoffentlich hilft's Ihnen weiter.« Er hielt mir das Kuvert hin.

»Vielen Dank«, sagte ich und nahm es an mich.

»Fein«, strahlte Lord Vaughnley. »Ihnen, Prinzessin, herzlichen Dank für den Tee. Und nochmals meinen Glückwunsch.« Er ging, umhüllt von Wolken des Wohlwollens und ließ die Prinzessin staunend zurück.

»Ihr wart doch in Bradbury«, sagte die Prinzessin zu Danielle und Litsi. »Habt ihr das alles mitbekommen?«

»Nein«, antwortete Danielle. »Wir haben es heute morgen in der *Sporting Life* gelesen.«

»Warum habt ihr's mir nicht gesagt?«

»Kit wollte kein Aufhebens.«

Die Prinzessin sah mich an. Ich sagte achselzuckend: »Stimmt, das wollte ich nicht. Und ich wäre Ihnen sehr verbunden, Prinzessin, wenn Sie Mrs. Bunt nichts davon erzählen würden.«

Sie kam nicht dazu, mich nach dem Grund zu fragen, da Beatrice wie aufs Stichwort wiederauftauchte und die Loge mit einem selbstgefälligen Lächeln betrat, das sich sichtlich verstärkte, als sie sah, daß ich dort war. Ohne mich aus den Augen zu lassen, verzehrte sie mit Genuß ein Sahnetörtchen, als weide sie sich geradezu an meinem Hunger. Das war leichter zu ertragen, dachte ich ironisch, als die meisten anderen Widrigkeiten an diesem Tag.

Die Prinzessin sagte Beatrice, es sei Zeit aufzubrechen, das letzte Rennen sei ja längst vorbei, und bugsierte sie hinunter zum Rolls. Litsi hatte keine Möglichkeit, mit ihnen zu fahren, selbst wenn er gewollt hätte, da sich Danielle den ganzen Weg zum Parkplatz fest an seinen Arm klammerte. Sie mochte nach ihren nächtlichen Erklärungen nicht mit mir allein sein, und ich begriff – und hatte es wohl schon den ganzen Tag geahnt –, daß sie ohne seinen Beistand überhaupt nicht hätte mitkommen können. Auch am nächsten Tag waren wieder Rennen in Sandown, und ich überlegte, ob es nicht weniger anstrengend für alle Beteiligten wäre, wenn sie zu Hause bliebe.

Als wir zum Auto kamen, setzte sich Litsi auf Danielles Drängen nach vorn, sie selbst nach hinten, und bevor ich den Motor anließ, öffnete ich das braune Kuvert, das Lord Vaughnley mitgebracht hatte.

Es enthielt einen kleinen Zeitungsausschnitt, einen größeren aus einer Illustrierten, ein Schwarzweißfoto im Format 18 x 24 cm und eine Empfehlung von Lord Vaughnley mit der Bitte, die Sachen dem *Towncrier* zurückzugeben, der im Augenblick nur Fotokopien habe.

»Was ist es denn?« sagte Litsi.

Ich gab ihm das Schwarzweißfoto, ein Schnappschuß von einer Rennpreisverleihung, mit einer Gruppe von Leuten, die eine Trophäe überreichten und entgegennahmen. Danielle sah Litsi über die Schulter und sagte: »Was sind das für Leute?«

»Der Pokalempfänger ist Henri Nanterre.«

Sie taten beide einen erstaunten Ausruf und schauten genauer hin.

»Der Mann neben ihm ist der französische Trainer Villon, und die Rennbahn ist vermutlich Longchamp. Seht mal auf der Rückseite nach, vielleicht ist da was angegeben.«

Litsi drehte das Foto herum. »Da steht nur: ›Nach dem Prix de la Cité, Villon, Nanterre, Duval‹.«

»Duval ist der Jockey«, sagte ich.

»So sieht Nanterre also aus,« meinte Litsi nachdenklich. »Leicht zu merken.« Er gab Danielle das Foto nach hinten. »Was haben Sie sonst noch Schönes?«

»Das hier stammt aus einer englischen Illustrierten, es dürfte eine Derbyvorschau vom letzten Jahr sein. Villon hatte anscheinend einen Teilnehmer, und in dem Artikel heißt es ›unmittelbar nach seinem Triumph von Longchamp‹. Nanterre wird als einer von Villons Besitzern erwähnt.«

Der Zeitungsausschnitt, ebenfalls aus einem englischen Blatt, war auch nicht ergiebiger. Prudhomme, im Besitz des französischen Industriellen H. Nanterre, trainiert von Villon, war zu einem Rennen nach Newmarket gekommen und bei der Ankunft an einem Herzschlag gestorben: Ende der Geschichte.

»Wer hat das Foto aufgenommen?« fragte ich und drehte mich zu Danielle um. »Steht da was?«

»Copyright *Towncrier*«, las sie von der Rückseite ab.

Ich zuckte die Achseln. »Die müssen zu irgendeinem großen Meeting rübergefahren sein. Dem Arc, nehme ich an.«

Ich ließ mir das Foto zurückgeben und tat alles wieder in den Umschlag.

»Er hat ein sehr markantes Gesicht«, meinte Danielle.

»Und eine sehr markante Stimme.«

»Und wir sind keinen Schritt weiter«, sagte Litsi.

Ich ließ den Wagen an und fuhr uns nach London, wo wir feststellten, daß nichts Besonderes vorgefallen war; Grund genug für Sammy, sich allmählich zu langweilen.

»Sie brauchen nur hier sein«, sagte ich. »Damit verdienen Sie Ihre Brötchen.«

»Kein Mensch weiß, daß ich hier bin, Mann.«

»Und ob«, meinte ich trocken. »Alles, was in diesem Haus geschieht, kommt dem Mann zu Ohren, vor dem Sie seinen Besitzer schützen, also schlafen Sie nicht ein.«

»Würde ich niemals«, sagte er gekränkt.

»Gut.« Ich zeigte ihm das *Towncrier*-Foto. »Der Mann da«, sagte ich, mit dem Finger deutend. »Wenn Sie den jemals sehen, dann seien Sie auf der Hut. Er trägt eine Pistole, die geladen sein kann oder auch nicht, und er steckt voller Tricks.«

Er betrachtete das Foto lange und nachdenklich. »Ich werde ihn erkennen«, sagte er.

Ich brachte Lord Vaughnleys Gaben hoch ins Bambuszimmer, telefonierte mit Wykeham, rief meine Nachrichten ab, kümmerte mich darum – der übliche Trott. Als ich hinunter ins Wohnzimmer ging, um vor dem Abendessen etwas zu trinken, führten Litsi, Danielle und die Prinzessin gerade ein Gespräch über französische Impressionisten, die um 1880 in Paris ausstellten.

Cézanne ... Pissarro ... Renoir ... Degas ..., wenigstens hatte ich schon von ihnen gehört. Ich ging zum Getränketablett hinüber und suchte den Scotch heraus.

»Berthe Morisot gehörte mit zu den besten«, sagte Litsi allgemein in das Zimmer. »Findet ihr nicht?«

»Was hat er gemalt?« fragte ich, während ich die Flasche öffnete.

»Er war eine Sie«, sagte Litsi.

Ich brummte leise und goß mir einen Tropfen Whisky ein. »Sie also. Was hat sie gemalt?«

»Junge Frauen, Babies, Lichtstudien.«

Ich setzte mich in einen Sessel, trank den Scotch, sah Litsi an. Zumindest war er nicht herablassend zu mir, dachte ich. »Man bekommt ihre Sachen nicht ohne weiteres zu sehen«, sagte er. »Viele sind in Privatsammlungen, manche in Paris, einige in der National Gallery of Art in Washington.«

Ihm mußte klar sein, daß ich ihnen kaum nachjagen würde.

»Herrliche Gemälde«, sagte die Prinzessin. »Voller Leuchtkraft.«

»Und es gab Mary Cassat«, sagte Danielle. »Die war auch hochtalentiert.« Sie wandte sich an mich. »Eine Amerikanerin, studierte aber bei Degas in Paris.«

Ich würde mit ihr Galerien besuchen, dachte ich, wenn ihr das Freude machte. »Eines Tages«, sagte ich beiläufig, »kannst du mich ja mal bilden.«

Sie wandte den Kopf ab, fast als wollte sie weinen, was ich überhaupt nicht beabsichtigt hatte; und vielleicht war es ganz gut, daß Beatrice wegen ihrer Bloody Mary hereinkam.

Beatrice war soeben der letzte Rest Humor vergangen, weil Sammy offenbar gesagt hatte: »'Tschuldigung, altes Mädchen, bin Schneckentempo nicht gewöhnt«, als er wieder auf der Treppe mit ihr zusammengeprallt war.

Sie sah das Lachen in meinem Gesicht, was ihr ernstlich mißfiel, und Litsi verschanzte sein Grinsen hinter seinem Glas. Die Prinzessin versicherte ihrer Schwägerin mit zuckenden Lippen, sie werden Sammy bitten, besser aufzupassen, und Beatrice sagte, das alles sei meine Schuld, ich hätte ihn ja ins Haus gebracht. Die Eskapade würzte und belebte unseren Abend, der angenehmer verlief als die meisten anderen; aber noch immer rief niemand wegen der Anzeigen an, und wieder kam kein Mucks von Nanterre.

Früh am nächsten Morgen, noch vor sieben Uhr, weckte Dawson mich erneut über die Sprechanlage und sagte, ich hätte einen Anruf von Wykeham Harlow.

Ich griff zum Hörer, der Schlaf war vergessen.

»Wykeham?« sagte ich.

»K-K-Kit.« Er stotterte entsetzlich. »K-k-kommen Sie her. K-kommen Sie sofort.«

15

Er legte gleich wieder auf, ohne mir zu sagen, was passiert war, und als ich umgehend zurückrief, meldete sich niemand. Mit der bösesten Vorahnung zog ich mir rasch etwas an, rannte hinunter zum Wagen, den ich nur sehr flüchtig kontrollierte, und fuhr schleunigst durch die beinah leeren Straßen in Richtung Sussex.

Wykeham hatte sich angehört, als stünde er kurz vor der Auflösung, so unheilvoll hatten Schock und Alter in seiner Stimme gezittert. Bis ich bei ihm eintraf, war ein brennender, ohnmächtiger Zorn hinzugekommen, der ihn schüttelte.

Er stand mit Robin Curtiss, dem Tierarzt, auf der Parkfläche, als ich den Wagen anhielt.

»Was ist passiert?« fragte ich im Aussteigen.

Robin machte eine hilflose Handbewegung, und Wykeham sagte wütend: »S-sehen Sie sich's an.«

Ich folgte ihnen auf den Stallhof neben dem, der Cascade und Cotopaxi beherbergt hatte. Wykeham ging mit schlotternden Knien aber vor Erregung straffem Rücken zu einer der geschlossenen Türen und legte flach die Hand darauf.

»Da drin«, sagte er.

Die Tür der Box war geschlossen, aber nicht verriegelt. Unverriegelt deshalb, weil das Pferd in ihr nicht ausreißen würde.

Ich zog die Stalltür auf, den oberen wie den unteren Teil, und sah das Tier auf dem Boden liegen.

Rotfuchs, drei Socken, Blesse.

Es war Col.

Sprachlos drehte ich mich zu Wykeham und Robin um. Ich spürte den gleichen Zorn wie Wykeham und eine Menge stiller Verzweiflung. Nanterre war zu rührig, und viel würde es nicht mehr brauchen, bis Roland de Brescou zusammenbrach.

»Es ist wieder dasselbe«, sagte Robin. »Der Bolzen.« Er bückte sich, hob die rotbraune Stirnlocke an, zeigte mir den Fleck auf der weißen Blesse. »Es ist viel Öl in der Wunde ... das Gerät ist nach dem letzten Mal geölt worden.« Er ließ die Stirnlocke los und richtete sich auf. »Das Pferd ist völlig kalt. Es ist früh passiert, ich möchte meinen, vor Mitternacht.«

Col ... tapferer Renner in Ascot, vorgesehen für Cheltenham, für den Gold Cup.

»Wo war der Streifenposten?« fragte ich, als ich meine Stimme wiederfand.

»Er war hier«, sagte Wykeham. »Bei den Ställen, meine ich, nicht auf dem Hof.«

»Jetzt ist er wohl weg?«

»Nein, ich habe verlangt, daß er auf Sie wartet. Er sitzt in der Küche.«

»Col«, sagte ich, »ist der einzige ... ja?«

Robin nickte. »Immerhin etwas, worüber man froh sein kann.«

Nicht viel, dachte ich. Cotopaxi und Col waren zwei von den drei besten Pferden der Prinzessin gewesen, und es konnte kein Zufall sein, daß es sie erwischt hatte.

»Kinley«, sagte ich zu Wykeham. »Nach Kinley haben Sie doch gesehen?«

»Ja, sofort. Er ist noch in der Eckbox auf dem nächsten Hof.«

»Der Versicherung wird das nicht gefallen«, meinte Robin, auf das tote Pferd herunterschauend. »Bei den ersten beiden hätte es noch einfach Pech sein können, daß es zwei gute waren, aber drei...«, er zuckte die Achseln. »Natürlich nicht mein Problem.«

»Woher wußte er, wo er sie findet?« sagte ich, ebensosehr zu mir selbst wie zu Robin und Wykeham. »War das Cols Stammplatz?«

»Ja«, sagte Wykeham. »Jetzt muß ich sie wohl alle verlegen, aber das gibt Unordnung im Stall...«

»Abseil«, sagte ich, »ist der okay?«

»Wer?«

»Der Sieger von gestern.«

Wykeham fand sich wieder durch. »Ach ja, dem geht's gut.«

Abseil war so leicht erkennbar wie die anderen, dachte ich. Kein Fuchs, nicht beinah schwarz wie Cascade, sondern grau, mit schwarzer Mähne und schwarzem Schweif.

»Wo ist er?« fragte ich.

»Beim Haus, im letzten Hof.«

Ich war zwar ziemlich oft bei Wykeham, aber immer des Trainings wegen, und dazu fuhren wir auf die Downs, wo ich ganze Pferdestaffeln an den Sprüngen schulte. Ich ritt die Pferde fast nie zum Hof hinein oder hinaus, und obwohl ich den Standplatz von einigen wie etwa Cotopaxi kannte, war ich mir nicht bei allen sicher.

Ich streckte eine Hand nach Cols Vorderbein aus und fühlte, wie steif es war, wie kalt. Das Vorderbein, das uns in Ascot vor dem Fiasko bewahrt, das sein ganzes Gewicht getragen hatte.

»Ich muß der Prinzessin Bescheid sagen«, meinte Wykeham unglücklich. »Oder würden Sie mir das abnehmen, Kit?«

»Ja, ich sage es ihr. In Sandown.«

Er nickte zerstreut. »Wen haben wir gemeldet?« sagte er.

»Helikon für die Prinzessin und drei andere.«

»Dusty hat ja die Liste.«

»Klar«, sagte ich.

Wykeham warf noch einen langen Blick auf die erloschene Herrlichkeit am Boden.

»Umbringen könnte ich den Scheißkerl, der das getan hat«, sagte er. »Mit seinem eigenen verfluchten Bolzenschußapparat.«

Robin seufzte, schloß die Stalltür und sagte, er würde dafür sorgen, daß man den Kadaver abholte, wenn es Wykeham recht sei.

Wykeham nickte stumm, und wir verließen den Hof und machten uns auf den Weg zu seinem Haus, wo Robin ins Büro ging, um zu telefonieren. Der wider Willen zurückgehaltene Hundeführer war noch in der Küche, und sein Hund, ein schwarzer Dobermann, lag ihm gähnend zu Füßen.

»Erzählen Sie Kit Fielding, was Sie mir erzählt haben«, sagte Wykeham.

Der Hundeführer, in einem marineblauen Kampfanzug, war mittleren Alters und wurde zu dick. Sein Tonfall war trotzig abwehrend, seine Intelligenz mäßig, und ich wünschte, ich hätte statt seiner den flinken Sammy hier gehabt. Ich setzte mich ihm gegenüber an den Tisch und fragte, wieso ihm der Besucher, der Col erschossen hatte, entgangen war.

»Ich konnte doch nichts dafür, oder?« sagte er. »Da sind doch die Bomben hochgegangen.«

»Was für Bomben?« Ich warf einen Blick auf Wykeham, der offensichtlich schon davon gehört hatte. »Was für Bomben, um Gottes willen?«

Der Hundeführer hatte einen Schnurrbart, den er des öfteren von der Nase her mit Daumen und Zeigefinger strich.

»Naja, woher sollte ich wissen, daß es keine richtigen Bomben waren«, sagte er. »Gekracht haben sie laut genug.«

»Eins nach dem andern«, sagte ich. »Fangen Sie mal bei Ihrem Dienstantritt an. Und ehm ... waren Sie schon an anderen Nächten hier?«

»Ja«, sagte er. »Von Montag bis Freitag, fünf Nächte.«

»Gut«, sagte ich. »Schildern Sie die letzte Nacht.«

»Ich trete so gegen sieben an, wenn der Oberaufseher mit dem Füttern fertig ist. Ich nehme die Küche hier als Basis und mache alle halbe Stunde einen Rundgang. Standardverfahren.«

»Wie lange dauern die Rundgänge?«

»Fünfzehn Minuten, vielleicht auch länger. Es ist jetzt bitter kalt nachts.«

»Und Sie gehen in sämtliche Höfe?«

»Laß nie einen aus«, sagte er fromm.

»Und wohin noch?«

»Kurz auf den Heuboden, in den Geräteschuppen, die Futterkammer, hinten herum, wo der Traktor und die Egge stehen, wo der Misthaufen ist, überall.«

»Also weiter«, sagte ich, »wieviele Rundgänge hatten sie gemacht, als die Bomben hochgingen?«

Er zählte es an seinen Fingern ab. »Neun, glaube ich. Der Oberaufseher war vorbeigekommen, um sich rasch noch ein letztes Mal umzuschauen wie jeden Tag, und alles war ruhig. Ich bin also zurück, um mich hier ein bißchen aufzuwärmen, und geh so um halb elf wieder raus. Ich fange mit der Runde an, da kommt von der Rückseite ein Knall, ein Mordgetöse. Also bin ich mit Ranger dorthin gelaufen . . .«, er sah auf seinen Hund herunter. »Na, war doch klar, oder nicht? Ist doch einleuchtend.«

»Ja«, sagte ich. »Wo genau auf der Rückseite?«

»Ich konnte erst nichts sehen, weil dahinten kaum Licht ist, und es roch stark verbrannt, das stieg einem direkt in die Nase, und keine drei Meter entfernt ging dann noch eine hoch. Mir ist fast das Trommelfell geplatzt.«

»Wo waren die Bomben?« sagte ich noch einmal.

»Die erste war hinter dem Misthaufen. Was von ihr übrig war, hab ich nachher mit meiner Taschenlampe gefunden.«

»Aber Sie benutzen Ihre Taschenlampe nicht immer?«

»Braucht man auf den Höfen nicht. Die meisten haben Licht.«

»Mm. Okay. Wo war die zweite?«

»Unter der Egge.«

Wykeham benutzte wie viele andere Trainer gelegentlich die Egge, um seine Koppeln zu rechen, sie in Schuß zu halten.

»Hat sie die Egge gesprengt?« sagte ich stirnrunzelnd.

»Nein, solche Bomben waren das nicht.«

»Was gibt's denn noch für welche?«

»Die hat einen riesigen Funkenregen durch die Egge gejagt. Lauter goldene, glühende Fünkchen. Ein paar sind auf mich gefallen . . . Das waren Feuerwerkskörper. Ich hab die leeren Schachteln gefunden. Da stand ›Bombe‹ drauf, soweit sie nicht verbrannt waren.«

»Wo sind sie jetzt?« fragte ich.

»Wo sie hochgegangen sind. Ich hab sie nicht angerührt, bloß mit dem Fuß umgedreht, um zu lesen, was auf der Seite stand.«

»Und was hat Ihr Hund die ganze Zeit gemacht?«

Der Hundeführer sah enttäuscht drein. »Ich hatte ihn an der Leine. Hab ich natürlich immer. Er mochte das Geknalle nicht, und die Funken und den Geruch auch nicht. Er soll darauf abgerichtet sein, vor Gewehrschüssen keine Angst zu haben, aber die Feuerwerkskörper hat er nicht gemocht. Er bellte wie irre und wollte wegrennen.«

»Er wollte in eine andere Richtung laufen, aber Sie haben ihn festgehalten?«

»Stimmt.«

»Vielleicht wollte er hinter dem Mann her, der das Pferd erschossen hat?«

Der Mund des Hundeführers öffnete sich und schnappte wieder zu.

Er strich mehrmals seinen Schnurrbart glatt und wurde merklich aggressiver. »Ranger hat wegen der Bomben gebellt«, sagte er.

Ich nickte. Jetzt spielte es doch keine Rolle mehr.

»Und weiter weg«, sagte ich, »haben Sie's nicht knallen hören ... Sie haben nicht den Schuß gehört?«

»Nein. Mir klangen die Ohren, und Ranger schlug Krach.«

»Was haben Sie denn als nächstes getan?«

»Nichts«, sagte er. »Ich dachte, das wären ein paar von den Burschen gewesen, die hier arbeiten. Bloß Unsinn im Kopf. Also hab ich einfach mit den Streifengängen weitergemacht, ganz normal. Es war ja nichts passiert ... das heißt, dem Anschein nach.«

Ich wandte mich an Wykeham, der finster zuhörte. »Haben *Sie* nicht die Feuerwerkskörper gehört?« fragte ich.

»Nein, ich war am Schlafen.« Er zögerte, setzte dann hinzu: »Ich schlafe nicht besonders gut ... neuerdings eigentlich kaum ohne Schlaftabletten. Wir hatten vier ruhige Nächte, wo ich die meiste Zeit wach lag, darum habe ich gestern abend ... eine Tablette genommen.«

Ich seufzte. Wäre Wykeham wach gewesen, dann wäre er sowieso auf den Radau zugelaufen, und es hätte nichts geändert.

Ich sagte zu dem Hundeführer: »Sie waren auch am Mittwoch hier, als jemand um den Hof schlich?«

»Ja. Ranger hat gewinselt, aber ich konnte niemand entdecken.«

Nanterre, dachte ich, war Mittwoch nacht in den Stall gegangen, um zu töten. Die Anwesenheit des Hundes hatte ihm einen Strich durch die Rechnung gemacht, und zwei Nächte später war er mit seinen Ablenkungsmanövern wiedergekommen.

Er mußte in Ascot gewesen sein und sich gemerkt haben, wie Col aussah, doch gesehen hatte ich ihn dort nicht, ebensowenig wie in Bradbury. Allerdings war das bei dem großen Andrang auf Rennplätzen, wo mich obendrein der Job in Anspruch nahm, nicht weiter verwunderlich.

Ich schaute auf Ranger herunter und fragte mich nach seinen Reaktionen.

»Wenn Leute herkommen«, sagte ich, »so wie ich vorhin, wie verhält sich Ranger dann?«

»Er steht auf und geht zur Tür und winselt ein wenig. Im allgemeinen ist er ruhig. Kein Kläffer. Deshalb wußte ich, daß er wegen der Bomben gebellt hat.«

»Nun, ehm, was fangen Sie denn an, wenn Sie zwischendurch in der Küche sind?«

»'n Tee trinken. Was essen. Austreten. Lesen. Fernsehen.« Er strich seinen Schnurrbart, mochte weder mich noch meine Fragen. »Ich dusle nicht ein, falls Sie das meinen.«

Es war das, was ich meinte, und offensichtlich das, was er zu dem einen oder anderen Zeitpunkt getan hatte. Bei vier langen, ruhigen, kalten Nächten war es wohl auch verständlich, wenn nicht entschuldbar.

»Übers Wochenende«, sagte ich zu Wykeham, »brauchen wir doppelte und dreifache Patrouillen. Durchgehend.«

Er nickte. »Unbedingt.«

»Haben Sie schon die Polizei verständigt?«

»Noch nicht. Aber bald.« Angewidert blickte er den Hundeführer an. »Die wird Sie auch hören wollen.«

Der Hundeführer stand jedoch auf, erklärte, sein Dienst sei seit einer Stunde beendet, und wenn die Polizei ihn sprechen wollte, könne sie ihn über seine Firma erreichen. Er ginge jetzt ins Bett.

Wykeham beobachtete mürrisch seinen Abgang und sagte: »Was zum Teufel ist los, Kit? Die Prinzessin weiß, wer sie alle umgebracht hat, und Sie auch. Also sagen Sie's mir.«

Es schien mir unfair, daß er nicht Bescheid wußte, deshalb erzählte ich ihm das Wesentliche: Ein Mann versuchte Roland de Brescou eine Unterschrift abzupressen, indem er seiner Familie schadete, wo immer er konnte.

»Aber das ist doch . . . Terror.« Wykeham benutzte das Wort widerwillig, als fände er schon dessen bloße Existenz beleidigend.

»Im kleinen«, sagte ich.

»Klein?« rief er auf. »Nennen Sie drei tote Prachtpferde klein?«

Ich tat es nicht. Ich war niedergeschlagen und wütend bei dem Gedanken an sie. Sie zählten wenig im Weltmaßstab des Terrors, aber dahinter steckte die gleiche niederträchtige Überzeugung, man könnte sein Ziel erreichen, indem man Unschuldige hinschlachtete.

Ich wollte handeln. »Zeigen Sie mir, wo sämtliche Pferde der Prinzessin sind«, schlug ich Wykeham vor, und gemeinsam gingen wir wieder hinaus an die kalte Luft und machten einen Rundgang durch die Höfe.

Die Boxen von Cascade und Cotopaxi waren noch leer, und sonst hatten keine Pferde der Prinzessin auf dem ersten Hof gestanden. Im zweiten war nur Col gewesen. In dem dahinter standen Hillsborough und Bernina sowie Kinley in der versteckten Eckbox.

Etwa ein Drittel der Stallbewohner waren zum Bewegen auf den Downs, und als wir Kinleys Hof verließen, kamen sie gerade zurückgetrappelt, so daß alles plötzlich von Lärm und Aktion erfüllt war. Die Pfleger saßen ab und führten ihre Pferde in die Boxen. Wykeham und ich suchten uns weiter durch, während sie ihre Schützlinge striegelten, die Spreu erneuerten, die Eimer füllten, Heu in die Raufen brachten, ihre Sattel vor die Boxen hängten, die Türen verriegelten und zum Frühstück gingen.

Ich sah all die alten Freunde in ihren Quartieren, darunter North Face, Dhaulagiri, Icicle und Icefall und den jungen Helikon, das vierjährige Hürdenpferd, das an diesem Nachmittag nach Sandown sollte. Wykeham nannte die Hälfte von ihnen beim richtigen Namen, die anderen ließ er sich von mir vorsagen. Ihren Werdegang und ihre Persönlichkeiten kannte er jedoch unfehlbar, sie waren für ihn auf eine Weise real, daß sie keine Namensschilder brauchten. Seine erfahrene Sekretärin las die Teilnehmerlisten, die er für die Rennen schrieb, stets sinngemäß richtig.

Im letzten Hof kamen wir zu Abseil und öffneten den oberen Flügel seiner Tür. Abseil kam auf das einfallende Tageslicht zu und steckte neugierig seinen Kopf heraus. Ich rieb seine graue Nase und Oberlippe mit der Hand, legte meinen Kopf an seinen und blies sanft, wie bei einem umgekehrten Schnüffeln, in seine Nüster. Er rieb die Nase einige Male an meiner Wange und hob dann den Kopf weg, die Begrüßung war beendet. Wykeham achtete nicht darauf. Er unterhielt sich auf diese Art mit Pferden, wenn ihr Charakter es zuließ. Bei einigen würde man das nie tun, man konnte die Nase abgebissen bekommen.

Wykeham gab Abseil eine Möhre aus einer geräumigen Tasche und sperrte ihn wieder in sein Dämmerlicht.

Dann klatschte Wykeham mit der Hand an die angrenzende Box. »Das ist Kinleys Box normalerweise. Jetzt steht sie leer. Ich lasse ihn nicht gern in der Eckbox, die ist dunkel und langweilig für ihn.«

»Es ist hoffentlich nicht mehr für lange«, sagte ich und schlug ihm vor, wir sollten uns einmal die »Bomben« ansehen.

Wykeham hatte sie bereits gesehen und zeigte sie mir, und wie erwartet waren es die Unterteile von Pappbehältern, jeder zehn Zentimeter im Quadrat, die Oberteile waren abgebrannt. Beide waren gleich, mit grell rotgelb gemalten Flammen auf der angesengten Pappe, und auf dem Behälter unter der Egge stand GOLDENE BOMBE in poppiger Schrift.

»Wir lassen sie besser liegen, bis die Polizei kommt«, sagte ich.

Wykeham stimmte zu, meinte aber, die Feuerwerkskörper würden die Polizei erst recht überzeugen, daß es das Werk von Jugendlichen war.

Wir gingen zurück ins Haus, wo Wykeham die Polizei anrief und die Zusicherung erhielt, es werde alles Nötige veranlaßt. Danach rief ich Dawson an und bat ihn, der Prinzessin zu sagen, daß ich bei Wykeham sei und von dort aus nach Sandown führe.

Wykeham und ich frühstückten und brausten in seinem großrädrigen Kleinlaster hinauf in die Downs, um das zweite Lot bei der Arbeit zu sehen, und unter dem weiten, kalten, windigen Himmel überraschte er mich damit, daß er ganz nebenbei bemerkte, er denke daran, sich wieder einen Assistenten zu nehmen. Er hatte wohl früher schon Assistenten gehabt – die nie lange geblieben waren –, aber zu meiner Zeit nicht.

»Wirklich?« sagte ich. »Ich dachte, Sie könnten Assistenten nicht ausstehen.«

»Die hatten alle keine Ahnung«, meinte er. »Aber ich werde alt ... Es wird jemand sein müssen, den die Prinzessin mag. Einer, mit dem Sie auch auskommen. Wenn Ihnen also jemand einfällt, sagen Sie mir Bescheid. Ich kenne mich da nicht mehr so aus.«

»In Ordnung«, sagte ich, wenn auch mit einem ungute Gefühl. Wykeham war trotz seiner Schrullen unersetzlich, unverzichtbar. »Sie wollen sich doch nicht zur Ruhe setzen?«

»Nein. Niemals. Ich hätte nichts dagegen, hier oben zu sterben, während ich meinen Pferden zusehe.« Er lachte plötzlich, in den Augen ein Aufblitzen der Energie, die ihn vor gar nicht so langer Zeit ständig erfüllt hatte, als er noch ein Titan war. »Ich habe ein tolles Leben gehabt, wissen Sie. Großartig.«

»Bleiben Sie uns erhalten«, sagte ich.

Er nickte. »Nächstes Jahr«, sagte er, »packen wir vielleicht das Grand National.«

Wykehams vier Renner in Sandown starteten in den drei ersten Läufen und im fünften, und die Prinzessin sah ich erst, als sie vor Helikons Rennen, Nummer 3 laut Programm, in den Führring kam.

Beatrice war bei ihr, ebenso Litsi und auch Danielle, die mich nach einem fast geflüsterten Gruß aus ihren Gedanken zu verbannen schien, indem sie aufmerksam die herumgehenden Pferde betrachtete.

»Guten Morgen«, sagte die Prinzessin, als ich mich vor ihr verneigte. »Dawson sagt, Wykeham hat heute früh ... wieder angerufen.« Mit einer Spur von Besorgnis schaute sie mich an, und was sie in meinem Gesicht las, verstärkte ihre Befürchtung jäh.

Sie ging ein wenig weg von ihrer Familie, und ich folgte ihr.

»*Nochmal?*« Sie wollte es nicht glauben. »Welche?«

»Eins«, sagte ich. »Col.«

Sie nahm den Schock mit einem langen, ausdruckslosen Blick auf.

»Genauso wie ... neulich?« sagte sie.

»Ja. Mit dem Bolzenschußgerät.«

»Mein armes Pferd.«

»Es tut mir sehr leid.«

»Ich werde meinem Mann nichts davon sagen«, überlegte sie. »Bitte sagen Sie's keinem von ihnen, Kit.«

»Es wird morgen oder am Montag in den Zeitungen stehen«, sagte ich, »diesmal wohl noch ausführlicher.«

»Oh, ...« Die Aussicht darauf traf sie fast so sehr wie Cols Tod. »Ich werde zu dem Druck auf meinen Mann keinesfalls beitragen«, sagte sie heftig. »Er darf diesen elenden Vertrag nicht unterschreiben. Verstehen Sie, es bringt ihn um, wenn er das tut. Die Schande überlebt er nicht. Er würde sterben wollen ... so wie er die ganzen Jahre, obwohl sein Zustand eine solche Prüfung für ihn ist, hat leben wollen.« Sie machte eine kleine Geste mit ihrer behandschuhten Hand. »Er ist mir ... sehr teuer, Kit.«

In der Erinnerung hörte ich meine Großmutter sagen: »Ich liebe den alten Mistkerl, Kit«, womit sie meinen kampflustigen Großvater meinte; ein ganz ähnliches Bekenntnis zu einem Mann, der nicht auf den ersten Blick liebenswert war.

Daß die Prinzessin es ausgesprochen hatte, war erstaunlich, aber nicht so undenkbar wie vor der Ankunft von Nanterre. In den letzten acht Tagen, sah ich, hatte sich sehr viel zwischen uns geändert.

Seine Ehre retten, sein Leben retten, ihr Zusammenleben retten... Mein Gott, dachte ich, was für eine Bürde. Sie brauchte Supermann, nicht mich.

»Sagen Sie ihm nichts von Col«, mahnte sie nochmals.

»Nein.«

Ihr Blick kam auf Beatrice zu ruhen.

»Ich erzähle es auch sonst niemand«, sagte ich. »Aber auf der Rennbahn bleibt es vielleicht kein Geheimnis. Dusty und die Pfleger, die mit den Pferden gekommen sind, wissen Bescheid, und sie werden es anderen Pflegern erzählen ... es spricht sich herum, fürchte ich.«

Sie nickte kurz, unglücklich, und verlegte ihre Aufmerksamkeit von Beatrice auf Helikon, der gerade an uns vorbeikam. Sie betrachtete ihn mehrere Sekunden lang, drehte den Kopf nach ihm, als er weiterging.

»Was halten Sie von ihm?« fragte sie; ihr bewährter Abwehrmechanismus schaltete sich ein. »Was darf ich erwarten?«

»Er ist immer noch etwas hitzköpfig«, sagte ich, »aber wenn ich ihn in den Griff bekomme, müßte er gut laufen.«

»Aber kein zweiter Kinley?« tippte sie an.

»Bisher nicht.«

»Tun Sie Ihr Bestes.«

Ich sagte wie immer, das würde ich, und wir kehrten zu den anderen zurück, als hätten wir über nichts als über ihr Hürdenpferd gesprochen.

»Ist dir aufgefallen, wer wieder herstarrt?« sagte Danielle, und ich antwortete, das hätte ich in der Tat bemerkt, diese Augen verfolgten mich überall.

»Geht dir das nicht auf die Nerven?« fragte Danielle.

»Welche Nerven?« meinte Litsi.

»Sprecht ihr von Mr. Allardeck?« wollte Beatrice wissen. »Mir ist schleierhaft, was ihr gegen ihn habt. Er sieht doch einfach reizend aus.«

Der einfach reizende Mann übertrug von weitem seine unerbittlichen Gedanken auf mich, beging eindeutig eine Verletzung psychologischen Territoriums, und ich dachte mit Unbehagen wieder an die Geistesverfassung, die ihn dazu trieb. Der böse Blick, dachte ich – und kein schützender Talisman weit und breit.

Die Zeit zum Aufsitzen kam, und der hitzköpfige Helikon und ich gingen auf das Geläuf. Er war nervös und ungestüm, nicht direkt ein Reitvergnügen. Ich versuchte ihn auf dem Weg zum Start zu beruhigen, aber wie immer war das, als wollte man einen Stacheldrahtverhau beruhigen. Die Prinzessin hatte ihn als Jährling gekauft und setzte große Hoffnungen auf ihn, aber so gut er auch sprang, weder Wykeham noch mir war es gelungen, ihm seine Mucken auszutreiben.

Es waren zwanzig oder mehr Teilnehmer, und ich brachte Helikon zeitig nach vorn, denn bei einem Zusammenstoß in dem Gedränge würde er vor Angst stehen bleiben; andererseits mußte ich ihn mit fester Hand führen, sonst konnte es sein, daß er sich selbständig machte und durchging.

Er antwortete auf die Freiheitsbeschränkung erst wieder einmal mit unbändigem Kopfschütteln, aber ich hatte ihn stabilisiert und recht gut am Laufen, und an der dritten Hürde dachte ich, das Schlimmste wäre überstanden, wir könnten jetzt ein wenig runtergehen und ein passables Rennen austüfteln.

Es war nicht sein Tag. An der vierten Hürde geriet das Pferd unmittelbar vor uns mit dem Fuß ins Hindernis, ging krachend zu Boden und rutschte auf der Flanke die Bahn entlang. Helikon stolperte darüber, schlug hin, warf mich ab; und wie es weiterging, habe ich gar nicht so ganz mitbekommen, obwohl es eine Karambolage war wie bei Nebel auf der Autobahn. Fünf Pferde, stellte ich nachher fest, stürzten an diesem Sprung. Eins von ihnen schien direkt auf mir zu landen; es gibt Gesünderes.

16

Ich lag auf dem Gras und schätzte die Lage ab. Ich war bei Bewußtsein und fühlte mich wie ein plattgequetschter Käfer, aber ich hatte mir nicht die Beine gebrochen, was ich immer am meisten fürchtete.

Einer der anderen Jockeys aus dem Gewirr hockte sich neben mich und fragte, ob ich in Ordnung sei, aber ich konnte ihm nicht antworten, weil ich keine Luft bekam.

»Er ist außer Puste«, sagte mein Kollege zu jemand hinter mir, und ich dachte: »Genau wie Litsi in Bradbury, verdammt.« Mein Kollege schnallte mir den Helm los und stieß ihn weg, wofür ich ihm nicht mal danken konnte.

Schließlich kam der Atem wieder. Bis der Krankenwagen sowie ein Arzt in einem Pkw eintraf, war ich zu dem tröstlichen Schluß gelangt, daß ich mir überhaupt nichts gebrochen hatte und daß es an der Zeit sei, aufzustehen und weiterzukrebsen. Im Stehen fühlte ich mich gebeutelt und an nehreren Stellen ramponiert, aber damit mußte man sich abfinden, und ich konnte wohl froh sein, daß ich bei einem derartigen Sturz so glimpflich davongekommen war.

Einer der anderen Jockeys hatte weniger Glück gehabt, bleich und stumm lag er auf dem Rücken, während neben ihm besorgt die Sanitäter knieten. Auf der Fahrt im Krankenwagen zur Tribüne kam er ein wenig zu sich und stöhnte in Abständen, was die Helfer zwar beunruhigte, aber zumindest war es ein Lebenszeichen.

Als wir die Sanitätswache erreichten und die Hecktür des Krankenwagens geöffnet wurde, stieg ich als erster aus und fand die Frau des anderen Jockeys draußen, schwanger, hübsch und voller Angst.

»Ist Joe in Ordnung?« fragte sie mich und sah ihn auch schon auf der Tragbahre herauskommen, ganz und gar nicht in Ordnung. Ich nahm den schweren Schock in ihrem Gesicht wahr, das rasche Blaßwerden, den trockenen Mund ... die Qual.

So ist es Danielle ergangen, dachte ich. Das war es, was sie erlebt hatte; das hatte sie empfunden.

Ich legte den Arm um Joes Frau, hielt sie fest und sagte ihr, Joe würde es schaffen, es ginge ihm bald wieder gut, und beide wußten wir nicht, ob das stimmte.

Joe wurde in die Sanitätswache getragen, die Tür schloß sich hinter ihm, aber wenig später kam der Arzt heraus und erklärte Joes Frau freundlich, sie würden ihn in die Klinik bringen, der Stadtkrankenwagen sei schon angefordert.

»Sie können sich so lange zu ihm setzen, wenn Sie möchten«, sagte er zu ihr, und an mich gewandt: »Sie kommen besser auch mal mit rein, was?«

Ich ging hinein, und er untersuchte mich kurz und meinte: »Was verschweigen Sie mir?«

»Nichts.«

»Ich kenne Sie«, sagte er. »Und egal, wo ich hinfasse, Sie unterdrücken den Schmerz.«

»Also autsch.«

»Wo, autsch?«

»Hauptsächlich am Fußgelenk.«

Er zog mir den Stiefel aus, und ich sagte ziemlich laut: »Au«, aber wie ich mir gedacht hatte, gebrochen war nichts. Er riet mir zu einer Bandage und etwas Ruhe und setzte hinzu, daß ich am Montag wieder reiten könnte, wenn mich meine Füße trügen und ich verrückt genug wäre.

Er widmete sich wieder Joe, und eine Krankenschwester ging zur Tür, als es klopfte, kam zurück und sagte mir, draußen wollte mich jemand sprechen. Ich zog meine Stiefel wieder an, fuhr mir durchs Haar und fand Litsi und Danielle vor der Tür.

Litsi hatte den Arm um Danielles Schultern gelegt, und Danielle sah aus, als wäre das der letzte Ort auf Erden, wo sie sein wollte.

Ich wußte, wie zerzaust ich aussah, wußte, daß ich humpelte, daß meine Reithose voller Grasflecken war und am linken Oberschenkel einen Riß hatte.

Litsi nahm das alles in sich auf, und ich lächelte ihn leise an.

»Der Lack ist ab«, sagte ich.

»Offenbar.« Er blickte nachdenklich drein. »Tante Casilia bat uns nachzusehen ... wie's Ihnen geht.«

Es hatte Danielle sehr viel Mut abverlangt, dachte ich, hierherzukommen, womöglich noch einmal mit dem konfrontiert zu werden, was sie im Januar erlebt hatte. Ich sagte zu Litsi, aber mit den Augen auf Danielle: »Richtet ihr bitte aus, daß es mir gutgeht. Ich reite am Montag.«

»Wie kannst du reiten?« fuhr Danielle auf.

»Rauf auf den Sattel, Füße in die Bügel, Zügel in die Hand.«

»Sei nicht so verdammt blöd. Wie kannst du jetzt noch Witze reißen ... und antworte darauf bloß nicht. Ich kenne die beiden Antworten. ›Ohne Schwierigkeiten‹ oder ›mit Mühe‹, je nachdem, was lustiger ist.«

Sie mußte plötzlich lachen, aber das war zum Teil Hysterie, und es war Litsis breite Schulter, an der sie ihr Gesicht vergrub.

»Ich komme nachher in die Loge«, sagte ich zu ihm, und er nickte, aber bevor sie gehen konnten, öffnete sich die Tür der Sanitätswache, und Joes Frau kam heraus.

»Kit«, sagte sie erleichtert, als sie sah, daß ich noch dort war. »Ich muß zur Toilette ... mir dreht sich der Magen ... die haben gesagt, ich kann mit Joe ins Krankenhaus, aber wenn er abgeholt wird und ich bin grad nicht da, fahren sie vielleicht ohne mich ... Würden Sie hier warten und denen Bescheid sagen? Lassen Sie ihn nicht ohne mich weg.«

»Ich kümmre mich drum«, sagte ich.

Sie sagte leise »danke« und eilte in Richtung Toilette, und Danielle sagte mit weit aufgerissenen Augen: »Das ist ja ... wie bei mir. Ist ihr Mann ... schlimm verletzt?«

»Das läßt sich wohl noch nicht sagen.«

»Wie hält sie das aus?«

»Ich weiß es nicht«, sagte ich. »Wirklich nicht. Es ist viel einfacher von Joes Seite aus ... und von meiner.«

»Ich seh mal, ob sie Hilfe braucht«, sagte Danielle unvermittelt, und sie gab ihre Zuflucht bei Litsi auf und ging hinter Joes Frau her.

»Im Ernst«, sagte Litsi, der ihr nachblickte, »wie können Sie scherzen?«

»Im Ernst? Allen Ernstes weder über Joe noch über seine Frau, aber über mich selbst, warum nicht?«

»Aber ... ist die Sache das wert?«

Ich sagte: »Wenn Sie malen könnten, wie Sie wollten, würden Sie dann ein wenig Verdruß in Kauf nehmen?«

Er lächelte, zog die Brauen hoch. »Ja.«

»Ziemlich das gleiche«, sagte ich. »Erfüllung.«

Wir standen in einem abgelegenen Teil des Rennplatzes, weit weg vom Gewühl, während sich im Zentrum, bei den Tribünen, das nächste Rennen anbahnte. Dusty kam mit suchenden, argwöhnischen Blicken auf uns zugestürzt.

»Ich habe mir den Fuß verstaucht«, sagte ich. »Sie müssen Jamie für das fünfte Rennen nehmen, ich weiß, daß er frei ist. Aber Montag geht klar. Ist Helikon in Ordnung?«

Er nickte kurz ein paarmal und zog ab, ohne ein Wort zu verschwenden.

Litsi sagte: »Es ist ein Wunder, daß Sie nicht schlimmer zugerichtet sind. Es sah verheerend aus. Tante Casilia hatte durchs Fernglas geschaut, und sie war sehr besorgt, bis sie Sie aufstehen sah. Dann meinte sie, daß Sie sich über die Risiken im klaren seien und daß man von Zeit zu Zeit auf so etwas eben gefaßt sein müsse.«

»Sie hat recht«, sagte ich.

Er in seinem gutbürgerlichen Zivil betrachtete die Spuren der Erde auf den Farben der Prinzessin, betrachtete meine zerrissene, grünbefleckte Reithose und das Bein, das ich nicht belastete.

»Wie können Sie sich darauf immer wieder einlassen?« sagte er. Meine Lippen zuckten, und er setzte hinzu: »Ohne Schwierigkeiten oder mit Mühe, je nachdem, was lustiger ist.«

Ich lachte. »Zunächst mal rechne ich ja nie damit. Es ist immer eine unangenehme Überraschung.«

»Und jetzt, wo es passiert ist? Wie gehen Sie damit um?«

»Ich denke an etwas anderes«, sagte ich. »Nehme eine Menge Aspirin und konzentriere mich darauf, möglichst bald wieder dabeizusein. Ich lasse nicht gern andere Jockeys auf meine Pferde los, so wie jetzt. Wenn ich sie geschult habe und sie kenne, gehören sie mir.«

»Und Sie gewinnen gern.«

»Ja, ich gewinne gern.«

Der Stadtkrankenwagen erschien nur wenige Augenblicke bevor Danielle und Joes Frau wiederkamen, und Litsi, Danielle und ich blieben bei Joes Frau stehen, während Joe in die Ambulanz geladen wurde. Er war immer noch halb bewußtlos, stöhnte und sah grau aus. Die Krankenträger halfen Joes Frau nach ihm in den Wagen, und wir sahen noch einmal ihr Gesicht, jung und verschreckt, als sie sich nach uns umschaute, dann wurde die Tür geschlossen, und sie fuhren langsam davon.

Litsi und Danielle blickten mich an, ich sah sie an; zu sagen gab es wirklich nichts.

Litsi legte den Arm wieder um Danielles Schultern, und sie drehten sich um und gingen fort, und ich humpelte los, duschte und wechselte die Kleider nach einem Sturz von vielen, an einem normalen Arbeitstag.

Als ich den Wiegeraum verließ, um zur Loge der Prinzessin zu gehen, trat Maynard Allardeck mir in den Weg. Er war wie immer vorzüglich gekleidet, der Inbegriff des englischen Gentleman, vom Hut der Firma Lock bis zu den handgenähten Schuhen. Er trug eine gestreifte Seidenkrawatte und Schweinslederhandschuhe, und seine Augen hatte ich noch nie so irr gesehen.

Resignierend hielt ich an.

Vor dem Wiegeraum, wo wir standen, war eine überdachte Veranda mit drei breiten Stufen auf den Bereich hinunter, der zum Absatteln der vier Erstplazierten jedes Rennens benutzt wurde. Über einen Teerweg, der das Gras durchschnitt, konnte man den übrigen Teil des Sattelplatzes erreichen.

Die Pferde aus dem fünften Rennen waren abgesattelt und weggeführt worden; einzelne Leute waren noch in der Nähe, aber keine Menschenmenge.

Maynard stand zwischen mir und der Treppe, und um ihm auszuweichen, hätte ich mich vorsichtig seitlich an ihm vorbeidrängen müssen.

»*Fielding*«, sagte er heftig, und es war nicht so, daß er mich einfach mit Namen anredete; er benutzte das Wort als Verwünschung, so wie die Allardecks es rachsüchtige Generationen hindurch benutzt hatten. Er verwünschte meine Vorfahren und mein Dasein, der Geist der Fehde war wie Galle in seinem Mund, die irrationale Seite seines Hasses auf mich hatte klar die Oberhand.

Er überragte mich um etwa zehn Zentimeter und wog fünfzig Pfund mehr, aber er war zwanzig Jahre älter und nicht in Form. Ohne die Komplikation eines verstauchten Fußgelenks hätte ich ihm leicht ausweichen können, aber wie die Dinge lagen, machte er, als ich einen Schritt zur Seite machte, ebenfalls einen.

»Mr. Allardeck«, sagte ich neutral, »Prinzessin Casilia erwartet mich.«

Er gab nicht zu erkennen, daß er verstanden hatte, aber als ich noch einen Schritt zur Seite machte, rührte er sich nicht. Er rührte sich auch nicht, als ich an ihm vorbeiging, doch zwei Schritte weiter, am Kopf der Treppe, bekam ich einen gewaltigen Stoß zwischen die Schultern.

Aus dem Gleichgewicht geworfen, stolperte ich die drei Stufen hinunter und flog der Länge nach auf den Teerweg. Ich rollte mich weg, halb in der Erwartung, Maynard würde auf mich springen, aber er stand gaffend auf der oberen Stufe, wandte sich im nächsten Moment ab, ging drei Schritte und schloß sich einer kleinen Gruppe ähnlich distinguierter Herren an.

Ein Trainer, für den ich manchmal ritt und der zufällig gerade in der Nähe war, schob eine Hand unter meinen Ellenbogen und half mir auf die Füße.

»Er hat Sie gestoßen«, sagte er ungläubig. »Ich hab's gesehen.

Gibt's denn so was? Der Mann ist von hinten auf Sie zu und hat geschubst.«

Ich stand auf einem Bein und bürstete etwas Schmutz ab, den der Weg hinterlassen hatte. »Danke«, sagte ich.

»Aber er hat Sie geschubst! Wollen Sie sich nicht beschweren?«

»Bei wem?«

»Aber Kit . . .« Langsam schätzte er die Lage ab. »Das ist Maynard Allardeck.«

»Eben.«

»Aber er kann doch nicht einfach auf Sie losgehen. Und Sie haben sich am Bein verletzt.«

»Das war er nicht«, sagte ich. »Das ist von einem Sturz im dritten Rennen.«

»Da kam's knüppeldick . . .« Er sah mich unschlüssig an. »Wenn Sie sich beschweren wollen, werde ich bezeugen, was ich gesehen habe.«

Ich dankte ihm nochmals und sagte ihm, die Mühe würde ich mir sparen, was er immer noch unbegreiflich fand. Ich warf einen flüchtigen Blick auf Maynard, der mir inzwischen den Rücken zukehrte, als wüßte er nichts von meiner Anwesenheit, und machte mich beunruhigt wieder auf den Weg zur Loge der Prinzessin.

Der Stoß an sich war eher eine Lappalie gewesen, aber da Maynard im Grunde Lust hatte mich umzubringen, mußte man es als Ersatzhandlung dafür betrachten, als Entlastungsexplosion, einen Dampfstrahl, der den totalen Ausbruch des Vulkans verhindern sollte.

Der Film, dachte ich unbehaglich, würde diesen Vulkan in Schach halten; und mit den Dampfstrahlen konnte ich mich wohl abfinden, wenn ich sie als Sicherheitsventile für seinen Überdruck ansah. Ich wollte nicht, daß er unkontrollierbar losbrach. Lieber fiel ich noch mehr Treppen hinunter; aber ich würde auch besser aufpassen, wo ich entlangging.

Als ich ihre Loge erreichte, war die Prinzessin auf dem Balkon, in ihren Pelz gehüllt und allein.

Ich ging zu ihr hinaus und sah, daß sie blind, in offensichtlich unangenehmen Gedanken über die Rennbahn hinschaute.

»Prinzessin«, sagte ich.

Sie drehte den Kopf, richtete die Augen auf mein Gesicht.

»Geben Sie nicht auf«, sagte ich.

»Nein.« Sie straffte ihren Hals und ihren Rücken, wie um jeden Gedanken daran von sich zu weisen. »Geht's Helikon gut?« fragte sie.

»Dusty sagt, ja.«

»Schön.« Sie seufzte. »Haben Sie eine Ahnung, wer nächste Woche startet? Ich hab alles vergessen.«

Viel wußte ich auch nicht mehr. »Icefall geht am Donnerstag in Lingfield.«

»Wieso ist Helikon gestürzt?« fragte sie, und ich erklärte ihr, daß es nicht an ihrem Pferd lag, es sei zu Fall gebracht worden.

»Bis dahin ist er gut gegangen«, sagte ich. »Er wird jetzt erwachsen und ist leichter zu bändigen. Ich schule ihn nächste Woche mal morgens und baue ihn wieder auf.«

Sie zeigte ein Fünkchen Freude an einem sonst unerfreulichen Tag. Sie erkundigte sich nicht direkt nach meinem Gesundheitszustand, denn das tat sie nie: Die Auswirkung von Stürzen ordnete sie meiner Privatsphäre zu, in die sie nicht eindrang. Das war eine Haltung, die auf ihre eigene Verschwiegenheit zurückging, und sie störte mich keineswegs, ich schätzte sie. Was ich nicht ausstehen konnte, war Getue.

Wir gingen auf eine Tasse Tee hinein zu Danielle, Litsi und Beatrice, und bald darauf erschien Lord Vaughnley zu einem seiner mehr oder minder regelmäßigen Besuche in der Loge der Prinzessin.

Seine unterschwellige Nervosität verschwand, als er mich dort entdeckte, und nach ein paar Minuten gelang es ihm, mich von der Meute abzuschneiden und in eine Ecke zu schleusen.

Ich dankte ihm für das Päckchen von gestern.

»Wie bitte? Ach so, mein Lieber, keine Ursache. Aber das hatte ich Ihnen jetzt nicht sagen wollen, überhaupt nicht. Leider ist da etwas durchgesickert . . . sehr peinliche Geschichte.«

»Was ist durchgesickert?« fragte ich verwirrt.

»Etwas von Ihrem Film über Maynard Allardeck.«

Ich spürte einen kalten Schauer im Rücken. Der Film mußte unbedingt geheim bleiben.

»Ich fürchte«, sagte Lord Vaughnley, »Allardeck weiß, daß Sie den Ehrentitelverleihern in der Downing Street eine Kopie davon geschickt haben. Er weiß, daß man ihn nie wieder für den Adelsstand in Betracht ziehen wird, weil Sie das getan haben.« Er lächtelte etwas nervös, konnte aber dem journalistischen Resümee nicht widerstehen: »Niemals Sir Maynard, niemals Lord Allardeck, wegen Kit Fielding.«

»Wie in drei Teufels Namen hat er das erfahren?« fragte ich.

»Ich weiß es nicht«, sagte Lord Vaughnley verlegen. »Nicht von mir, mein Lieber, das versichere ich Ihnen. Ich habe es keiner Seele erzählt. Aber manchmal dringt eben was durch. Jemand vom Staatsdienst . . . nicht wahr?«

Ich sah ihn bestürzt an. »Seit wann weiß er es?«

»Ich glaube, seit irgendwann letzte Woche.« Er schüttelte unglücklich den Kopf. »Ich habe es heute morgen in einer Ausschußsitzung des Hilfswerks gehört, wo Allardeck und ich im Vorstand sind. Er ist der Präsident. Das Beamtenhilfswerk, Sie erinnern sich.«

Ich erinnerte mich. Vor allem durch gute Werke für die kranken und notleidenden Angehörigen von Staatsbeamten hatte Maynard den Adelsstand zu erlangen versucht.

»Von dem Hilfswerk hat doch niemand den Film gesehen, oder?« fragte ich drängend.

»Nein, nein, mein Lieber. Die haben nur gehört, daß es ihn gibt. Offenbar hat einer von ihnen Allardeck gefragt, ob er etwas davon wüßte.«

O Gott, dachte ich, Durchsickern war gar kein Ausdruck.

»Ich fand, Sie sollten es wissen«, sagte Lord Vaughnley. »Und vergessen Sie nicht, daß ich ein ebenso starkes Interesse an dem Film habe wie Sie. Wenn er überall gezeigt wird, sind wir unser Druckmittel los.«

»Und Maynard seinen Heiligenschein.«

»Er macht vielleicht ohne ihn weiter.«

»Es existieren nur die Kopien«, sagte ich, »die ich Ihnen und den Ehrentitelverleihern gab, und die drei, die ich auf der Bank habe. Wenn die Titelverleiher ihn nicht zeigen ... Ich kann nicht glauben, daß sie das tun«, stieß ich hervor. »Die waren doch alle so diskret.«

»Ich wollte Sie nur warnen.«

»Ich bin froh, daß Sie's getan haben.«

Es erklärte so vieles von Maynards Verhalten in letzter Zeit. Bei der Wut, die er im Bauch haben mußte, zeugte es von erstaunlicher Zurückhaltung, daß er mich nur die Treppe hinuntergestoßen hatte.

Aber andererseits ... ich war ja noch im Besitz des Films, und bisher war er keinem breiteren Publikum vorgeführt worden, und Maynard würde die Vorführung wirklich nicht wollen, soviel ihn der Film auch bereits gekostet hatte.

Lord Vaughnley entschuldigte sich bei der Prinzessin, ihren Jockey mit Beschlag belegt zu haben, und fragte mich, ob ich interessiert sei, noch mehr Informationen über Nanterre zu bekommen.

»Ja, bitte«, sagte ich, worauf er nickte und meinte, der Name laufe noch durch irgendwelche Computer.

»Sorgen?« fragte Litsi an meinem Ellbogen, als Lord Vaughnley gegangen war.

»Allardeck-Sorgen, nicht Nanterre.« Ich lächelte schief. »Die Fieldings hatten jahrhundertelang Allardeck-Sorgen. Die mit Nanterre sind viel dringender.«

Wir schauten uns das letzte Rennen an – ohne Konzentration, was mich betraf – und kehrten schließlich zu den Autos zurück. Litsi und Danielle wurden dem Rolls untreu und sagten, sie würden mit mir fahren.

Auf dem Weg von der Loge zum Parkplatz blieb ich ein paarmal stehen, um meinen Fuß zu entlasten. Keiner äußerte sich dazu, aber als wir zu meinem Wagen kamen, sagte Danielle entschieden: »Ich fahre. Du kannst mir den Weg sagen.«

»Für die Atuomatik braucht man keinen linken Fuß«, hob ich hervor.

»Ich fahre«, sagte sie grimmig. »Ich habe dein Auto schon mal gefahren.« Sie hatte, bei einer ähnlichen Gelegenheit.

Ich setzte mich ohne weitere Einwände auf den Beifahrersitz und bat sie, an einer Drogerie weiter unten in der Straße zu halten.

»Was brauchst du?« sagte sie schroff und hielt am Bordstein. »Ich hole es dir.«

»Verbandszeug und Mineralwasser.«

»Aspirin?«

»Sind welche im Handschuhfach.«

Sie ging flott in den Laden und kam mit einer Papiertüte wieder, die sie mir auf den Schoß warf.

»Ich erzähl dir mal, was anliegt«, sagte sie mit unterdrückter Heftigkeit zu Litsi, als sie den Wagen wieder startete und Richtung London fuhr. »Er wird seinen Knöchel bandagieren und mit Eisbeuteln behängen, damit die Schwellung zurückgeht. Morgen wird er hufförmige schwarze Blutergüsse haben, und alles wird ihm weh tun. Keiner soll merken, daß er mit dem Fuß nicht auftreten kann, ohne daß ihm der Schmerz durch die Knochen fährt. Wenn du ihn fragst, wie es ihm geht, wird er sagen, ›durch Mark und Bein‹. Er mag kein Mitgefühl. Verletzungen sind ihm peinlich, und er gibt sich alle Mühe, nicht auf sie zu achten.«

Litsi sagte, als sie innehielt: »Du mußt ihn sehr gut kennen.«

Das brachte Danielle zum Schweigen. Sie fuhr mit dem gleichen gedrosselten Zorn weiter, und es dauerte einige Zeit, bis sie sich entspannte.

Ich nahm ein paar Aspirin mit Mineralwasser und dachte über ihre Worte nach. Und Litsi hatte recht, überlegte ich: Sie kannte mich wirklich. Leider hörte sie sich an, als wünschte sie mich nicht zu kennen.

»Kit, Sie haben mir noch nicht erzählt«, sagte Litsi nach einer Weile, »warum sich Maynard Allardeck so geärgert hat, als die Prinzessin sagte, ihre Pferde liefen in Sandown immer gut. Wie kann einen so was ärgern?«

»Die Bescheidenheit verbietet mir, Ihnen das zu sagen«, lächelte ich.
»Na, versuchen Sie's mal.«
»Sie hat mir damit ein Kompliment gemacht, das Maynard nicht hören wollte.«
»Sie meinen, es liegt an Ihrem Können, daß die Pferde gut laufen?«
»Erfahrung«, antwortete ich. »So in der Art.«
»Er ist besessen«, sagte Litsi.

Er war gefährlich, dachte ich: und es gab so etwas wie Mordaufträge, ausgeführt von unbekannter Hand, ein Gedanke, der mir nicht sonderlich gefiel. Um mich von schaurigen Vorstellungen abzubringen, fragte ich Danielle, ob sie Beatrice schon gesagt hätte, daß am Montag ihre letzte Spätschicht sei.

Danielle antwortete nach einem ziemlich langen Zögern, nein, noch nicht.

»Ich wünschte, du würdest es tun«, sagte ich bestürzt. »Du wolltest es doch.«

»Ich kann ihr das nicht sagen ... Was ist, wenn Nanterre auftaucht und dich erschießt?«

»Wird er schon nicht«, sagte ich. »Aber wenn wir ihn nicht schnappen ...«, ich unterbrach mich. »Die Prinzessin sagte mir heute, daß Roland, wenn er den Waffenvertrag unterschreibt, um uns alle zu retten, buchstäblich vor Scham stirbt. Er würde dann nicht mehr weiterleben wollen. Sie befürchtet stark, daß er nachgeben könnte ... sie liebt ihn ... sie möchte, daß er am Leben bleibt. Also müssen wir Nanterre stoppen, und zwar bald.«

Danielle antwortete über zwei oder drei Meilen nicht, und schließlich war es Litsi, der das Schweigen brach.

»Ich werde es Beatrice sagen«, meinte er ruhig.
»Nein«, protestierte Danielle.
»Letzte Nacht«, sagte ich, »hat Nanterre noch ein Pferd der Prinzessin getötet. Die Prinzessin will nicht, daß Roland davon erfährt ... oder Beatrice, die es ihm erzählen würde.«

Beide taten einen bekümmerten Ausruf.

»Kein Wunder, daß sie so traurig gewesen ist«, sagte Litsi. »Es war nicht nur der Sturz von Helikon.«

»Welches Pferd?« fragte Danielle.
»Col«, sagte ich. »Der, den ich in Ascot geritten habe.«
»Der knapp besiegt worden ist?« fragte Litsi.
»Ja«, sagte Danielle. »Ihr Pferd für den Gold Cup.« Sie schluckte. »Wenn Litsi Beatrice sagt, Montag sei mein letzter Tag, werde ich nicht widersprechen.«

Wir verbrachten wieder einen etwas beklemmenden Abend im Haus. Roland kam zum Essen herunter, und die Unterhaltung verlief ein wenig stockend, weil jeder im Kopf behalten mußte, was nicht bekannt war und nicht gesagt werden durfte.

Litsi gelang es, Beatrice unmißverständlich, aber ganz nebenbei mitzuteilen, daß ich Danielle am Montag zum letzten Mal nachts abholen würde, da Danielle danach nicht mehr abends arbeiten ginge, eine Neuigkeit, die Prinzessin Casilia sehr in Erstaunen setzte.

Beatrice nahm die Nachricht zufriedenstellend auf; ihr Blick schweifte in meine Richtung, und man konnte fast die Rädchen klicken hören, als sie dem Ort die Zeit hinzufügte.

Ich fragte mich, ob sie einen klaren Begriff von der Sache hatte, die sie, wie ich hoffte, in die Wege leiten würde. Sie schien keine Bedenken oder Skrupel gegen einen Hinterhalt zu haben, durch den sie mich loswerden könnte, aber freilich wußte sie nichts von dem Anschlag auf Litsi oder Cols Tod. Davon konnten wir ihr nichts sagen, denn sie würde entweder sofort auf den Zusammenbruch ihres Bruders hinwirken, indem sie ihn einweihte, oder aber erneut Gewissensbisse bekommen und den Hinterhalt gar nicht erst einfädeln.

Mit Beatrice, dachte ich, setzten wir wirklich alles auf eine Karte.

Nanterre rief wieder nicht an; und den ganzen Tag hatte sich niemand nach einer Bradbury-Belohnung erkundigt.

Die Anzeigen waren zwei Tage lang an auffälliger Stelle in den Rennzeitungen erschienen und gut sichtbar im *Towncrier*, aber entweder hatte der Bote sie verpaßt oder es nicht der Mühe wert gehalten, darauf zu antworten.

Na ja, dachte ich enttäuscht, als ich mich ein wenig ächzend ins Bett legte, erst fand ich die Idee ganz gut, was Eva nach dem Apfel bestimmt auch zu Adam gesagt hatte.

Dawson meldete sich am Sonntag morgen vor sieben Uhr über die Sprechanlage. Telefongespräch, sagte er.

Nicht schon wieder, dachte ich: Herrgott, nicht schon wieder.

Ich griff mit den fürchterlichsten Ahnungen zum Hörer und gab mir große Mühe, nicht zu zittern.

»Hören Sie«, sagte eine Stimme, »diese Nachricht von Danielle. Ich will keine Schwierigkeiten, aber kann man sich auf die Belohnung verlassen?«

17

»Ja«, sagte ich mit trockenem Mund. »Man kann.«
»Wieviel also?«
Ich holte tief Luft, faßte es kaum, mein Herz pochte heftig.
»Ziemlich viel«, sagte ich. »Hängt davon ab, wieviel Sie mir sagen können ... Ich würde gern zu Ihnen kommen.«
»Das weiß ich nicht so recht«, murrte er.
»Die Belohnung wäre größer«, sagte ich. »Und ich würde sie mitbringen.« Das Atmen fiel leichter. Meine Hände hatten aufgehört zu zittern.
»Ich will keinen Ärger«, sagte er.
»Es gibt auch keinen. Sagen Sie mir, wo wir uns treffen können, und ich komme hin.«
»Wie heißen Sie?« wollte er wissen.
Ich zögerte minimal. »Christmas«, sagte ich.
»Also, Mr. Christmas, ich treffe mich mit Ihnen nicht für weniger als hundert Pfund.« Er war angriffslustig, mißtrauisch und vorsichtig, alles auf einmal.
»In Ordnung«, sagte ich langsam. »Einverstanden.«
»Vorweg auf die Hand«, sagte er.
»Ja, gut.«
»Und wenn ich Ihnen sage, was Sie hören wollen, legen Sie noch mal das gleiche drauf.«
»Wenn Sie mir die Wahrheit sagen, ja.«
»Hm«, brummte er. »Also gut ... Sie sind in London, was? Das ist eine Londoner Nummer.«
»Ja.«
»Wir treffen uns in Bradbury«, sagte er. »In der Stadt, nicht auf dem Rennplatz. Kommen Sie um zwölf nach Bradbury, wir treffen uns dann in einer Kneipe ... dem King's Head, auf halbem Weg die Hauptstraße runter.«
»Ich werde dort sein«, sagte ich. »Wie erkenne ich Sie?«
Er überlegte, schwer atmend. »Ich bringe die *Sporting Life* mit, in der Ihre Anzeige ist.«
»Und ehm ... wie heißen Sie?« sagte ich.
Die Antwort auf diese Frage hatte er bereit. »John Smith«, erwiderte er prompt. »Bis dann, Mr. Christmas. Okay?«
»Okay«, sagte ich.
Er hängte ein, und ich legte mich eher unruhig als froh auf die Kissen zurück. Der Fisch, dachte ich, hatte den Haken noch nicht ge-

schluckt. Er hatte am Köder geknabbert, war aber voller Vorbehalte. Ich hoffte bloß, er würde auftauchen, wo und wann er gesagt hatte, und daß es dann auch der richtige war.

Sein Akzent war ländlich gewesen, nicht derb, nur die gängige Mundart von Bershire, die ich jeden Tag in Lambourn hörte. Er hatte keinen übermäßig intelligenten oder schlauen Eindruck gemacht, und der Betrag, den er verlangte, verriet eine ganze Menge über sein Einkommen und seine Bedürfnisse.

Hohe Belohnung ... als ich gegen Hundert nicht protestierte, hatte er aufs Doppelte erhöht. Aber Zweihundert sah er als viel an.

Er war ein Wetter: Litsi hatte ihn beschrieben als jemand mit einer Sportzeitung, Rennkalender und Fernglas. Jetzt stand fest, daß er kleine Beträge setzte, ein Totofreund, für den Hundert schon ein stattlicher Gewinn waren. Wahrscheinlich konnte ich froh sein, daß er Hundert nicht als Mindesteinsatz betrachtete: für so jemand wäre eine hohe Belohnung vielleicht auf Tausend hinausgelaufen.

Dankbar machte ich mich ans Aufstehen, was am Morgen nach einem Sturz immer eine längere und schmerzhafte Geschichte war. Die Eisbeutel von vor dem Schlafengehen waren länst geschmolzen, aber die Kugel, zu der mein Fußgelenk gestern nachmittag angeschwollen war, hatte sich deutlich zusammengezogen. Ich nahm den Verband ab, untersuchte den blau-schwarzen Bluterguß und wickelte ihn sacht wieder ein; und erfreulicherweise paßte mein Schuh noch drüber.

In Hose, Hemd und Pullover fuhr ich mit dem Lift ins Souterrain und klaute noch einen Stoß Eiswürfel aus dem Kühlschrank, die ich in Plastikbeutel tat und in meine Socke stopfte. Dawson erschien im Morgenmantel, um nachzusehen, was in seiner Küche vorging, und zog lediglich die Brauen hoch wie schon am Abend vorher, als ich jeden Eiswürfel im Haus stibitzt hatte.

»War es richtig«, fragte er, zuschauend, »daß ich Ihnen den Anruf durchgestellt habe?«

»Goldrichtig.«

»Er sagte, es hätte mit der Annonce zu tun; er sei in Eile, da er von einer Zelle aus anrufe.«

»Von einer Zelle?« Ich schob das Hosenbein über die befrachtete Socke herunter und spürte, wie die Kälte tief durch den Verband drang.

»Ja«, sagte Dawson. »Ich konnte es piepen hören. Holen Sie sich keine Frostbeulen damit?«

»Bis jetzt noch nie.«

Das Frühstück, meinte er ein wenig resigniert, werde in einer halben Stunde im Morgenzimmer aufgetragen, und ich dankte ihm und weckte in der Zwischenzeit Litsi auf, der mit verschlafenen Augen sagte, sonntags fange das Leben für ihn normalerweise erst um zehn an.

»Es hat an der Angel geruckt«, erklärte ich und erzählte ihm von John Smith.

»Sind Sie sicher, daß das keine Falle von Nanterre ist?« Litsi wachte gänzlich auf. »Vergessen Sie nicht, Nanterre könnte die Anzeige auch gesehen haben. Vielleicht gehen Sie dann *ihm* ins Netz anstatt umgekehrt... Daran haben Sie wohl schon gedacht?«

»Ja. Aber ich glaube, John Smith ist echt. Ein Strohmann wäre anders gewesen, entschlossener.«

Er krauste die Stirn. »Ich komme mit«, sagte er.

Ich schüttelte den Kopf. »Ich hätte Sie gern dabei, aber Sammy hat doch heute frei, weil wir alle hier sind, und wenn wir jetzt beide fahren...«

»In Ordnung«, sagte er. »Aber klettern Sie auf keinen Balkon. Wie geht's Ihrem Fußgelenk? Oder darf ich das nicht fragen?«

»Halbwegs normal«, sagte ich. »Danielle übertreibt.«

»Nicht so sehr.« Er strich mit der Hand durch seine Haare. »Haben Sie genug Geld für John Smith?«

»Ja, bei mir zuhause. Ich fahre dort vorbei. Irgendwann heute nachmittag komme ich wieder her.«

»Wenn alles gutgeht«, meinte er trocken.

Ich fuhr nach einer besonders gründlichen Inspektion meines Wagens nach Lambourn. Es bestand immerhin die Möglichkeit, daß John Smith doch eine Falle war, obwohl ich es alles in allem nicht glaubte. Nanterre hätte keinen Schauspieler gefunden, der die Feinheiten im Geschäftsgebaren des John Smith vorspiegeln konnte, noch hätte er selbst die Stimmung nachahmen können.

John Smith war vielleicht jemand, der eine Belohnung zu ergattern suchte, obwohl er nichts zu bieten hatte; er konnte ein Betrüger sein, dachte ich, aber keine tödliche Gefahr.

Mein Haus mutete kalt und leer an. Ich öffnete die Post, die sich seit Montag dort angesammelt hatte, behielt alles Wichtige und warf den Ramsch zusammen mit mehreren ungelesenen Zeitungen in den Mülleimer. Ich blätterte die Zeitungen von diesem Sonntag durch und konnte in zwei oder drei Versionen, als Kurzmeldung, aber auch als Sonderartikel auf den Sportseiten, nachlesen, daß Col erschossen worden war. Die Berichte kamen alle auf Cascade und Cotopaxi zurück, fragten aber nicht groß nach dem *Warum* und sagten, *Wer* sei immer noch ein absolutes Rätsel. Ich hatte Beatrice seit ihrer Ankunft noch keine englische Tageszeitung lesen sehen und hoffte bloß, sie würde heute morgen nicht damit anfangen.

Ich raffte einige Sachen für mich zusammen: saubere Kleidung, das Geld, Schreibpapier, ein Tonbandgerät im Taschenformat, unbespielte Kassetten und eine Handvoll aus einer unordentlichen Schublade herausgesuchte Fotos.

Außerdem packte ich vorsorglich die Videokamera ins Auto, mit der ich Teile des Films gegen Maynard gedreht hatte, und einige unbespielte Bänder und Batterien dafür. Einen festen Plan zu ihrer Verwendung hatte nicht nicht. Aus der Küche holte ich dann noch einen kleinen Apparat, den ich in New York erstanden hatte, ein Gerät zum Fernstarten von Autos. Es funktionierte per Funk über einen Empfänger im Auto, der die Zündung einschaltete und den Anlasser in Gang setzte. Ich mochte technische Accessoires, und dieses war bei Frost ausgesprochen nützlich, da man vom Haus aus den Wagen starten und den Motor warmlaufen lassen konnte, bevor man sich ins Schneegestöber stürzte.

Ich sah nach, was mein Anrufbeantworter an Nachrichten hatte, und erledigte das, füllte meine Socke mit frischen Eiswürfeln auf und fuhr schließlich weiter nach Bradbury. Zehn Minuten vor der Zeit kam ich in der kleinen Provinzstadt an.

Das King's Head, sah ich, war ein eckiges, ziemlich kleines Backsteingebäude, relativ modern und dem Hopfen geweiht. Nichts vom Charme der alten Zeit, weder Wärmpfannen noch Eichenbalken, rote Lampenschirme oder Zinnkrüge; Parkplatz auch nicht. Das Bradbury Arms auf der anderen Straßenseite war mit all dem reichlich ausgestattet.

Ich parkte am Straßenrand und ging zuerst einmal in den Schankraum des King's Head, wo ich eine Zielscheibe zum Pfeilwerfen sah, mehrere Sitzbänke, niedrige Tische, Sisalmattenbelag und einen ungenügend versorgten Tresen.

Keine Kundschaft.

Ich versuchte es in der elegante möblierten Bar, die Tische mit Glasplatten und leidlich bequeme Lehnstühle aus Holz hatte; in einen davon setzte ich mich, um zu warten.

Ein Mann erschien hinter der Theke und fragte mich, was ich trinken wollte.

»Ein halbes Leichtes«, sagte ich.

Er zapfte es, und ich zahlte.

Vor mich auf die gläserne Tischplatte legte ich den großen braunen Umschlag, der Lord Vaughnleys Archivfoto von Nanterre enthielt. Der Umschlag war jetzt außerdem vollgestopft mit dem Taschenrecorder, vier weiteren Fotos, zwei Bündeln Banknoten in getrennten kleineren Umschlägen und einigen Bogen Schreibpapier. Alles, was ich für John Smith brauchte, lag bereit, aber von John Smith war nichts zu sehen.

Ein paar Einheimische, die mit dem Wirt gut bekannt waren, kamen in die Bar, bestellten »das Übliche« und beäugten mich, den Fremden. Keiner von ihnen hatte eine Zeitung dabei. Keiner von ihnen, was mich wunderte, war eine Frau.

Ich konnte das Poch... Poch... Poch von jemand hören, der im Schankraum Pfeile warf, deshalb nahm ich meinen Umschlag und mein Bier und schaute dort noch einmal nach.

Inzwischen waren drei Gäste da; zwei spielten mit den Wurfpfeilen, und einer saß auf der Kante einer Bank und sah auf seine Armbanduhr.

Neben ihm lag die *Sporting Life* vom Samstag, die fettgedruckte Anzeige zuoberst.

Mit einem tiefen Seufzer der Erleichterung ging ich hinüber und setzte mich zu ihm auf die Bank, so daß die Zeitung zwischen ihm und mir lag.

»Mr. Smith?« sagte ich.

Er schrak nervös zusammen, obwohl er gesehen hatte, wie ich auf ihn zugekommen war.

Er war vielleicht in den Fünfzigern, trug eine rehbraune Jacke mit Reißverschluß und hatte das Flair gewohnheitsmäßiger Unterlegenheit. Sein noch schwarzes Haar war in sorgfältigen Strichen über eine angehende Glatze gekämmt, und seine Nasenspitze zeigte grad nach unten, als hätte sie vor langer Zeit jemand dahin geschlagen.

»Mein Name ist Christmas«, sagte ich.

Er sah mich genau an und runzelte die Stirn. »Sie kenne ich doch, oder?«

»Mag sein«, sagte ich. »Ich habe Ihnen Ihr Geld mitgebracht. Möchten Sie was trinken?«

»Ich hol's mir«, sagte er. Schon war er aufgestanden, um zur Theke zu gehen, und aus dieser Entfernung musterte er mich skeptisch. Ich ließ eine Hand in den großen Umschlag gleiten, schaltete den Kassettenrecorder ein und zog das erste Päckchen Geld heraus, das ich neben mein Glas auf den Tisch legte.

»Warum hinken Sie?« fragte er, als er behutsam sein Glas absetzte.

»Hab mir den Fuß verstaucht.«

»Sie sind der Jockey«, sagte er. »Kit Fielding.«

Ich konnte die Bestürzung spüren, die ihn bei der Identifizierung überkam, und schob ihm das Geld hin, um ihn zu verankern, eine Flucht zu verhindern.

»Einhundert«, sagte ich, »vorweg.«

»Es war nicht meine Schuld«, sagte er hastig, fast aggressiv, als müßte er sich wehren.

»Nein, das weiß ich. Nehmen Sie das Geld.«

Er streckte eine großknochige Hand aus, ergriff die Beute, zählte nach und steckte sie in seine Innentasche.

»Erzählen Sie mir, was passiert ist«, sagte ich.

Doch so weit war er nicht. Das Unbehagen, Ursache und Wirkung, mußte erst noch bewältigt werden.

»Hören Sie, ich will nicht, daß das rumkommt«, sagte er nervös. »Ich war da im Zwiespalt ... ich hab am Freitag die Annonce gesehen ... aber, also verstehen Sie, von Rechts wegen hätte ich nicht beim Pferderennen sein dürfen. Ich sage Ihnen, daß ich da war, aber das darf nicht rumkommen.«

»Mm«, sagte ich unverbindlich.

»Aber sehen Sie, ich könnte ein paar steuerfreie Kohlen vertragen, und wer auch nicht? Also dachte ich, wenn es Ihnen zweihundert wert ist, dann rede ich vielleicht mit Ihnen.«

»Der Rest ist hier drin«, ich zeigte auf den braunen Umschlag. »Nun erzählen Sie mal ... was passiert ist.«

»Hören Sie, ich hätte arbeiten gehen müssen. Ich hab gesagt, ich hätte die Grippe. Ich würde ja nicht fliegen, wenn die Bosse dahinterkämen, das gäb bloß 'ne Standpauke, aber ich will nicht, daß die Frau es weiß, verstehen Sie, was ich meine? Sie dachte, ich wäre auf der Arbeit. Ich kam zur gewohnten Zeit heim. Sie würde mir die Ohren volljammern, wenn sie was ahnte. Beim Wetten hört für die der Spaß auf, verstehen Sie, was ich meine?«

»Und Sie«, sagte ich, »zocken gern mal ein bißchen?«

»Da ist doch nichts dabei, oder?« wollte er wissen.

»Nein«, sagte ich.

»Die Frau weiß nicht, daß ich hier bin«, sagte er. »Das ist nicht mein Lokal. Ich sagte ihr, ich müßte wegen eines Ersatzteils für meinen Motor nach Bradbury. Ich mache Ölwechsel und brauche einen neuen Filter. Von unserer Verabredung darf ich nichts sagen.

Ich mußte Sie heute morgen anrufen, als ich mit dem Hund draußen war. Also, damit wir uns verstehen, ich will nicht, daß sich das rumspricht.«

Ich dachte zwar ohne Schuldgefühl an meinen hellhörigen kleinen Recorder, konnte mir aber vorstellen, daß Mr. Smiths Redefluß im Bruchteil einer Sekunde versiegen würde, wenn er ihn bemerkte. Er schien jedoch nicht der Typ zu sein, der mit so etwas überhaupt rechnete.

»Es spricht sich bestimmt nicht herum, Mr. Smith«, sagte ich.

Wieder zuckte er bei dem Namen leicht zusammen.

»Also, ich heiße nicht Smith, das können Sie sich vielleicht denken. Aber na ja, wenn Sie meinen Namen nicht kennen, ist das für mich viel sicherer, verstehen Sie?«

»Ja«, sagte ich.

Er trank das Bier weitgehend aus und wischte sich den Mund mit einem Taschentuch; weiß mit braunen Streifen und Karos am Rand. Die beiden Pfeilwerfer beendeten ihr Spiel und gingen hinüber in die Bar, so daß wir in unserer spartanischen Umgebung allein waren.

»Ich hatte mir die Pferde auf dem Sattelplatz angesehen«, sagte er, »und wollte gerade zu den Buchmachern, als dieser Typ auf mich zukam und mir einen Fünfer anbot, wenn ich jemandem eine Nachricht überbringe.«

»Einen Fünfer«, sagte ich.

»Jaja... na klar, da hab ich dem gesagt: ›Mit zehn sind Sie dabei.‹« Er zog die Nase hoch. »Hat ihn nicht grad gefreut. Er hat mich richtig link angesehen, dann schließlich aber doch geblecht. Zehn Pfund. Damit konnte ich bei dem Rennen gratis wetten, verstehen Sie, was ich meine?«

»Ja«, sagte ich.

»Also sagt mir dieser Typ, ich brauchte nur zu einem Mann rüberzugehen, den er mir zeigen würde, und ihm zu sagen, Danielle wollte, daß er auf den Balkon kommt, um die Aussicht zu bewundern.«

»Waren das genau seine Worte?«

»Er hat's mich zweimal wiederholen lassen. Dann gab er mir zwei Fünfer und zeigte auf einen dicken Mann in einem dunklen Mantel, der sehr vornehm aussah, und als ich mich umdrehte, war er weg. Jedenfalls hatte er mich dafür bezahlt, daß ich die Nachricht weitergebe, also hab ich das getan. Ich hab mir nichts dabei gedacht, verstehen Sie? Ich meine, es schien ja nichts dabei zu sein. Ich wußte, daß auf dem Balkon kein Zutritt war, aber wenn der da hoch wollte, Gott, na ja – verstehen Sie, was ich meine?«

»Das kann ich verstehen«, sagte ich.

»Ich gab die Nachricht weiter, und der vornehme Knabe bedankte sich, und ich ging raus zu den Buchmachern und setzte zwei Fünfer auf Applejack.«

Mr. Smith war ein Verlierer, dachte ich. Ich hatte Applejack mit Pinkeye auf den zweiten Platz verwiesen.

»Sie trinken ja gar nichts«, bemerkte er, den Blick auf meinem noch vollen Glas.

Bier macht dick ... »Sie können es haben«, sagte ich, »wenn Sie wollen.«

Er nahm das Glas ohne Umschweife und tat sich am Inhalt gütlich.

»Also«, meinte er. »Besser, Sie sagen es mir ... war es der Mann, dem ich die Nachricht gebracht hab, der vom Balkon gefallen ist?« Seine Augen waren besorgt, flehten beinahe, die Antwort möchte anders ausfallen, als er befürchtete.

»Leider ja«, sagte ich.

»Das dachte ich mir. Ich hab ihn nicht fallen gesehen, ich war vorn bei den Buchmachern, verstehen Sie? Aber später hab ich hier und da was aufgeschnappt von Mänteln und so weiter ... Bin allerdings nicht schlau daraus geworden, bis am nächsten Tag die ganze Sache in der Zeitung stand.« Er schüttelte den Kopf. »Ich konnte aber doch nichts sagen, oder, weil ich ja heimlich bei dem Pferderennen war.«

»Schwierig«, gab ich zu.

»Es war nicht meine Schuld, daß er von dem Balkon gefallen ist«, sagte er bedrückt. »Also dachte ich, wozu soll ich irgend jemandem was von der Nachricht sagen. Halte ich lieber den Mund. Vielleicht hat ihn diese Danielle runtergestoßen, dachte ich. Vielleicht war er ihr Mann, und ihr Geliebter hat ihn durch mich da hochgeschickt, damit sie ihn runterwerfen kann. Verstehen Sie, was ich meine?«

Ich unterdrückte ein Grinsen und verstand, was er meinte.

»Ich wollte es nicht mit der Polizei zu tun bekommen, verstehen Sie? Ich meine, er ist ja dank Ihrer Hilfe nicht in den Tod gestürzt, also war ja nichts passiert, oder?«

»Nein«, sagte ich. »Und er ist auch nicht gestoßen worden. Er verlor das Gleichgewicht auf ein paar losen Brettern, die die Maurer zurückgelassen hatten. Das weiß ich von ihm. Er hat mir erklärt, wie er gefallen ist.«

»Oh.« Mr. Anonymus Smith schien sowohl erleichtert wie auch

enttäuscht, daß er nicht in ein versuchtes Verbrechen aus Leidenschaft verwickelt gewesen war. »Ich verstehe.«

»Aber«, sagte ich, »er war neugierig wegen der Nachricht. Er wollte gern wissen, wer Sie gebeten hat, ihm das auszurichten, daher beschlossen wir, die Annonce in die Zeitung zu setzen.«

»Sie kennen ihn also?« sagte er verblüfft.

»Inzwischen ja«, erwidert ich.

»Aha.« Er nickte.

»Der Mann, der Ihnen die Nachricht gegeben hat«, sagte ich obenhin, »wissen Sie noch, wie der aussah?«

Ich bemühte mich, gleichmäßig zu atmen. Mr. Smith spürte trotzdem, daß es sich um eine entscheidende Frage handelte, und blickte in Gedanken an die zweite Rate vielsagend auf das Kuvert.

»Die zweiten Hundert gehören Ihnen«, sagte ich, »wenn Sie ihn beschreiben können.«

»Es war kein Engländer«, wagte er den Sprung. »Ein auffallender Typ, harte Stimme, große Nase.«

»Erinnern Sie sich noch genau an ihn?« fragte ich, jetzt viel entspannter. »Würden Sie ihn wiedererkennen?«

»Ich hab seit Donnerstag an ihn gedacht«, sagte er einfach. »Ich glaube schon.«

Ohne viel Aufhebens davon zu machen, zog ich die fünf Fotos aus dem Umschlag: glänzende Schwarzweißaufnahmen, alle im Format 18 × 24 cm, von Leuten, die Rennpreise entgegennahmen. In vier von den Gruppen war Fielding der siegreiche Jockey, aber zweimal stand ich mit dem Rücken zur Kamera. Eine bessere Bildauswahl hatte ich auf die schnelle nicht treffen können.

»Würden Sie mal diese Fotos ansehen«, sagte ich, »und schauen, ob er dabei ist?«

Er holte eine Brille hervor und setzte sie auf seine platte Nase; ein unfähiger Mann, nicht unglücklich.

Er nahm die Fotos und betrachtete sie sorgfältig der Reihe nach. Ich hatte Nanterres Bild an vierter Stelle unter den fünf eingeordnet, und er warf einen Blick darauf und ging weiter. Er sah das fünfte an und legte sie alle wieder auf den Tisch, und ich hoffte, er würde nicht merken, wie enttäuscht ich war.

»Also«, sagte er bedächtig, »ja, er ist dabei.«

Ich beobachtete ihn atemlos und wartete. Wenn er Nanterre wirklich wiedererkannte, würde ich auf jedes Spiel, das ihm vorschwebte, eingehen.

»Hören Sie«, sagte er, als hätte er Angst vor seiner eigenen Courage.

»Sie sind Kit Fielding, ja? Ihnen fehlt's nicht am nötigen Kleingeld. Und der Mann, der da abgestürzt ist, sah ziemlich gut betucht aus. Verstehen Sie, was ich meine? Machen Sie Zweifünfzig draus, und ich sage Ihnen, welcher es ist.«

Ich holte tief Luft und tat, als ob ich mir das widerwillig überlegte.

»Na schön«, sagte ich schließlich. »Zweifünfzig.«

Er blätterte die Fotos durch und deutete unfehlbar auf Nanterre.

»Der«, sagte er.

»Sie haben Ihre Zweifünfzig«, sagte ich. Ich gab ihm den zweiten kleinen Umschlag. »Da sind Hundert drin.« Ich angelte nach meiner Brieftasche und zählte noch fünfzig hinzu. »Danke«, sagte ich.

Er nickte und steckte wie zuvor das Geld sorgfältig ein.

»Mr. Smith«, sagte ich obenhin. »Was würden Sie für weitere Hundert tun?«

Er starrte mich durch seine Brille an. »Wie meinen Sie das?« Hoffnungsvoll, alles in allem.

Ich sagte: »Wenn ich einen Satz auf ein Blatt Papier schreibe, setzen Sie dann Ihre Unterschrift darunter? Der Name John Smith genügt vollkommen.«

»Was denn für einen Satz?« Er sah wieder besorgt drein.

»Ich schreibe ihn auf«, sagte ich. »Dann überlegen Sie sich, ob Sie unterschreiben.«

»Für einen Hunderter?«

»Richtig.«

Ich zog einen Bogen unliniertes Schreibpapier aus dem Umschlag, zückte meinen Kuli und schrieb:

»Beim Pferderennen in Bradbury (ich setzte das Datum ein) habe ich einem Mann eine Nachricht des Inhalts überbracht, daß er zu Danielle auf den Aussichtsbalkon kommen sollte. Den Mann, der mich das ausrichten bat, habe ich eindeutig auf dem mir gezeigten Foto identifiziert.«

Das gab ich Mr. Smith. Er wußte nicht genau, was für Folgen es haben könnte, wenn er unterschrieb, aber er dachte an einhundert Pfund.

»John Smith drunter?« sagte er.

»Ja. Mit Schwung, wie eine echte Unterschrift.«

Ich gab ihm meinen Kuli. Fast ohne weiteres Zögern tat er, was ich verlangt hatte.

»Großartig«, sagte ich, nahm das Blatt Papier und steckte es mit den Fotos zurück in den Umschlag. Ich griff wieder nach meiner Brieftasche, gab ihm weitere hundert Pfund und sah ihn nachgerade hungrig auf das Geld schauen, das ich dann noch übrig hatte.

»Da sind noch mal Hundertfünfzig drin«, ich zeigte es ihm. »Das wären dann runde Fünfhundert für Sie.«

Das Spiel gefiel ihm immer besser. »Was würden Sie dafür verlangen?«

»Damit ich Sie nicht bis nach Hause verfolgen muß«, sagte ich freundlich, »möchte ich, daß Sie mir auf einem gesonderten Blatt Ihren richtigen Namen und Ihre Adresse aufschreiben.«

Ich zog ein leeres Blatt aus dem Umschlag. »Sie haben noch meinen Kuli«, erinnerte ich ihn. »Seien Sie brav und schreiben Sie.«

Er blickte drein, als hätte ich ihn vor den Kopf geschlagen.

»Ich bin mit dem Bus gekommen«, sagte er leise.

»Ich kann auch Bussen nachfahren«, erwiderte ich.

Er sah krank aus.

»Ich erzähle Ihrer Frau nicht, daß Sie auf der Rennbahn waren«, sagte ich. »Wenn Sie Ihren Namen aufschreiben, damit ich Ihnen nicht zu folgen brauche.«

»Für Einhundertfünfzig?« sagte er schwach.

»Ja.«

Er schrieb einen Namen mit Anschrift in Blockbuchstaben:

A. V. HODGES
44 CARLETON AVENUE
WIDDERLAWN/BRADBURY

»Wofür steht das A. V.?« fragte ich.

»Arnold Vincent«, sagte er ohne Falsch.

»Okay«, sagte ich. »Hier ist das restliche Geld.« Ich zählte es ihm hin. »Verlieren Sie nicht alles auf einmal.«

Er sah erschrocken drein und lachte dann verschämt. »Ich kann nicht oft zum Rennen, verstehen Sie, was ich meine? Meine Frau weiß, wieviel Geld ich habe.«

»Jetzt aber nicht«, sagte ich vergnügt. »Vielen Dank, Mr. Smith.«

18

Ich hatte reichlich Zeit und dachte, ich könnte ebensogut auf Nummer Sicher gehen. Ich trödelte unsichtbar herum, während John Smith in einer Werkstatt seinen Ölfilter kaufte und seinen Bus abpaßte, und ich folgte dem Bus unsichtbar nach Widderlawn.

John Smith stieg aus und ging zur Carleton Avenue, wo er sich an Nummer 44, einem gut gepflegten Doppelhaus der Gemeinde, selbst die Tür aufschloß.

In jeder Hinsicht zufriedengestellt, fuhr ich wieder nach London, und Litsi kam mir aus der Bibliothek entgegen, als ich in die Eingangshalle trat.

»Ich habe Sie kommen sehen«, sagte er träge. Die Fenster der Bibliothek blickten auf die Straße. »Freut mich, daß Sie wieder da sind.« Er hatte nach mir ausgeschaut, dachte ich.

»Es war keine Falle«, sagte ich.

»Anscheinend nicht.«

Ich lächelte plötzlich, und er meinte: »Ein schnurrender Kater, wenn ich je einen gesehen habe.«

Ich nickte nach der Bibliothek hin. »Gehen wir da rein, und ich erzähle es Ihnen.«

Ich brachte die Kleidertasche und den großen Umschlag in das lange, getäfelte Zimmer mit seinen Leserosten vor den Bücherregalen, seinen Perserteppichen, seinen Netzgardinen und Samtvorhängen. Großzügig gestaltet, diente es hauptsächlich zum Empfang von Besuchern, die nicht vertraut genug waren, um nach oben gebeten zu werden, und für mich hatte es die leblose Atmosphäre teurer Wartezimmer.

Litsi sah auf meine Füße herab. »Stehen Sie unter *Wasser*?« fragte er ungläubig.

»Mm.« Ich stellte die Tasche hin, legte den Umschlag weg und zog meinen linken Schuh aus, in den einer der beiden Eisbeutel ausgelaufen war.

Vor seinen entsetzten Ästhetenaugen pulte ich den unversehrt gebliebenen Beutel aus meiner Socke und leerte dessen Inhalt in eine günstig stehende Topfpflanze. Der andere, leergelaufene Beutel folgte dem ersten in den Papierkorb. Ich streifte meine durchnäßte Socke ab, legte sie zusammengefaltet auf meine Tasche und zog meinen nassen Schuh wieder an.

»Ursprünglich«, sagte Litsi, »war das wohl einmal die mobile Kühlung.«

»Ganz recht.«

»Ich hätte einen verstauchten Fuß warmgehalten«, sagte er nachdenklich.

»Kälte wirkt schneller.«

Ich ging mit dem Umschlag zu einem Paar Sessel hinüber, die an einen Tisch gerückt waren, knipste die Tischlampe an und setzte mich. Litsi nahm den anderen Sessel. In der Bibliothek war es ständig dunkel, man brauchte dort fast immer elektrisches Licht; heute gab der graue Nachmittag den Kampf in den cremefarbenen Netzfalten auf der Straßenseite des Zimmers auf.

»Mr. Smith«, sagte ich, »kann für sich sprechen.«

Ich stellte den kleinen Recorder auf den Tisch, spulte die Kassette zurück und ließ sie laufen. Litsi, der vornehme Bursche, hörte sich ironisch-fasziniert an, wie er verladen worden war, und gegen Ende fingen seine Augenbrauen an zu klettern, bei ihm ein Zeichen, daß er etwas nicht ganz verstand.

Ich zeigte ihm den Zettel, den John Smith unterschrieben hatte, und zog, während er zusah, mit meinem Kuli einen Kreis um Nanterres Kopf auf dem Foto.

»Mr. Smith wohnt an der angegebenen Adresse«, sagte ich. »Ich bin ihm sicherheitshalber noch bis nach Hause gefolgt.«

»Aber«, sagte Litsi überrascht, »wenn Sie ihm ohnehin gefolgt sind, warum haben Sie ihm dann die letzten Hundertfünfzig noch gegeben?«

»Oh ... hm ... so brauchte ich mich bei den Nachbarn nicht nach seinem Namen erkundigen.« Litsi sah skeptisch drein. »Na ja«, sagte ich, »er hat sie verdient.«

»Was haben Sie mit den Sachen vor?« fragte er und winkte mit der Hand.

»Mit etwas Glück«, sagte ich, »folgendes.« Und ich erzählte es ihm.

Dankbar dafür, daß es den Lift gab, fuhr ich in die dritte Etage zum Bambuszimmer, wo ich meine Sachen verstaute, duschte, mich umzog, einen trockenen Verband anlegte und beschloß, kein Eis mehr zu verwenden.

Das feudale Zimmer wurde langsam mein Zuhause, dachte ich. Beatrice schien die Pläne für eine gewaltsame Inbesitznahme aufgegeben zu haben, wenn sie mich auch über den Härtegrad ihrer Gefühle nicht im Zweifel ließ; und wie mir das Zimmer lieb wurde, so wuchs auch mein Verständnis für ihren Groll.

Sie war nicht im Wohnzimmer, als ich am Abend nach unten ging; nur Danielle, die Prinzessin und Litsi, der sich um die Getränke kümmerte.

Ich verbeugte mich leicht vor der Prinzessin, da ich sie zum erstenmal an diesem Tag sah, und küßte Danielle auf die Wange.

»Wo bist du gewesen?« fragte sie neutral.

»Angeln.«

»Hast du was gefangen?«

»Haifischköder.«

Sie sah mir rasch in die Augen, lachend, ganz die alte, liebende Danielle, aber nur einen Moment lang. Ich nahm das Glas, in das Litsi ein knappes Quentchen Scotch gegossen hatte, und versuchte mein Bedauern zu unterdrücken – und Beatrice kam mit runden, verschleierten Augen durch die Tür und blieb verloren in der Zimmermitte stehen, als wüßte sie nicht so recht weiter.

Litsi begann ihren Drink zu mixen, so wie sie ihn mochte; er hätte einen guten König abgegeben, aber einen noch besseren Barmann, dachte ich. Er war mir sympathisch. Beatrice ging zu dem Sofa, auf dem die Prinzessin saß, und nahm den Platz neben ihr ein, als hätte sie weiche Knie bekommen.

»Bitte sehr, Beatrice«, sagte Litsi aufgeräumt und stellte das rote Getränk auf den niedrigen Tisch vor ihr. »Ein Schuß Worcestershire, ein Hauch Zitrone.«

Beatrice schaute blind auf das Glas.

»Casilia«, sagte sie, als wollten ihr die Worte im Hals stecken bleiben. »Ich war ja so ein Dummkopf.«

»Meine liebe Beatrice . . .«, sagte die Prinzessin.

Beatrice fing völlig unerwartet an zu weinen, nicht leise, sondern mit verzweifelten »Ohs«, die sich fast wie Stöhnen anhörten.

Die Prinzessin sah verlegen drein, und es war Litsi, der Beatrice mit einem großen weißen Taschentuch und beruhigenden Worten zu Hilfe kam.

»Erzähl uns, was dich bedrückt«, sagte er, »und wir können sicher etwas dagegen tun.«

Beatrice heulte wieder »Oh«, den offenen Mund zu einem qualvollen Kreis verzerrt, und preßte Litsis Taschentuch fest auf ihre Augen.

»Versuch doch, dich zusammenzunehmen, liebe Beatrice«, sagte die Prinzessin mit einem Anflug von Strenge. »Wir können dir erst helfen, wenn wir wissen, was los ist.«

Beatricens ein wenig theatralischer Weinkampf ließ nach, und echter Kummer kam zum Vorschein. Das übertriebene Heischen nach Mitgefühl mochte fehlgeschlagen sein, aber sie brauchte wirklich welches.

»Ich kann doch nichts dafür.« Sie trocknete ihre Augen und tupfte behutsam ihre Maskara ab, indem sie den gefalteten Zipfel des Taschentuchs flach auf ihr unteres Augenlid legte und die oberen Wimpern daraufdrückte, so daß winzige schwarze Streifen abfärbten. In größter Not, dachte ich, reinigt niemand so methodisch seine Augen.

»Ich war ein solcher Dummkopf«, sagte sie.

»Inwiefern, meine Liebe?« fragte die Prinzessin, wobei sie unmißverständlich den Eindruck erweckte, daß sie ihre Schwägerin die meiste Zeit in fast allem für einen Dummkopf hielt.

»Ich . . . ich habe mit Henri Nanterre gesprochen«, sagte Beatrice.
»Wann?« fragte Litsi schnell.
»Gerade. Oben in meinem Zimmer.«
Wir blickten beide auf das Tonbandtelefon, das stumm geblieben war. Weder Litsi noch ich hatten schließlich zur rechten Zeit den Hörer abgenommen.
»Hast du ihn angerufen?« sagte Litsi.
»Ja, natürlich.« Beatrice kam langsam wieder zu dem bißchen Verstand, das sie besaß. »Also, das heißt . . .«
»Was sagte er denn«, fragte Litsi gleich weiter, »was dich so aufgeregt hat?«
»Ich . . . ich . . . Er war so charmant, als er mich in Palm Beach besuchen kam, aber ich habe mich geirrt . . . schrecklich geirrt.«
»Was hat er denn nun gesagt?« fragte Litsi noch einmal.
»Er sagte . . .«, sie sah ihn ein wenig wirr an, »er hätte gedacht, daß Roland zusammenbrechen würde, nachdem du beinah tödlich verunglückt wärst . . . er fragte mich, warum ihn das nicht geschafft hat. Aber ich . . . ich wußte nicht, daß du beinah ums Leben gekommen bist. Ich sagte, ich hätte nichts davon gehört, und ich sei sicher, Roland und Casilia auch nicht, und da wurde er bitterböse, *gebrüllt* hat er . . .« Sie schüttelte den Kopf. »Ich mußte den Hörer weghalten . . . es hat mir wehgetan.«
Die Prinzessin sah verblüfft und bekümmert drein.
»Litsi! Was ist passiert? Du hast kein Wort gesagt . . .«
»Henri hat damit geprahlt«, sagte Beatrice unglücklich, »daß er für Litsi einen Unfall arrangiert hat, der wunderbar gelungen wäre, wenn nicht dieser . . . dieser . . .«, sie wußte nicht, wie sie mich nennen sollte und begnügte sich mit Zeigen, »*er* hat Litsi das Leben gerettet.« Beatrice schluckte. »Ich hätte doch nie gedacht . . . nie und nimmer . . . daß er so etwas *Furchtbares* tun würde . . ., daß er wirklich jemand *verletzen* würde. Und er sagte . . . er sagte . . . Roland und Casilia wollten ja wohl nicht, daß noch mehr Pferde umgebracht würden, und wie Casilia denn das mit ihrem Pferd Col aufgenommen hätte . . . und als ich ihm sagte, davon wüßte ich auch nichts, geriet er in *Wut* . . . Er fragte, ob es Roland wüßte, und ich sagte, ich hätte keine Ahnung. Er schrie durchs Telefon . . . er war völlig außer sich . . . er sagte, er hätte nie gedacht, daß ihr so lange standhalten würdet . . . er sagte, das ginge alles zu langsam und er würde den Druck verstärken.«
Beatrice war tief erschüttert.
»Er sagte, der Jockey sei ihm ständig im Weg, behindere ihn, bringe Wächter und Tonbandtelefone ins Spiel; also würde er zuerst mal den

Jockey loswerden. Danach würde Danielle ihr schönes Aussehen verlieren – und dann würde keiner mehr Roland von der Unterschrift abhalten. Er sagte«, setzte sie hinzu, die Augen wieder rund und trocken, »ich sollte seine Drohungen an Roland weitergeben. Ich sollte sagen, er hätte hier angerufen, und ich sei zufällig an den Apparat gegangen.«

Die Prinzessin, entsetzt, aber mit geradem Rücken, sagte: »Du wirst Roland überhaupt nichts sagen, Beatrice.«

»Henri legte den Hörer auf«, sagte Beatrice, »und ich saß da und dachte, das kann doch nicht sein Ernst sein, er kann unmöglich Danielles Gesicht zerstören ... sie ist genauso meine Nichte wie die von Roland ... das würde ich nicht wollen, für alles Geld auf der Welt nicht. Ich versuchte mir einzureden, es sei eben bloß eine Drohung, aber er hat sie ja an dem Abend verfolgt, und er hat die Pferde getötet; damit hat er sich gebrüstet. Ich wollte auch nicht glauben, daß er versucht hatte, Litsi umzubringen ... ihn umzubringen! ... einfach unmöglich ... aber er hörte sich so gemein an ... ich hätte nicht gedacht, daß er so sein kann.« Sie wandte sich flehend an die Prinzessin: »Ich mag ja dumm gewesen sein, aber ich bin nicht *böse*, Casilia.«

Ich hörte dem Erguß mit großer Unruhe zu. Ich wollte nicht, daß ihre späte Reue die sorgfältig versponnenen Fäden durcheinanderbrachte. Mir wäre viel lieber gewesen, sie wäre entschlossen auf dem bisherigen Kurs geblieben.

»Haben Sie ihn daraufhin nochmal angerufen?« fragte ich.

Beatrice mochte nicht mit mir reden und antwortete erst, als Litsi die gleiche Frage stellte.

»Das hab ich«, sagte sie heftig, um Vergebung bittend, »aber er war schon weg.«

»Schon?« fragte Litsi.

Beatrice wurde leiser. »Er hatte mir gesagt, daß ich ihn unter der Nummer nicht mehr erreichen könnte. Er war sowieso die halbe Zeit nicht da. Ich meine ...«

»Wie oft hast du mit ihm gesprochen?« fragte Litsi freundlich. »Und wann?«

Beatrice zögerte erst, antwortete aber: »Gestern und heute, so gegen sechs, und Donnerstag früh und ...«, sie versuchte sich zu erinnern, »es muß am Mittwoch abend um sechs gewesen sein, und zweimal am Montag, nachdem ich raushatte ...« Ihre Stimme verlor sich, das halb ausgesprochene Geständnis erschreckte sie auf einmal.

»Was hattest du herausgefunden?« fragte Litsi ohne Tadel.

Sie sagte unglücklich: »Die Marke und die Farbe von Danielles Wagen. Das wollte er wissen ... Ich hatte keine Ahnung«, heulte sie plötzlich, »daß er einen Überfall auf sie plante. Ich war fassungslos, als er danach bei euch anrief ... junge Frauen, meinte er doch zu Litsi, sollten eben nachts nicht alleine Auto fahren. Danielle«, sagte sie beschwörend, zu ihr gewandt, »ich würde dich niemals in Gefahr bringen, nie.«

»Aber am Dienstag hast du ihm erzählt, daß Danielle und ich zum Pferderennen nach Bradbury fahren«, bemerkte Litsi.

»Ja, aber er hat *verlangt*, daß ich ihm solche Sachen erzähle«, erwiderte Beatrice grimmig. »Er wollte immer alles bis ins kleinste wissen. Er fragte mich, was im Haus vorgehe ... er sagte, es sei doch wichtig für mich, daß er Erfolg habe, deshalb sollte ich ihm mit Hinweisen helfen, auch mit winzigen Details.«

Ich sagte unprovokativ wie Litsi: »Inwiefern war das wichtig für Sie, Mrs. Bunt?«

Sie fühlte sich trotzdem provoziert, funkelte mich an und schwieg.

Litsi formulierte die Frage neu: »Hat Henri dir vielleicht ... ein hübsches Präsent versprochen ... falls er zum Erfolg kommt?«

Unsicher sah Beatrice die Prinzessin an, deren Blick auf den Händen in ihrem Schoß ruhte und deren Gesichtsausdruck streng war. Keine Verlockungen dieser Welt hätten sie bewegen können, umfassende Spitzeldienste für den Feind ihres Gastgebers und Bruders zu leisten, und ich konnte mir vorstellen, daß sie sich sehr bemühte, keinen offenen Abscheu zu zeigen.

Beatrice antwortete Litsi mit einem Rechtfertigungsversuch: »Ich habe natürlich die de Brescou-Treuhandgelder, aber es ist teuer, in Palm Beach seine *Position* zu halten. Meine Soireen, verstehst du, nur für fünfzig liebe Freunde ... nichts Großes ... und meine Diener, nur ein Ehepaar ... sind kaum *ausreichend*, und Henri sagte ... Henri versprach mir ...« Sie zögerte unschlüssig.

»Eine Million Dollar?« tippte Litsi an.

»Nein, nein«, widersprach sie, »so viel nicht. Er sagte, wenn die Pistolen in der Produktion wären und wenn er sein erstes großes Waffengeschäft abgeschlossen hätte, was wohl noch innerhalb eines Jahres wäre, dann würde er mir Zweihundertundfünfzigtausend als Geschenk zukommen lassen, und in den darauffolgenden drei Jahren noch jeweils Hunderttausend. Nicht gar so viel ... aber für mich, siehst du, hätte es einen merkbaren Unterschied bedeutet.«

Ein Soiree für hundert, dachte ich sardonisch. Eine kleine Statusverbesserung im Kreis der Wohlhabenden. Über eine halbe Million Dollar insgesamt. Der Unterschied war klar ersichtlich.

»Ich fand nichts dabei, Roland zu überreden«, sagte sie. »Als ich hierherkam, war ich sicher, ich würde es schaffen und hätte hinterher das schöne Geld von Henri zur Verfügung.«

»Haben Sie das schriftlich von ihm?« fragte ich.

»Natürlich nicht«, entgegnete sie und vergaß dabei, daß sie mit mir redete, »aber er hat es doch versprochen. Er ist ein *Ehrenmann*.«

Selbst ihr wurde, sobald sie es gesagt hatte, klar, daß Nanterre zwar vieles war, vom Adligen bis zum Unternehmer, aber kein Ehrenmann.

»Er hat's versprochen«, wiederholte sie.

Beatrice schien sich jetzt viel besser zu fühlen, als ob ein vollständiges Bekenntnis die Sünde entschuldigte.

Mir lag sehr daran zu erfahren, wieviel Informationen sie vor dem Dämmern der Erkenntnis und dem darauffolgenden Sinneswandel weitergegeben hatte. Eine Menge gute Pläne waren in die Binsen gegangen, wenn sie nicht das übermittelt hatten, worauf es uns ankam.

»Mrs. Bunt«, sagte ich schüchtern, »hat Henri Nanterre, als er erklärte, er wollte den Jockey loswerden, Ihnen gesagt, auf welche Weise? Oder vielleicht wann? Oder wo?«

»Nein«, entgegnete sie prompt, mit ungnädiger Miene.

»Aber haben Sie ihm vielleicht irgend etwas gesagt, wo ich hingehe und wann, so wie bei Danielle und Litsi?«

Sie starrte mich bloß an. Litsi, der begriff, was ich wissen wollte, sagte: »Beatrice, wenn du Nanterre erzählt hast, wo Kit verwundbar sein könnte, mußt du uns das jetzt sagen, aber allen Ernstes.«

Sie sah ihn trotzig an. »Es liegt an ihm«, sie meinte mich, »daß Roland Henris Plänen nicht zustimmt. Roland hat es mir gesagt. Und *er* ja auch.« Sie ruckte den Kopf in meine Richtung. »Er sagte beim Abendessen ausdrücklich ... ihr habt es gehört ... solange er hier wäre, würde Roland nicht unterschreiben. Er hat so viel Einfluß ... alle tut ihr, was er sagt ... Ohne ihn, meinte Henri, wäre alles schon am ersten Tag erledigt gewesen, noch bevor ich herkam. Alles ist *seine* Schuld. *Er* hat Henri dazu getrieben, die ganzen schlimmen Sachen zu machen. Wegen *ihm* bekomme ich wahrscheinlich nicht mein Geld. Als Henri mich also fragte, ob ich feststellen kann, wann und wo der Jockey mal allein ist ... tja ... da sagte ich, das würde ich rausfinden ... und zwar mit Vergnügen!«

»Tante Beatrice!« rief Danielle. »Wie konntest du?«

»Er hat mein *Zimmer*«, brach es aus Beatrice hervor. »*Mein Zimmer!*«

Eine kurze, gespannte Stille folgte. Dann sagte ich mild: »Wenn Sie uns sagen würden, was sie Nanterre erzählt haben, würde ich dort nicht hingehen ... wo es auch sein mag.«

»Du mußt es uns sagen«, verlangte die Prinzessin heftig. »Wenn Kit deinetwegen etwas zustößt, werden wir dich nie wieder in diesem Haus oder im Château aufnehmen.«

Beatrice schien wie betäubt angesichts dieser schlimmsten aller Drohungen.

»Außerdem«, sagte Litsi in einem überaus energischen Tonfall, »bist du weder meine Schwester, meine Schwägerin noch meine Tante. Ich habe keine familiären Gefühle dir gegenüber. Du hast Auskünfte erteilt, die meinen Tod hätten herbeiführen können. Wenn du, wie es den Anschein hat, das gleiche in bezug auf Kit getan hast, und es gelingt Nanterre ihn umzubringen, hast du Beihilfe zum Mord geleistet, und ich werde die Polizei in diesem Sinne verständigen.«

Beatrice brach innerlich völlig zusammen. Die ganze Sache ging weit über das hinaus, worauf sie sich hatte einlassen wollen, und Litsis Drohung war wie das dunkle Grollen einer undenkbaren Zukunft strafrechtlicher Vergeltung.

Beatrice sagte mit einem Anflug von Verdrossenheit zu Litsi: »Ich habe Henri erzählt, wo er seinen Wagen unterstellt, solange er hier ist. Heute abend sagte ich Henri, daß er Danielle morgen zum letztenmal abholt ... daß er früh um halb zwei zu seinem Wagen geht ... Henri meinte, das sei ausgezeichnet ... aber dann redete er von dir in Bradbury ... und von den toten Pferden ... er fing an zu schreien, und mir ging auf ... wie er mich benutzt hatte.« Ihr Gesicht verzog sich, als wollte sie wieder weinen, aber vielleicht weil sie einen allgemeinen Mangel an Verständnis spürte, unterdrückte sie die Regung und blickte mitleidsuchend von einem zum anderen.

Litsi sah aus, als ob er im stillen frohlockte, und mir ging es ähnlich. Die Prinzessin war allerdings erschrocken, ihre Augen weit aufgerissen.

»Die dunklen Garagen!« sagte sie entsetzt. »Daß Sie da nicht hingehen, Kit.«

»Nein«, versicherte ich ihr. »Ich werde woanders parken.« Sie entspannte sich, offenbar zufrieden mit der einfachen Lösung, und Danielle sah mich grübelnd an, denn sie wußte, daß ich nicht woanders parken würde.

Ich zwinkerte ihr zu.

Sie lachte beinah. »Wie kannst du?« sagte sie. »Wie kannst du da noch scherzen? Sag es nicht, sag bloß nicht, ohne Schwierigkeiten.«

Die Prinzessin und Beatrice schauten verwirrt drein, gaben aber nicht weiter acht.

»Sind Sie ganz sicher«, fragte ich Beatrice, »daß Sie Nanterre nicht mehr erreichen können?«

»Ja«, sagte sie unsicher und blickte nervös zu Litsi. »Aber... aber...«

»Aber was, Beatrice?«

»Er ruft heute abend hier an. Ich sollte Roland von deinem Unfall und von der Erschießung Cols erzählen, dann wollte er nachhören, ob Roland zur Unterschrift bereit ist... und wenn nicht...« Sie wand sich. »Ich konnte doch nicht zulassen, daß er Danielle etwas antut. Wirklich nicht!«

Ihre Augen schienen sich auf ihren unangerührten Drink zu heften. Sie streckte eine reich beringte Hand mit scharlachroten Fingernägeln aus und lieferte eine saubere Imitation von jemand, der soeben aus der Wüste kommt. Die Prinzessin, die ihre Schwägerin kaum noch ansehen konnte, ging auf die Tür zu und bedeutete mir mit der Hand, sie zu begleiten.

Ich folgte ihr. Sie trat ins Speisezimmer, wo das Abendessen gerichtet war, und bat mich, die Tür zu schließen, was ich auch tat.

Sie sagte ernstlich besorgt: »Es hat sich doch nichts geändert durch das, was Beatrice uns erzählt hat?«

»Nein«, erwiderte ich mit einer Dankbarkeit, die für sie nicht zu hören war.

»Wir können nicht stur weitermachen. Danielles Gesicht dürfen wir nicht riskieren. Sie dürfen es nicht riskieren.« Das Dilemma war furchtbar, wie von Nanterre beabsichtigt.

»Nein«, sagte ich. »Darauf darf ich es nicht ankommen lassen. Aber geben Sie mir Zeit bis Dienstag. Sagen Sie Monsieur bis dahin nichts von den Drohungen. Wir haben etwas vor. Wir haben zwar ein Druckmittel, aber wir brauchen ein stärkeres. Wir werden Nanterre ausschalten«, versprach ich, »wenn Sie uns diese Frist geben.«

»Sie und Litsi?«

»Ja.«

»Litsi war der Mann, der von dem Balkon gefallen ist«, sagte sie, Bestätigung suchend.

Ich nickte und erzählte ihr von der Lockbotschaft, aber nicht davon, daß der Bote gefunden war.

»Du meine Güte. Damit müssen wir doch zur Polizei gehen.«

»Warten Sie bis Dienstag«, bat ich. »Dann gehen wir, wenn es sein muß.«

Sie erklärte sich recht gern damit einverstanden, weil polizeiliche Ermittlungen in der Öffentlichkeit Aufsehen erregen konnten, und ich hoffte für John Smith Arnold Vincent Hodges, daß wir ihn nicht dem Unmut seiner Frau auszuliefern brauchten.

Ich fragte die Prinzessin, ob ich ihren Mann wohl an diesem Abend für zehn Minuten allein sprechen könnte, und anstandslos fuhr sie mit mir im Lift nach oben, um das Gespräch zu arrangieren; es sei eine gute Zeit, da er zum Essen nicht herunterkäme.

Sie führte mich zu ihm, ließ uns allein, und ich nahm den roten Ledersessel, den Roland mir anbot.

»Was kann ich für Sie tun?« fragte er höflich, den Kopf auf die hohe Rückenlehne des Rollstuhls gestützt. »Noch mehr Wächter? Sammy habe ich kennengelernt«, ein schwaches Lächeln. »Er ist amüsant.«

»Nein, Monsieur, keine zusätzlichen Wächter. Ich habe mir überlegt, ob ich zeitig morgen früh einmal zu Ihrem Anwalt Gerald Greening gehen könnte. Hätten Sie etwas dagegen, wenn ich einen Termin vereinbare?«

»Hat das etwas mit Henri Nanterre zu tun?«

»Ja, Monsieur.«

»Könnten Sie mir sagen, weshalb Sie Gerald benötigen?«

Ich erklärte es. Er meinte müde, er verspreche sich zwar keinen Erfolg davon, aber ich brauchte Gerald nicht im Büro aufzusuchen, er käme ins Haus. Die Welt, erkannte ich belustigt, war unterteilt in solche, die Anwaltskanzleien aufsuchten und solche, zu denen die Anwälte kamen.

Roland sagte, wenn ich Geralds Privatnummer nachsähe und dort anriefe, würde er selbst mit Gerald sprechen, falls der zu Hause sei, und kurz darauf war der Termin vereinbart.

»Er kommt auf dem Weg zum Büro hier vorbei«, sagte Roland, als er mir den Hörer zum Auflegen reichte. »Um halb neun. Laden Sie ihn zum Frühstück ein.«

»Ja, Monsieur.«

Er nickte ein wenig. »Gute Nacht, Kit.«

Ich ging hinunter zum Abendessen, das schweigsamer denn je verlief, und später rief, wie angedroht, Nanterre an.

Als ich seine Stimme hörte, drückte ich den Aufnahmeknopf, aber wieder nicht die Konferenzschaltung.

»Ich spreche mit jedem außer Ihnen«, sagte er.

»Dann mit niemand.«

Er brüllte: »Ich will Casilia sprechen.«

»Nein.«

»Geben Sie mir Roland.«

»Nein.«

»Beatrice.«

»Nein.«

»Das wird Ihnen leid tun«, schrie er und knallte den Hörer auf.

19

Litsi und ich empfingen Gerald Greening im Morgenzimmer, wo er reichlich Salzheringe aß und anschließend Eier mit Speck, alles bereitgestellt von dem vorher benachrichtigten Dawson.

»Mm, mm«, brummte Greening, als wir erklärten, was wir wollten. »Mm ... überhaupt kein Problem. Würden Sie mir mal die Butter reichen?«

Er war rundlich und vergnügt, klopfte sich auf den Bauch. »Gibt es auch Toast?«

Aus seiner Aktenmappe holte er einen großen weißen Schreibblock hervor, auf dem er sich Notizen machte. »Ja, ja«, sagte er eifrig beim Schreiben. »Ich verstehe vollkommen, worum es geht. Sie möchten, daß Ihre Absichten in juristisch unanfechtbare Form gebracht werden, stimmt's?«

Wir sagten ja.

»Und Sie möchten davon noch heute morgen eine mit Siegeln versehene Reinschrift?«

Ja bitte, sagten wir. In doppelter Ausfertigung.

»Kein Problem.« Er gab mir zerstreut seine Kaffeetasse, damit ich sie am Sideboard noch einmal auffüllte. »Ich kann Ihnen das bis um ...«, er blickte auf seine Uhr, »sagen wir, zwölf heute mittag vorbeibringen. Gut so?«

Wir sagten, es ginge.

Er schürzte die Lippen. »Früher schaff ich's nicht. Erst muß ich's entwerfen, es fehlerfrei abtippen, all diese Dinge; dann nochmal durchlesen und von der Stadt hierherfahren.«

Wir hatten Verständnis.

»Marmelade?«

Wir gaben sie ihm.

»Sonst noch etwas?«

»Ja«, sagte Litsi und holte von einem Beistelltisch das sandfarbene Formblatt, das in der Mappe des Notars gewesen war, »einen Rat hierzu.«

Gerald Greening sagte überrascht: »Das hat der Franzose doch wohl mitgenommen, als Monsieur de Brescou sich weigerte zu unterschreiben?«

»Es ist eine unausgefüllte Kopie«, erwiderte Litsi. »Wir glauben, daß der Vordruck, auf dem Henri Nanterre die Unterschrift haben wollte, als Seite 1 eines ganzen Stapels von Dokumenten gedacht war. Kit und ich möchten dieses Blankoexemplar als Titelseite für unsere eigene Dokumentensammlung verwenden.« Er gab es Greening. »Wie Sie sehen, ist es ein allgemein gehaltenes Vertragsformular mit Lücken für nähere Angaben und natürlich auf französisch. Es muß verbindlich sein, sonst hätte Henri Nanterre es nicht benutzt. Ich schlage vor, daß wir es auf französisch ausfüllen, damit es zusammen mit den beigefügten Unterlagen einen nach französischem Recht bindenden Vertrag ergibt. Ich wäre Ihnen dankbar«, sagte er in seinem fürstlichsten Ton, »wenn Sie mich in der Wortwahl beraten könnten.«

»Auf französisch?« fragte Greening besorgt.

»Auf englisch ... ich werde es übersetzen.«

Sie arbeiteten gemeinsam daran, bis beide zufriedengestellt waren und Greening mit Toast Nummer vier angefangen hatte. Ich beneidete ihn zwar nicht um seine Körperfülle oder seinen Appetit, aber um seine Hemmungslosigkeit und wünschte mir, als ich meine charakterlosen Vitamine schluckte, sie würden wenigstens nach Frühstück duften.

Er ging nach der fünften Schnitte, versprach die Notizen, die er mitnahm, sofort zu bearbeiten und hielt Wort: Um zehn Minuten vor zwölf traf er in seinem, von einem Chauffeur gelenkten Wagen wieder ein. Litsi und ich hatten von der Bibliothek aus schon die Straße beobachtet, und wir öffneten dem beleibten Rechtsanwalt die Haustür und führten ihn in das Büro der elfenzarten Mrs. Jenkins.

Dort hefteten wir an die Titelseite des ersten der beiden eindrucksvollen Dokumente von Greening den französischen Vordruck, und an die Zweitschrift eine Ablichtung davon, beide mit dem sauber eingetippten neuen Wortlaut und viel Platz zum Unterschreiben.

Danach fuhren wir mit dem Lift hinauf zu Roland de Brescous privatem Wohnzimmer, wo er und die Prinzessin und Danielle warteten.

Gerald Greening legte mit etwas theatralischem Schwung der Reihe nach jedem von ihnen, auch Litsi, die Dokumente vor und bat sie, viermal mit ihrem Namen zu unterschreiben: Je einmal auf den französischen Vordrucken und einmal am Schluß der Dokumente.

Beide Dokumente waren am linken Rand mit rotem Faden geheftet, wie Testamente, und die Plätze für die Unterschriften waren jeweils mit einem runden, roten Siegel versehen.

Greening ließ jedermann archaische Worte über das Unterschreiben, Besiegeln und Erfüllen des Vertrages nachsprechen, ließ sie auf jedes Siegel einen Finger drücken und beglaubigte die einzelnen Unterschriften formgerecht. Er forderte mich auf, ebenfalls die Echtheit jeder Unterschrift zu bezeugen, und ich tat es.

»Ich weiß zwar nicht, wieviel von alledem unbedingt nötig ist«, meinte er zufrieden, »aber Mr. Fielding wollte, daß die Dokumente gegen jeden juristischen Winkelzug gesichert sind, und so haben wir zwei Zeugen, Siegel, eidesstattliche Erklärungen, nichts fehlt. Ich hoffe, daß Sie sich alle darüber im klaren sind, was Sie unterschrieben haben, denn sofern Sie sie nicht verbrennen oder sonstwie vernichten, sind diese Dokumente unwiderruflich.«

Alle nickten, Roland de Brescou mit traurigem Gesicht.

»Ausgezeichnet«, sagte Greening aufgeräumt und begann erwartungsvoll in die Runde und auf seine Uhr zu blicken.

»Und nun, Gerald, einen Sherry?« regte die Prinzessin mit heimlicher Belustigung an.

»Prinzessin Casilia, was für eine prächtige Idee«, sagte er mit gespielter Überraschung. »Ein Gläschen wäre reizend.«

Ich entschuldigte mich von der Party mit der Begründung, daß ich um halb drei in Windsor reiten sollte und schon vor einer Viertelstunde hätte losfahren müssen.

Litsi nahm die unterzeichneten Dokumente, steckte sie wieder in den großen Umschlag, in dem Gerald Greening sie mitgebracht hatte und gab mir das fertige Paket.

»Vergessen Sie nicht anzurufen«, sagte er.

»Nein.«

Er zögerte. »Viel Glück«, sagte er.

Alle dachten, er meinte Glück beim Rennen, und das ging auch ganz in Ordnung.

Die Prinzessin hatte keine Pferde gemeldet, da sie in Windsor keine Loge besaß und fast nie dorthin fuhr. Beatrice verbrachte den Tag im Schönheitssalon, um ihre Selbstachtung wiederherzustellen. Litsi vertrat Sammy, der einmal ausspannen sollte. Ich hatte nicht erwartet, daß mich Danielle allein begleiten würde, aber sie folgte mir von Rolands Salon auf den Flur und sagte: »Kannst du mich um halb sieben zur Arbeit bringen, wenn ich mit dir fahre?«

»Da bleibt sogar noch eine Stunde Luft.«

»Soll ich mitkommen?«

»Ja«, sagte ich.

Sie lief an den Räumen der Prinzessin vorbei zu ihrem eigenen, um einen Mantel zu holen, und ähnlich wie in früheren Tagen unserer Partnerschaft gingen wir gemeinsam zu den Garagen. Sie sah zu, wie ich den Wagen überprüfte und wartete wortlos in einiger Entfernung, während ich den Motor anließ und auf die Bremse trat. Unterwegs nach Windsor unterhielten wir uns dann über Gerald Greening, über Beatrice in Palm Beach, über ihr Nachrichtenstudio: unverfängliche Themen, aber ich war froh, sie überhaupt bei mir zu haben.

Sie trug eine pelzgefütterte, regenfeste Jacke, graugrün und weit, die ich ihr zu Weihnachten geschenkt hatte, dazu schwarze Hosen, einen weißen Rollkragenpullover und ein breites, geblümtes Stirnband aus Chintz, das die Wolke ihrer dunklen Haare zurückhielt. Der allgemeinen Ansicht der anderen Jockeys, daß sie umwerfend schön war, hatte ich noch nie widersprochen.

Ich fuhr schnell bis Windsor, und wir eilten vom Parkplatz zum Wiegeraum, wo Dusty herumlungerte und spitz auf die Uhr sah.

»Was ist mit Ihrem Fuß?« sagte er argwöhnisch. »Sie hinken immer noch.«

»Nicht, wenn ich reite«, sagte ich.

Dusty warf mir einen düsteren Blick zu und entschwand, und Danielle sagte, sie ginge sich ein Sandwich und Kaffee holen.

»Kommst du allein zurecht?«

»Klar ... sonst wäre ich nicht mitgefahren.«

Sie hatte sich in den vergangenen Monaten mit der Frau eines Trainers angefreundet, für den ich oft ritt, und mit den Frauen von einem oder zwei anderen Jockeys, aber ich wußte, daß die Nachmittage einsam waren, wenn sie ohne ihre Tante zum Pferderennen ging.

»Im vierten starte ich nicht, das können wir uns zusammen ansehen«, sagte ich.

»Ja. Geh dich umziehen. Du bist spät dran.«

Ich hatte das Dokumentenpaket mit auf den Platz genommen – das war mir lieber, als es im Wagen zu lassen –, und im Umkleideraum gab ich es meinem Rennbegleiter zur Aufbewahrung. Was man ihm anvertraute, war so sicher aufgehoben, daß es die Tresorräume der Bank von England beschämt hätte. Er verstaute alles (etwa Geld oder Papiere) in der geräumigen Brusttasche einer schwarzen Vinylschürze. Die Schürze hatte er sich wohl eigens zu diesem Zweck zugelegt; es gab keine Spinde in den Umkleideräumen, jeder hängte seine Sachen an einen Haken.

Aus reiterischer Sicht war es kein anstrengender Tag. Ich gewann mein erstes Rennen (das zweite im Programm) mit zwanzig Längen Vorsprung, was Dusty zuviel fand, und verlor das nächste mit dem gleichen Abstand, was ihm auch wieder nicht paßte. Danach kam das vierte Rennen, das ich mit Danielle von der Tribüne aus erlebte. Davor hatte ich sie zwischen Wiegeraum und Führring schon ein paarmal gesehen. Ich erzählte ihr, daß Joe, der in Sandown verletzte Jockey, wieder bei Bewußtsein war und auf dem Weg zur Besserung, und sie sagte, sie habe mit Betsy, der Frau des Lambourner Trainers, Kaffee getrunken. Alles sei prima, meinte sie, einfach prima.

Es war der dritte Tag im März, stürmisch und kalt, und das Cheltenham National Hunt Festival war plötzlich nur noch eine Woche entfernt.

»Betsy findet es schade um den Gold Cup«, sagte Danielle. »Sie sagt, du nimmst nicht daran teil, jetzt wo Col tot ist.«

»Da müßte sich schon irgendein armer Tropf das Schlüsselbein brechen.«

»Kit!«

»So geht das nun mal.«

Sie sah aus, als brauchte man sie daran nicht zu erinnern, und meine Bemerkung tat mir leid. Ich fragte mich, als ich zum fünften Rennen hinausging, ob dieser Tag eine Art Probe war. Wollte sie endgültig herausfinden, ob sie ein Leben mit mir in Zukuft auf sich nehmen könnte? Ich fröstelte ein wenig im Wind und fand die Gefahr, sie zu verlieren, die schlimmste von allen.

Ich wurde Dritter in dem Rennen, und als ich zum Absattelplatz zurückkam, wartete Danielle dort, angespannt und blaß und sichtlich zitternd.

»Was ist?« fragte ich scharf und stieg vom Pferd. »Was hast du?«

»Er ist hier«, sagte sie erschrocken. »Henri Nanterre. Ich bin sicher . . . er ist es.«

»Hör zu«, sagte ich. »Ich muß mich zurückwiegen – nur grad auf die Waage setzen. Ich komme gleich wieder raus. Du stellst dich direkt vor die Wiegeraumtür . . . rühr dich da nicht weg.«

»Nein.«

Sie ging, wohin ich zeigte, und ich sattelte das Pferd ab und machte den mäßig erfreuten Besitzern vage Hoffnungen für später. Ich passierte die Waage, gab Sattel, Peitsche und Helm meinem Begleiter und ging raus zu Danielle, die zwar nicht mehr zitterte, aber noch immer aufgeregt aussah.

»Wo hast du ihn gesehen?« fragte ich.

»Auf der Tribüne, während des Rennens. Er schien irgendwie auf mich zuzukommen, von unten rauf, von der Seite, sagte ›Entschuldigung‹ zu den Leuten und sah zwischendurch herüber, wie um zu kontrollieren, wo ich war.«

»Du bist sicher, daß er es gewesen ist?«

»Er sah genau wie auf dem Foto aus. Wie du ihn beschrieben hast. Erst war mir das nicht klar . . . dann hab ich ihn erkannt. Ich war . . .«, sie schluckte, ». . . entsetzt. Er ist so um die Leute rumgeschlängelt, geglitten wie ein Aal.«

»Das war er«, sagte ich grimmig.

»Ich bin vor ihm geflohen«, sagte Danielle. »Das war schon . . . Panik. Ich kam nicht schnell voran . . . so viele Leute, die das Rennen sehen wollten und sich von mir gestört fühlten . . . bis ich von der Tribüne kam, war das Rennen vorbei . . . und ich bin gerannt . . . Was soll ich machen? Du startest im nächsten Lauf.«

»Tja, was du tun wirst, ist zwar sterbenslangweilig, aber dafür sicher.« Ich lächelte entschuldigend. »Geh in die Damentoilette und bleib da. Such dir einen Stuhl und warte. Sag der Frau, dir sei schlecht, schwindlig, du seist müde oder sonst was. Bleib bis nach dem Rennen dort, und ich komme dich abholen. Eine halbe Stunde, viel länger nicht. Ich lasse dir Bescheid sagen . . . und komm nur raus, wenn die Nachricht von mir ist. Wir brauchen ein Kennwort . . .«

»Weihnachten«, sagte sie.

»Okay. Komm nicht ohne das Kennwort raus, auch nicht wenn dir ausgerichtet wird, daß ich auf dem Weg ins Krankenhaus bin oder so etwas. Ich gebe meinem Begleiter das Kennwort und sage ihm, er soll dich abholen, falls ich nicht kann . . . aber ich kann«, sagte ich, denn die Furcht in ihrem Gesicht hatte sich verstärkt. »Ich werde verdammt vorsichtig reiten. Schau, daß Nanterre dich da nicht reingehen sieht, falls aber doch . . .«

»Komm ich nicht raus«, sagte sie. »Keine Sorge.«

»Danielle . . .«

»Ja?«

»Ich liebe dich«, sagte ich.

Sie blickte erstaunt, zog den Kopf ein und ging schnell weg, und ich dachte, daß Nanterre, um von meiner Teilnahme in Windsor zu wissen, nur in die Zeitung zu sehen brauchte, und daß ich und jeder einzelne aus der Familie der Prinzessin überall verwundbar war, nicht nur in dunklen Gassen.

Ich ging hinter Danielle her und behielt sie im Auge, bis ihre Rückansicht an dem einzigen Ort verschwand, wohin Nanterre ihr nicht folgen konnte. Dann eilte ich zurück, um die Farben zu wechseln und auf die Waage zu steigen. Den Franzosen sah ich nirgends, was nicht bedeutete, daß es umgekehrt auch so war. Der öffentliche Charakter meiner Arbeit auf Rennplätzen, dachte ich, kam uns vielleicht aber entgegen. Nanterre konnte mich nicht ohne weiteres bei den Rennen angreifen, da überall, wo ich hinging, Leute zuschauten. In Führringen, auf Pferden, auf der Tribüne . . . wo ein Jockey in Reithose und Farben auftrat, drehten sich die Köpfe nach ihm. Die Anonymität begann erst an den Rennbahnausgängen.

Ich ritt das letzte Rennen in Windsor mit äußerster Konzentration, zumal es ein Neulings-Jagdrennen war, immer gut für Überraschungen. Mein Pferd wurde nicht von Wykeham, sondern von Betsys Mann, dem Trainer aus Lambourn betreut, und man konnte mit Recht behaupten, daß es eher einen guten Übungslauf bekam als die volle Hatz.

Betsys Mann war dennoch mit dem vierten Rang zufrieden, da das Pferd sauber gesprungen war, und ich sagte, wie man das eben tut: »Nächstesmal siegt er«, um ihn und die Besitzer zu erfreuen.

Ich wog mich als Viertplazierter zurück, zog mich schnell um, ließ mir vom Begleiter meine Wertsachen geben und schrieb einen kleinen Zettel für Danielle:

»Weihnachten ist da. Zeit zu gehen.«

Es war Betsy, die schließlich den Zettel in die Damentoilette brachte und wenig später lächelnd mit Danielle herauskam.

Ich atmete auf; Danielle schien ebenso erleichtert. Betsy schüttelte den Kopf über unsere Kindereien, und Danielle und ich gingen auf den sich rasch leerenden Parkplatz.

»Hast du Nanterre gesehen?« fragte Danielle.

»Nein. Nirgends.«

»Er war es bestimmt.«

»Ja, ich denke auch.«

Mein Wagen stand fast allein am Ende einer Parkreihe, seine Nachbarn waren abgefahren. Ich blieb ein ganzes Stück vor ihm stehen und holte den Fernstarter aus meiner Tasche.

»Aber«, sagte Danielle überrascht, »das ist doch dein Frostschutzspielzeug.«

»Mm«, sagte ich und drückte auf die Taste.

Es gab keine Explosion. Der Motor sprang sanft schnurrend an. Wir gingen zum Wagen, und ich nahm trotzdem noch die anderen Kontrollen vor, fand aber nichts Verdächtiges.

»Wenn er nun in die Luft geflogen wäre?« sagte Danielle.

»Besser das Auto als wir.«

»Glaubst du, dazu wäre er *fähig*?«

»Weiß ich wirklich nicht. Ich habe nichts gegen Vorsichtsmaßnahmen, die sich als unnötig erweisen. Ärgerlich ist, wenn man hinterher sagt, hätten wir doch nur.«

Ich fuhr auf die Autobahn, und an der ersten Kreuzung bog ich ab, wendete und nahm die entgegengesetzte Richtung.

»Noch eine vorbeugende Maßnahme?« sagte Danielle ironisch.

»Willst du vielleicht Säure ins Gesicht gespritzt bekommen?«

»Nicht so gern.«

»Eben... Wir wissen nicht, womit Nanterre unterwegs ist. Und auf der Autobahn kann sich einer stundenlang unauffällig an uns hängen. Ich möchte nicht, daß er uns in den kleinen Straßen von Chiswick überrumpelt.«

Als wir die nächste Ausfahrt erreichten, drehte ich das Verfahren um, und Danielle beobachtete den Verkehr durch die Heckscheibe.

»Keiner ist uns auf den Fersen geblieben«, sagte sie.

»Gut.«

»Also können wir uns beruhigen?«

»Der Mann, der dich heute nacht abholen wird, heißt Swallow«, sagte ich. »Wenn der Wagen zum Studio kommt, sollen die starken Männer am Empfang den Fahrer nach seinem Namen fragen. Sagt er nicht Swallow, hört bei dem Autoverleih nach.«

Ich zog meine Brieftasche hervor. »Die Firmenkarte ist vorne drin.«

Sie nahm die Karte und gab mir die Brieftasche zurück.

»Was hast du *nicht* bedacht?«

»Wenn ich das nur wüßte.«

Trotz des Umwegs in die falsche Richtung war es eine kurze Fahrt von Windsor nach Chiswick, und wir trafen gut eine Stunde vor halb sieben in den Straßen, die zum Studio führten, ein.

»Willst du schon reingehen?« fragte ich.

»Nein... Halt irgendwo an, von wo wir auf den Fluß schauen können.«

Ich fand eine Stelle, wo braunes, langsam stromauf gleitendes Wasser zu sehen war, das in der hereinkommenden Flut die Schlammzone überschwemmte. Rauh schreiende Möwen flogen gegen den Wind, und die Besatzung eines Vierers mit Steuermann legte sich verbissen in die Riemen.

»Ich muß, ehm... dir etwas sagen«, sagte Danielle nervös.

»Nein«, erwiderte ich gequält.

»Du weißt doch gar nicht, was.«

»Heute war ein Test«, sagte ich.

Danielle meinte langsam: »Ich vergesse manchmal, daß du Gedanken lesen kannst.«

»Kann ich nicht. Ganz selten. Das weißt du.«

»Gerade hast du es getan.«

»Es gibt bessere Tage als heute«, sagte ich verzagt.
»Und schlimmere.«
Ich nickte.
»Schau nicht so traurig«, sagte sie. »Das kann ich gar nicht sehen.«
»Ich gebe es auf, wenn du mich heiratest«, sagte ich.
»Ist das dein Ernst?«
»Ja.«
Sie schien nicht überglücklich. Anscheinend hatte ich in jeder Hinsicht verloren.
»Ich, ehm . . .«, sagte sie leise. »Wenn du es nicht aufgibst, heirate ich dich.«
Ich dachte, ich hätte mich verhört.
» *Was* hast du gesagt?« wollte ich wissen.
Ich sagte . . .« Sie unterbrach sich. »Willst du mich heiraten oder nicht?«
»Das ist eine saublöde Frage.«
Ich beugte mich zu ihr und sie sich zu mir, und wir küßten uns, als wären wir heimgekehrt.

Ich schlug vor, wir sollten uns nach hinten setzen, und das taten wir, aber nicht zu gymnastischen Liebesspielen, sondern teils wegen der Helligkeit und der vielen Passanten, teils weil so wenig Platz war. Wir hielten einander in den Armen, was ich nach den vergangenen Wochen unglaublich fand und langweiligerweise auch x-mal sagte.

»Ich hatte das gar nicht vor«, meinte sie. »Als ich vom Lake District zurückkam, suchte ich nach einer Möglichkeit, dir zu sagen, es sei alles vorbei . . . ein Irrtum.«

»Was hat dich umgestimmt?«

»Ich weiß nicht . . . eine Menge Sachen. Daß ich so viel mit dir zusammen war . . . dich gestern vermißt hab . . . Seltsame Sachen . . . zu sehen, daß Litsi dich achtet . . . daß Betsy sagt, ich hätte Glück . . . und Joes Frau . . . sie hat sich übergeben, weißt du. Alles hoch. Alles raus. Sie schwitzte und fror . . . und sie ist schwanger . . . ich fragte sie, wie sie es fertigbringt, mit der Angst zu leben . . . sie sagte, wenn es hieße, Angst und Joe, oder keine Angst, kein Joe, sei die Entscheidung einfach.«

Ich hielt sie fest. Ich konnte ihren Herzschlag spüren.

»Heute bin ich herumgewandert, hab mich umgeschaut«, sagte sie. »Mir überlegt, ob Rennbahnen und Winter und ständige Unruhe für mich ein Leben sind . . . wenn ich sehe, wie du auf die Pferde steigst, ohne zu wissen – ohne dich darum zu kümmern – ob es deine letzte halbe Stunde überhaupt sein wird . . . und du tust das fünf- oder sechs-

hundert Mal im Jahr. Ich habe mir die anderen Jockeys auf dem Weg zum Führring angesehen, und sie sind alle wie du, vollkommen ruhig, als ob sie ins Büro gehen.«
»Viel besser als ein Büro.«
»Ja, für dich.« Sie küßte mich. »Du kannst dich bei Tante Casilia bedanken, die mich so beschämt hat, daß ich wieder zum Rennen gegangen bin ... aber am meisten bei Joes Frau. Ich habe mir heute genau überlegt, wie das Leben ohne dich wäre ... keine Angst, kein Kit ... um es mit ihr zu sagen ... da nehme ich wohl die Angst.«
»Und übergibst dich.«
»Alles hoch, alles raus. Sie meinte, irgendwann erleben das alle eure Frauen mal. Und umgekehrt auch einige Männer, nehme ich an, die mit Reiterinnen verheiratet sind.«
Es war merkwürdig, fand ich, wie das Leben sich von einer Sekunde auf die nächste vollkommen ändern konnte. Der Unglücksnebel des vergangenen Monats war verschwunden wie zerrissene Spinnweben. Ich fühlte mich wunschlos, wunderbar glücklich, sogar mehr noch als am Anfang. Vielleicht mußte man wirklich etwas verloren und wiedererlangt haben, um diese Art Freude zu kennen.
»Du überlegst es dir doch nicht mehr anders?« sagte ich.
»Nein«, antwortete sie und zeigte mir unter den ungünstigen Raumverhältnissen noch eine ganze Weile, daß es ihr Ernst damit war.
Ich begleitete sie schließlich in ihr Studio und fuhr danach, von Euphorie getragen, in Richtung Eaton Sqare, kehrte aber rechtzeitig auf die Erde zurück, um sorgfältig und methodisch an dem gewohnten Platz in der Garagengasse zu parken.
Ich stellte den Motor ab und sah geistesabwesend auf meine Hände, dachte eine Zeitlang an das, was möglicherweise bevorstand. Dann rief ich mit einem inneren Schauder im Haus an und erreichte sofort Litsi, als hätte er schon gewartet.
»Ich bin in der Gasse«, sagte ich.

20

Wir wußten nicht, wie er kommen würde oder wann oder ob überhaupt.
Wir hatten ihm eine Gelegenheit geboten und ihm ein Motiv verschafft. Ihm eine Zeit und einen Ort genannt, wo er ein hartnäckiges Hindernis beiseite räumen konnte; ob er aber die indirekte Einladung annehmen würde oder nicht, wußte der Himmel.

Henri Nanterre ... schon sein Name klang bedrohlich.

Ich dachte über ihn in Windsor nach, wie er sich einen Weg durch die Zuschauer auf der Tribüne gebahnt hatte, von unten her, von der Seite, immer auf Danielle zu. Ich dachte, daß er bis zu diesem Tag vielleicht nicht mit Bestimmtheit gewußt hatte, wie sie aussah. Er hatte sie am vorhergehenden Montag im Dunkeln gesehen, als er die Ventile ihrer Reifen geöffnet und sie verfolgt hatte, aber er hatte sie an ihrem Wagen erkannt, nicht an ihrem Gesicht.

Wahrscheinlich hatte er sie mit Litsi in Bradbury gesehen, aber vielleicht nicht aus der Nähe. Daß sie die junge Frau bei Litsi war, hatte er sich wohl denken können, da Beatrice ihm gesagt hatte, sie würden zusammen mit mir dorthin fahren.

Nanterre hatte womöglich nicht geahnt, daß Danielle mit mir nach Windsor gekommen war, bis er uns wiederholt auf dem Sattelplatz und beim vierten Rennen auf der Tribüne gesehen hatte. Er konnte nicht mit vorgefaßten Plänen nach Windsor gekommen sein, aber was er getan hätte, wenn er Danielle erreicht hätte, war Stoff für einen Alptraum.

Als ich diesen Gedanken nachhing, saß ich nicht mehr in meinem Wagen, sondern auf einem Schaumgummikissen am Boden der Garage, in der Danielle ihren kleinen Ford unterstellte. Ein Flügel des Gartentors stand etwa eine Handbreit offen, so daß ich den Mercedes sehen konnte und, mit Blick auf die Straßeneinfahrt, einen ganzen Teil der Gasse. Einige Leute kamen von der Arbeit heim, sperrten ihre Garagen auf, setzten die Autos rein, schlossen das Tor ab. Andere hielten es umgekehrt und fuhren für den Abend aus. Die Autoschlosser waren längst fort, ihre Garagen lagen still. Mehrere Autos parkten wie der Mercedes im Freien, dicht an den Seiten der Gasse, so daß in der Mitte eine schmale Durchfahrt blieb.

Die Dämmerung war zur Nacht geworden, und das Treiben der Umgebung ging unter im fernen, endlosen Lärm des Londoner Verkehrs. Ich saß still, nur ein paar unentbehrliche Dinge zur Hand wie Perrier, Räucherlachs und einen Apfel, und ging in Gedanken allerlei Eventualitäten durch, von denen keine eintrat.

Alle halbe Stunde etwa stand ich auf, reckte mein Kreuz, ging um Danielles Wagen herum und setzte mich wieder. In der Gasse tat sich nichts sonderlich Interessantes, und die Zeiger meiner Uhr wanderten wie Schnecken: acht Uhr, neun Uhr, zehn.

Ich dachte an Danielle und was sie gesagt hatte, als ich sie allein ließ.

»Tante Casilia zuliebe muß ich hoffen, daß die Klapperschlange in

der Gasse auftaucht, aber wenn du dich umbringen läßt, verzeih ich dir das nie.«
»Ein Gedanke für die Ewigkeit.«
»Sieh nur zu, daß du die Ewigkeit hier auf Erden bei mir verbringst.«
»Ja, gnädige Frau«, und ich hatte sie geküßt.

Die Klapperschlange, dachte ich gähnend, als es elf vorbei war, ließ sich Zeit. Normalerweise ging ich um halb zwei zu den Garagen, um vor zwei in Chiswick zu sein, und ich dachte, wenn Nanterre irgendeinen direkten körperlichen Angriff plante, würde er schon lange vor dieser Zeit erscheinen, um sich ein dunkles Versteck zu suchen. Vor sieben war er nicht hier gewesen, denn ich hatte jeden Winkel abgesucht, bevor ich mich in der Garage häuslich niederließ, und es gab keine anderen Zugänge als die Einfahrt von der Straße. Sollte er sich später irgendwie hereingeschlichen haben, ohne daß ich ihn gesehen hatte, waren wir vielleicht in der Klemme.

Um viertel nach elf vertrat ich mir die Beine hinter Danielles Wagen und setzte mich wieder hin.

Um siebzehn nach kam er ahnungslos zu unserem Köder.

Ich hatte verzweifelt gehofft, daß er käme, hatte es mir gewünscht, darauf gerechnet ... und doch befiel mich jetzt eine instinktive Furcht, als ob tatsächlich der Tiger die Ziege anpirschte.

Er kam ganz offen die Mitte der Gasse herunter, als hätte er einen Wagen dort, bewegte sich in seiner eigentümlich aalartigen Schnelligkeit, weich und geschmeidig.

Dabei drehte er den Kopf hin und her, schaute auf die stummen, parkenden Autos, und selbst in dem schwachen Licht, das von den hohen Fenstern der umliegenden Gebäude herunterdrang, war die Form der Nase und des Kinns unverkennbar.

Er kam näher und näher; und ich begriff, daß er nicht nach einem Versteck suchte, sondern nach meinem Wagen.

Eine Schrecksekunde lang blickte er genau auf die angelehnte Tür der Garage, in der ich mich befand, aber ich saß reglos in dunkler Kleidung im Finsteren und begann wieder zu atmen, da er offenbar nichts sah, das ihn beunruhigte oder verscheuchte.

Nanterre war dort, dachte ich frohlockend, direkt vor meinen Augen, unsere ganze Planung war Wirklichkeit geworden. Egal, was nun passieren würde, das war schon ein Sieg.

Nanterre blickte den Weg zurück, den er gekommen war, aber nichts regte sich hinter ihm.

Er kam dicht an meinen Wagen. Daneben blieb er stehen, etwa die

Länge eines Rolls-Royce von mir entfernt, und machte sich seelenruhig an der Beifahrertür zu schaffen, die er öffnete, als hätte er sein Leben lang Autos geknackt.

Nun denn, dachte ich und hörte, wie er mit dem Hebel im Inneren die Kühlerhaube aufklinkte. Er klappte die Haube hoch, stützte sie mit der Stange ab und beugte sich im Licht einer Taschenlampe über den Motor, wie um eine Panne zu beheben: wer in dem Moment in die Gasse gekommen wäre, hätte ihm keine Beachtung geschenkt.

Nach einer Weile knipste er die Taschenlampe aus und schloß sanft die Kühlerhaube, indem er sie mit beiden Handflächen herabdrückte, anstatt sie einfach zuzuknallen. Schließlich schloß er leise die noch offene Beifahrertür, und als er sich zum Gehen wandte, sah ich ihn lächeln.

Ich fragte mich, ob das, was er an meinem Motor zurückgelassen hatte, aus Plastik war wie seine Pistolen.

Er war mehrere Schritte die Gasse entlang gegangen, bevor ich aufstand, durch das Tor glitt und ihm nachsetzte, denn ich wollte nicht, daß er mich zu früh hörte.

Ich wartete, bis er an einem bestimmten weißen Kleinwagen, der auf der Seite stand, vorbei war, lief dann rasch auf leisen Gummisohlen zu ihm und leuchtete ihm mit einer Taschenlampe ins Genick.

»Henri Nanterre«, sah ich.

Er war einen langen Augenblick wie erstarrt, vor Schreck unfähig, sich zu rühren. Dann fingerte, zerrte er vorn an seiner Gabardinejacke, um die darunter steckende Pistole hervorzuholen.

»Sammy«, brüllte ich, und Sammy schoß wie eine kreischende Kanonenkugel aus dem kleinen weißen Wagen, meine Stimme und sein Kampfgeschrei erfüllten den ruhigen Ort mit nervenzerreißendem Lärm.

Nanterre zog starren Gesichts die Pistole. Er richtete sie auf mich, zielte ... Und Sammy trat sie ihm, wie er geprahlt hatte, glatt aus der Hand.

Nanterre rannte los, als die Pistole klappernd auf den Boden fiel.

Sammy und ich rannten hinter ihm her, und aus einem anderen, größeren geparkten Wagen tauchten mannhaft schreiend und mit hell strahlenden Taschenlampen Thomas und Litsi auf, um ihm den Weg abzuschneiden.

Thomas und Litsi brachten ihn zum Stehen, Sammy und ich packten ihn, und Sammy band das linke Handgelenk von Nanterre mit Nylonschnur und einer bestrickend schönen Knotenreihe an das rechte Handgelenk von Thomas.

Nicht die eleganteste Gefangennahme, dachte ich, aber immerhin zweckmäßig, und trotz des Spektakels, den wir veranstaltet hatten, kam niemand mit neugierigen Fragen an; so blöd war in London kein Mensch. Dunkle Gassen waren dunkle Gassen, und wenn es da Krach gab, erst recht.

Wir zwangen Nanterre zu dem Mercedes zurückzugehen. Thomas zerrte ihn halb, Sammy blieb hinter ihm und trieb ihn mit Wadentritten voran.

Als wir die Pistole erreichten, hob Sammy sie auf, wog sie erstaunt in der Hand und stieß einen Pfiff aus.

»Patronen?« fragte ich.

Er nahm das Magazin heraus und nickte. »Sieben«, sagte er. »Hübsche kleine Dinger.«

Er ließ das Magazin einrasten, sah sich um und sprang zu einem in der Nähe stehenden Wagen, um die Pistole darunter zu verstecken, denn er wußte, daß ich keinen Gebrauch von ihr machen wollte.

Nanterre gewann allmählich seine gewohnte einschüchternde Haltung wieder und tönte lauthals, unser Vorgehen verstoße gegen das Gesetz. Er sagte nicht genau, welches Gesetz, und recht hatte er auch nicht. Festnahmen durch Bürger waren völlig legal.

Da wir nicht wußten, was uns erwartete, hatten wir uns so gut wie möglich auf alles einstellen müssen, was geschehen konnte. Ich hatte den weißen Kleinwagen und den größeren dunklen gemietet, beide mit getönten Fenstern, und Thomas und ich hatten sie an diesem Morgen an Stellen geparkt, wo sie nach unseren Beobachtungen vor Ort niemand behindern würden: den größeren auf dem ersten freien Platz von der Straße aus, den weißen auf halber Strecke zwischen ihm und dem Mercedes.

Litsi, Thomas und Sammy hatten sich in die Autos gesetzt, nachdem ich die ganze Gegend abgesucht und Litsi telefonisch grünes Licht gegeben hatte, und sie waren darauf eingestellt, bis um halb zwei zu warten und zu hoffen.

Niemand hatte gewußt, was Nanterre tun würde, wenn er zu den Garagen kam. Wir hatten vereinbart, falls er an Litsi und Thomas vorbeiging und sich versteckte, bevor er zu dem weißen Auto kam, sollten Litsi und Thomas Lärm schlagen und mit den Taschenlampen leuchten, um Sammy und mich zu Hilfe zu rufen; falls er aber an Sammy vorbeiging, würde ich ihn sehen, und alle würden auf mein Zeichen warten. Das hatten sie getan.

Uns war klar gewesen, daß Nanterre auch beschließen könnte, draußen auf der Straße in seinem Wagen zu warten, bis ich vom Eaton

Square kam, und daß wir dann – oder falls er überhaupt nicht erschien – mit großem Aufwand einen Schlag ins Wasser vorbereitet hätten.

Es hatte die Gefahr bestanden, daß er uns, selbst wenn er kam, entwischen könnte, indem er sich losriß und floh, und die noch gefährlichere Möglichkeit, daß er kopflos auf uns schießen und einen oder mehrere von uns verletzen würde. Doch als der Augenblick dann kam – als er seine Pistole gezogen und auf mich gerichtet hatte – war die vorausgesehene Gefahr so schnell vorbeigewesen, daß sie auf einmal nichtig erschien, kein Grund zur Besorgnis.

Wir hatten vorgehabt, Nanterre im Fall seiner Gefangennahme in die Garage zu bringen, wo ich auf ihn gewartet hatte, doch auf dem Weg durch die Gasse überlegte ich mir das nochmal und blieb bei meinem Wagen stehen.

Die anderen warteten neugierig.

»Thomas«, sagte ich, »machen Sie Ihre Hand los und binden Sie Monsieur Nanterre an den Rückspiegel neben der Beifahrertür.«

Thomas nahm ohne zu fragen eine Schlaufe von einem seiner Finger, zog daran, und sämtliche Knoten um sein Handgelenk fielen auseinander: Sammys Talente waren schier unzählbar. Thomas verknotete die Schnur erheblich fester um die massive Rückspiegelhalterung, und Nanterre erklärte uns lautstark in einem fort, daß wir strafbare Fehler begingen.

»Halten Sie den Mund«, sagte ich ebenso laut, ohne besondere Wirkung.

»Knebeln wir ihn doch«, meinte Thomas vergnügt. Er zog ein benutztes Taschentuch aus seiner Hosentasche hervor, bei dessen Anblick Nanterre glücklicherweise aufhörte zu reden.

»Knebeln Sie ihn, wenn jemand in die Gasse kommt«, sagte ich und Thomas nickte.

»War es hell genug«, fragte ich Litsi, Sammy und Thomas, »daß ihr sehen konntet, wie Monsieur Nanterre die Motorhaube meines Wagens aufgeklappt hat?«

Alle sagten, daß sie es gesehen hatten.

Nanterres Mund öffnete sich lautlos, und zum erstenmal schien er zu begreifen, daß er in ernsten Schwierigkeiten war.

»Monsieur Nanterre«, sagte ich im Plauderton zu den anderen, »ist ein Amateur, der überall auf dem Lack seine Fingerspuren hinterlassen hat. Vielleicht wäre es gut, jetzt einmal die Polizei einzuschalten«,

Die anderen verzogen keine Miene, denn sie wußten, daß ich das nicht vorhatte, aber Nanterre zerrte plötzlich verzweifelt an Sammys festen Knoten.

»Es gibt eine Alternative«, sagte ich.

Unter Sammys interessierten Blicken wand sich Nanterre weiter und fauchte wütend: »Was für eine Alternative?«

»Sagen Sie uns, weshalb Sie heute abend hergekommen sind und was Sie an meinem Auto gedreht haben.«

»*Ihnen* sagen...«

»Ja. Sagen Sie es uns.«

Im Grunde war er ein dummer Mensch. Er sagte heftig: »Beatrice muß euch gewarnt haben. Diese Kuh. Sie muß Angst bekommen und geplappert haben...« Er funkelte mich böse an. »Alles, was zwischen mir und meinen *Millionen* stand, war de Brescous Unterschrift und Sie... Sie... dauernd sind Sie mir im Weg.«

»Also haben Sie sich zu einer kleinen Bombe entschlossen und peng, keine Hindernisse mehr?«

»Sie haben es herausgefordert«, rief er. »Sie haben mich dazu getrieben... Wenn Sie tot wären, würde er unterschreiben.«

Ich ließ einen Augenblick verstreichen, dann sagte ich: »Wir haben mit dem Mann gesprochen, der in Bradbury Ihre Nachricht an Prinz Litsi überbracht hat. Er hat Sie auf einem Foto wiedererkannt. Wir haben seine unterschriebene Aussage.«

Nanterre sagte wild: »Ich habe Ihre Annonce gesehen. Wenn Prinz Litsi gestorben wäre, hätte niemand von der Nachricht erfahren.«

»Wollten Sie, daß er stirbt?«

»Leben, sterben, das war mir egal. Angst machen wollte ich ihm. Damit de Brescou unterschreibt.« Er versuchte immer noch erfolglos, sich von den Fesseln zu befreien. »Lassen Sie mich gehen.«

Ich ging statt dessen in die Garage, wo ich gewartet hatte, und kam mit den unterschriebenen Dokumenten in dem großen Kuvert wieder heraus.

»Halten Sie still«, sagte ich Nanterre, »und hören Sie aufmerksam zu.«

Er beachtete mich nicht.

»Hören Sie zu«, verlangte ich, »sonst hole ich die Polizei.«

Mürrisch versetzte er daraufhin, er höre ja schon zu.

»Der Preis Ihrer Freiheit«, sagte ich, »besteht darin, daß sie diese Verträge hier unterschreiben.«

»Und wozu?« Wütend schaute er auf ihre eindrucksvolle Aufmachung. »Was sind das für Verträge?«

»Sie ändern den Namen der Baugesellschaft de Brescou & Nanterre in die Gascogne-Baugesellschaft, und die beiden gleichberechtigten Besitzer kommen darin überein, das Privatunternehmen in einen gemeinwirtschaftlichen Nutzungsbetrieb umzuwandeln und die gesamten eigenen Anteile öffentlich zum Verkauf anzubieten.«

Er war überrascht, erbittert und zornig zugleich.

»Die Firma gehört *mir* ... ich leite sie ... Darin werde ich *niemals* einwilligen!«

»Das werden Sie müssen«, sagte ich nüchtern.

Ich zog den kleinen Kassettenrecorder aus meiner Jackentasche hervor, drückte kurz auf Rücklauf und setzte ihn in Gang.

Nanterres Stimme erklang deutlich: »Leben, sterben, das war mir egal. Angst machen wollte ich ihm. Damit de Brescou unterschreibt.«

Ich schaltete das Gerät ab. Nanterre war unglaublicherweise still; vielleicht erinnerte er sich an die anderen belastenden Dinge, die er gesagt hatte.

»Wir haben die Zeugenaussage des Boten von Bradbury«, sagte ich. »Wir haben Ihre Stimme auf diesem Band. Wir haben Ihre Bombe, glaube ich, in meinem Wagen. Sie unterschreiben den Vertrag, wissen Sie das?«

»In Ihrem Wagen ist keine Bombe«, sagte er wütend.

»Vielleicht ein Feuerwerkskörper?«

Er sah mich verständnislos an.

»Jemand kommt in die Gasse«, warnte Thomas und zog sein Taschentuch hervor. »Was machen wir?« Ein Wagen näherte sich den Garagen.

»Wenn Sie schreien«, sagte ich drohend zu Nanterre, »ist in fünf Minuten die Polizei hier und Sie werden es bereuen ... Die ist nicht nett zu Leuten, die Bomben in Autos legen.«

Der ankommende Wagen fuhr auf uns zu und hielt unmittelbar, bevor er Sammys weißes Versteck erreichte. Die Leute stiegen aus, öffneten ihre Garage, fuhren hinein, sperrten das Tor ab und blickten unschlüssig zu uns herüber.

»Gute Nacht«, rief ich fröhlich.

»Gute Nacht«, grüßten sie beruhigt zurück und entfernten sich in Richtung Straße.

»Also«, sagte ich aufatmend, »Zeit zu unterschreiben.«

»Ich verkaufe die Firma nicht. *Das tu ich nicht.*«

Geduldig sagte ich: »Sie haben keine andere Wahl, sonst kommen Sie wegen Mordversuchs an Prinz Litsi und an mir ins Gefängnis.«

Er sträubte sich immer noch, die Tatsachen anzuerkennen; und vielleicht war er ebenso empört darüber, daß er gegen seinen Willen zur Unterschrift gezwungen wurde, wie vor ihm Roland.

Ich holte den Autostarter aus meiner Tasche und erklärte, was für ein Gerät es war.

Nanterre begann nun doch zu zittern, und Litsi, Sammy und Thomas wichen in aufkommender, wahrer Bestürzung vor dem Wagen zurück, als begriffen sie gerade erst richtig, was da unter der Haube war.

»Sie werden sich einsam fühlen«, sagte ich zu Nanterre. »Wir gehen jetzt nämlich ans Ende der Gasse und lassen Sie hier. Prinz Litsi und die beiden anderen entfernen sich dann. Wenn sie wohlbehalten wieder in dem Haus am Eaton Square sind, drücke ich auf den Schalter, der meinen Motor startet.«

Litsi, Sammy und Thomas hatten sich bereits ein ganzes Stück in der Gasse zurückgezogen.

»Sie werden durch Ihre eigene Bombe sterben«, sagte ich und legte soviel Wucht und Überzeugung in meine Stimme und mein Verhalten, wie ich aufbringen konnte. »Leben Sie wohl.«

Ich wandte mich ab. Ging mehrere Schritte. Fragte mich, ob er mich zwingen würde, Farbe zu bekennen; fragte mich, ob irgend jemand die Stirn hätte, das zu riskieren.

»Kommen Sie zurück«, schrie er. Echte Angst lag in der erhobenen Stimme. Wirkliche Todesangst.

Ohne Mitleid hielt ich an und drehte mich um.

»Kommen Sie zurück...«

Ich ging zurück. Schweiß lief in großen Tropfen an seiner Stirn herunter. Er kämpfte nach wie vor verzweifelt mit den Knoten, aber er zitterte zu sehr, um etwas auszurichten.

»Ich will Waffen herstellen«, sagte er erregt. »Damit würde ich Millionen verdienen... Ich hätte *Macht*... Die de Brescous sind reich, die Nanterres sind es nie gewesen... Ich will nach internationalen Maßstäben reich sein... will Macht haben... ich biete Ihnen eine Million Pfund... mehr als das... wenn Sie dafür sorgen, daß Roland die Waffenproduktion... unterschreibt.«

»Nein«, sagte ich einfach und wandte mich wieder ab, wobei ich ihm den Starter zeigte.

»Also gut, also gut...« Er gab sich endgültig geschlagen, er schluchzte beinahe. »Tun Sie das Ding weg... tun Sie's weg...«

Ich rief die Gasse hinauf: »Litsi.«

Die anderen drei hielten an und kamen langsam zurück.

»Monsieur Nanterre unterschreibt«, sagte ich.

»Tun Sie das Ding weg«, wiederholte Nanterre leise, die ganze tyrannische Großspurigkeit war dahin. »Tun Sie's weg.«

Ich steckte den Starter wieder in meine Tasche, was ihn immer noch ängstigte.

»Es kann doch nicht von selbst losgehen?« fragte Litsi, weniger aus Nervosität als aus Vorsicht.

Ich schüttelte den Kopf. »Man muß den Schalter durchdrükken.«

Ich zeigte Nanterre die Verträge von nahem und sah das zornige Funkeln in seinen Augen, als er in der ersten Seite den gleichen Vordruck erkannte, den Roland für ihn hatte unterschreiben sollen.

»Wir brauchen Ihre Unterschrift viermal«, sagte ich. »Jeweils auf der Titelseite und auf dem beigefügten Dokument. Wenn Sie die beigefügten Unterlagen unterschreiben, halten Sie den Zeigefinger auf das rote Siegel unter Ihrem Namen. Die drei von uns, die in keiner Weise an dem de Brescou-Nanterre-Geschäft beteiligt sind, unterschreiben unter Ihrem Namenszug als Zeugen.«

Ich drückte einen Kuli in seine zitternde rechte Hand und legte das erste Dokument auf meinen Wagen.

Nanterre unterschrieb den französischen Vordruck. Ich blätterte zur letzten Seite des ausführlichen Vertrags um und zeigte auf die für ihn bestimmte Lücke. Er unterschrieb nochmals, und er hielt seinen Finger auf das Siegel.

Ungeheuer erleichtert holte ich die Zweitschrift zu dem gleichen Zweck hervor. Schweigend unterschrieb er auf dem ersten und letzten Blatt, während ihm der Schweiß von den Wangen tropfte.

Ich setzte meinen Namen an allen vier Stellen unter den seinen, ebenso aus Thomas und Sammy.

»Das ist prima«, sagte ich, als alles vollständig war. »Monsieur de Brescous Anwälte werden den Vertrag sofort zur Anwendung bringen. Eine der beiden Ausfertigungen wird Ihnen oder Ihren Anwälten in Frankreich zugesandt.«

Ich schob die Dokumente wieder in ihren Umschlag und gab ihn Litsi, der ihn in seinen Mantel steckte und an seine Brust drückte.

»Lassen Sie mich gehen«, sagte Nanterre beinahe flüsternd.

»Wir binden Sie von dem Spiegel los, damit Sie das entfernen können, was Sie in meinem Wagen angebracht haben«, sagte ich. »Danach können Sie gehen.«

Er zitterte, aber am Ende fiel es ihm anscheinend nicht weiter schwer, die manipulierten Kabel zu lösen und etwas auszubauen, was nach Form und Größe wie eine Tüte Zucker aussah. Den vorstehenden Zünder behandelte er allerdings beim Abklemmen und Herausnehmen mit vorsichtigem Respekt, und er verstaute die Einzelteile in verschiedenen Taschen. »Jetzt lassen Sie mich gehen.« Mit beiden Handrücken wischte er den Schweiß aus seinem Gesicht.

Ich sagte: »Denken Sie daran, wir werden immer die eidliche Erklärung des Boten von Bradbury und die Bandaufnahme von Ihrer Stimme besitzen ... und wir alle haben gehört, was Sie gesagt haben. Halten Sie sich von den de Brescous fern, stiften Sie keine Unruhe mehr.«

Er warf mir einen matten Blick zu, wütend und machtlos. Sammy versuchte seine Handarbeit nicht aufzudröseln, sondern schnitt die Nylonschnur mit einer Schere von Nanterres Handgelenk.

»Lassen Sie den Wagen an«, sagte Litsi, »damit er sieht, daß Sie nicht gebluffthaben.«

»Kommt erst da weg«, sagte ich.

Wir gingen zwanzig Schritte die Gasse hinauf, Nanterre zwischen uns, und ich nahm den Starter heraus und drückte auf die Taste.

Der Motor sprang sicher und einwandfrei an.

Ich sah Nanterre ins Gesicht, sah die herabgezogenen Mundwinkel, das widerwillige Eingeständnis, daß seine Sache gescheitert war. Er starrte uns alle ein letztes Mal schamlos, ohne Reue an, und als Thomas und Sammy zur Seite traten, um ihn vorbeizulassen, ging er durch die Gasse davon. Diese Nase, das Kinn waren immer noch energisch, aber die Schultern hingen herab.

Wir sahen ihm schweigend nach, bis er das Ende der Gasse erreichte und auf die Straße bog, ohne zurückzuschauen.

Dann stieß Sammy einen Poltergeisterschrei voll unverfälschter Siegesfreude aus und holte leichten Schrittes die Pistole aus ihrem Versteck.

Er überreichte sie mir mit schwungvoller Gebärde, legte sie flach auf meine Hände.

»Kriegsbeute«, sagte er grinsend.

21

Litsi und ich tranken zur Feier Brandy im Wohnzimmer, nachdem wir Thomas und Sammy überschwenglich für ihre Unterstützung gedankt hatten; und wir riefen Danielle an, um ihr mitzuteilen, daß wir nicht in unserem Blut lagen.

»Gott sei Dank«, sagte sie. »Ich konnte keinen klaren Gedanken fassen.«

»Ich glaube, was wir getan haben, war ganz klar unmoralisch«, bemerkte Litsi, als ich den Hörer auflegte.

»Absolut«, gab ich gelassen zu. »Wir haben genau das getan, was Nanterre vorhatte – durch Drohungen eine Unterschrift zu erzwingen.«

»Wir haben quasi das Gesetz selbst in die Hand genommen.«

»Die Gerechtigkeit«, verbesserte ich.

»Und wie Sie sagten«, er lächelte, »besteht da ein Unterschied.«

»Er ist frei, ungestraft und reich«, sagte ich, »und in mancher Hinsicht ist das nicht gerecht. Aber er hat Roland nicht zugrunde gerichtet und ist auch nicht mehr in der Lage dazu. Es war durchaus ein fairer Handel.«

Ich wartete noch auf Danielle, nachdem Litsi sich gähnend verabschiedet hatte, und ging ihr entgegen, als ich sie hereinkommen hörte. Sie lief mir lächelnd geradewegs in die Arme.

»Ich dachte mir, daß du nicht ohne mich ins Bett gehst«, sagte sie.

»So selten wie möglich für den Rest meines Lebens.«

Wir gingen leise hinauf ins Bambuszimmer und, da Beatrice nebenan war, leise ins Bett zu leiser Liebe. Intensität, dachte ich trunken vor Empfindungen, mußte nicht mit Lautstärke verbunden sein und konnte sich wunderbar auch flüsternd entfalten; und wenn wir in dem, was wir sagten, gehemmter waren als früher, so führte unser stummes, gegenseitiges Wiederentdecken zu einer erweiterten Dimension der Leidenschaft.

Wir schliefen eng umschlungen ein und wachten vor dem Morgen auf, von neuem hungrig nach tiefer Befriedigung.

»Du hast mich lieber«, murmelte sie mir ins Ohr.

»Ich hab dich immer liebgehabt.«

»Aber nicht so.«

Wir schliefen träge wieder ein, und noch vor sieben duschte sie in meinem Bad, zog die Kleider von gestern über und ging schicklich in ihr Zimmer hinunter. Tante Casilia, meinte sie ruhig, erwarte von ihrer Nichte, daß sie wenigstens so tue, als habe sie in ihrem eigenen Bett geschlafen.

»Würde es sie stören, daß es nicht so war?«

»Ganz im Gegenteil, glaube ich.«

Litsi und ich tranken bereits Kaffee im Morgenzimmer, als Danielle, angetan in frischem Blau und Grün, wieder erschien. Sie holte Saft und Corn-flakes und röstete mir ein paar Scheiben Brot, und Litsi beobachtete uns nachdenklich, bis ihm ein Licht aufging.

»Gratuliere«, meinte er trocken zu mir.

»Die Hochzeit«, faßte Danielle zusammen, »findet statt.«

»Sieht so aus«, sagte er.

Er und ich fuhren ein wenig später hinauf zu Roland de Brescou, um ihm und der Prinzessin die vollständigen Verträge zu geben.

»Ich war sicher«, sagte Roland schwach, »daß Nanterre in die Auflösung der Firma nicht einwilligen würde. Ohne sie kann er doch keine Waffen produzieren ... oder?«

»Sollte er es jemals tun«, sagte ich, »wird Ihr Name nicht damit in Verbindung gebracht werden.«

Gascogne, wie wir das neue, gemeinwirtschaftliche Unternehmen getauft hatten, war der althergebrachte Name der französischen Provinz, in der das Château de Brescou lag. Roland war erfreut, aber auch betrübt über die Wahl gewesen.

»Wie haben Sie ihn dazu überredet, Kit?« sagte die Prinzessin und sah ungläubig auf Nanterres Unterschriften.

»Ehm ... er konnte nicht anders.«

Sie warf mir einen kurzen Blick zu. »Dann frage ich mal lieber nicht.«

»Er ist unversehrt und unbescholten.«

»Und die Polizei?« fragte Roland.

»Keine Polizei«, sagte ich. »Das mußten wir versprechen, damit er unterschreibt.«

»Abgemacht ist abgemacht«, nickte Litsi. »Wir müssen ihn laufen lassen.«

Die Prinzessin und ihr Mann wußten, daß ein Wort gilt, und als ich Rolands Zimmer verließ, folgte sie mir hinunter ins Wohnzimmer, während Litsi oben blieb.

»Kein Dank wäre ausreichend ... Wie *können* wir Ihnen danken?« fragte sie ratlos.

»Das brauchen Sie nicht. Und, ehm ... Danielle und ich werden im Juni heiraten.«

»Das freut mich aber wirklich«, sagte sie mit sichtlichem Vergnügen und küßte mich warm erst auf die eine, dann auf die andere Wange. Ich dachte daran, wie oft ich sie schon hatte in den Arm nehmen wollen; und eines Tages würde ich es vielleicht noch tun, wenn auch nicht auf einer Rennbahn.

»Um Ihre Pferde tut es mir sehr leid«, sagte ich.

»Ja ... Wenn Sie das nächste Mal mit Wykeham sprechen, bitten Sie ihn doch, sich schon mal nach Ersatz umzusehen. Wir können zwar keinen neuen Cotopaxi erwarten, aber nächstes Jahr vielleicht doch einen Teilnehmer für das Grand National ... Und vergessen Sie nicht ... nächste Woche in Cheltenham haben wir noch Kinley.«

»Das Triumph Hurdle«, sagte ich.

Ich fuhr später an diesem Morgen mit der Bahn zu den Rennen nach Folkestone, leichten Herzens, aber ohne Danielle, die einen Termin beim Zahnarzt hatte.

Ich ritt vier Rennen und gewann zwei, fühlte mich wohl, in guter Form, strotzend vor Gesundheit und zum erstenmal seit Wochen sorgenfrei. Es war ein tolles Gefühl, solange es anhielt.

Bunty Ireland, der Rennberichterstatter des *Towncrier*, gab mir einen großen Briefumschlag von Lord Vaughnley – »frisch aus den Computern«, sagte Bunty. Das Kuvert fühlte sich wieder so an, als ob es sehr wenig enthalte, aber ich dankte ihm dafür und nahm es aus der Überlegung, daß ich auf den Inhalt glücklicherweise nicht mehr angewiesen war, ungeöffnet mit zurück nach London.

Das Dinner an diesem Abend war geradezu festlich, auch wenn Danielle nicht mitaß, die in ihrem Ford zur Arbeit gefahren war.

»Ich dachte, sie hatte gestern zum letzten Mal Spätdienst«, sagte Beatrice arglos.

»Der Zeitplan ist wieder geändert worden«, erklärte ich.

»Oh, wie ärgerlich.«

Beatrice hatte beschlossen, am nächsten Tag nach Palm Beach zurückzukehren. Ihre lieben Hündchen würden sie vermissen, meinte sie. Die Prinzessin hatte ihr anscheinend mitgeteilt, daß Nanterres Spiel verloren war, und seither nörgelte sie erstaunlich wenig.

Ich hatte mich an ihren Stil gewöhnt: an ihr helloranges Haar und die Kulleraugen, an ihre Schlagringe und ihre Floridabekleidung. Das Leben würde ziemlich langweilig sein ohne die alte Zicke, und außerdem, wenn sie erst fort war, würde ich auch bald gehen müssen. Wie lange wohl Litsi noch blieb ...?

Roland kam zum Essen herunter, gab Champagner aus und hob sein halb gefülltes Glas auf Litsis und mein Wohl. Beatrice blickte ein wenig finster drein, blühte aber auf wie eine Sonnenblume, als Roland sagte, daß er bei all dem zusätzlichen Kapital, das durch den Verkauf des Unternehmens frei würde, daran denken könnte, ihre Treuhandgelder zu erhöhen. Zu nachsichtig, fand ich, aber ohne sie hätten wir uns sehr wahrscheinlich nicht behaupten können.

Roland, die Prinzessin und Beatrice zogen sich recht früh zurück, während Litsi und ich uns noch die Zeit im Wohnzimmer vertrieben. Ziemlich spät erst fiel mir Lord Vaughnleys Umschlag ein, den ich bei meiner Rückkehr auf einem Couchtisch abgelegt hatte.

Litsi sah ohne Neugier zu, wie ich ihn öffnete und den Inhalt herauszog: ein glänzendes Schwarzweißfoto wie zuvor und ein kleiner Ausschnitt aus einer Zeitungskolumne. Dazu eine kurze Empfehlung vom *Towncrier*: »Leider sonst nichts mehr über Nanterre.«

Das Foto zeigte Nanterre im Smoking, umgeben von anderen, ähnlich gekleideten Leuten, an Deck einer Jacht. Ich gab es Litsi und las den dazugehörigen Zeitungsausschnitt.

»Gäste aus Kalifornien, Peru und Darwin, Australien, gratulierten Waffenhändler Ahmed Fuad am Freitag abend beim Jubelfest auf seiner Jacht *Felissima* im Hafen von Monte Carlo zum 50. Geburtstag. Wer von den Jetset-Freunden aus Fuads Freizeitwelt des Backgammon, der Nachtclubs und des Rennsports nicht von selbst kam, wurde eingeflogen. An Kaviar und Gänseleber für die verwöhnten Gaumen bestand kein Mangel.«

Litsi reichte das Foto zurück, und ich gab ihm den Ausschnitt.

»Das wollte Nanterre auch«, sagte ich. »Gastgeber auf einer Jacht im Mittelmeer sein, im weißen Smoking teure Bonbons verteilen, die Bewunderung und die Schmeichelei genießen. Das hat er gewollt – diese Multimillionen und diese Macht.«

Ich drehte das Foto um, las den dünnen Infostreifen, der auf der Rückseite klebte: eine Namensliste und das Datum.

»Merkwürdig«, sagte ich verblüfft.

»Was denn?«

»Diese Party fand vergangenen Freitag abend statt.«

»Ja, und? Nanterre wird eben hin und wieder her gejettet sein, wie die anderen.«

»Am Freitag abend wurde Col erschossen.«

Litsi starrte mich an.

»Nanterre kann das nicht gewesen sein«, sagte ich. »Er war in Monte Carlo.«

»Aber er hat es doch zugegeben. Er hat vor Beatrice damit geprahlt.«

Ich runzelte die Stirn. »Ja, das schon.«

»Er muß jemand anders beauftragt haben.«

Ich schüttelte den Kopf. »Er hat alles selbst gemacht. Die Prinzessin bedroht, Danielle verfolgt, Ihnen die Falle gestellt, die Bombe in meinem Wagen deponiert. Nichts davon hat er einem anderen überlassen. Er kennt sich mit Pferden aus, er wollte sehen, wie seine Stute erschossen wird ... er hätte Col erschießen können ... aber er hat es nicht.«

»Er hat sich zu allen drei Pferden bekannt«, beharrte Litsi.

»Schon, aber nehmen wir mal an ... er hat davon in der Zeitung gelesen ... hat gelesen, daß ihr Tod ein Rätsel ist und niemand weiß, wer sie umgebracht hat ... Er wollte Roland und der Prinzessin Angst einjagen. Wenn er nun bloß *behauptet* hat, er hätte sie umgebracht?«

»Aber wenn er's nicht war«, sagte Litsi verständnislos, »wer dann? Wer würde ihre besten Pferde töten wollen, wenn nicht Nanterre?«

Ich stand langsam auf, fast wie betäubt.

»Was ist los?« fragte Litsi erschrocken. »Sie sind schneeweiß geworden.«

»Er hat das Pferd umgebracht«, sagte ich mit trockenem Mund, »auf dem ich das Grand National hätte gewinnen können. Das Pferd, auf dem ich vielleicht den Gold Cup gewonnen hätte.«

»Kit ...«, sagte Litsi.

»Es gibt nur einen Menschen«, sagte ich mit Mühe, »der mich genug haßt, um das zu tun. Der es nicht ertragen könnte, mich als Sieger bei diesen Rennen zu sehen ... der mir die Auszeichnungen, die ich am höchsten schätze, nehmen würde, weil ich ihn um *seine* Auszeichnung gebracht habe ...«

Ich war atemlos und benommen.

»Setzen Sie sich hin«, sagte Litsi beunruhigt.

»Kinley«, sagte ich.

Mit ruckartigen Schritten ging ich zum Telefon und rief Wykeham an.

»Ich wollte gerade ins Bett gehen«, klagte er.

»Haben Sie die Hundestreifen eingestellt?« fragte ich.

»Ja, natürlich. Sie sagten mir doch heute morgen, die seien nicht mehr nötig.«

»Ich glaube, ich habe mich geirrt. Das Risiko darf ich nicht eingehen. Ich komme heute abend noch zu Ihnen, und ab morgen setzen wir verstärkte Hundestreifen ein, jeden Tag, bis Cheltenham und wahrscheinlich sogar noch länger.«

»Das verstehe ich nicht«, sagte er.

»Haben Sie Ihre Schlaftablette genommen?« fragte ich.

»Nein, noch nicht.«

»Warten Sie damit, bis ich komme, ja? Und wo ist Kinley heute nacht?«

»Wieder in seiner alten Box natürlich. Sie sagten, die Gefahr wäre vorbei.«

»Wir verlegen ihn wieder in die Eckbox, wenn ich da bin.«

»Nein, Kit, nicht mitten in der Nacht.«

»Er muß doch in Sicherheit sein«, sagte ich; und darüber gab es nichts zu diskutieren. Wir legten auf, und Litsi sagte langsam: »Meinen Sie Maynard Allardeck?«

»Ja. Er hat vor zwei Wochen erfahren, daß er niemals in den Adelsstand erhoben werden wird, weil ich den Film, den ich über ihn gedreht habe, an die Ehrentitelbehörde geschickt habe. Er war schon als Kind auf diesen Titel aus; damals sagte er meinem Großvater, eines Tages müßten die Fieldings sich vor ihm verbeugen, denn dann wäre er ein Lord. Er versteht mehr von Pferden als Nanterre ... er ist im Rennstall seines Vaters aufgewachsen und war jahrelang dessen Assistenztrainer. Er hat Cascade und Cotopaxi in Newbury gesehen, und es waren auffällige Pferde ... und Col in Ascot ... unverkennbar.«

Ich ging zur Tür.

»Morgen früh rufe ich Sie an«, sagte ich.

»Ich komme mit Ihnen«, erwiderte er.

Ich schüttelte den Kopf. »Sie wären die ganze Nacht auf.«

»Gehen wir«, sagte er. »Sie haben die Ehre meiner Familie gerettet ... lassen Sie mich ein wenig von dieser Schuld begleichen.«

Tatsächlich war ich dankbar für seine Gesellschaft. Wir gingen wieder um den Platz zu der dunklen Gasse, wo Litsi meinte, wenn ich den Wagenstarter in der Tasche hätte, könnten wir ebensogut auf Nummer Sicher gehen: aber Nanterre und seine Bomben waren nicht zurückgekehrt, und der Mercedes sprang entgegenkommend aus fünfzig Metern Entfernung an.

Auf der Fahrt nach Sussex rief ich Danielle an, um ihr mitzuteilen, wohin wir wollten und weshalb. Es fiel ihr nicht schwer, Maynard Allardeck etwas Böses zuzutrauen; er war ihr in Ascot und Sandown völlig verrückt vorgekommen, so wie er mich fortwährend angestarrt hatte.

»*Brodelnd* vor Haß«, sagte sie. »Man konnte das spüren wie Stoßwellen.«

»Zum Frühstück sind wir wieder da«, sagte ich lächelnd. »Schlaf gut.« Und ich konnte ihr Lachen hören, als sie auflegte.

Im Fahren erzählte ich Litsi von den Feuerwerkskörpern, mit denen der Hundeführer von Cols Stall weggelockt worden war, und sagte: »Wissen Sie, als Nanterre in der Gasse behauptete, er hätte mir keine Bombe ins Auto gelegt, fragte ich ihn, ob es denn ein Feuerwerkskörper wäre. Er hat mich ganz verdutzt angesehen ... zuerst habe ich darüber nicht weiter nachgedacht, aber jetzt wird mir klar, daß er einfach nicht wußte, wovon ich rede. Er wußte nichts von den Feuerwerkskörpern bei Wykeham, weil davon nichts in den Zeitungen gestanden hatte.«

Litsi gab ein verstehendes, zustimmendes »M-hm« von sich, und bald darauf kamen wir einträchtig in Wykehams Dorf an.

»Was wollen Sie hier machen?« sagte Litsi.

Ich zuckte mit den Schultern. »Die Ställe abgehen.« Ich erklärte ihm, wie die vielen kleine Höfe angelegt waren. »Patrouillen sind da gar nicht einfach.«

»Glauben Sie ernsthaft, daß Allardeck den Versuch wagt, noch ein Pferd von Tante Casilia zu töten?«

»Ja. Besonders Kinley, ihr brillantes Hürdenpferd. Ich glaube zwar nicht ernsthaft, daß er es eher heute als morgen nacht oder später versucht, aber ich möchte kein Risiko eingehen.« Ich zögerte. »Wie soll ich mich bloß bei Prinzessin Casilia entschuldigen ... das wiedergutmachen?«

»Was meinen Sie denn?«

»Cascade, Cotopaxi und Col sind wegen der Fielding-Allardeck-Fehde gestorben. Meinetwegen.«

»So wird sie das nicht sehen.«

»Es ist die Wahrheit.« Ich bog auf Wykehams Einfahrt. »Kinley lasse ich nicht sterben.«

Ich hielt auf der Parkfläche an, und wir traten hinaus in die Mitternachtsstille, unter einen klaren Himmel mit glitzernden, diamantenen Sternen. Die Höhen und Tiefen des Universums: genug, um die mühevollen irdischen Bestrebungen gering erscheinen zu lassen.

Ich atmete den Frieden dieses Augenblicks ein ... und hörte weiter weg in der Stille das dumpfe, unverkennbare Krachen eines Bolzenschusses.

Großer Gott, dachte ich. *Wir sind zu spät gekommen.*

Ich rannte. Ich wußte, wohin. Zum letzten Hof, der Wykehams Haus am nächsten lag. Rannte von den Furien gehetzt, verzweifelt, in mir ein Gewirr aus Zorn und Angst und schrecklichen Selbstvorwürfen.

Ich hätte schneller fahren können ... eher fahren können ... Ich hätte Lord Vaughnleys Umschlag früher öffnen können ... Kinley war tot, und ich hatte ihn umgebracht.

Ich lief in den Hof hinein, aber trotz meines Tempos liefen die Ereignisse auf der anderen Seite schneller ab. Gerade als ich ihn erblickte, auf ihn zurannte, kam Wykeham, der auf dem Weg vor den Boxentüren gelegen hatte, mühsam auf die Füße.

Zwei Türen standen offen, die Boxen waren dunkel, nur erhellt vom Hoflicht draußen. In der einen Box konnte ich ein Pferd auf der Seite liegen sehen, seine Beine zuckten noch im Todeskampf. In die andere Box ging Wykeham.

Während ich noch einen Meter entfernt war, sah ich ihn etwas aufheben, das auf der gemauerten Fensterbank gelegen hatte. Ich sah ihn tiefer in die Box treten, seine Schritte waren lautlos auf dem Torf.

Ich rannte.

Ich sah einen zweiten, größeren Mann in der Box, der ein Pferd beim Halfter packte.

Ich sah, wie Wykeham das aufgehobene Ding dem anderen Mann an den Kopf hielt. Ich sah den winzigen Feuerstoß, hörte den furchtbaren Knall ...

Als ich die Tür erreichte, lag ein Toter auf dem Torf, ein lebendes Pferd warf angstschnaubend den Kopf, es roch nach Pulver, und Wykeham schaute herab, das Bolzenschußgerät in seinen Händen.

Das lebende Pferd war Kinley ... und ich verspürte keine Erleichterung.

»Wykeham!« sagte ich.

Er drehte den Kopf, sah mich ausdruckslos an.

»Er hat meine Pferde erschossen«, sagte er.

»Ja.«

»Ich habe ihn umgebracht. Ich hab gesagt, das würde ich tun ... und ich hab's getan.«

Ich sah auf den Toten nieder, auf den feinen Anzug und die handgenähten Schuhe.

Er lag halb auf dem Gesicht, und er hatte einen Nylonstrumpf als Maske über seinen Kopf gezogen; hinter dem rechten Ohr war ein Loch.

Litsi kam auf den Hof gelaufen und rief atemlos, was denn passiert wäre. Ich trat ihm in der Boxentür entgegen, um ihm die Sicht zu versperren.

»Litsi«, sagte ich, »rufen Sie die Polizei. Nehmen Sie das Telefon in meinem Auto. Mit der Nulltaste erreicht man die Vermittlung ... verlangen Sie die Polizei. Sagen Sie, daß hier bei einem Unfall ein Mann getötet worden ist.«

»*Ein Mann!*« rief er aus. »Kein Pferd?«

»Beides ... aber sagen Sie ihnen, ein Mann.«

»Ja«, erwiderte er unglücklich. »Gut.«

Er machte kehrt, und ich wandte mich Wykeham zu, der jetzt mit weit aufgerissenen Augen dastand und anfing zu zittern.

»Es war kein Unfall«, sagte er mit einem gewissen Stolz in der Kopfhaltung, in der Stimme. »Ich habe ihn umgebracht.«

»Wykeham«, beschwor ich ihn. »Hören Sie. Hören Sie zu?«

»Ja.«

»Wo möchten Sie Ihre letzten Jahre verbringen, im Gefängnis oder oben auf den Downs bei Ihren Pferden?«

Er starrte nur.

»Hören Sie mich?«

»Ja.«

»Es wird eine gerichtliche Untersuchung geben«, sagte ich. »Und das hier war ein *Unfall*. Haben Sie gehört?«

Er nickte.

»Sie sind vor dem Schlafengehen noch einmal raus, um nachzusehen, ob auf dem Hof alles beim rechten ist.«

»Ja. Ja.«

»Man hat Ihnen in den letzten zehn Tagen drei Pferde umgebracht. Die Polizei hat nicht feststellen können, wer es war ... Sie wußten, daß ich kommen wollte, um heute nacht die Höfe zu bewachen, aber Sie waren natürlich unruhig.«

»Ja.«

»Sie kamen auf den Hof hier, und Sie sahen und hörten, wie jemand eines von Ihren Pferden erschoß.«

»Ja. Ja.«

»Ist es Abseil?« Ich wünschte mir, er würde nein sagen, aber er sagte: »Ja.«

Abseil ... der in halsbrecherischem Tempo über die letzten drei Sprünge in Sandown gegangen war, bis zum letzten Meter um den Sieg gekämpft hatte.

Ich sagte: »Sie sind hingelaufen, um zu verhindern, daß der Eindringling noch mehr Schaden anrichtet ... Sie haben versucht, ihm das Bolzenschußgerät zu entreißen.«

»Ja.«

»Er war jünger, war stärker und größer als Sie ... Er schlug Sie mit dem Bolzenschußapparat nieder ... Sie fielen vorübergehend betäubt auf den Stallweg.«

»Woher wissen Sie das?« fragte Wykeham verblüfft.

»Die Spuren vom Ende des Laufs sind auf Ihrer Backe deutlich zu sehen. Das hat geblutet. Nicht hinfassen«, sagte ich, als er die Hand danach hob. »Er schlug Sie nieder und ging in die zweite Box, um noch ein Pferd zu töten.«

»Ja, Kinley.«

»Hören Sie ... Er hatte das Bolzenschußgerät in der Hand.«

Wykeham begann den Kopf zu schütteln, hörte dann aber auf.

Ich sagte: »Der Mann war im Begriff, Ihr Pferd zu erschießen. Sie schnappten nach der Waffe, um ihn daran zu hindern. Sie wollten sie ihm abnehmen ... er versuchte, sie Ihrem Griff zu entwinden. Es gelang ihm mit einem Ruck auch beinah, aber Sie hatten noch die Hände dran, und als er in dem Gerangel die Waffe an sich riß, traf das dicke Rohrstück ihn am Kopf, und durch den Ruck löste sich unter Ihren Händen auch irgendwie der Schuß.«

Er starrte mich an.

»Sie wollten ihn *nicht* umbringen; haben Sie gehört, Wykeham. Sie wollten verhindern, daß er Ihr Pferd erschießt.«

»K-Kit . . .«, sagte er, nun wieder stotternd.

»Was erzählen Sie der Polizei?«

»Ich . . . w-wollte ihn am Sch-Schießen hindern . . .« Er schluckte. »Er r-riß die Waffe . . . an seinen Kopf . . . sie g-ging los.«

Er hielt die Waffe noch immer an ihrem klobigen, hölzernen Schaft.

»Werfen Sie sie auf den Torf«, sagte ich.

Er tat es, und wir betrachteten sie beide: ein schweres, häßliches, unförmiges Werkzeug des Todes.

Auf der Fensterbank lagen mehrere kleine, leuchtend goldene Kapseln voller Schießpulver. Man spannte den Hahn, legte die Zündkapsel ein, drückte ab . . . das Pulver explodierte und trieb den Bolzen heraus.

Litsi kam zurück, sagte, die Polizei sei unterwegs, und er war es dann, der das Licht anknipste, so daß die ganze Szene sichtbar wurde.

Ich bückte mich und betrachtete Maynards Kopf näher. Auf dem Nylonstrumpf war Öl an der Stelle, wo der Bolzen eingedrungen war, und ich entsann mich, daß Robin Curtiss gesagt hatte, das Gerät sei geölt worden, bevor Col . . . Robin würde sich erinnern . . . es würde kein Zweifel bestehen, daß Maynard alle vier Pferde getötet hatte.

»Wissen Sie, wer das ist?« fragte ich Wykeham und richtete mich auf.

Er ahnte es, konnte es aber nicht ganz glauben.

»Allardeck?« sagte er ohne Überzeugung.

»Allardeck.«

Wykeham bückte sich, um die Strumpfmaske wegzuziehen.

»Lassen Sie das«, sagte ich scharf. »Nicht anrühren. Jeder kann sehen, daß er unerkannt sein wollte, als er herkam . . . um die Pferde zu töten . . . Wer bloß einen Abendspaziergang macht, läuft nicht in einer Strumpfmaske und mit einem Bolzenschußapparat herum.«

»Hat er Kinley getötet?« fragte Litsi besorgt.

»Nein, das hier ist Kinley. Er hat Abseil getötet.«

Litsi sah betroffen aus. »Arme Tante Casilia . . . Sie sprach von Ihrem glänzenden Sieg auf Abseil. Aber warum ihn, der das Grand National doch unmöglich hätte gewinnen können?« Er sah auf Maynard herunter und begriff. »Allardeck konnte nicht ertragen, daß Sie sich auszeichnen, womit auch immer.«

Die Fehde war tot, dachte ich. Endgültig vorbei. Der langdauernde

Wahn war mit Maynard gestorben, und er war tot gewesen, bevor er auf dem Torf aufschlug, wie Cascade und Cotopaxi, Abseil und Col.

Ein passendes Ende, dachte ich.

Litsi erklärte, er habe der Polizei gesagt, er wolle sie auf dem Parkplatz erwarten, um ihnen den Weg zu zeigen, und ging bald darauf hinaus.

Wykeham schaute eine ganze Weile auf Kinley, der jetzt ruhig, nicht mehr verstört dastand, und warf dann einen langen Blick auf Maynard.

»Ich bin froh, daß ich ihn umgebracht habe«, sagte er grimmig.

»Ja, ich weiß.«

»Sehen Sie zu, daß Sie das Triumph Hurdle gewinnen.«

Ich dachte an die Trainingsstunden, die Wykeham und ich mit diesem Pferd auf den Downs verbracht hatten, um Distanzen mit ihm einzuüben, das herrliche Naturtalent zu erfolgreicher Leistung zu führen.

Ich würde mein Bestes tun, versprach ich.

Er lächelte. »Danke, Kit«, sagte er. »Danke für alles.«

Die Polizei kam mit Litsi: zwei sehr dienstliche Beamte, die sich Notizen machten und davon sprachen, Polizeiärzte und Fotografen anzufordern.

Sie gingen mit Wykeham durch, was geschehen war.

»Ich kam heraus ... entdeckte den Eindringling ... er schoß mein Pferd tot.« Wykehams Stimme bebte. »Ich kämpfte mit ihm ... er schlug mich nieder ... er wollte auch dieses Pferd erschießen ... ich rappelte mich auf ...«

Er zögerte.

»Ja, Sir?« sagte der Polizist, nicht ohne Mitgefühl.

Sie sahen vor sich auf dem Torfstreu in der Box, neben einem toten Eindringling, dessen tödliche Waffe drohend im Licht glänzte, einen dünnen alten Mann stehen mit zerzaustem weißem Haar, mit dunklen Altersflecken auf der bejahrten Stirn, mit verkrustetem Blut vom Schlag des Bolzenschußapparates auf seiner Wange.

Sie sahen, wie es auch der Untersuchungsrichter, die Anwälte und die Presse sehen würden, das zitternde, verfallene Äußere, nicht den Titanen, der noch im Inneren wohnte.

Wykeham blickte Kinley an; blickte in die Zukunft, auf das Pferd, das mit wehendem Schweif über die Downs fliegen konnte, engelhaft leicht, seiner Bestimmung entgegen.

Er sah die Polizeibeamten an, und seine Augen schienen entrückt.

»Es war ein Unfall«, sagte er.